신의 카르테 **4**

SHINSHOU KAMISAMA NO KARTE

ⓒ 2019 Sosuke NATSUKAWA

All rights reserved.

Original Japanese edition published by SHOGAKUKAN.

Korean translation rights in Korea arranged with SHOGAKUKAN

through JM Contents Agency Co.

이 책의 한국어판 저작권은 JMCA를 통해

저작권사와 독점 계약한 ㈜북이십일에 있습니다.

저작권법에 의하여 한국 내에서 보호를 받는 저작물이므로

무단 전재와 복제를 금합니다.

신의 카르테 ⁴

신의 카르테 ⁴

의사의 길

나쓰카와 소스케 장편소설
김수지 옮김

arte

차 례

일러두기

옮긴이주는 괄호 안에 '옮긴이'를 함께 넣어 표기하였습니다.

프롤로그

봄의 아즈미노는 유달리 아름답다.

혹독한 겨울을 이겨낸 나무들은 환한 햇살 아래 평온하게 가지를 뻗고 엷은 안개에 부드러운 초록을 드리운다. 위를 올려다보면 북알프스의 능선에 남아 있는 눈이 찬란하게 반짝이며 엄동설한의 자취를 드러내지만 발치로 시선을 떨어뜨리면 개나리, 황매화, 은방울꽃, 모란이 깜짝 놀랄 만큼 곱디고운 색채를 피워낸다.

이곳의 봄은 짧다.

계절은 겨울에서 껑충 발을 굴러 여름으로 뛰어든다. 그 찰나의 순간에 봄의 진달래도 여름의 창포도 일제히 꽃을 피우니 문자 그대로 백화요란한 경치를 만들어내는 것이다. 그렇게 화려한 봄의 경치 속에서 나는 손으로 햇빛을 가리고 눈앞의 건물을 올려다보았다.

'나가노현립 신슈 어린이 병원.'

햇빛이 쏟아져 내리는 환한 입구 위에 이런 글자들이 줄지어 있다.

아즈미노 한복판에서 빨간 지붕을 거느리고 서 있는 이 병원은 초록에 에워싸인 계절에 보면 잔디밭에 장난감 블록을 세워놓은 듯 사랑스러워 보이지만, 속내는 완전한 의료 시설로서 야마나시현과 나가노현 일대에서 고도의 소아 의료를 맡고 있는 매우 중요한 곳이다.

널찍한 병원 입구에 서 있는 동안에도 아이가 탄 휠체어를 밀고 있는 엄마의 모습과 익숙한 손놀림으로 수액걸이를 밀며 돌 깔린 길 위를 걸어가는 두 소년의 모습이 눈에 들어왔다. 내 키의 반에도 못 미치는 어린아이가 야구 소년이 방망이를 다루듯 수액걸이를 능숙하게 다룬다는 것은, 그만큼 입원 기간이 길다는 증거이자 이 병원이 짊어진 어려움을 단적으로 보여주는 광경이기도 하다.

나도 일단은 의사다.

하지만 내과 의사라 소아과 병원에는 일이 없다. 일도 없는데 평일 대낮부터 어린이 병원 현관에 서 있는 연유는 남아도는 시간을 주체하지 못해 아즈미노에 놀러 온 것도 아니며, 내과가 지긋지긋해져 소아과로 전직한 것도 아니다. 그보다 훨씬 더 중요한 이유가 있다.

병원 앞 주차장에서 찬찬히 주변을 둘러보는데 때마침 입구의 커다란 자동문이 열리는 것이 보였다. 그 문이 열리며 애타게 기다리던 나의 아내가 나왔다.

작은 체구의 아내가 나를 바로 알아보고 손을 높이 뻗어 흔들었다. 나는 곧장 오른손을 들다가 아내의 발 언저리에서 보동보동하게 살이 오른 작은 여자아이를 발견하고 활짝 웃었다. 여자아이도 앞쪽 양지바른 곳에 서 있는 올곧은 내과의를 확실히 본 듯했다. 아장아장, 정말이지 어설픈 걸음걸이로 다가온다.

"경과는?"

"순조롭대요."

가까이 다가선 아내의 말에 팽팽했던 공기가 느슨해진 것처럼 어깨에 힘이 빠졌다. 그런 나를 보고 아내는 피식 웃었다.

"그렇게 걱정되면 같이 오면 될 것을."

"따라갔다가는 내 소중한 보물에게 바늘을 찌르거나 엑스선을 끼웠으려고 하는 난폭한 백의의 남자들과 언쟁을 높일 게 분명하니까."

"다 좋은 분들이에요."

내 형편없는 유머를 아내는 변함없는 미소로 받아넘겼다. 나는 잠자코 끄덕이며 종종걸음으로 발밑까지 다가온 자그마한 천사를 양손으로 살며시 안아 올렸다.

"고하루, 잘 다녀왔니?"

"안녕, 빠빠."

우리 아이, 구리하라 고하루는 봄 햇살에 지지 않는 맑은 목소리를 드높였다.

나, 구리하라 이치토는 신슈 마쓰모토에 사는 진지하고 고지식한 내과의이다.

진지하다고 하면 왠지 수수하고 재미없으리라 생각하는 경향이 있을지도 모르나 그건 천박한 논평으로, 메이지 시대의 문호 나쓰메 소세키도 이런 말을 남겼다.

'진지함이란 진검승부라는 뜻이네.'

참으로 진지하게 살아온 대문호다운 말이다.

나 또한 그런 의미로 진지하게 내과의의 길을 걸은 지 어느덧 9년이 되었다. 햇수로 세어보면 어지간히 훌륭해 보일지도 모르지만 내과의로서 제 몫을 다하려면 아직 갈 길이 까마득하다. 가까스로 0.5인분의 몫을 하고 있는 정도다.

평소에는 불합리하기 짝이 없는 신께서도 그렇게 '진지' 외길을 걸어온 내 인생을 보고 뭔가 느끼는 바가 있었던 모양이다. 어느 날 갑자기 나와 아내에게 새로운 생명을 선물해준 것이다. 지금으로부터 2년 전의 일이었다.

고하루라는 이름을 붙인 그 조그만 생명은 아빠와 맞먹을 정도로 진지하게 먹고 자고 웃는 일에 매진하며 훌쩍 자랐다. 무엇 하나 걱정할 게 없는 그 성장 과정에서 살짝 걸리는 것이 있다면, 이 작은 천사는 왼쪽 고관절이 고장난 채로 태어나 생후 6개월 때부터 지금까지 아즈미노의 어린이 병원을 드나드는 생활을 이어오고 있다는 것이다.

물론 인생의 목적은 100미터를 전력 질주하는 것이 아니라 그저 견실하게 하루하루를 쌓아가는 것이다. 그러니 다리가 불편해서 잘 달리지 못한다 해도 그리 걱정할 일은 아니다.

전반적으로 몸에 별다른 이상도 없는 아빠는 전형적인 집돌이로서, 창공 아래를 뛰어다닐 바에야 집에 틀어박힌 채로 『풀베개』를 되풀이해 읽는 것에 더없는 행복을 느끼는 인간이다. 바깥에서 뛰며 상쾌하게 땀을 흘릴 기회도 없거니와 그저 매일 병원 안에서 식은땀을 흘려가며 안절부절못하고 싸돌아다닐 뿐이다. 아빠가 이러하거늘 아이에게만 발이 빠르기를 기대한다면 그만큼 우매한 일도 없을 것이다.

이리하여 나는 일말의 불안도 걱정도 없이 그저 세 달에 한 번씩 어린이 병원에 다니는 일상을 유쾌하게 받아들이며 지내고 있다.

"걱정했어요?" 아내가 차분한 목소리로 물었다.

나는 한 박자 쉰 후 고개를 가볍게 갸웃거렸다. "그래 보였어?"

"네. 어린이 병원에 가는 날 아침이면 당직으로 밤을 샜을 때보다 안색이 나쁘니까요."

옆에서 걷는 아내는 은은한 미소를 띠고 있다.

고하루는 이미 돌이 깔린 길을 아장아장 걸어 입구를 빠져나간 후 주차장 앞에 펼쳐진 잔디밭으로 들어가 있었다. 아무것도 없는 장소에서 맥없이 동그라지는 게 두 살배기 꼬마에게는 이상한 일이 아니지만, 그런 사소한 광경에도 흠칫 놀라고 마는 이유는 어떤 일이든 아픈 다리와 연결지어 생각하는 부모의 마음 때문일 것이다.

"딱히 걱정 같은 거 안 해." 나는 손으로 해를 가리며 눈으로 고하루를 좇았다. "라고 스스로에게 말하고는 있지만 아직 잘된 적은 없어."

"저도 그래요." 아내는 나지막이 웃으며 말했다. "최근 2년 동안은 특히 더 무아지경이었던 것 같아요."

아내의 말에 나는 조용히 끄덕였다.

2년 전, 나의 근무처는 시내에 있는 종합병원에서 대학병원으로 바뀌었다. 새로운 직장은 내가 쌓아온 실적과 상식이 전혀 통하지 않는 특이한 세계였기에 얼이 빠진 채로 우왕좌왕하며 하루하루를 보내기 바빴다. 그렇게 어수선한 일상 속에서 고하루가 찾아와준 것이다. 혼자 왔으면 좋으련만 적잖이 손이 가는 병을 데리고 왔다.

늦게 퇴근하는 남편과, 한 살을 넘긴 후에도 일어서지 못하는 아이를 끌어안고 있는 아내의 불안이 어느 정도일지 쉬이 가늠도 되지 않는다. 무아지경이라는 아내의 표현은 과장이 아니리라.

"엑스레이도 초음파 검사도 이상 없대요."

아내의 목소리에 나는 고개를 크게 끄덕였다.

"열심히 걷게 하고, 3개월 후에 다시 오래요."

아내의 밝은 목소리에 이번엔 연달아 두 번 끄덕였다.

고하루는 잔디밭에서 나비라도 발견했는지 작은 탄성을 내지르며 손을 허우적거리고 있었다. 이렇게 보고 있자니 고하루가 서 있는 곳이 병원 앞이라는 사실을 망각할 만큼 활기와 활력이 넘친다.

"이것도 이치 씨 덕분이에요."

불쑥 중얼거린 아내의 말에 나는 얼굴을 잔뜩 찌푸렸다.

"그건 내가 하려던 말이야. 새치기하면 곤란해."

"아니에요." 아내는 고개를 가로저으며 미소를 지었다.

"처음으로 당신과 함께 병원에 왔던 날이 떠올라요. 작은 소개장을 가지고 여기에 와서 들어본 적도 없는 병명을 들었던 그날, 얼마나 불안했는지 몰라요. 옛날에 북알프스의 설산에서 혼자 야영했을 때도 그렇게까지 불안하지는 않았던 것 같아요."

"그날은 정말 힘들었지. 이 세상에 소아과 의사라는 놈들은 모조리 괴물이거나 짐승만도 못한 놈이라고 확신했으니까."

아내는 희미하게 쓴웃음을 지으며 입을 열었다. "그런데 돌아가던 길에 이치 씨는 제게 멋진 말을 해줬어요. 기억나요?"

"가만있자……."

"걱정할 것 없어, 고하루는 그저 먹고 자고 웃어주면 그걸로 충분해."

"뭐야, 그게."

"좋은 말이에요."

"좋은 말이야?"

내가 했다는 말에 스스로가 정떨어지는 기분이었다.

"정말 좋은 말이에요. 제게는 그 말이 구원의 손길 같았거든요."

그렇게 말하는 아내의 옆얼굴은 단순히 온화할 뿐 아니

라 투명하리만큼 평온했으며, 확고한 신념이라 할 만한 침착함으로 둘러싸여 있었다.

나는 무수한 반론을 접어두고 잔디밭에서 굴러다니는 고하루를 바라보았다. 아무리 보아도 병이 있는 아이로는 보이지 않는다. 하지만 불과 반년 전까지만 해도 의료 기구가 온몸을 휘감고 있어 꼼짝도 할 수 없었다. 기저귀 갈기, 목욕, 식사를 죄다 기묘한 벨트와 쇠붙이를 두른 채로 해야 했고 한 살이 지나도 일어서기는커녕 기어 다니지도, 자면서 뒤척이지도 못했다.

홀연히 고하루가 손가락으로 하늘을 가리킨 것은 하얀 꼬리를 그리며 날아가는 비행기를 발견했기 때문이었다. 마쓰모토 분지 위를 천천히 선회하는 빨간 기체는 아마도 FDA 항공사의 후쿠오카행 비행기일 것이다. 기체의 경사를 따라 태양 빛을 되비추고 있는지 이따금 반짝이는 빛이 보였다.

"부모가 된다는 건 신기한 경험이네요."

우리를 보고 손을 흔드는 고하루를 향해 아내도 손을 흔들어 보였다.

"처음에는 아이가 그저 무사히 태어나기만을 바랐는데 태어나니 건강했으면 좋겠다는 생각이 들고, 막상 건강해지면 이제는 똑똑했으면 좋겠고, 점점 바라는 게 많아져요. 조금이라도 완벽하지 않은 결과가 나타나면 말도 안 되는 일이 벌어진 것 같은 기분이 들죠."

고하루는 메뚜기인지 뭔지를 찾았는지, 느닷없이 탄성을 지르며 신이 나 있다.

"저 미소를 볼 수 있는 것만으로도 행복하다는 걸 저도 모르게 잊어버릴 때가 있어요. 하지만 먹고 자고 웃어주는 것만으로도 너무나 즐거운 일이라는 걸 당신이 일깨워준 덕분에 매일 힘낼 수 있었어요."

그런 아내가 있어 나도 힘을 낼 수 있었다. 하지만 그 말을 입에 담기에는 아즈미노의 봄이 지나치게 화창하다.

"맛있는 거 먹으러 가자."

나는 느닷없이 그런 말을 입 밖으로 뱉어냈다.

맥락은 없다. 맥락이라는 것은 나중에 생각하면 된다.

"모처럼 평일 낮에 숨 막히는 대학병원을 벗어났어. 잠시 봄기운을 만끽해도 벌을 받지는 않을 거야."

"정말 괜찮겠어요? 병원을 쉬면 큰일 날 텐데요."

"문제없어. 대학병원엔 의사가 산더미처럼 쌓여 있다고. 나 하나 빠진다고 해서 지장이 생길 만큼 연약한 조직이 아니야. 하루도 애 보살피느라 외출 한번 제대로 못 했잖아. 등산은 못 하겠지만 아즈미노 산책 정도는……."

장난스럽게 거들먹거리며 이야기하는데 이를 비웃기라

도 하듯 주머니 속 휴대폰이 울렸다. 받아서 두세 마디 대답한 후 전화를 끊고 나니 조금도 흔들림 없는 아내의 미소가 기다리고 있었다.

"수많은 의사가 있어도 역시 이치 씨는 불려가네요."

"나 아직 아무 말도 안 했어."

"말하지 않아도 얼굴에 적혀 있어요."

나는 반론하기를 포기하고 탄식했다.

"오마치에서 닥터헬기 요청이 있었다는군. 호흡 상태가 좋지 않은 중증 췌장염 환자가 실려 오는 모양이야."

일하는 장소는 달라졌지만 사람 팔자라는 것은 그리 쉽게 바뀌는 게 아닌가 보다. 나는 여전히 '환자를 끌어당기는 구리하라'라는 이름값을 톡톡히 하고 있다.

고개를 끄덕인 아내는 딱히 서두르는 기색도 없이 잔디밭에 있는 우리 아이를 불렀다. 참으로 당당한 침착성이다. 돌아온 고하루를 안아 올리자 거의 동시에 품 안에서 "빠빠!" 하고 밝은 목소리가 울려 퍼졌다. 이내 고하루가 가리키는 하늘을 올려다보니 마쓰모토 시가지 방향에서 작은 헬리콥터의 그림자가 보였다. 하얀색과 붉은색으로 도장된 헬리콥터는 북쪽을 향해 푸른 하늘을 유유히 종단하고 있었다.

"저건가?"

"저거네요."

무심결에 나와 아내는 서로의 얼굴을 바라보며 쓸쓸히 웃었다. 구태여 많은 말을 할 것도 없다.

차를 끌고 집으로 가서 아내와 고하루를 내려준 뒤 그대로 대학병원으로 돌아갔다. 시간이 약간 걸리기는 하지만 대학병원에는 의사들이 산처럼 쌓여 있다. 서둘러야 할 하등의 이유가 없다.

"고하루, 빠빠는 일하러 갈게."

씩씩하게 선언하자 고하루가 작고 동그란 손을 치켜들었다.

"잘 가따 와!"

천진난만한 혀짤배기소리가 눈부신 햇살 속으로 녹아들었다.

제1장

초록빛

눈 아래로 아침 햇빛이 내리비치는 마쓰모토의 거리가 펼쳐져 있다.

이슬아침의 맑은 빛을 받아 그림자를 깊게 새긴 시내 모습은 그 자체로도 무언가 의미가 있을 법한 추상화 같은 경치인데, 거기에 봄 안개가 어슴푸레 깔리니 신비로운 정서마저 머금은 듯 보인다. 오른쪽으로 보이는 마쓰모토성은 그 새카만 자태와 맞물려 아침 안개에 웅그린 하나의 거대한 상 같았다.

내가 이런 신비로운 경관을 보고 있는 이유는 밤을 새느라 수면 부족 상태인 내 눈앞에 환영이 아른거려서가 아니다. 시나노 대학병원의 헬리포트 위에 서 있기 때문이었다. 헬리포트 위에서 북쪽으로 시선을 돌리면 외래동과 병동, 기초연구동, 의국동 등 대학의 온갖 건물군이 시야를 가로막고 있지만, 남쪽으로는 조망이 트여 있고 대학병원 자체가 약간 높은 지대에 지어져 있기도 하여 이른 아침의 시가지를 한눈에 담을 수 있다.

"구리하라 선생, 왔어요?"

온화한 목소리가 들려 돌아보자 장신의 남자 의사가 다가오고 있었다.

응급센터 의사인 이마카와 선생님이다. 상태가 급변하는 환자와 중증 환자가 많은 응급센터를 오랫동안 지탱해 온 인물로, 분주할 때면 고함이 날아다니기도 하는 이 분야에서는 침착한 태도가 도리어 존재감을 드높이고 있다.

그 인자한 눈매와 의외로 흰 피부에 갸름한 얼굴, 그리고 나 같은 아랫사람에게도 존댓말로 대하는 부드러운 말씨에는 옛날 주구지에서 본 미륵보살을 방불케 하는 무언가가 있다.

"5분 후면 도착하겠네요."

미륵님이 여자처럼 하얗고 가느다란 손가락으로 서쪽 하늘을 가리켰다.

실눈을 뜨자 북알프스 상공에 자그마한 빨간 점이 보였다. 환자를 이송하는 닥터헬기다. 이미 헬리포트 위에서는 레지던트와 간호사들이 저마다의 역할을 확인하며 기다리는 중이었다.

"그나저나 '환자를 끌어당기는 구리하라'라더니 정말인가 봐요."

참으로 달갑지 않은 말이 들려왔다.

"그러고 보면 지난주에 오마치에서 온 중증 췌장염 환자도 구리하라 팀이 구급 당번일 때였죠."

"그런 일이 있었던가요."

있는 힘껏 망각한 척해봤지만 당연히 미륵님의 부드러운 눈에는 당해낼 수가 없다.

"보통 헬기가 올 때는 외상 환자와 순환기 환자가 많은데, 구리하라 팀이 당번일 때는 꼬박꼬박 소화기내과 환자가 오더군요. 선생도 고생이 많아요."

사려가 넘쳐흐르는 고마운 말씀이 내려왔다. 무심결에 마주 보고 합장할 뻔했지만 역시나 그건 삼가기로 했다.

미륵님은 "그럼" 하고 가볍게 인사한 후 레지던트가 있는 쪽으로 발길을 돌렸고, 그와 교대하듯 헬리포트 옆에 있는 계단으로 다른 백의의 남성이 다가오는 것이 보였다. 이제는 고등학교 야구 선수들 사이에서도 찾아보기 힘들 정도로 깔끔하게 삭발한 머리가 산뜻한 햇빛 아래에서 흔들렸다.

"헬기에서 두 가지 소식이 들어왔습니다. 환자는 66세, 남성, 요코오 산장에서 피를 토해 실려 오는 중입니다. 혈압은 90에 52, 맥박은 116입니다."

"나름대로 위험한 활력 징후군."

"3일 전에 가미고치로 들어가서 야리가타케 등산을 마치고 돌아오는 길에 산장에서 숙박하는 동안 일어난 일이라고 합니다."

다소 긴장감 있는 말투로 말하는 그의 이름은 시바타 다이리, 4년차 소화기내과의이다. 헤어스타일만 봐도 과감한 결단력이 느껴지는 데다 고지식한 얼굴로 의국에서 항상 차를 홀짝거리기 때문에 나는 그를 내 마음대로 '리큐(利休, 일본의 다도를 정립한 것으로 유명한 역사적 인물-옮긴이)' 라 부르고 있다.

"등산을 즐긴 끝에 헬리콥터로 하산하다니, 부럽네."

약간의 독설을 내뱉자 리큐가 걱정스럽다는 듯 눈살을 찌푸렸다.

"선생님, 또 안 주무셨어요?"

"가뜩이나 실험이 예정대로 진행되지 않는 마당에 전기영동(電氣泳動)이 한창일 때 호출을 받으면 인사를 입에 올리는 것조차 성가신 법이지."

"바쁘신데 죄송합니다."

"리큐가 사과할 일은 아니야."

"시바타입니다."

그런 목소리를 덮듯 서북쪽 하늘에서 프로펠러 소리가 천천히 다가왔다. 조금 전까지 바늘 끝처럼 보였던 점이 지금은 어느새 빨강과 하양의 대비가 명백한 기체의 모습이 되었다. 전체 길이가 10미터를 넘는 철 덩어리가 소리와 바람을 일으키더니 유유히 선회하며 내려앉았다.

헬리포트 위에 있던 스태프들은 바로 옆에 있는 트랩으로 차례차례 내려와 포트 아래에 있는 대피 장소로 이동했다. 나와 리큐도 그 뒤를 따랐다.

"그러고 보니 호조 선생님께는 연락드렸어?"

"PHS가 연결되지 않았습니다. 또 어딘가에서 숙취로 쓰러져 계시는 게 아니라면 다행입니다만……."

"호조 선생님도 걱정이지만 저것 또한 충분히 걱정이 되는군."

내가 리큐의 등 뒤로 시선을 던졌고, 그곳에는 하늘을 올려다본 채 요란하게 소리를 질러대는 청년이 있었다.

1년차 인턴인 다치카와 에이타였다. 연수 첫날 제대로 지각해 의국에 늦게 나타난 것도 모자라, 열심히 사과하던 도중 교수님의 이름을 잘못 불렀다는 무용담의 주인공이다. 그때부터 의국 멤버들은 친근함과 두려움의 뜻을 담아 그를 '대장'이라고 부르고 있다. 대장은 바람이 급격하게 소용돌이치며 굉음이 울려 퍼지기 시작한 헬리포트 한쪽에서 천진스레 웃고 있었다.

"으아, 닥터헬기다!"

"대장, 착륙 직전이야. 빨리 피하는 게 좋겠어."

"응? 뭐라고? 시끄러워서 잘 안 들……."

으악, 하는 얼빠진 비명이 들린 이유는, 갑작스레 풍압이 강해져 얼굴에 바람을 직격으로 맞은 대장이 하마터면 비상계단에서 굴러떨어질 뻔했기 때문이었다. 조금 떨어진 곳에서 미륵님이 생글거리며 그 난리통을 지켜보고 있었다. 나는 편두통 기미를 느끼고는 이마에 손을 가볍게 얹었다.

9년차인 구리하라, 4년차인 리큐, 1년차인 대장, 이 셋에 팀장인 호조 선생님까지 포함한 총 네 사람이 소화기내과 3팀, '구리하라 팀'의 구성원이다. 참고로 지도의인 호조 선생님은 신출귀몰하여 연락이 닿지 않을 때가 많아서 실제로 기동 중인 부대는 기본적으로 세 명이다. 3팀이 호조 팀이 아니라 구리하라 팀이라 불리는 까닭도 여기에 있다.

그 구리하라 팀의 젊은 피 두 명은 헬기가 착륙하자마자 포트 위로 뛰어갔다. 물론 이마카와 선생님 밑에 있는 응급센터 스태프들도 마찬가지였다.

"수고 많으십니다. 잘 부탁합니다."

바람과 소리를 흩뿌리던 프로펠러의 회전수가 줄어듦과 동시에, 헬기에서 뛰어내린 장년의 의사 목소리가 들려왔다. 그리고 이내 환자를 실은 들것이 밀려나왔다.

리큐가 가장 먼저 뛰어가 물었다. "활력 징후는 어떻습니까?"

"혈압은 현재 110대, 수혈과 승압제로 유지 중입니다."

헬기에서 내려온 들것에는 수척한 남성이 누워 있었다. 누가 봐도 안색이 좋지 않고 호흡도 약하다. 양팔에는 링거 라인이 연결되어 있다. 높이 매달린 여러 개의 링거 병이 쾌청한 하늘을 등진 채 반짝거리며 경쾌하게 흔들렸다.

의사와 간호사들은 헬리포트 한쪽에 있는 슬로프에서 엘리베이터 쪽으로 발 빠르게 들것을 옮기기 시작했다.

"처음엔 혈압이 120대였는데 이송 중에 90 정도까지 떨어져서 카타본을 시간당 5밀리리터씩 주입하고 있습니다. 산소는 마스크로 3리터, 산소포화도 96퍼센트, 의식은 뚜렷합니다."

"보호자는요?"

"아내분이 차를 끌고 올 예정인데, 요코오에서 하산한 후에 오시는 거라 아무래도 시간이 꽤 걸릴 것 같습니다."

헬기에 탑승한 의사와 리큐가 능수능란하게 대화하는

동안 들것은 수많은 스태프들로 에워싸여 완전히 보이지 않게 되었다. 리큐 외에도 스태프는 산처럼 쌓여 있다. 고로 헬리포트 위에서 내가 할 일은 아무것도 없다. 아무것도 없지만, 그저 한가로이 보고만 있으면 된다는 것도 아니다. 거북스러운 일이 한 가지 있다.

나는 말없이 PHS를 손에 들었다.

구급병동은 엄청난 호황을 누리고 있었다.

그렇지 않아도 급성기 환자와 중증 환자가 많아서 부산스러운 감이 있는데, 이날은 의사, 간호사, 레지던트, 학생들이 유난히 복잡하게 뒤엉켜 아수라장에 가까운 느낌이었다.

그도 그럴 것이 응급센터는 일반 병상 열여섯에 중증 응급 병상 네 개를 보유하고 있지만 이미 그 대부분이 환자로 꽉 차 있다. 조금 전에 토혈 환자가 수용되면서 마지막으로 하나 남아 있던 중증 병상까지 다 찼다.

지금도 채혈관을 손에 쥔 간호사와 심전도를 찍으러 가는 검사기사, 엑스레이 장비를 밀고 가는 인턴 등이 분주히 오가고 모니터의 알람, PHS 호출음, 간호사 콜에 지도의사의 고성까지 뒤범벅되어 통근 시간대의 마쓰모토역 개찰구보다 더 정신이 없었다.

그때 그 요란스러운 소란도 아랑곳 않는 커다란 목소리가 울려 퍼지자 나는 손으로 이마를 짚었다.

"오늘도 바빠 보이네, 이치토!"

이마에 손을 얹은 채 몸을 돌리니 병동 안쪽에서 백의를 입은 덩치 큰 남자가 한 손을 흔들며 걸어오고 있었다. 보기 드문 거한으로, 햇볕에 그을려 얼굴이 시커메진 괴상한 풍모의 사내다.

"조금 전 헬기 환자가 소화기내과였구나. '환자를 끌어당기는 구리하라'는 여전히 건재한 것 같군."

커다란 목소리로 쓸데없는 소리를 하는 이 거한의 이름은 스나야마 지로, 대학 시절부터 알고 지낸 동기다.

나는 내과이고 그는 외과라 각자 걷는 길은 다르지만, 학생 기숙사에서는 옆방에서 지냈고 2차 병원에서도 함께 일했으며 현재 이 대학병원에서도 또 같이 일하고 있다. 함께한 시간이 길지만 원해서 이렇게 된 건 아니다. 그저 지긋지긋한 악연일 뿐이다.

"너, 지난주에도 여기에서 중증 췌장염 환자를 받지 않았어?"

지로는 그렇게 말하며 옆에 서더니 바로 눈앞에서 토혈 환자를 둘러싸고 우왕좌왕하는 리큐와 대장을 향해 너무나도 홀가분하게 "어이, 힘내"라고 말했다.

이 거한은 넓디넓은 대학병원 안에서 놀라울 만큼 인맥이 넓다. 나와는 달리 레지던트 시절을 대학병원에서 보냈다는 이유도 있지만, 누구에게나 오랜 친구라도 되는 듯 친근하게 말을 건네는 기행의 산물이기도 할 것이다. 전공인 소화기 영역뿐만 아니라 안과와 치과, 재활과 등 무수히 많은 진료과 여기저기에 지인이 분포되어 있다. 게다가 위압적인 외모와는 반대로 묘하게 마음 씀씀이가 좋아 후배들 사이에서도 인망이 두텁다. 대학병원의 7대 불가사의 중 하나다.

"너야말로 이런 데서 뭐하는 거야. 그런 우락부락한 얼굴로 어슬렁거리면 가뜩이나 중증인 환자들이 부정맥까지 일으켜서 더 악화된다고."

"교통사고로 다친 다발성 외상 환자가 오고 있어. 비장이 파열돼서 수술해야 할지도 모른다던데."

지로는 내 독설 따위 마이동풍으로 흘려듣더니 안쪽에 있는 침대로 시선을 돌렸다. 과연, 그곳에서는 외과의 대여섯 명이 모여 무언가 심각한 얼굴로 이야기를 나누고 있었다.

"나는 빨리 수술하지 않으면 혈압이 떨어질 것 같다고 했는데 이야기가 결론이 안 나서 말이야."

"네가 시커먼 얼굴로 사람들을 강압적으로 압박해대니

결론이 안 나는 거 아닌가?"

"내가 그렇게 강압적이었나⋯⋯."

난처해하는 표정으로 그런 소리를 했다. 여전히 농담이 통하지 않는 남자다.

"안녕하세요, 스나야마 선생님."

리큐가 인사를 하며 뛰어오더니 혈압, 맥박, 산소포화도에 이어 내원 당시 혈구를 계산한 결과를 나에게 보고했다. 이어서 링거와 확보할 수혈 양 등을 논리 정연하게 읊는 리큐의 모습에 지로는 주치의도 아니면서 흡족한 듯 끄덕였다.

"훌륭해, 훌륭해. 4년차에 그만큼 적확하게 지시를 내릴 수 있으면 훌륭한 거야, 시바타 선생."

"감사합니다."

"이치토는 어려운 얼굴로 어려운 말만 하지만 그저 나쓰메 소세키를 좋아할 뿐인 괴짜는 아니야. 머리도 좋고 정도 있지. 제대로 배워."

"후배에게 내키는 대로 말하는 건 상관없지만 그럴 여유가 있나? 네 예측이 들어맞은 것 같은데."

내가 안쪽에 있는 침대로 시선을 던진 이유는 환자의 혈압 저하 알람이 울려 퍼지고 있어서였다. 공교롭게도 지로가 우려했던 사태가 벌어진 듯했다. 거한은 "일 났네"라며 황급히 자리를 떴다. 그 큼지막하고 시커먼 뒷모습을 보면서 리큐가 중얼거렸다.

"스나야마 선생님과 구리하라 선생님은 동기셨군요."

"유감스럽게도 말이지."

"유감스럽게도?"

"혼잣말이야."

내던지듯 응수하던 그때, 주머니에서 PHS가 울려댔다. 손에 든 PHS를 보고 한숨을 내뱉은 것은, 발신자가 이름만 봐도 마음이 무거워지는 상대이기 때문이었다.

"구리하라 선생, 조금 전 이야기 말인데."

통화 버튼을 누르기 무섭게 서론도 없이 무미건조한 저음의 목소리가 들려왔다.

"여기저기 연락해봤지만 역시 소화기내과 병동은 병상 확보가 어려워서 말이지."

"어렵다고 하셔도 환자는 이미 와 있습니다, 우사미 선생님."

"물론 알고 있네. 하지만 우리 병동이 몹시 혼잡한 것도 사실이야. 내일 입원할 환자 수까지 생각하면 긴급 환자에게 병상을 할애할 수는 없어. 일단 그대로 응급센터 병상을 빌릴 수 없겠나?"

어디까지나 담담한 목소리가 들려온다. 전화 너머의 무

표정한 얼굴까지 선하게 그려지는 듯했다.

상대는 내가 소속된 제4내과의 준교수, 우사미 선생님이다. 소화기내과와 신장내과로 구성된 제4내과에서 교수의 뒤를 잇는 넘버 투가 이 선생님이다. 그저 준교수라는 직함을 앞세워 권위를 휘두르는 사람이 아니라 병동 침상의 관리자라서 우사미 선생님의 심기를 거스르면 환자를 입원시키는 것조차 불가능하다. 놀랍게도, 이미 환자가 눈앞에 와 있다 해도 입원시킬 수가 없다.

나는 바로 앞에서 토혈 환자를 에워싸고 우왕좌왕하고 있는 리큐와 대장을 보며 말했다. "선생님께 부담을 드려 무척 죄송합니다만 응급센터도 충분히 벅찬 상황입니다."

"하지만 이마카와 선생에게 부탁하면 한동안은 병상을 빌릴 수 있을 텐데."

"글쎄요. 지난주에도 중증 췌장염 환자 때문에 사흘 동안이나 병상을 빌렸습니다. 2주 연속 4내과의 중증 환자로 타과 병상을 차지하는 것은 그다지 온당한 선택지가 아닌 것 같습니다."

"자네의 기분도 이해가 안 되는 건 아니네."

우물쩍우물쩍 의미도 없는 대답이 돌아왔다. 상당히 화가 났지만 그래도 다급히 굴면 안 된다. 으레 있는 일이다. 좌우지간 병상이 없으면 어찌할 도리가 없다. 나는 한 번 더, 가능한 한 공손하게 병상을 확보해줄 것을 부탁한 뒤 전화를 끊었다.

토혈 환자 옆에 있다가 돌아온 리큐가 염려스럽다는 듯 입을 열었다. "또 병상 확보에 시간이 걸리는 건가요?"

"요즘 들어 소화기내과에 긴급 입원이 늘었으니까. 이미 다른 병동에도 병상을 빌리고 있는 형국이야. 우리가 준교수님도 고생시키고 있는 거지."

"그렇다고 해서 이미 실려 온 중증 환자가 갈 곳이 없다니 당치도 않은 소리입니다."

"동감이야. 동감이지만, 그렇다고 우리 주머니에서 병상이 추가로 튀어나오는 것도 아니잖아. 모든 건 의국 안에 계시는 우사미 선생님 지시에 달려 있어. 현장에서 멀찌감치 떨어진 아늑한 의국에서 느긋하게 커피를 마시며 독설과 비아냥만 입에 달고 사시는 우사미 선생님의 지시에 달려 있다고."

"이해하기 어렵게 말씀하시는데, 요약하자면 '못해먹겠다'는 말씀이네요."

"리큐, '완곡'이라는 단어의 뜻이 뭔지 아나?"

"저는 시바타입니다."

짜증을 감추지 못하는 리큐의 목소리를 자르듯 다시 PHS가 울렸다. 통화 버튼을 누르고 두세 마디 나눈 후 나는 깊은 한숨을 내쉬었다.

"또 우사미 선생님이 싫은 소리라도 하셨어요?"

"아니, 외래에서 온 전화다."

"외래?"

"이번에는 구급차야. 시가무라에서 30분 후 도착."

한순간의 침묵 후 리큐는 그대로 고개를 들어 천장을 쳐다봤다. 무슨 일이냐고 태평하게 묻는 대장을 보며 나는 말을 이었다.

"우선 수혈 지시를 빨리 끝내줘. 구급차가 온다. 82세, 급성 담관염 추정."

"실화예요?"

"유감스럽게도……." 나는 백의의 주머니에 PHS를 꽂아 넣으며 답했다. "실화다."

대학병원이란 참으로 신기한 공간이다.

일본 의료에서 기술과 지식, 인사의 정점에 군림하는 이 거대한 조직은 실로 기괴한 양상을 띠고 있어 갖가지 의미로 일종의 미궁을 형성한다.

일단 환자보다 의사 수가 더 많다. 그것만으로도 일반적인 의료 기관에서는 있을 수 없는 일이다. 교수, 준교수, 강사에 조교, 의국원, 대학원생, 레지던트, 비상근에 아르바

이트까지. 직함만 해도 무수히 많은 위치에 저마다 대량의
의사들이 배치되어 있다.

병상 600개에 1,000명이 넘는 의사가 있는데 제각각
세세하게 전문 분야가 나뉘어 있어서 내과만 해도 제1내
과에서 제5내과까지 다섯 개로 나뉘며 병원 전체로 보면
30개가 넘는 과가 존재한다. 그리고 제4내과, 제1외과라
는 명칭이 어떤 분야를 진료하는지 알기 어렵다는 의견을
받아들여 최근에는 '내분비대사내과'나 '심장혈관외과' 등
각 과를 구성하는 상세 분야를 기재하게 되었다. 고로 내
원한 환자는 제일 먼저 정문 현관에 즐비하게 늘어선 무수
한 표찰들 중 자신이 가야 하는 과를 찾아내는 엄청난 일
부터 시작해야 한다.

이러한 조직의 복잡함은 물론이거니와 부지 내 구성도
여간 혼돈스러운 것이 아니다. 광대한 토지에 주요 건물만
해서 외래동, 병동, 검사동, 의국동, 기초연구동이 줄지어
서 있고 제각각 지하도, 샛길, 건물을 잇는 복도로 복잡기
괴하게 연결되어 그야말로 미궁 그 자체를 이룬다.

한편 이렇게나 거대한 조직에 무수한 의사가 있으니 검
사나 치료가 물 흐르듯 진행될 것이라 생각한다면 크나큰
오산이다. 산더미처럼 쌓인 의사들은 오만 가지 상황에 휘
둘려 부질없이 병원 안을 우왕좌왕하는 것이 현실이다. 상

황과 도리와 명분과 긍지 따위가 그물코처럼 둘러쳐져 있고 거기에 얽매인 의사들은 매일같이 한숨과 욕설을 퍼부으며 뛰어다니기 바쁘다.

본디 의료라는 것은 인간이 인간의 생명을 좌우한다는 터무니없는 사명을 짊어지고 있다. 이러한 난폭한 초석 위에 부조리와 불합리와 모순이라는 세 개의 기둥을 세우고 권위라는 커다란 지붕을 얹은 곳이 대학병원이다. 애초에 기초도 기둥도 뒤틀렸는데 지붕만 유별나게 거대하니 곳곳이 비뚤어져 그야말로 일그러진 구조물이 되어버렸다.

내가 그런 대학병원에서 일하기 시작한 것은 지금으로부터 2년 전이다. 의사가 된 후 마쓰모토 시가지에 있는 24시간 종합병원에서 6년을 근무했던 나는, 우여곡절을 거쳐 현재 시나노대학 의학부 부속병원의 대학원생이라는 위치에 있다.

'대학원생.'

즉 학생이다. 학생이라는 증거로 학생증이 확실하게 발급된다.

하지만 실상은 아침부터 밤까지 외래, 병동, 검사로 병원 안을 이리저리 뛰어다니는 생활을 하고 정작 중요한 학업 쪽은 업무가 끝난 한밤중에야 할 수 있다. 녹초가 된 몸을 실험실로 끌고 들어가 시험관을 쥐고 있는 동안 박봉에서 수업료가 흠뻑 빠져나가는, 부조리의 전형이라 할 법한 처지에 놓여 있다. 가끔씩 마음속으로 '못해먹겠네'라고 투덜거린다 한들 벌을 받지는 않을 것이다.

"구리 짱, 뭘 못해먹겠다는 거야?"

불현듯 들려온 목소리에 나는 가볍게 눈살을 찌푸리며 시선을 움직였다. 바로 옆 책상에 엎드려 있는 갈색 머리칼의 의사가, 엎드린 상태에서 팔 사이로 내게 눈길을 보내고 있었다.

"무슨 소리라도 났습니까?"

"글쎄, 평소에는 과묵하고 이성적인 구리 짱이 무서운 얼굴로 욕설을 하는 것처럼 들렸는데."

"숙취 때문에 잘못 들으셨나 봅니다."

"숙취는 인정하지만 청력은 또렷해. 구리 짱도 스트레스가 많이 쌓인 것 같구먼."

호조 선생님은 오른쪽 팔꿈치를 괴고 손목 위에 턱을 올린 채 갈색 머리칼을 마구마구 헝클어뜨렸다.

이곳은 제4내과의 종합의국에 인접한 소강당이다.

평소에는 학부생 수업에 사용하는 계단형 강의실인데, 매주 목요일 아침 8시부터는 소화기내과 의사와 신장내과 의사 약 서른 명이 참석하는 콘퍼런스가 열린다. 이곳에 교수, 준교수에서부터 의국원, 제4내과에서 연수를 받는 의학부 학생까지 줄줄이 모여 정면 스크린을 올려다보며 인턴의 프레젠테이션을 지켜본다. 계단 위 상급 의사들이, 식은땀을 흘리며 열심히 케이스를 설명하는 햇병아리 의사를 향해 '검사가 충분치 않은 것 아니냐'는 등 '최신 진단 가이드라인은 확인했냐'는 등 위압적인 어조로 질문을 던지며 실로 살벌한 공기를 연출한다. 대학이 아니고서는 볼 수 없는 광경일 것이다.

나와 호조 선생님이 있는 곳은 그러한 전쟁터가 내려다보이는 맨 뒷줄이라 차가운 목소리로 중얼거린다 한들 대세에 영향을 주지 않는다.

"그나저나 아침부터 토혈 환자가 헬기로 왔는데, 한 시간 후에는 담관염 환자가 구급차로 왔다며? 구리 짱 진짜 부지런하네."

"헬기 쪽은 방금 전에 간신히 병상을 확보했습니다. 문제는 구급차 쪽입니다. 병상이 하나 부족합니다."

"그렇구먼." 호조 선생님은 느릿느릿 상반신을 일으키더니 앞을 바라보며 실눈을 떴다. "그래서 우사미 선생님께 직접 상소해달라고 부탁하러 왔구나."

죽 늘어앉은 의사들의 맨 앞줄에는 교수인 미즈시마 선생님과 함께 준교수인 우사미 선생님의 모습도 있었다. 작은 체구에 풍채가 좋은 미즈시마 교수님과는 대조적으로 키가 멀쑥하고 창백한 데다 새하얀 백발이기까지 한 우사미 선생님은 뒤에서 봐도 섬뜩하다는 말밖에는 할 말이 없다. 의국의 사무적인 운영을 도맡고 있어 제4내과의 우두머리라 불리는, 두려움의 대상인 인물이다.

"그런데 오늘은 빵집의 기분이 별로 좋아 보이지 않는단 말이지."

호조 선생님이 말하는 '빵집'은 우사미 선생님을 지칭하는 말이다. 의국의 우두머리에게 '빵집'은 가혹한 호칭이거니와 무엇보다 장본인인 우사미 선생님은 빵집 출신이 아니다. 빵집과 관계가 없는 사람을 빵집이라 부르는 데에는 나름의 이유가 있지만 지금 내게 중요한 건 병상을 확보하는 것이지 빵집 설명이 아니다.

"선생님은 우사미 선생님과 사이가 좋지 않으셨습니까. 제가 부탁드리는 것보다 말이 잘 통할 것 같아서요."

"비꼬는 거지?"

"피해망상이십니다. 늘 감사하게 생각합니다."

호조 선생님은 고개를 절레절레 저으며 갈색 머리칼을 쓸어 올리더니 물었다. "토혈이랑 담관염 두 사람 상태는 괜찮아?"

"지금 응급센터에서 리큐와 대장이 대응하고 있습니다. 헬기 쪽 토혈 환자는 아직 혈압이 불안정해서 우선 수혈로 조금 더 상태를 호전시킨 뒤 내시경을 진행할 예정입니다. 지금은 쇼크 상태인 82세 환자의 ERCP가 우선입니다. 하지만 그 ERCP 환자의 병상이 없습니다."

"ERCP는 몇 시부터?"

"30분 후인 9시경입니다."

"알았어, 9시 반에는 동쪽 7층 병동에 입원할 수 있도록 해둘게."

시원스러운 응답이다. 우물쩍거리는 전화에 대응하느라 호되게 고생했던 것이 허무해질 정도로 시원스럽다.

가볍게 인사한 후 일어서자 호조 선생님이 나를 불러세우듯 입을 뗐다.

"너무 신경질적인 표정을 짓고 있으면 모가 난다고, 구리 짱." 그러고는 어깨 너머로 싱긋 웃으며 덧붙였다. "대학 의국에는 다양한 사람들이 있어서 누가 적군이고 누가 아군인지 쉽게 알 수 없어. 그런 곳에서는 붙임성과 미소가 가장 큰 무기가 되지. 섣불리 부딪히면 나중에 무슨 소리를 들을지 몰라."

"그대의 길을 가라. 남들이 뭐라 하든 내버려두어라."

예를 갖추고 말하자 호조 선생님은 잠깐 침묵한 뒤 어깨를 움츠렸다.

"또 나쓰메 소세키야?"

"단테입니다."

나는 고개를 끄덕여 인사한 뒤 소강당을 뒤로했다.

"그대의 길을 가라."

역사적인 대작 『신곡』에 그런 매력적인 구절이 새겨져 있다. 그저 위세로 가득한 글귀가 아니다. 정치적인 음모에 휘말려 자리에서 물러나고 조국에서 추방되어 정처 없이 유랑하면서도 끊임없이 『신곡』을 써 내려갔던 단테의 말이라 생각하면 그 무게와 울림이 남다르다.

하지만……

나는 발을 멈추고 눈앞의 좁은 골목을 바라보았다.

해는 이미 저물어 주변에는 밤기운이 가득하다. 찌푸린 하늘에 달은 보이지 않고 가로등 불빛이 이따금 생각났다는 듯 깜박이며 오솔길에 희끄무레한 빛을 던지고 있다.

내가 걷는 길은 그야말로 이 인기척 하나 없는 골목길처럼 의지할 곳 없고 어둑어둑하여 앞이 보이지 않는다. 양심과 긍지에 따라 하루하루 움직이고 있지만 대학병원에서의 방대한 업무 중 실제 진료에 할애하는 시간은 얼마 되지 않고 잡무와 조정과 사전 교섭에만 몰두하는 느낌이다.

나는 고개를 저으며 한숨을 내뱉다가 눈을 가늘게 떴다. 길가에 핀 아리따운 청자색 꽃을 발견했기 때문이었다. 무

스카리라는 이름의 그 꽃은 얼핏 보면 포도송이처럼 보여서 포도 히아신스라 불리기도 하는데, 유래를 거슬러 올라가면 완전한 외래종이라 지중해 연안에서 난다고 한다. 인상은 단아한데 의외로 해충에도 강하고, 지금은 일본 토양에도 적응하여 곳곳에서 봄소식을 알리는 꽃으로 널리 퍼져 있다. 평범한 민가의 처마 끝에 무리 지어 자라기도 해서 길모퉁이를 돌았다가 홀연히 말간 푸른빛을 보고 흠칫 놀라는 일도 드물지 않다.

나는 무언가가 지친 등을 살포시 어루만져주는 듯한 기분을 느끼며 다시 걸음을 내디뎠다.

결국 그날은 아침부터 긴급 ERCP에 이어 긴급 지혈 처치를 했고, 한숨 돌리자마자 이번에는 ICU의 췌장염 환자가 고열을 일으켜 병동과 내시경실과 ICU를 왕복하는 동안 해가 기울었다. 의국에서 늦게나마 간신히 점심을 먹은 시각이 오후 4시라는 꼴이었다.

"환자를 끌어당기는 구리하라 징크스는 역시 사실이었네요. 액막이라도 한번 하시는 게 좋지 않겠습니까?"

평소에는 농지거리를 하지 않는 리큐가, 늘 사용하는 사기 주전자로 차를 타 마시며 언짢다는 듯 중얼거렸을 정도이니 여간 지친 것이 아니었으리라.

"대학병원은 팀 의료가 원칙이다." 나는 구태여 호기롭게 말하며 두 후배를 쳐다보았다. "3팀이 당번일 때 긴급 환자가 온다고 해서 나 혼자 끌어당겼다고는 할 수 없어. 리큐가 끌어당겼을 수도 있고 대장이 원흉일지도 모르지."

"억지 부리지 마세요. 전 구리하라 팀에 들어온 지 아직 한 달밖에 안 됐는데 다른 진료팀보다 훨씬 바빠……."

내가 말없이 노려보자 대장이 입을 다물었다.

그렇게 아무 의미 없는 논쟁을 하면서도 늦은 점심 식사를 마치면 곧바로 병동 회진에 나서야 한다. 입원 환자라고는 하지만 대학병원은 의사 수에 비해 담당 환자가 결코 많지 않다. 네다섯 명이 한 그룹인 진료팀이 담당하는 환자 수는 고작 일고여덟 명. 하지만 그 환자들이 죄다 복잡기괴한 증상을 보이고 있다. 심부전, 당뇨병, 뇌경색 등 다수의 합병증을 앓고 있는 위암 환자, 일반 병원에서 온갖 수단을 동원해봤지만 혈변이 멈추지 않아 이곳으로 옮긴 궤양성 대장염 환자, 원인 불명으로 복수가 찬 환자 등 한 명 한 명의 존재감이 실로 어마어마하다.

그런고로 회진을 한 번 하더라도 긴장을 놓을 수 없는 것이 현실인데, 그럼에도 해 질 무렵에는 귀갓길에 오를 수 있다는 건 직원이 많은 대학병원 특유의 장점이라 할 수도 있다. 지금은 리큐가 ICU에 머무르며 대응해주고 있다.

사람은 돌담, 사람은 성.

신겐공(센고쿠시대의 무장인 다카다 신겐을 뜻한다-옮긴이)
의 말씀이 맞는다고 가슴속으로 푸념했을 때는 어느덧 한
산한 주택가 한복판에 선 흉가 같은 누옥에 도착한 후였다.

'온타케소.'

오래된 간판에 적힌 세 글자는 이제 알아보기도 어려울
만큼 낡았지만, 그 너머로 오래된 매화나무와 함께 당당하
게 서 있는 오래된 민가가 정든 우리 집이다.

이 고풍스러운 자태의 건물은 예전에는 여관으로 사용
됐던 만큼 박공널이며 교창(交窓)에서 풍격이 느껴지지만,
애석하게도 흐르는 세월의 무게까지는 지탱하지 못하고
있다. 기울어진 처마 끝은 곁에 있는 매화 고목나무와 맞
물려 오래된 사진 같은 정취를 자아낸다.

미닫이를 활짝 열고 들어서자 눈에 익은 어두침침한 복
도와 거실로 이어지는 낡은 장지문이 보였다. 빛이 새어나
오는 장지문에 손을 갖다 댄 순간 안쪽에서 문이 열리며
밝은 목소리가 튀어나왔다.

"빠빠, 다녀와쭘다!"

목소리와 함께 핑크색 파자마 차림의 조그마한 천사가
미끄러지듯 나왔다. 동글동글 살이 오른 천사는 나의 바지
를 잡고 힘껏 끌어당기며 한 번 더 말했다.

"다녀와쭘다!"

"고하루, 이럴 때는 '다녀오셨어요?'라고 하는 거야."

천사의 발치에는 요즘 들어 고참의 풍격을 갖추기 시작한 삼색 고양이 브로니카가 있었다. 고하루의 작은 손에 끌려가는 나의 발걸음을 마치 선도하기라도 하듯 거실에서 주방으로 유유히 이끌었다. 마침 나의 아내가 저녁 식사를 준비하던 중이었다.

"이치 씨, 어서 와요."

아내 하루가 온화한 목소리와 미소로 맞아주었다. 손에 들고 있던 긴 젓가락을 내려놓고 양손을 닦은 뒤 마르고 닳도록 읽은 『풀베개』가 굴러다니고 있을 뿐인 나의 가방을 들어주었다.

"오늘도 바빴나 보네요. 아침부터 헬기가 보였어요."

"별일 아니야. 환자가 산처럼 밀려 들어와도 의사 또한 산처럼 쌓여 있는 곳이 대학병원이라는 곳이니까."

"의사가 산처럼 있어도 이치 씨는 왜인지 편해지지가 않으니 신기해요."

씁쓸히 웃는 아내에게 나는 짐짓 느긋하게 말했다.

"신기한 일이라면 아무리 피곤해도 이렇게 하루와 고하루의 미소를 보면 금방 기운이 난다는 게 더 신기하지."

"아유……."

손으로 입을 가리고 웃는 아내의 발밑에서 고하루도 엄

마의 동작을 흉내 내며 "아우" 하고 따라 했다. 정말이지, 천진함과 유쾌함으로 만들어진 이 작은 생물은 무엇을 하든 재미있어한다.

"고하루는 엄마 말 잘 듣고 있었어?"

"들어쪄!"

"잘했어."

"빠빠는 음마 말 잘 드러?"

"잘 듣고말고."

"잘해쪄!"

밝은 목소리에 맞춰 웃음소리가 울려 퍼졌다. 참으로 유쾌하기 그지없다.

아내는 원래 전 세계를 누비며 활약했던 사진가다. 세계를 누비고 다녔다는 말인즉 일본에는 없었다는 뜻이며, 내가 의사인 것과 맞물려 당연히 두 사람이 함께 보낸 시간은 많지 않았다. 하지만 고하루가 태어난 후로 아내는 활동을 잠시 중단했고, 지금은 도쿄에서 가끔씩 출판사 편집자가 찾아오는 정도이니 많은 시간을 집에서 보낸다. 그래서 이렇게 유쾌한 웃음소리가 온타케소에 활기를 불어넣고 있는 것이다.

구리하라 일가가 한바탕 평온하게 단란한 한때를 만끽하는데 홀연히 거실의 장지문이 열리더니 키 큰 남성이 얼굴을 들이밀었다.

"오랜만에 일찍 들어왔네, 닥터."

씨익 웃으며 말하는 사람은 온타케소 '도라지방'의 주민인 화가 남작이다. 남작은 금세 종종거리며 뛰어간 고하루를 가뿐하게 어깨 높이까지 안아 올리더니 말을 이었다.

"돈도 시간도 인권도 없는 대학원생이 어두워지기 전에 돌아오다니 별일이네."

"제 방에 틀어박혀 역사적 명화를 그리는 남작이 이렇게 냉큼 마중 나오는 것도 별일일세."

"벗의 목소리가 들리면 붓을 내려놓고 맞이하는 게 귀족으로서의 예의라 할 수 있지."

호기롭게 응수하는 남작의 시선은 눈앞의 친구가 아닌 주방의 아내에게 가 있었다.

"귀족의 목적은 벗이 아니라 저녁 식사 쪽이로군."

"역시 대학병원의 훌륭한 선생님이시구먼. 적확한 통찰에 몸 둘 바를 모르겠네."

식(食)을 위해서라면 태연하게 돌변하는 것이 남작이라는 사람이다.

온타케소의 최고령 주민인 남작은 내가 인턴 신분으로 '벚꽃방'에 왔을 때도 이미 장로(長老)였으니 거주 기간이 족히 10년은 넘었을 것이다. 언제나 스카치 위스키와 파이프를 곁에 두고 붓을 드는 이 양반은 지금까지도 정체를 드러내지 않았다. 나라고 이제 와 새삼스레 탐구할 생각도 없으니, 거실에 앉은 남작의 술잔에 준마이긴조 '도요카'를 따랐다.

"대학원생 생활은 좀 어때? 볼 때마다 야위어가는 것 같아서 약간 걱정되는데."

"어쩔 수 없어. 돈도 시간도 인권도 없지만 입원 환자와 당직만큼은 충분히 보장되는 게 대학원생이야. 거기에 실험과 논문이 더해지면 체중 2~3킬로그램은 순식간에 증발해버리지."

"오래전부터 생각한 건데 말이야." 남작이 역시나 어처구니없다는 얼굴로 말했다. "의사라는 게 원래 변태 집단이야? 혼조병원에서 자네가 일할 때도 놀랐지만 대학은 대학대로 이해하기 힘든 환경인 것 같아서."

"말할 것도 없어. 인간의 생명을 인간이 어떻게든 해보려고 고민하는 게 의사라는 존재야. 일반적인 상식선에서 보면 변태로 보일 수밖에 없지."

"그렇군. 그럼 겸허한 남작과 변태 닥터의 미래를 위해 건배 한번 하지."

심히 이해가 되지 않는 대사에 반론하기보다는 마시는 쪽을 택했다.

맛 좋네, 라고 먼저 중얼거린 것은 남작이었다.

"비장의 술이다. 오랜만에 남작 얼굴을 봐서 꺼내온 거라고."

"그렇게 나온다면 변태 호칭은 취소할 수밖에 없겠군."

남작은 빙긋 웃더니 그대로 남은 술을 단숨에 들이켠 후 만족스럽다는 듯 숨을 내쉬었다.

'도요카'는 신슈의 오부세에서 빚은 술로, 또렷한 단맛과 풍부한 향을 머금고 있다. 단맛도 향도 화려한 것에 비해 뒷맛이 깔끔하여 산뜻하기까지 한 일품이다. 나도 한잔 더 들이켜자 가슴속에 유쾌함이 넘실대더니 자잘한 고민쯤이야 아무렇지 않게 여겨진다.

"남작과 이렇게 마시는 것도 오랜만이긴 한데 학사님은 얼굴조차 못 본 지 오래야. 오늘도 부재중인가?"

"그러게요." 아내가 우동이 끓고 있는 뚝배기를 가지고 오며 대답했다. "이제는 3학년이라 진로 문제도 있어서 그런지 요즘에는 늦게 들어올 때가 많아요."

학사님이란 '들국화방' 주민으로, 시나노대학 학생이다. 아직 학생인데 학사라는 호칭은 순서가 맞지 않지만 거기에는 복잡한 까닭이 있으니 여기에서는 언급하지 않겠다. 순서가 틀렸더라도 두뇌가 명석한 것은 의심할 여지가 없으며 지금은 시나노대학 인문학부 철학과 3학년이다.

"요즘에는 다 같이 모일 기회도 별로 없네."

무심코 내뱉은 나의 탄식에 남작이 술잔을 바라보며 말했다. "허전하다면 허전하지만, 허구한 날 다 같이 집에 틀어박혀서 모이는 것보다는 훨씬 건전해. 물은 흐르고 있을 때는 아름답지만 일단 물길이 막히면 바로 고여버리지. 오는 사람도 있고 떠나는 사람도 있고. 온타케소는 언제나 그렇게 굴러갔어."

아내가 차분한 음성으로 말하는 남작 앞에 젓가락과 그릇을 놓으며 조용히 끄덕였다.

"변해가는 것은 사람만이 아니다, 온타케소 또한 그러하다, 라는 말씀이지."

담담하게 이어간 그 말에 나는 마음에 짚이는 구석이 있어 입을 열었다. "그 이야기는 진행 중인가?"

"그런 것 같아. 어떻게 하면 좋을지 궁리 중이야."

"온타케소 철거 건이지?"

"그래." 남작이 눈썹을 찌푸리며 낮게 대답했다.

그런 이야기가 나오고 있다.

매우 최근 일이다. 온타케소는 지어진 지 몇 년이 됐는지도 분명하지 않은 낡은 누옥이다. 심지어 이곳에는 나이도 신분도 뒤죽박죽인, 정체를 알 수 없는 주민들이 살고 있으니 이웃들의 평판은 좋을 리 없다. 게다가 흉가 같은 누옥에서 하루가 멀다 하고 술자리를 벌이는 소리가 새어 나가니 그것만으로도 천하의 평판은 땅에 떨어지는 것이다. 그래서인지 이참에 철거해버리는 게 어떻겠느냐는, 참으로 양식(良識)에 넘치는 이야기가 근방에서 나오기 시작한 것이 대략 1년 전쯤이었다.

그래도 나이가 많은 집주인은 항상 생글생글 웃기만 할 뿐 구체적인 이야기가 진행된 적은 없었는데 최근에 아들이라는 남자가 본가에 돌아오면서 형세가 바뀌기 시작했다.

"뭔가 구체적인 이야기가 나오고 있나?"

"아직 잘은 모르겠지만 온타케소를 철거하고 새로운 맨션을 짓자는 이야기가 나오나 봐. 그리고 어제는 우편함에 이런 전단지가 들어 있었어."

남작이 어디선가 꺼내든 것은 최근 근처에 새로 짓고 있는 임대주택 전단지였다. '공실 있음', '즉시 입주 가능'이라는 글자가 여봐란듯이 춤추고 있다.

"아무래도 주인집 아들인지 뭔지가 넣은 것 같아."

"노골적이군."

"노골적이지." 남작이 세차게 끄덕였다.

부친의 건강 악화를 이유로 조기 퇴직한 후 귀향했다는 이 아들은 도쿄에서 오랜 기간 직장 생활을 한 사람답게 상대하기 쉽지 않은 인물이라고 한다.

"하지만 이런 노골적인 작전도 자네 부부에게는 영향이 있는 게 아닌가?"

말의 의미를 헤아릴 수 없어 나는 무심결에 아내와 마주보았다.

남작이 어이없어 하는 표정을 지었다. "자네들은 아이가 있는 가족이야. 게다가 기묘한 소문까지 피어오르는 이 누옥에서 이제 슬슬 나가고 싶다는 생각이 들어도 이상할 게 없지. 오히려 나가고 싶을 거야."

"정말 그래?" 나는 아내에게 물었다.

아내는 고개를 갸웃거리더니 고하루의 그릇에 우동을 덜며 되물었다. "당신은 나가고 싶어요?"

"그렇게 생각한 적은 한 번도 없지만 나는 혼자 사는 게 아냐. 생각해보면 낮 시간의 대부분을 병원에서 보내는 나보다 온타케소에서 많은 시간을 보내는 하루의 마음이 훨씬 중요해."

"그렇다면 걱정할 필요 없어요." 아내가 시원하고 산뜻하게 웃었다. "옛날에도 지금도, 전 여기가 정말 좋아요."

"그렇다고 하는군, 남작."

남작은 내 말에 잠시 생각에 잠긴 얼굴이 되더니 이윽고 전단지를 구깃구깃 구겨 쓰레기통으로 던진 후 씨익 웃었다.

"잊어주시게. 어리석은 억측이었던 것 같아."

"문제없어. 이렇게나 술이 맛있으니 하룻밤이 지나면 기억이 남아 있지 않을 걸세."

"고하루도 걱정할 필요 없어요. 이 아이도 온타케소 식구들을 정말 좋아하니까요."

"그건 심히 걱정되는군."

남작이 눈살을 찌푸리는 나를 보며 웃었다.

온타케소라는 공간이 고하루의 마음에 무엇을 가져다주는지는 알 수 없다. 하지만 집을 비우는 나를 대신해 학사님은 고하루에게 온갖 그림책을 읽어주고, 온종일 파이프를 물고 살던 남작은 언제부터인가 거실과 주방에서는 담배 피우는 모습을 보이지 않게 되었다.

이러한, 호들갑이 아니라 지극히 자연스레 서로를 배려하는 온타케소의 공기는 분명 눈앞에 있는 이 자그마한 마음에도 따뜻한 무언가를 키워주리라.

나는 술잔을 손에 들고 뒤돌아 우리 아이를 바라보았다.

"고하루는 남작이랑 학사님이 좋아?"

소녀는 얼굴을 들고는 두 번 정도 눈을 깜박이더니 함박웃음을 지었다.

"죠아!"

불안이 없지는 않다. 하지만 온타케소가 남아주었으면 좋겠다고 마음속으로 빌었다.

대학원생의 본업은 말할 나위도 없이 학위를 취득하는 것이다. 쉽게 말하면 실험을 해서 논문을 쓰는 것이다.

그렇다고 내가 특별히 실험에 관한 교육을 받은 것은 아니다. 일반 병원에서 그저 악착같이 환자를 상대해왔을 뿐인 평범한 내과의다. 평범한 내과의에게 난데없이 PCR(중합효소 연쇄 반응-옮긴이)이니 시퀀스니 사이토카인 어세이(면역세포에서 분비되는 단백활성 물질을 분석하는 것-옮긴이)니를 들이밀어도 어찌할 방도가 없는데, 그 어찌할 방도가 없는 것을 어떻게든 해낸다는 게 대학원의 불가사의라 해도 좋다.

먼저 의국 창고에 있는 대형 냉동고에서 수백 개에 이르는 C형 간염 환자의 혈청을 잔뜩 가지고 온다. 그걸 가능한 한 신속하게 나눠 담고 온도와 시간을 정밀히 조정해주는 기계에 집어넣는다. 그동안 아가로스 겔(한천의 주성분인 다당을 이용해 만든 겔 상태의 물질-옮긴이)을 굳혀두고 완성된 검체를 그 안에 부은 후 이번에는 전기영동을…….

내가 말하지만 스스로도 점점 뭐가 뭔지 알 수 없어지는 행위를 휴일 아침부터 실험실에 박혀 끝없이 반복하고 있다.

기초연구동 5층에 있는 실험실 창문으로는 낡은 의국 동이 보이고 그 건너편에는 하얗게 치솟은 9층 높이의 병동이 보인다. 병동에는 췌장염이며 토혈이며 혈변으로 고생하는 환자들이 있는데, 일단 지금 나의 관심사는 환자의 혈압이 아니라 앞에 놓인 플라스크 쪽이다.

"이치토 선생님, 괜찮으세요?"

문득 목소리가 들려와 돌아보니 옆 실험실로 이어지는 문이 열려 있고, 거기에 훤칠하게 키가 큰 여성이 서 있었다. 티셔츠에 청바지, 두껍고 검은 뿔테 안경. 훌륭하리만치 꾸밈없는 옷차림이다. 왼손으로 능숙하게 책을 펼치고 오른손으로 비커를 쥔 모습은 평소 그녀의 실험 스타일이다.

"후타바 선생, 좋은 아침이야. 토요일 아침부터 실험을 하다니 변함없이 근면하네."

"근면이든 뭐든 상관없습니다만……."

될 대로 되라는 식의 내 태도에 후타바 사키코는 어깨를 가볍게 으쓱하더니 바로 옆에 있는 전기영동기를 눈짓으로 가리켰다.

"시간 지난 것 같은데, 괜찮을까요?"

그 말에 나는 으악, 작게 입이 벌어졌다. 다급히 기기 안을 들여다봤지만, 그런다고 흘러가버린 시간이 돌아와주지는 않는다. 규정 시간을 20분 이상이나 넘겨버린 전기영동은 완전히 실패로 끝났다.

"또 저지르셨군요."

"그런 것 같아."

머리가 지끈거려 손으로 이마를 짚었다.

"밤새우셨어요?"

"밤을 새운 정도는 아니야. 새벽 2시에 췌장염 환자의 혈압이 떨어져서 호출받고 4시부터 실험을 시작했으니 두 시간이나 푹 잤지."

"고생이 많으시네요."

후타바는 어디까지나 담담하게 말하더니 왼손에 있던 책을 바로 옆 책상에 내려두고는 싱크대에 놓여 있던 깨끗한 비커를 들고 자신의 손에 든 비커의 내용물을 반 정도 부었다.

"드실래요?"

그녀가 내민 내용물이 커피라는 건 알지만 아직도 익숙해지지 않았다.

"커피는 고마운데 여전히 비커에 마시는 건가?"

"싫으시면 소변검사 컵으로 바꿔드릴게요."

"비커면 충분해."

나는 검은 액체가 든 비커를 감사히 받아들었다.

후타바는 나보다 1년 후배인 의사인데 제4내과 소속은 아니다. 의학부를 졸업하자마자 병리학 교실에 입국해 그대로 기초연구의 세계에 입문했고 지금까지 외곬으로 그 길을 걷고 있다. 즉 후배이긴 하지만 실험, 논문 등에 관해서는 나 따위는 발끝도 못 미칠 정도의 실적과 경험을 갖고 있다.

"타이머를 쓴다든지, 시간을 정해놓고 한다든지, 어떻게든 손을 좀 써야겠는걸요. 이치토 선생님의 실험은 효율이 너무 떨어지지 않나요?"

덤덤한 말투로 가차 없는 논평을 입에 올리는 것이 그녀의 특징이다.

"잊지 않도록 타이머를 쓰자는 걸 잊어버려."

"중증이군요."

후타바는 실패한 검체를 쓰레기통으로 던져 넣고, 그와 동시에 탁상 위에 내놓은 채로 방치했던 혈청을 냉동고에 다시 넣어주었다. 솜씨 좋게 탁상을 정리하던 후타바는 책상 너머에 있는 소파에서 사람의 모습을 발견하고 퍼뜩 손을 멈췄다. 가운을 머리까지 뒤집어쓴 남자가 누워 있다. 그녀는 백의의 끄트머리에 갈색 머리칼이 살짝 비어져 나온 것을 알아채고 나를 돌아보았다.

"호조 선생님?"

나는 비커를 기울이며 끄덕였다. 입안에 기분 좋은 쓴맛과 향기가 퍼져 나간다.

"오늘 오전에는 오랜만에 둘 다 시간이 비니까 둘이서 160검체의 PCR을 한 번에 끝내기로 했었지."

"그래서 새벽 4시부터?"

"일단 90검체가 끝났을 때 호조 선생님은 기절하셨어. 이후로 30검체를 더 진행했지만 나도 슬슬 한계에 다다른 것 같군."

"선생님들 정말 대단하시네요."

평소 표정을 잘 드러내지 않는 후타바도 역시나 좀 질렸다는 표정이다.

그 얼굴 너머에 있는 창문 밖으로 아침 햇살이 비추는 조넨다케가 보였다. 특별히 조망을 고려해 기초연구동을 지은 것은 아니지만 5층 서쪽 모퉁이에 있는 제4내과의 실험실에서는 북알프스가 잘 보인다.

"잠깐이라도 눈을 붙이시는 게 좋을 거예요."

"그러고 싶은 마음은 굴뚝같지만 오늘 밤은 오늘 밤대로 호조 선생님도 나도 당직 아르바이트가 있지."

"난리도 아니네요." 후타바는 커피를 다 마신 뒤 탁상에 있는 실험 노트로 시선을 돌렸다. "나머지 40검체라면 괜찮아요. 제가 해두죠."

"그런 폐를 끼칠 수는 없네."

"말이랑 눈빛이 정반대예요. 도와주길 바란다면 솔직하게 말씀하세요."

"도와줘."

나는 부끄러움도 체면도 없는 대사를 뱉어낸 후 가까이 있는 의자에 앉았다. 바로 옆에 있는 원심 분리기 쪽에 후타바가 덮어둔 책이 보여 손을 뻗었다.

스타니스와프 렘의 『완전한 진공』이었다.

"여전히 SF를 좋아하는군."

"그냥 기분 전환용이에요. 실험은 의외로 단순 작업이 많으니까요."

"렘의 『솔라리스』는 확실히 재미있었어. 『화씨 451』에는 못 미치지만."

"『화씨 451』은 레이 브래드버리의 작품입니다."

"렘이든 레이든 상관없지만 책이 불타는 대목에서는 가슴이 아팠다고."

"이치토 선생님은 나쓰메 소세키 작품만 읽으시는 게 아니었군요."

"소세키는 존경하지만 숭배하는 건 아니야. 모리 오가이든 아쿠타가와든 아시모프든 제임스 호건이든 다 읽지만, 읽으면 읽을수록 소세키의 매력이 돋보이지."

그러십니까, 라며 후타바는 나의 연설을 오른쪽 귀에서 왼쪽 귀로 흘려들었다. 흘려들으면서도 어지러워진 실험 책상을 능숙하게 정리하는 모습을 보니 40검체의 PCR을 벌써 시작할 기세다.

인생에서 반드시 지녀야 할 것이 있다면 벗일지니.

나는 호조 선생님이 자고 있는 소파의 맞은편에 놓인 소파에 아무렇게나 누웠다. 후타바가 남쪽 창문에 있는 블라인드를 내려준 덕에 실험실이 살짝 어두워졌다. 무뚝뚝한 것에 비해 세심한 부분까지도 잘 챙기는 사람이다.

눈을 감았다.

그와 동시에 똑똑, 문을 두드리는 소리가 들렸다.

방문객이 찾아올 만한 곳은 아니다. 덜커덕 열린 문으로 시선을 돌렸다가 탄식을 했다. 운명의 신은 나에게 휴식을 내려줄 생각이 없는 듯했다.

"모처럼 쉬시는 데 방해해서 죄송합니다."

리큐가 실험 기기들 사이에 서서 **빡빡머리**를 숙였다. 일단은 의자에 앉아 젠체하며 뜻 모를 말을 내뱉었다.

"걱정할 것 없어. 휴식 따위는 초장부터 존재하지 않는 게 대학원생의 숙명이지."

소파에서는 호조 선생님이 여전히 달콤한 숨소리를 내

며 자는 중이고, 리큐를 따라온 대장은 후타바가 커피를 내리는 것을 즐거워하며 돕고 있다. 참으로 한가로운 경치 속에서 나와 리큐만이 대단히 어색한 분위기를 연출하고 있었다.

"그래서, 우사미 선생님과 부딪쳤다는 게 무슨 뜻이야?"

리큐는 조심스레 입을 떼며 상황을 간추려 설명했다. "오늘 아침, 의국에서 우사미 선생님을 우연히 만났는데……."

오늘 아침, 리큐는 병동 회진 전에 의국에 들렀다가 우두머리인 우사미 선생님과 마주쳤는데 그때 우사미 선생님에게 무언가 가차 없는 지적을 받았다고 한다. 요컨대 입원 환자의 병상 확보에 관한 문제였다.

"병상이 꽉 찼으니 쓸데없는 환자는 빨리 퇴원시키라는 게 우사미 선생님의 취지입니다."

"쓸데없는 환자?"

"지난주에 제가 입원시킨 소노하라 게사오 씨를 두고 하는 말입니다."

나는 눈살을 살짝 찌푸렸다.

3팀에는 현재 여덟 명의 환자가 있는데 소노하라 씨는 오연성 폐렴으로 일주일 전쯤 다른 병원의 소개로 입원한, 누워만 있는 고령 환자다.

"우사미 선생님의 말씀으로는 소노하라 씨는 대학병원

에서 치료할 만한 환자가 아니랍니다. 그런 쓸데없는 환자
가 있으니 병동이 제대로 굴러가지 않는 거라며 어찌됐건
빨리 퇴원시키라고 하셨습니다."

"그래서, 뭐라고 대답했어?"

"환자에게 쓸데 있고 없고는 없다고 말했습니다."

블라인드 틈으로 눈부신 햇살이 가늘게 들어왔다. 바깥
날씨는 더없이 좋은 듯했다. 반면 우리를 감싼 실험실 공
기는 무겁게 가라앉아 숨이 막혔다. 탁상 위 비커로 자연
스레 손을 뻗었지만 이미 커피를 다 마셨다는 사실을 떠올
리고는 동작을 멈췄다.

"제가 실수했습니까?"

"성실한 일개 의료인으로서는 아무 문제도 없는 대답이
야. 하지만 상대가 우두머리라면 의문의 여지 없이 낙제점
이지."

"무슨 뜻인지 모르겠습니다만."

"그렇게 대답하면 의국 우두머리의 기분만 나빠질 뿐이
라는 거야. 독설은 더욱 심해지겠지."

"기분이 나빠지다니, 저희는 상사의 기분을 맞추기 위해
일하는 게 아닙니다. 환자를 치료하려고 일하지 않습니까."

짝짝짝, 별안간 실로 경박한 박수 소리가 울려 퍼지자
리큐는 입을 닫았다.

고개를 돌려보니 소파에서 자고 있던 호조 선생님이 어느새 눈을 뜨고 재미있다는 얼굴로 손뼉을 치고 있었다.

"대학병원에서 이렇게나 흠잡을 곳 없는 정론을 펼칠 수 있다는 건 기쁜 일이야. 좋은 후배가 있구먼, 구리 짱."

"정론은 좋지만 각을 세우지 말라고 말씀하신 건 선생님이십니다."

"자자, 우두머리에게는 우두머리 입장이 있겠지만 나는 시바타의 정직한 마음가짐도 소중하다고 생각해."

호조 선생님은 마치 저 혼자만 상식인인 듯한 태도로 말하더니 늘어지게 기지개를 켰다.

"그래서, 소노하라 씨가 누구랬지?"

소노하라 게사오 씨, 84세, 남성.

일주일 전쯤 스와병원의 소개로 위루를 삽입하기 위해 입원했다.

'중증 심부전이 있어 일반 병원에서 위루술을 시행하기는 위험함.'

소개장에는 지극히 지당한 사유가 적혀 있었지만 막상 검사를 해보니 그냥 평범한 심부전이었다. 특별히 문제가 될 정도는 아니란 뜻이다.

"왜 굳이 대학병원으로 소개를……?"

"따님이 좀 까다로운 분이라……."

언제나 말투가 흔들리는 법이 없던 리큐가 적잖이 곤혹스러운 표정을 지었다.

소노하라 씨의 딸이라는 인물이 무슨 이유에서인지 온갖 구실을 갖다 붙이며 입원 기간을 조금이라도 늘리려 한다는 이야기였다. 위루를 삽입한 후에도 온갖 검사를 요청하고 치매 검사에서부터 재활 내용, 손발톱 무좀 관리에 이르기까지 요구 사항이 참으로 많았다.

"진상인즉슨 도를 넘은 딸의 태도를 스와의 주치의도 감당할 수 없어서 대학병원으로 떠넘겼다는 건가."

호조 선생님의 발언은 스스럼없는 만큼 정확했다.

이런 환자를 우연히 외래에서 소개받은 리큐가 운이 나빴다고 할 수도 있지만, 이 성실이라는 와이셔츠에 진지라는 넥타이를 두른 듯한 4년차 의사는 타고난 정의감을 발휘하며 두말없이 떠맡았을 것이다.

"처치가 끝났고 경과도 안정적인데 퇴원 얘기가 진행되지 않아서 입원이 길어지고 있고, 그게 우두머리 눈에 띄었다는 거네."

"하지만 입원 당시에 우사미 선생님이 병상 확보를 허락하셨습니다. 그걸 이제 와서 '위루 환자 따위를 대학병원에 입원시키는 것 자체가 비정상'이라고 하시면……."

"지난주에는 병상에 여유가 있었으니까." 나는 완곡하게 말을 끊었다. "그런데 이틀 전 두 명이 연달아 구급차로 실려 왔지. 예정에 없던 입원으로 상황이 바뀐 거야."

심지어 그 두 명 모두 3팀이었다. 3팀에 누워만 있는 환자가 있다는 사실을 떠올리고는 아무렇지 않게 앞서 한 말을 뒤집는 것이 우두머리라는 사람이다.

"하지만 병상 상황이 달라졌다고 해서 환자 상태도 바뀌는 건 아닙니다. 한번 받아들인 환자를 가족들 심정도 생각하지 않고 퇴원시키라니……."

"물론 논리는 안 통하지. 허나, 그 논리는 세상 사람들의 논리일 뿐 대학에서는 논리가 아니야."

"구리하라 선생님은 진심으로 하시는 말씀입니까?"

리큐는 누가 봐도 험상궂은 눈으로 나를 쳐다보았다.

가뜩이나 답답한 실험실의 공기가 더욱 딱딱하게 일그러졌다. 리큐의 매서운 시선이 안면에 꽂히자 나는 괜스레 창문 쪽으로 얼굴을 돌렸지만 상대편이 그걸 이해해줄 리 만무하고, 날카로운 시선은 뒤통수를 계속해서 찔러댔다.

조금 전까지 실험실 한쪽에서 커피를 내리던 후타바는 어느 틈엔가 자신의 연구실로 도망갔는지 모습이 보이지 않았다. 대장까지 덩달아 옆방으로 피신한 듯했다.

완고한 침묵이 얼마간 흐른 후 호조 선생님이 입을 뗐

다. "있지, 시바타. 대학은 자네 상식이 통하지 않는 곳이야. 일례로 아직 제 몫을 다하지 못하는 자네가 제대로 된 월급을 받고 있는데, 자네를 지도하고 그 진료의 책임까지 지는 9년차 구리 짱은 월 18만 엔을 받고 거기에서 월 5만 엔의 수업료까지 빠져나가지. 이 녀석은 자네가 말하는 논리에 들어맞는다고 보나?"

"그건……."

"여기는 600개의 병상에 1,000명 이상의 의사가 들러붙어 있는 대학병원이야. 병원 밖의 상식은 통하지 않아. '빵집' 우사미 선생님의 빵 이야기는 들어본 적 없어?"

호조 선생님의 말에 리큐는 쓸쓸한 표정으로 응했다.

"한 개의 빵이 있고 열 명의 굶주린 아이들이 있다. 너라면 어떻게 할 것인가, 라는 이야기죠."

"맞아. 빵집의 입버릇이지."

너라면 어떻게 할 것인가. 나 또한 의국에 들어왔을 당시, 우사미 선생님에게 같은 질문을 받았다.

"자네라면 열 명의 아이를 위해 한 개의 빵을 10등분할 건가? 하지만 그렇게 하면 한 명도 구할 수 없네. 그럼 선착순으로 할 건가? 아니면 가장 약한 아이에게 줄 건가?" 우사미 선생님은 뾰족한 턱을 슬며시 문지르며 담담하게 말을 이어갔다. "나라면, 구할 수 없다고 판단한 아이에게는 빵을 주지 않아."

담담한 만큼 더욱더 가혹한 울림을 품은 말이었다.

"그리고 아직 여력이 있는 아이에게도 주지 않아. 지금 그 빵을 먹으면 확실히 오늘을 살아 넘길 수 있을 아이만 골라서 빵을 주고 내일을 준비하겠네. 우리 대학병원 의사들에게는 그런 비정한 선택을 할 수 있는 판단력이 필요해. 여기는 일반 병원과는 달리 특별한 빵을 가지고 있는 특별한 시설이라는 것을 잊지 않도록."

그것은 6년간 앞뒤 보지 않고 온갖 환자를 다 받는 의료에 종사했던 나를 향한, 일종의 경고였는지도 모른다.

"대학병원은 특별한 빵이라고 하시더군."

내 중얼거림에 리큐는 노골적으로 불쾌함을 표출했다.

"그러니 위루 환자 따위 받으면 안 된다고요? 도대체가 굶주린 아이들 중에 특정 아이만 고른다니 말도 안 됩니다. 우사미 선생님은 자신이 신이라도 되는 줄 아시는 겁니까?"

"신이 아니라 귀신이 됐다는 마음으로 한다고 하셨어. 귀신 빵집이라는 소리지."

"신이든 귀신이든 사람이 아니라는 건 분명하군요. 그런 오만한 태도를 선생님들은 그대로 묵인하시는 겁니까?"

"묵인하는 건 아니야. 그저 어떻게 해야 좋을지 생각하고 있어."

"생각할 필요 없습니다. 행동하면 되는 겁니다." 리큐의 강한 어조가 실험실에 울려 퍼졌다. "구리하라 선생님이라면 제 마음을 알아주실 거라 생각했습니다. 제 착각이었네요. 유감입니다."

아직 회진이 안 끝나서요, 라며 내뱉듯 덧붙이더니 꾸벅 인사한 후 실험실을 나갔다.

이후 다시 침묵이 찾아들었고, 블라인드 사이로 내리쬐는 눈부신 햇살이 텁텁한 공기 속에 빛의 띠를 새겼다. 그런 실내가 돌연 환해진 것은 어느샌가 후바타가 돌아와 블라인드를 올려서였다. 그와 동시에 옆방에 있던 대장이 비커에 담긴 커피를 들고 와서 나와 호조 선생님에게 건네주었다. 일을 잘하는 건지 못하는 건지 도통 종잡을 수 없는 남자다.

"시바타가 원래 저렇게 열정적인 친구였나?"

"원래 성실한 성격입니다. 마음처럼 되지 않는 날이 이어지니까 불만이 쌓였겠죠."

"그렇게 말하는 구리 짱도 불만이 있어 보이는데."

"알아주시니 황송합니다. 외래어를 잘 모르는 저로서는 우두머리가 말씀하시는 룰이며 가이드라인이며 프로토콜이며 플로차트가 죄다 스트레스로 느껴집니다."

"역시 좋아, 구리 짱의 이지적인 독설은 자기 전에 또 생각난다니까."

호조 선생님이 비커에 입을 댄 채 재미있다는 듯 웃자, 나 또한 거리낌 없이 차가운 시선으로 대갚음했다.

"에이, 그렇게 기분 나빠하지 말라고. 실제로 빵 개수는 한정적이야. 위루 환자로 대학병원의 병상이 꽉 차버리면 곤란하잖아."

호조 선생님의 입가에는 웃음이 걸려 있었지만 일순간 눈매에 싸늘한 빛이 번득였다.

"이상과 현실은 달라. 젊은 사람들이야 이상을 외치는 게 일이지만, 그걸 부드럽게 뭉개주는 건 우리 선배들의 일이라고. 그렇지, 구리 짱?"

목소리는 쾌활하지만 눈은 웃지 않았다. 이제는 익숙해졌을 법한 나조차도 묘하게 등골이 서늘해지는 듯한 공기였다. 능청맞은 언행을 하면서도 종종 갑작스레 이런 눈빛을 보인다.

"뭐, 일단은." 호조 선생님은 아무 일 없었다는 듯 비커를 들었다. "뜨거운 이상에 불타오르는 후배를 확실히 서포트해줘."

"물론 그럴 생각이지만 선생님의 조력이 필요합니다."

"알았다니까." 호조 선생님은 웃더니 그대로 고개를 돌려 대장에게 밝은 목소리로 물었다. "대장, 시바타는 그 위루 환자를 앞으로 얼마나 입원시킬 생각이었던 거야?"

뜻밖의 질문을 받은 대장은 당황한 듯 갸웃거리며 답했다. "처치는 다 끝났으니 주말에는 퇴원할 수 있을 것 같다고 했는데요……."

"딸이 받아들이지 않는다는 거군. 그럼 앞으로 4~5일만 벌면 퇴원 얘기를 진행해볼 수 있겠어?"

"아마도…… 하지만 우사미 선생님은 주말이 지나면 퇴원시키라고……."

"됐어, 내가 빵집한테 부탁해볼게."

엄청난 말을 쉽게도 하는 사람이다.

"그 대신." 호조 선생님은 소파에서 서서히 몸을 일으키며 나를 보았다. "그 C형 간염 PCR, 추가로 20검체를 오늘 중으로 다 해놔, 구리 짱."

"오늘 중으로요?"

"요즘 실험을 통 못 했잖아. 예정보다 늦어지고 있으니 가끔씩은 힘 바짝 주고 진행해야 AASLD 기한에 맞출 수 있다고."

나는 얼굴을 찡그리며 이마에 손을 얹었다. "혹시 몰라 확인차 여쭤봅니다만, AASLD라면 미국췌장학회를 말씀하시는 겁니까?"

"그거 말고 또 뭐가 있겠어. 저 사이토카인 데이터가 취합되면 포스터 두세 장은 금방 쓸 수 있어. 잘 좀 부탁해."

어안이 벙벙해진 나에게 "그럼, 힘내"라며 여느 때처럼 천연덕스러운 목소리로 말하더니 실험실을 나가버렸다. 그리고 남은 것은 태풍이 휩쓸고 간 후의 적막이었다.

한동안 꼼짝 않고 서 있던 나에게, 대장의 염치없는 목소리가 날아왔다.

"호조 선생님, 말씀이야 저렇게 하시지만 정말 괜찮으시려나?"

시선을 돌리자 대장이 어깨를 움츠리며 말을 계속했다.

"우사미 선생님이 화를 많이 내셨거든요. 아무리 호조 선생님이라도 병상을 확보하기는 어려울 것 같아서요."

"문제없어. '오니키리 호조'라면 제4내과의 우두머리도 그렇게 마음대로 행동하지는 못해."

"오니키리?"

고개를 갸우뚱거리는 대장에게, 후타바가 커피를 홀짝이며 말했다.

"몰라? 『헤이케 모노가타리(平家物語)』에 나오는 이바라키 동자 이야기."

"그게 뭐예요?"

"와타나베노 쓰나가 귀신을 때려잡은 이야기 말이야."

대장이 멀뚱거리자 후타바가 말을 이었다. "와타나베노 쓰나라는 무사가 단칼에 귀신의 한쪽 팔을 잘랐는데, 그 천하의 명검 이름이 오니키리야. 그 오니키리처럼 두뇌 회전이 빠르고 예리해서 '오니키리 호조'로 통하지."

오, 대장의 눈이 동그래졌다. 사실 어디까지 아는지는 모르겠지만 거기까지 신경 써줄 여유는 없다.

호조 선생님은 얼핏 보면 그저 밝고 활달한 인품의 소유자다. 하지만 임상, 연구 양쪽 분야에서 빼어난 실적을 올려 제4내과 의국에서 최연소로 조교 자리에 오른 인물이다. 보통내기가 아니라는 뜻이다.

"것보다." 나는 대장을 바라보았다. "오늘 한가한가?"

"네, 뭐 딱히……."

"그럼 PCR을 돕도록 해."

"엥, 실험 조수를 하라고요? 제가?"

대장은 노골적으로 싫다는 표정을 지었지만 나는 깔끔하게 묵살했다. 대장이 도움을 요청하듯 후타바 쪽으로 고개를 돌렸다. 후타바는 어깨를 으쓱하더니 검은 액체가 들어 있는 플라스크를 들었다.

"걱정 마. 커피는 무제한으로 마실 수 있으니까."

커다란 플라스크 속 검은 액체가 한가득 찰랑거렸다.

대학원생에게 주말 당직 아르바이트는 생명줄과도 같다. 평일 업무만으로는 박봉인 데다 수업료까지 빠져나가니 통장 잔고를 보면 여간 불안한 것이 아니다. 물론 평일에도 외근이라는 수입원이 있다. 내 경우에는 매주 수요일 고쇼쿠 종합병원에서의 업무가 귀중한 생활비를 제공해주는데, 혼자 산다면 몰라도 가족을 부양한다는 의미에서는 주말의 임시 수입원이 반드시 필요하다.

따라서 대학원생들은 주말이 되면 가족을 두고 나가노현 각지로 뿔뿔이 흩어진다. 흩어져서 당도하는 곳은 설중의 이야마, 산속의 기소, 현청 소재지인 나가노, 과거 역참 마을이었던 다쓰노 등등 제각각이다.

아르바이트 내용도 병원에 따라 다르다. 수입이 많다고는 할 수 없지만 환자가 거의 오지 않는 이른바 숙직에서부터, 많은 돈을 받고 24시간 가까이 쉬지 않고 일하는 지옥 같은 응급실까지 다양하다.

지역도 업무도 급여도 각양각색이라 속내를 들여다보면 희비가 엇갈리는 드라마가 있다. 하지만 여기에서 그걸 자세히 말하면 본론에서 벗어난다. 중요한 것은 어떤 병원에는 대학원생들 사이에서도 잘 알려진 미인 간호사가 있다는 이야기나 야식으로 최고급 초밥을 주는 병원이 있다는 소리가 아니라, 다쓰노병원에서 이제 막 당직을 끝내고 귀가하던 도중 마쓰모토까지 채 오지도 못했는데 호출 전화가 걸려왔다는 사실이다.

아침 9시를 넘긴 시각, 기분 좋은 일요일 햇살 아래 시오지리토게를 넘어설 무렵 가차 없는 휴대폰 벨 소리가 차 안에 울려 퍼졌다.

"죄송해요. 시바타 선생님은 구리하라 선생님을 부를 정도는 아니라고 했는데……." 병동 입구에 나와 있던 대장이 제일 처음 한 말이었다.

웬일로 당혹스러운 얼굴을 한 대장을 따라 병동으로 들어섰다. 널찍한 간호사 대기실 앞을 지나고 햇볕이 잘 드는 복도를 걸어 병동 안쪽에 있는 병실에 도착했다. 오던 길에 지나친 인턴들이 흥미진진하다는 듯한 눈빛을 보낸 것을 보면 소란의 내용이 들린다는 뜻이다. '소노하라 게사오'라는 이름표가 붙은 병실 앞에 병동장인 후루미 간호사가 서 있는 모습이, 골치 아픈 사태가 벌어졌음을 여실히 드러내고 있었다.

후루미 씨는 대학병원의 병동장인 만큼 차분한 태도가 인상적이다. 물론 차분하기만 한 인물은 아니다. 입언저리에는 시종일관 옅은 미소를 띠고 있지만 눈은 웃지 않고, 간호사들을 엄격하게 지도하는 것은 물론 인턴도 기탄없이 꾸짖는다. 레지던트들 사이에서는 '7층의 독사'라고 불리는데, 당연히 본인에게는 비밀이다.

"일요일인데 고생 많으십니다."

거추장스러운 걸 싫어하는 후루미 병동장은 짧게 한마디 내뱉고는 그대로 병실 쪽을 눈짓했다. 그리고 거의 동시에 온화하지 않은 어조가 들려왔다.

"몇 번이나 말하지만, 그 말씀은 거절하겠습니다."

병실 안을 슬쩍 들여다보니 험악한 표정을 짓고 있는 키 큰 여성이 보였다. 그 여성은 게사오 노인의 침대를 인왕처럼 가로막고 우뚝 서 있었다.

"소노하라 도미코 씨, 게사오 씨의 따님입니다."

등 뒤에서 대장이 설명을 덧붙였다. 웬일로 정중한 말투로 말하는 걸 보면 대장도 그 딸의 기세에 압도당했을지 모른다. 딸을 상대 중인 리큐는 늘 그렇듯 성실하게 귀를 기울이고 있었다. 성실하게 임하고 있지만 언뜻 봐도 이미 딸에게 기가 눌린 감이 있다.

"위루를 달았다고 해서 재활 치료는 재활 병원에 가서 하라니, 너무 무책임하다는 말씀을 드리는 겁니다."

"입원 전에 이미 말씀드린 사안입니다. 대학병원에서는 급성기 처치를 끝낸 환자를 장기 입원시키기는 어려우니, 처치가 끝나고 안정되면 조속히 퇴원을 부탁드린다고……."

"대학병원 사정을 묻는 게 아닙니다. 의사로서 부끄럽지 않은지 묻는 거예요."

도미코 부인의 기세에 비해, 오로지 착실하기만 한 리큐는 안타깝게도 한결 점잖은 인품의 소유자다. 아무리 좋게 보아도 불리하다. 논란의 당사자인 게사오 씨 본인은 침대에서 한가로운 눈빛으로 두 사람의 실랑이를 바라보고 있었다. 다부진 체격의 딸과는 대조적으로 몸집이 작은 할아버지였다.

"게사오 씨의 퇴원 날짜는 정해졌나?"

등 뒤로 넌지시 묻자 대장이 끄덕였다.

"어제, 내일인 월요일로 정해져서 요양 병원에도 다 얘기해뒀는데 오늘 갑자기 따님이 찾아와서는 '말도 안 된다, 대학병원에서 재활 치료를 계속해달라'고 고집을 부리시네요……."

옆에 있던 독사 후루미가 조용히 입을 열었다. "벌써 30분도 넘게 저러고 있는데 꺾일 기미가 안 보여요. 어떻게 하시겠어요? 따님의 희망대로 재활 치료를 위해 계속 입원시키실래요? 병상 담당이신 우사미 선생님이 가만히 계실 것 같지는 않지만요."

역시나 입매는 웃고 있지만 튀어나오는 말이 인정사정 없다.

호조 선생님이 입원 기간을 어떻게든 4~5일 정도 벌어 보겠다고 말한 것이 어제였다. 그런데 여기서 재활 치료를 계속하겠다는 말이 나오면 빵집 또한 받아들이지 않을 것이다. 그대로 300도 오븐에 내던져져 통구이가 될 수도 있다. 그 점은 아무리 리큐라 해도 이해하고 있을 터였다. 계속 밀리면서도 있는 힘껏 응수하고 있지만 애석하게도 불리하다. 과연, 스와의 주치의가 이런 부분에 애를 먹다가 이쪽으로 보냈다는 것을 짐작할 수 있었다.

　"어떻게 하시겠어요, 구리하라 선생님." 7층의 독사는 딱히 긴장감이 없어 보이는 대장과, 무표정으로 서 있는 나를 번갈아 보더니 냉담하게 말을 이어갔다. "이런 타입의 환자가 드물지는 않아요. 애초에 대학병원에서 이 환자를 받은 것 자체에 문제가 있었던 건 아닙니까?"

　또 이 소리다. 보아하니 리큐는 우사미 선생님뿐만 아니라 병동 간호사들에게도 이런 말을 한두 번은 들었을 것이다. 동정의 여지가 없지는 않다.

　"우리 완전히 나쁜 놈들이 됐네요."

　대장의 소박한 중얼거림이 서서히 마음을 울리며 씁쓸한 미소가 희미하게 번졌다.

　"한탄할 것 없어. 나쁜 놈 역할도 의사의 업무 중 하나니까."

나는 차분히 대답한 후 숨바꼭질을 끝내고 병실 안으로 발을 내디뎠다.

실례합니다, 하며 들어서자 서로 노려보고 있던 두 사람이 동시에 돌아보았다.

조금 놀란 듯한 리큐에게는 눈짓으로 인사하고 "같은 진료팀에서 일하는 구리하라입니다" 하고 가볍게 고개 숙이자 상대도 형식적인 인사를 하며 말했다.

"이런 상태에서 퇴원이라니, 구리하라 선생님께서 잘도 허가를 하셨군요."

느닷없이 2라운드의 시작을 알리는 종소리가 울렸다.

여태껏 리큐와 서로 치고받던 중이었는데도 재정비가 필요 없는 모양이다.

"대학병원의 훌륭하신 선생님들은 어지간히 바쁘신가 봐요. 누워만 있는 노인네 치료에 시간을 할애할 겨를 따위는 없는 겁니까?"

도미코 부인은 튼실한 팔로 팔짱을 긴 채 가자미눈을 하고 있었다. 예사롭지 않은 그 박력을 보아하니 한두 번 겪는 일이 아닌 듯했다. 확실히 리큐나 대장이 감당할 수 있는 상대는 아니다.

나는 일부러 담담하게 응했다. "대학병원은 기본적으로

장기 재활 입원이 불가능한 곳입니다. 위루의 경과가 좋은 이상 퇴원시킬 수밖에 없는 게 현 의료의 현실입니다. 마음은 알겠지만……."

"그건 잘못됐다고 생각합니다."

가뿐하게 전면 부정당한다. 너무나 흔들림 없는 응답에 도리어 내가 당혹스러웠다. 폼 나게 선수 교체하며 등장했는데 제대로 투입되기도 전에 한 방 먹은 꼴이었다.

"아버지는 뇌경색으로 움직이실 수 없게 됐고 그 상태로 밥도 못 드셔서 하루아침에 위루가 필요한 환자가 되었어요. 앞으로 어떤 변수가 생길지 알 수 없는 이상, 인력과 설비가 제대로 갖춰진 대학병원에서 확실하게 재활 치료를 해주셔야 딸로서도 안심할 수 있습니다."

"대학병원을 신뢰해주시다니 영광입니다."

"딱히 신뢰하는 건 아닙니다."

한 번이라도 반격하고자 비아냥의 화살을 쐈지만 자신만만한 콧김 앞에 맥없이 튕겨 나갔다.

"일반 병원보다는 대학병원 쪽이 의료진 수가 많으니 그나마 안심이라는 뜻입니다. 오해는 하지 말아주세요."

"의료를 잘 아시네요."

"저도 옛날에 간호사였으니까요."

비꼬아 말하면 일축을 당하고, 밉살스레 말하니 긁어 부스럼을 만드는 꼴이다.

옆에 있던 두 후배는 이미 걱정스럽다는 시선을 보내고 있고 등 뒤에서는 후루미 병동장의 차가운 시선이 느껴지지만 여기에서 당황하면 안 된다. 이런 난폭한 인물이 오히려 과거에 의료 종사자였던 경우는 많다. 충분히 예측했던 일……이라 해두고 싶다.

"저로서도 선생님의 방침에 태클을 걸고 싶지는 않지만……." 추격의 속도를 늦추지 않는 도미코 부인은 예상보다 더 싸움에 익숙한 듯했다. "저는 딸로서 아버지를 위해 할 수 있는 모든 걸 다 하고 싶을 뿐입니다. 그게 잘못인가요?"

"가히 우러러볼 만한 마음가짐입니다."

"그럼 일단 퇴원은 없었던 일로 해주세요. 아무래도 젊은 선생님은 변명만 늘어놓기 바쁘고 의료의 본질이라는 걸 잃으신 듯한데, 구리하라 선생님을 뵐 수 있었던 게 다행이네요." 그녀는 만족스러운 미소를 지으며 개가를 올리듯 그렇게 내뱉었다.

그 순간 옆에 있던 리큐가 무어라 말하려 하는 것을 가만히 손으로 막았다.

리큐는 이번에 위루를 삽입하는 과정에서 특히나 세심하게 마음을 썼다. 의사소통이 쉽지 않은 게사오 씨에게 그림을 그려 설명하고, 딸에게도 여러 번 전화를 걸어 이것저것 조율했던 당사자다. 그런 노력이 이 정도의 취급을 받게 되면 쉽사리 받아들일 수 없는 것이 당연하다. 하지만 받아들일 수 없다는 이유로 목소리를 높여봐야 눈앞의 건장한 난폭자가 고상하고 사리 분별할 줄 아는 귀부인으로 바뀔 리 만무하다.

나는 한숨 돌린 뒤 천천히 말을 꺼냈다. "어떤 생각이신지는 잘 알겠습니다."

"알아주신다니 안심이네요."

만족스레 끄덕이는 상대를 향해 리큐는 더더욱 불편한 심기를 드러냈다. 하지만 나는 짐짓 모르는 체하며 담담하게 말을 이어갔다.

"아버님을 위해 할 수 있는 걸 다 하고 싶다는 말씀에 감동받았습니다. 그런 각오라면 저희도 병원을 옮기는 게 아니라 가정 간호 쪽으로 준비할 수 있겠네요."

"가정 간호?" 도미코 부인이 멍한 표정을 지으며 되물었다.

내가 생각해도 다소 고약한 심보로 기습했지만, 본대가 전멸한 이상 샛길로 빠져나가 뒤에서 공격하는 것 외에는 방법이 없다.

"게사오 씨는 이렇게 거의 몸을 못 움직이시는 상태인

데도 매일같이 '집에 가고 싶다'고 말씀하십니다. 물론 따님께서도 자주 병문안을 오실 테니 잘 알겠지만……."

"그건 물론 알고 있지만 그래도 가정이라니……."

"염려하실 건 없습니다."

상황이 묘하게 흘러가는 것을 알아챈 도미코 부인의 말을 즉각 막아냈다. 그 상태로 조용히 응시하자 상대의 뺨이 희미하게 떨렸다.

이런 유의 사람은 타인에게는 엄격하기 짝이 없으나 자신에게는 의외로 관대하다. 요컨대 환자를 제대로 보살피라고 소란을 피우면서도 정작 자신이 보살필 생각은 추호도 없는 것이다. 간병의 세계는 말처럼 녹록지 않은지라 일일이 왈가왈부할 문제는 아니지만, 구리하라 팀의 우수한 인재를 그렇게까지 업신여긴다면 나 또한 이렇게 나갈수밖에 없다.

"지금은 옛날과 달리 재활요법도 다양해졌고, 특히 가정 재활 치료의 적용 대상 범위가 확대되었습니다. 왕진 제도까지 도입한 간병 지원 시설도 늘었고요. 부친을 위해 할 수 있는 모든 걸 다 하고 싶으시다면 일련의 제도를 최대한 활용하여 자택으로 퇴원한 후 가정 재활 치료를 하시는게 가장 좋습니다."

이런 식의 품위 없는 논법은 내 신조가 아니다. 하지만 지금은 신조보다 삼류 연극과 개똥철학이 나설 차례다.

"그렇다면 조속히 간병과 관련하여 왕진, 가정 재활 치료 조정을 시작하겠습니다. 스와병원과도 연계해 간병 지원 시설 검토를 의뢰하면 좋겠군요. 가능한 한 빠른 단계에서 집으로 퇴원하실 수 있도록 애써보겠습니다."

"아, 선생님, 그건……."

"게다가 예전에 간호사였다고 하시니 참으로 든든합니다. 위루 관리도 능숙하실 테죠. 물론 간병은 힘들겠지만 할 수 있는 모든 걸 다 하고 싶으시다던 그 강한 의지만 있으면 문제없을 겁니다. 부친께도 따님의 그 마음이 전해질 테고요."

상대의 반론을 허용하지 않고 단숨에 몰아붙였다.

그 뒤에 남은 것은 한동안의 침묵이다. 어느 틈엔가 잠이 든 게사오 씨의 부드러운 숨소리가 그 침묵 속을 흘렀다. 불현듯 시선을 돌리자 창문으로는 눈부시게 밝은 햇살이 들어오고 있었다.

"혹시 궁금하신 점 있습니까?"

어느샌가 사이로 들어온 후루미 병동장이 절묘한 타이밍에 입을 열었다. 이런 움직임은 아무리 봐도 베테랑 독사님이다.

"아아, 아뇨. 글쎄요."

"그럼 예정대로 내일 가까운 병원으로 옮기시거나, 아니면 가정 간호 준비를 위해 며칠 더 여기에 계시거나, 어느 쪽을 원하시든 준비해두겠습니다. 간호사들과 충분히 검토해보시기 바랍니다." 나는 가볍게 인사한 후 몸을 돌렸다.

도대체 뭐하는 짓인지……. 가슴속의 씁쓸한 자기혐오를 곱씹으며 병실을 뒤로했다.

후타바의 실험실에 흐르는 공기는 내가 쓰는 실험실 분위기와는 전혀 다르다.

이곳에는 위급 환자와 급성기 환자에게 쫓기는, 임상의의 다급한 긴장감과 분주함은 없다. 대신 특유의 느긋한 시간의 흐름과 욱여넣은 듯한 정적이 있다. 시간이 빠르게 흐르지는 않지만 유유한 대하처럼 잔잔하여, 침묵하는 동안 모든 것이 다 휩쓸려 내려갈 듯한 일종의 깊은 고요마저 감돈다. 연구라는, 겉으로 잘 드러나지 않는 세계에서 느껴지는 무언의 엄격함이라 할 수 있을 것이다.

실험 기구는 정연하게 놓여 있고 구석구석 청결하게 잘 관리되어 있으며 실내에 있는 두 개의 시계는 초침까지 똑같이 움직인다. 책상 모퉁이에 어슐러 르 귄과 댄 시먼스의 작품들이 아무렇게나 쌓여 있는 모습이 그나마 방 주인의 개성을 주장하는 듯했다.

나는 구석에 있는 소파에 누워 뒹굴며 『어둠의 왼손』을 들고 훌훌 책장을 넘겼다.

"피곤하신가 봐요." 후타바가 원심 분리기에 코니컬 튜브를 세팅하며 말했다.

그녀는 원래 대답을 바라고 말하는 스타일이 아니다.

나는 평소 후타바의 실험실에 발을 들이지 않는다. 연구자들 사이에 흐르는 보이지 않는 격렬한 경쟁 사회에 반편이인 대학원생이 조심성 없이 들어가면 안 된다는 것쯤이야 나도 알고 있다. 하지만 이 방은 모순과 부조리로 가득한 임상 현장에서 벗어날 수 있는 도피처가 되어주기도 한다. 문 하나 열고 들어갔다고 해서 PHS의 전파가 잡히지 않는 건 아니지만, 침울하고 마음이 무거울 때 다른 세계의 공기에 몸을 맡길 수 있다는 건 고마운 일이다.

후타바도 그걸 아는지 모르는지, 난데없이 방으로 들어와 소파에 드러누워도 아무런 불평이 없다. 그뿐만 아니라 손이 비자 커다란 플라스크를 버너에 올리더니 커피를 데워주고 있다.

후타바가 플라스크에서 비커로 커피를 옮겨 담으며 입을 열었다. "병동에서 상당한 활약을 하셨다고 들었는데, 표정을 보니 무척 언짢으신가 보네요."

"활약?" 나는 그녀가 내민 비커를 받아들며 피곤해 죽겠다는 태도로 말했다.

"아까 검체를 가지러 가다가 제4내과 의국 앞에서 인턴들이 얘기하는 걸 들었어요. 스와에서 보낸 자객을 '우리 소세키 선생님'이 멋들어지게 물리쳤다던데요. 4내과의 소세키 선생님이면 이치토 선생님 맞죠?"

나는 잠잠히 커피를 홀짝였다.

후타바는 개의치 않고 맞은편에 있는 둥근 의자에 앉더니 청바지에 싸인 긴 다리를 꼬았다.

"상대의 반론을 허용하지 않고 세 치 혀로 술술 구워삶았다면서 대장이 좋아하고 있었어요. 실제로 이치토 선생님 말투까지 똑같이 흉내 내서 다들 엄청 즐거워하던데요. 성대모사에 재능이 있더라고요."

진절머리가 난다.

"그 골치 아픈 환자, 무사히 퇴원하기로 결정된 거죠?"

"당연하지. 그러기 위한 수작이었어."

"잘 풀렸는데 불만이 있어 보이네요."

"나는 의사야, 만담가가 아니라. 세 치 혀로 환자를 구워삶는 일보다 청진기와 내시경으로 환자를 기쁘게 하는 일을 하고 싶거든."

"역시, 그런 거군요." 후타바는 별반 신경 쓰는 기색도 없이 어깨를 움츠렸다. "이치토 선생님은 사서 고생하는 타입이네요."

"사서 고생?"

"그렇잖아요. 대학병원의 모순을 피부로 느껴서 알고 있으니 호조 선생님의 말씀에는 반론할 수 없고. 하지만 정직한 성격의 시바타 선생이 화내는 기분도 이해되고. 자기 입장을 어느 한쪽으로 정하면 좋을 텐데 양쪽 다 공감이 돼서 어중간하게 떠 있으니 우울한 거잖아요. 그런 걸 '사서 고생한다'고 한답니다."

"딱히 고생에 인색하지는 않아. 그저⋯⋯." 나는 잠시 생각하며 비커를 기울였다. "어느새 볼썽사나운 의사가 되어버린 것 같아서 내 자신에게 환멸을 느낄 뿐이야. 이대로라면 리큐가 의사로서 훨씬 더 성실하잖나."

"의외로 시바타 선생님을 높이 평가하시네요."

"최선을 다해 환자 한 명 한 명을 대하는 그의 태도는 기본적으로 잘못된 게 없어. 하지만 잘못되지 않은 것이 통하지 않는 세계가 확실히 있지."

플라스크의 커피가 넘칠 듯 끓어오르자 후타바가 버너의 불을 껐다.

"게다가 리큐는 이것저것 고민하면서도 그 복잡한 상황에 있는 환자에게 확실하게 설명도 다 했고, 문제없이 위루를 삽입해서 퇴원할 수 있는 상태로까지 호전시켰어. 4년차 의사로서는 충분히 우수하니 잘했다고 칭찬해줘도 모자랄 판인데 내가 해줄 수 있는 건 심술궂은 만담가 정도의 일뿐이지. 불쾌함을 넘어서서 우스울 정도야."

"오호, 시바타 선생님을 칭찬해주고 싶으시군요." 후타바가 엷게 미소 지었다.

묘하게 의미심장한 분위기를 만드는 통에 나는 구태여 의젓하게 커피를 들이켠 뒤 옆에 있던 실험 책상 위에 비커를 올려놓았다. 올려놓자마자 새로운 커피가 꿀렁꿀렁 쏟아졌다.

고마워, 라고 말하다 말고 흠칫한 이유는 커피를 따라준 사람이 후타바가 아니기 때문이었다. 후타바는 눈앞에 앉아 있는 상태였다. 고개를 돌리자 언제 왔는지 등 바로 뒤에 이야기의 주인공인 리큐가 서 있었다.

"감사합니다, 구리하라 선생님."

리큐가 플라스크를 든 채로 꾸벅 인사했다. 어딘지 모르게 어색한 태도에 나는 무심코 눈살을 찌푸렸다.

"선생님 덕분에 살았습니다. 역시 전 아직 혼자서는 어찌할 도리가 없네요."

"방에 들어올 때는 노크를 하는 게 예의다."

"했는데……." 리큐는 황급히 옆에 있는 내 실험실 쪽을 한 번 보더니 말했다. "안 들렸나 봅니다."

옆방 문을 두드리는 소리는 과연 여기까지 와닿지 않은 모양이었다. 나로서는 화제를 바꿀 수밖에 없다.

"용건이 뭐야?"

"ICU의 췌장염 환자인 아오시마 씨 건입니다. 이뇨도 잘되는 것 같으니 링거를 좀 더 줄이고 일반 병동으로 이동을 하……."

"좋아."

"네?"

"맡길게. 생각대로 하게나."

여전히 언짢은 표정의 나를 보고 잠시 침묵한 리큐는 이내 허리를 깊게 숙였다.

"감사합니다. 잘 부탁드립니다."

뭔가 갸륵한 태도로 그렇게 말하더니 그대로 몸을 돌려 실험실에서 나갔다. 그 뒷모습을 보다가 나는 앞에 있는 병리의 쪽으로 천천히 시선을 돌렸다.

"언제부터 있었어?"

"글쎄요."

후타바는 어깨를 으쓱할 뿐이었지만 눈은 희미하게 웃고 있었다.

이 이상 추궁해봐야 어차피 아무 대답도 하지 않을 것이

뻔하다. 나는 한숨을 한 번 내쉬고 리큐가 따라준 커피를 고맙게 마시기로 했다.

두둥실 불어오는 바람에 산울타리의 철쭉꽃이 살랑인다. 그와 동시에 처마 끝에 내걸린 '소바집 신도'라는 낡은 간판이 삐걱거리는 소리를 내며 흔들렸다. 나는 그 소리에 이끌리듯 한낮이 지난 밝은 앞마당을 바라보았다.

툇마루에서 보이는 20평 정도의 마당은 철쭉으로 둘러싸여 지극히 소박하지만, 마루 끝에 뿌리를 내린 벚나무는 꽃이 진 계절에도 당당한 존재감을 지닌 고목이다. 때때로 골목 쪽에서 불어오는 바람을 맞아 고목의 어린잎이 산들거리고 그에 맞춰 어렴풋한 소란이 들려오는 것은 마쓰모토성이 관광객으로 북적이기 때문이리라.

쾌청한 휴일 낮이니, 국보인 성 아래는 필시 많은 인파를 맞이하고 있을 것이다.

"장군이오."

달그락, 기분 좋은 소리와 함께 안 해도 좋았을 불쾌한 선언이 들려왔다.

앞마당에서 눈앞의 반상으로 시선을 떨어뜨리자 우수한 보병 부대가 붙들고 있던 적의 비차(飛車)가 어느샌가 진영으로 잠입해 우리 군을 안쪽에서부터 휘젓고 있었다.

강력한 한 수를 둔 오랜 벗 신도 다쓰야는 변함없는 시원한 얼굴로 앞마당의 철쭉을 바라보았다.

"대학은 많이 힘든 것 같던데."

나는 고개도 들지 않고 반상을 노려보았다.

"얼마 전에 오랜만에 스나야마가 왔었어. 그 쾌활한 녀석이 푸념을 다 하더라고. 대학은 규정과 그에 얽힌 잡무가 많아서 힘들다고 말이야. 그렇게 힘든 스나야마가 봐도, 여기저기 뛰어다니는 '환자를 끌어당기는 구리하라'는 자기보다 더하대."

"반가운 이름이네. 그러고 보니 그런 남자도 있었지. 얼마 전 응급센터에서 시꺼멓고 커다란 데다 수상쩍은 외과의가 어슬렁거렸는데 그게 그거였을지도 모르겠군."

"같은 대학에 있어도 잘 못 보는 모양이구나. 어지간히 바쁜가 보네."

"못 보는 게 아니야. 안 보는 거지."

나는 괜히 깐족거리며 다쓰야의 비차를 몰아낼 금장(金將)을 한 칸 앞으로 내밀었다. 이것이 썩 좋은 수였는지 다쓰야는 팔짱을 끼더니 움직임을 멈췄다.

신도 다쓰야는 내 동기인 혈액내과의이다.

학부 시절부터 알고 지낸 오랜 인연으로, 인턴 시절에는 각자 다른 병원에 있었지만 그 후 마쓰모토역 앞에 있는 혼조병원에서 2년 동안 함께 일했다. '24시간, 365일 진료' 라는 변변치 않은 간판을 내건 제일선의 병원이었으니 그야말로 아수라장에서 함께 뒹군 전우라 할 수 있다. 그 전우의 본가가 마쓰모토성과 제법 가까운 '소바집 신도'였고, 학생 때 자주 들렀던 이 가게에 지금은 아내와 고하루를 데리고 종종 오고 있다.

"스나야마가 그랬어. 오롯이 환자만 생각하면서 바쁘게 지냈던 혼조병원 시절이 그립다고."

"그 아수라장이 그립다니 별난 녀석이네. 거한의 단세포는 항상 파격적인 소리를 해대서 이해하기 힘들다니까."

"대학이 힘들면 언제든 혼조병원으로 돌아오면 돼. 혼조 사람들은 네가 언제 도망 나올지 기대하고 있거든."

"당치도 않은 소리. 의사가 산처럼 쌓여 있는데 진료하는 환자 수는 얼마 안 돼. 이만큼 태평한 병원도 없으니 구태여 불구덩이로 돌아갈 이유는 없지."

"불구덩이는 불구덩이대로 보람이 있었잖아. 대학은 어떠려나?"

다쓰야의 손이 다시 움직이며 날카로운 한 수를 두었다.

"하는 말도 하는 짓도 여전히 마음에 들지 않는 사내일세."

나는 급소를 찌른 계마(桂馬)를 쏘아보았지만 쏘아본다

한들 날아든 계마가 겁먹고 도망가줄 리도 없다. 별수 없이 수세로 전환하며 입을 열었다.

"대학이란 부조리와 모순이 야박하게 그물코를 둘러치고, 진지하게 뛰어다니는 의사들을 닥치는 대로 포박하려고 혈안이 된 세계야. 인정 있는 많은 의사들이 옴짝달싹 못하고 양심을 팔며 괴로움에 몸부림치는, 시중 병원에서는 볼 수 없는 진풍경이 펼쳐지지. 실로 흥미진진하니 자네도 한번 보러 와."

"아무리 호의적으로 받아들이려 해도 대학이 힘든 곳이라는 소리로밖에 들리지 않는군."

쓴웃음과 함께 스스럼없는 타격을 가하며 다쓰야가 이름을 불렀다.

"구리하라, 언제든지 혼조로 돌아와."

부드러운 목소리가 부드러운 바람을 타고 흐른다.

나는 잠시 침묵했지만 다시 입을 열었다. "사양할게. 어렵게 간 대학인데 아무것도 배우지 않고 돌아가면 지도의 선생님들을 뵐 낯이 없지. 그대는 그대의 길을 가라."

반쯤은 자신을 타이르듯 딱 잘라 말하며 장기짝을 세게 놓았다.

동시에 앞마당에서 밝은 웃음소리가 들려와 얼굴을 돌렸다. 아담한 정원 한구석에 황매화 나무의 산뜻한 노랑이 넘쳐난다. 두 어린아이가 그 아름다운 색채를 거리낌 없이 흩뜨리며 뛰어다니고 있었다. 작은 쪽이 나의 딸 고하루, 큰 쪽이 다쓰야의 딸 나쓰나다. 다섯 살이 두 살을 데리고 다니며 무언가 요란하게 환호성을 지르고 있다.

"나쓰나도 많이 컸네요."

어느샌가 방 안쪽에서 돌아온 아내가 가만히 대화에 합류했다. 그러고는 옆에 무릎 꿇고 앉더니 쟁반에 받쳐 든 찻잔을 나와 다쓰야 옆에 하나씩 내려놓았다.

다쓰야가 미안해하며 "고맙습니다"라고 하자 아내는 빙긋 웃으며 끄덕였다.

"나쓰나는 키가 쑥쑥 크는 것 같아요."

"유치원에서는 여자애들 중에 제일 커요. 벌써 100센티미터를 넘었죠." 다쓰야도 앞마당을 쳐다보며 물었다. "고하루 다리는 괜찮아요?"

"순조로워요. 걱정되지 않는다면 거짓말이겠지만 저렇게 웃는 모습을 보면 다리가 불편하다는 걸 잊어버릴 정도예요."

햇살 아래, 나쓰나의 뒤를 쫓아다니는 고하루를 아내가 지그시 바라보며 미소 지었다.

"염려할 것 없어. 현명한 아빠와 다정한 엄마의 넘치는 사랑이 있으니 만사가 순조롭지."

"그렇네. 학부 시절 괴짜로 이름 날렸던 구리하라가 아빠 노릇을 제대로 하고 있으니 그것만으로도 순조 그 자체야."

다쓰야는 멀끔한 얼굴로 독을 내뱉으며 차를 홀짝였다.

"그렇게 말하는 다쓰 쪽이야말로 '다정한 엄마'는 확실히 돌아왔나?"

앙갚음하려는 나의 무람없는 질문에 다쓰야는 쓴웃음을 지었다.

이 경우의 '엄마'란 다쓰야의 처를 지칭한다. 신도 치나쓰는 다쓰야의 아내이자 학부 시절 내 후배이기도 하다. 그녀는 사정상 가족과 함께 지내지 않고 도쿄에서 소아과 의사로 일하고 있다. 작년부터 한 달에 몇 번씩은 마쓰모토에 온다고 하는데 나는 아직까지 마주칠 기회가 없었다.

"다음 주 주말에 오기로 했어. 구리하라 가문에는 못 미치지만 이 정도면 순조의 부류에는 들어가지 않을까."

"그렇군. 자꾸 엇갈리네. 마치 일부러 나를 피하는 것 같은걸."

"같은 게 아니라 피하는 게 맞아."

어이, 나는 눈살을 찌푸렸다.

다쓰야는 한가로이 차를 마시며 말했다. "치나쓰도 나름대로 생각을 많이 하고 있어. 노력하고 있는 아내를 네가 무례하게 평하는 건 나로서도 참을 수 없지."

"마치 내가 눈치 없는 무뢰한이 된 것 같잖나."

"그렇네, 이번에 치나쓰가 오면 구리하라는 옛날과 변함 없이 눈치 빠르고 자상한 친구라고 전해둘게."

이 화제에 관해서는 다쓰야도 상응의 각오가 있기 때문인지 답변이 평소보다 더 날카로웠다. 나로서도 함부로 깊이 파고들 수는 없으니 입을 닫을 수밖에 없다.

빠빠, 하고 외치는 목소리에 나는 고개를 돌렸다.

사랑스러운 미소를 만면에 띤 천사가 갓돌 위를 위태롭게 걸어온다. 이렇게 되면 언제까지고 울적한 화제에 시간을 할애할 수도 없다.

"고하루, 왜 그러니?"

"빠빠, 밥은?"

"벌써 시간이 이렇게 됐네. 고하루는 뭐 먹고 싶어?"

"우동!"

우리 집의 천사는 우동을 무척이나 좋아한다.

"다쓰, 우동이래."

"여기는 일단 소바집인데……."

다쓰야는 씁쓸하게 웃으면서도 찬찬히 일어나 가게 안으로 향했다. '소바집 신도'에서는 우동도 판다. 소바 맛이 좋으니 우동이 나가는 일은 드물지만 고하루가 올 때는 제대로 준비를 해준다.

"우동이라고 했지? 바로 만들어줄게, 고하루."

그 말에 고하루는 "와아" 하며 소리를 질렀다. 따라온 나쓰나와 함께 신발을 벗더니 다쓰야의 뒤를 따라 안으로 들어간다.

그 자그마한 등을 바라보며, 그새 시간이 많이 흘렀다는 생각에 왠지 감개무량했다. 학교생활을 만끽하던 것이 엊그제 같은데 어느새 의사가 됐고 지금은 아빠가 됐다. 알아채지 못한 사이에 많은 것이 변했다. 직장도 위치도 가족도, 모든 것이 서서히, 그러나 확실하게 움직이고 있는 것이다.

다시 바람이 불었는지 성 쪽에서 떠들썩한 소리가 들려왔다. 무언가 축제라도 열린 듯 북소리가 해명(海鳴)처럼 낮게 울려 퍼졌다.

머리 위를 올려다보니 바람에 흔들리는 벚나무 잎사귀들 사이에서 눈부신 빛이 반짝이며 툇마루로 떨어진다. 싱그럽게 우거진 짙은 초록색의 이파리가, 기분 탓인지 만개한 벚꽃보다 더 선명하게 보이는 것은 이 땅의 밝은 날빛 덕분이리라.

나는 벚나무 잎새에서 철쭉으로, 철쭉에서 황매화 나무로, 고즈넉한 정원의 풍요로운 봄을 둘러보며 입을 열었다. "그럼, 소바집의 우동을 먹으러 가볼까."

"네."

아내의 목소리와 함께 바람이 거실을 통과하자 달달한 향이 은은하게 흘렀다. 이웃집 출입구를 장식한 은방울꽃의 향기일 것이다.

소바집의 처마 끝도, 머지않아 여름이었다.

제 2 장

푸른 바람

위풍당당한 삼각뿔을 그린 조넨다케의 산형은 마쓰모토다이라에서 보이는 북알프스의 상징이다. 그 바로 남쪽에는 완만한 곡선을 그린 조가타케가 자리 잡은 채 조넨과 함께 유유히 아즈미노를 내려다보고 있다. 5월 중순까지는 산맥에 남아 있는 눈을 볼 수 있었지만 6월도 절반을 넘기고 나니 푸릇푸릇한 초록빛 일색이다.

불과 얼마 전까지 산들을 엷게 가리던 봄 안개도 어느덧 맑고 상쾌한 여름 바람이 기세 좋게 날려버렸고, 장엄한 조넨다케와 우아한 조가타케 모두 찬란한 초여름의 빛을 받아 빛나고 있다. 하지만 그런 밝은 산들을 바라보는 나의 마음은 장엄과도 우아와도 거리가 먼, 참으로 황폐한 상태였다.

"왔군요."

헬리포트 중앙에서 응급센터의 미륵님이 하얀 손가락으로 북쪽 하늘을 가리켰다. 마치 그곳에 극락왕토라도 있는 듯하여 황송하지만 북쪽 하늘에서는 구원의 손이 아닌 닥터헬기가 날아오고 있었다.

"구리하라 선생은 정말 환자를 끌어당기네요."

"실험실에만 박혀 있지 말고 햇볕을 쬐라는 부처님의 자비겠죠. 감사할 일입니다."

조넨다케를 향해 합장하는 나를 보며 미륵님은 온화하게 미소 지었다.

"안색이 안 좋아요. 대학원 생활이 힘들죠?"

"전기영동을 시작할 때마다 호출을 받습니다. 덕분에 실험 쪽 재주는 나날이 레벨이 오르고 있지만 실험 자체는 전혀 진전이 없습니다. 의료의 신은 하늘이 두 쪽 나도 절 졸업시켜주지 않을 모양입니다."

"어쩌면 신이 선생처럼 우수한 사람을 대학에 붙들어두고 싶어 하는 걸지도 모르지요."

미륵님의 눈에 보이는 세상에는 여기저기에 자비가 넘쳐나는 듯하다.

"구리하라 선생님!"

등 뒤에서 익숙한 목소리가 들려왔다. 트랩을 뛰어 올라온 리큐의 목소리다.

"헬기에서 두 가지 소식이 들어왔습니다. 환자는 10세 남아, 100엔짜리 동전을 잘못 삼켰다고 합니다."

"100엔짜리 동전?"

"어머니의 증언인데……."

손에 든 메모를 보며 혈압, 맥박, 그 외의 활력 징후를 소리 내어 읽어주는데, 죄다 양호하고 안정적이다.

"헬기로 이송할 만한 상태는 아닌 것 같은데?"

"저도 그렇게 생각하는데, 하쿠바병원 의사 말로는 너무 고통스러워해서 중독이 의심된답니다."

"평소 용돈이 적어서 고통스러워하는 건 아니고?"

하아, 리큐는 난처한 표정을 지었다.

"식도가 손상돼서 천공이 생긴 게 아니라면 다행일 텐데요. 일단 채혈과 병행해서 바로 CT 촬영을 하겠습니다."

"그래. 결과에 따라서는 외과에 연락해야 할 수도 있어."

알겠습니다, 하고 대답한 리큐는 이후 자신을 따라온 대장과 절차에 관해 이야기하기 시작했다. 언제나 농담이 통하는 법이 없지만 우수하다는 것은 틀림없다.

"외과라면……." 불현듯 미륵님이 입을 열었다. "스나야마 선생이 구리하라 선생을 찾았어요. 논의할 일이 있다며 오늘 아침 일찍부터 응급센터에 왔었거든요."

"응급센터에 말입니까?"

"제4내과 병동이나 의국에 가는 것보다 응급센터에 오는 게 선생을 만날 확률이 높다고 하던데요."

쓸데없는 말을 퍼뜨리는 사내다.

무슨 용건일지 생각하는 사이에 헬기의 폭음이 가까워지고 있었다.

머그잔 안에 대량의 커피 분말을 때려 넣는다. 그리고 이번에는 커피 분말에 뒤지지 않을 만큼 많은 양의 설탕을 쏟아 넣고, 마지막으로 뜨거운 물을 붓는다. 그러면 얼토당토않은 음료가 완성된다.

이름하여 스나야마 블렌드다.

그냥 들입다 진하디진해서 단맛인지 쓴맛인지 아무도 알 수 없다. 천하의 별미, 신선계의 맹독, 저승의 비약, 갖가지 말로 형용되는 이 기괴한 음료가 맛있다고 하는 사람도 없지는 않지만 극히 드물다. 적어도 제대로 된 미각의 소유자라면 한 모금 삼키자마자 혼절할 것이 분명하다.

그 전설 속의 스나야마 블렌드가 200밀리리터 비커에 가득 담긴 상태로 내 눈앞에 들이밀렸다. 물론 들이민 장본인은 시커먼 거한인 스나야마 지로다. 그는 스테인리스로 된 둥근 의자에 앉아 심각한 표정으로 나를 쳐다보고 있었다. 장소는 기초연구동 5층에 있는 실험실로, 시각은 밤 11시다.

그날은 오전에 도착한 10세 아이의 긴급 내시경부터 시작해서 외래, 내시경, 저녁에는 장폐색 환자의 스텐트 등 여전히 업무량이 그득그득했다. 가장 큰 걱정이었던 10세 아이는 극심한 고통을 호소하며 도착한 것에 비해 CT상으로 큰 합병증이 없었고 내시경으로 동전도 무사히 빼냈다. 시술했던 리큐가 식도 점막에 작은 상처를 내는 바람에 출혈이 발생해서 적잖이 식은땀을 흘렸지만 어쨌거나 처치가 무사히 끝난 것은 사실이다. 만일을 위해 2~3일간 입원해 경과를 보기로 하여 또다시 내과의 우두머리에게 머리를 조아려야 했다는 것은 애교라 해두자.

그런 유쾌한 낮 동안의 업무를 끝내고 간신히 실험을 시작해 궤도에 오르려던 타이밍에 느닷없이 시커먼 외과의가 들이닥친 것이다. 대학원생도 아닌 외과의가 굳이 기초연구동까지 찾아오는 경우는 흔치 않다.

"부탁이 있어."

"부탁이 있다면 우선 저것부터 물리시지."

나는 4채널 피펫(용액을 정밀하게 측정하거나 옮길 때 사용하는 측용기-옮긴이)을 쥔 채 까만 액체가 찰랑거리는 비커를 눈짓했다. 지로는 곤혹스럽다는 듯 고개를 갸웃거렸다.

"원래 커피 엄청 좋아하지 않았어?"

"커피는 좋아해. 그러니까 그건 도로 물려."

"왜? 이건 내 나름대로 변화는 줬지만……."

"거참 시끄럽네. 새삼 이제 와서 의논할 생각은 없어."

"선생님들, 사이가 좋은 건 좋지만 좀 조용히 해주시지 않겠습니까?"

툭 하고 던져진 목소리의 주인공은 문 옆으로 얼굴을 내민 후타바였다.

"오, 사키 짱. 잘 지냈어?"

능청스러운 지로의 말에 후타바는 고개를 살짝 끄덕이며 실험실 안쪽을 보더니 한숨을 내쉬었다.

"이치토 선생님, 또 시간 다 됐어요."

그녀는 전기영동 장치를 가리켰다. 내가 허탈함에 천장을 올려다보는 사이, 후타바가 장치의 전원을 끄고 아가로스 겔을 꺼내주었다.

"그래서 지로, 용건이 뭐야?"

한숨 섞인 목소리로 묻자 지로가 웬일로 심각한 표정을 짓더니 겨드랑이에 있던 파일을 꺼내 보였다.

"상담하고 싶은 환자가 있어."

후타쓰기 미오, 29세, 여성.

지로가 가리킨 환자의 신상이다.

"췌장암 환자네."

내가 즉시 답한 것은 이미 면식이 있는 사람이기 때문이었다.

후타쓰기 씨는 2주 전에 복강 내 종양을 정밀 검사할 목적으로 가까운 병원의 소개를 받고 외과에 온 환자다. 본인이 느끼기에는 컨디션이 좋지만 약 한 달 전부터 체중 감소와 식욕 부진이 서서히 눈에 띄기 시작해 가까운 진료소를 찾은 것이 계기였다.

외과 쪽 검사를 통해 이미 췌장암 의심 소견이 나왔고, 확정 진단을 위해 내가 내시경 검사를 의뢰받은 것이 바로 지난주 일이었다.

내 기억에 선명하게 남아 있는 이유는 말할 것도 없다. 그녀의 나이는 스물아홉으로, 보기 드물게 젊은 환자여서였다. 나로서도 나보다 나이가 어린 환자에게 ERCP를 설명하는 건 처음이었는데, 온통 협박하는 내용뿐인 설명을 잠자코 듣던 강인한 여성이라는 인상을 받았었다.

"그래서, 수술 쪽 이야기는 어떻게 됐어?"

내가 묻자 지로는 손에 든 사진으로 시선을 떨어뜨린 채 고개를 가로저었다.

"역시 무리라는 결론이야. 방사선과랑도 검토했는데, 대동맥 주변의 림프절에 전이된 것으로 진단됐어. MRI로는 작지만 간 전이 가능성까지 지적됐고. 최종 진단은 췌장암 4기야. 절제는 불가능해."

"심각하군."

잘라낼 수 없다면 항암제다. 하지만 약으로 싸운다 한들 상대가 췌장암이면 남은 수명이 얼마나 될지, 안타깝게도 긍정적인 답변은 하나도 나오지 않는다. 나는 한 번 더 환자의 카르테를 훑었다.

29세.

너무나도 가혹한 현실이다.

"속수무책인 케이스네." 나는 눈앞의 거한에게로 시선을 돌렸다. "허나, 그게 여기에 온 이유가 되지는 않을 텐데. 내가 이걸 노려본다고 해서 암이 작아지는 것도 아니야. 불평이나 푸념을 들어주길 바란다면 실험실로 오기보다는 규베에에서 만나는 쪽이 시름을 잊기에도 좋을 거고."

'규베에'는 마쓰모토 시가지 한쪽에 호젓이 서 있는 선술집이다. 술과 안주와 마스터 모두 다 최상급인 곳이다.

"규베에에 가는 거야 찬성이지. 그런데 불평이나 푸념을 늘어놓으러 온 건 아니야." 지로가 어두운 표정으로 말했다. "이 환자를 내과에서 맡아줄 수 있는지 묻고 싶어."

내가 말없이 눈살을 찌푸리자 지로가 황급히 말을 덧붙였다.

"힘든 케이스라서 내가 맡기 싫다는 뜻이 아니야."

"기력과 체력이 남아도는 외과의는 수술이 불가능한 케이스에 흥미를 가질 수 없다는 건가?"

"그것도 아니고." 지로는 몸을 앞으로 기울이며 강하게 말했다. "수술을 못하는 환자라 해도 외과에서 키모를 하는 경우는 드물지 않아."

키모란 키모테라피의 약자로, 항암제를 이용한 화학요법을 말한다. 다시 말해 지금 이 환자에게 가장 필요한 요법이다.

"케이스에 따라서는 키모로 호전되면 나중에 수술을 하기도 해. 즉 수술이 불가능해서 내과에 부탁하는 게 아니야."

"그렇다면 왜 굳이 내과의에게 부탁하러 온 거지?"

"환자의 요청이야."

의외의 답변이었다.

지로는 얼마간 침묵한 후 단어를 고르듯 천천히 입을 열었다. "후타쓰기 씨는 대학병원에 오기까지 진료소와 병원을 여기저기 돌면서 여러 의사를 만났어. 하지만 본인 말로는 별로 좋은 의사를 만나지 못했대. 다들 간단히 검사하고는 바로 다른 병원으로 소개하기만 하고 이야기도 제대로 들어주지 않았다더라."

"그게 의사의 문제는 아니잖나. 스물아홉에 췌장암이 의심된다면 일반 진료소나 작은 병원에서는 대응할 수 없어. 심지어 시간이 없다는 걸 알게 된 이상 느긋하게 이야기를 하기보다는 한시라도 빨리 대학병원에 소개하는 것이 의사의 책무야."

"그것도 그렇지만, 대학병원에 와서도 상황은 달라지지 않았어. 우리 교수님도 그다지 살가운 편은 아니거든."

나도 모르게 입을 닫았다.

지로가 소속된 제3외과의 마미야 교수는 '사이보그 마미야'라 불릴 만큼 수술 실력이 탁월한 인물이다. 압도적인 수술 실력에, 열 시간이든 스무 시간이든 지친 기색을 드러내지 않고 빼어난 기술을 떨치기에 사이보그라는 별명이 붙었다. 그 사이보그의 유일한 약점은 붙임성과 사교성이 완전히 결여되어 있다는 점이다. 오랜 시간 함께 일해온 외과의 의국원들조차도 사이보그가 웃는 모습을 본 적이 없다고 한다.

"마미야 교수님이 무표정으로 수술은 불가능하다고 말해서 환자가 상당히 충격을 받았어."

어떤 광경이었을지 눈에 선하다.

"그런데 그런 상황에서 얼마 전에 처음으로 좋은 의사를 만났대. 그게 내과 의사였다더라고."

"듣던 중 반가운 소리네. 세상에는 나처럼 실험을 하면서 짬짬이 임상하는 변변치 않은 의사만 있는 게 아니야. 좋은 의사도 있지."

"그 내과의는, 단 한 번의 내시경 검사를 무척 정중하고 친절하게 설명해줬고 검사 후에도 몇 번이나 병동까지 와줬다고 하더군."

음, 나는 무의식중에 인상을 찡그렸다. 지로가 여태껏 별로 본 적이 없는 진지한 눈빛으로 쳐다보았다.

"후타쓰기 씨는 ERCP를 해준 구리하라 선생님께 진료를 받고 싶대."

"잠깐만."

"황당한 소리라는 건 알아. 하지만 상황이 상황이니만큼 본인이 원하는 방향으로 해주고 싶어."

말을 마친 지로는 부탁한다며 고개를 숙였다.

그 뒤에서는 후타바가 형광검출기를 들여다보고 있었다. 내가 실험하고 남은 걸 정리해주는 것이리라. 참으로 고마운 이웃이다. 달그락달그락 실험 기구 소리가 들리는 동안에도 지로는 꼼짝도 하지 않았다.

나도 한동안 침묵한 후 반쯤 무의식적으로 탁상의 스나

아마 블렌드에 손을 뻗었다.

한 모금 마셨다. 말할 것도 없이 지독한 맛이었다.

의사로서 환자의 신뢰를 받는다는 것은 기쁜 일이다. 영광스러운 일이며 활력으로 이어지기도 한다. 하지만 언제 어디서나 기쁜 일인가 하면 꼭 그렇지만은 않다.

의료 현장에는 다른 사람이 생각하는 것보다 훨씬 더 많은 부조리가 넘쳐난다. 마음 따뜻한 의사가 최선을 다한 덕분에 환자가 건강해진다는 식의 멜로드라마는 완전한 환상이며, 개인의 노력에 따라 결과가 달라질 정도로 의료는 만만하지 않다. 의사가 열심히 한 만큼 환자가 좋아지기만 한다면야 그만큼 편한 직업도 없을 것이다.

고로 의사가 살을 깎아가며 노력했음에도 환자의 기대에 한참 못 미치는 결과가 나오는 경우도 적지 않다. 그럴 때 신뢰의 감정은 종종 분노의 감정으로 바뀐다. 뻔한 이야기이지만 의사가 환자의 신뢰를 얻어서 순수하게 기뻐할 수 있을 때란, 치료의 전망이 긍정적이거나 치료가 끝났을 때 정도일 것이다.

이러한 관점에서 보면 후타쓰기 미오라는 환자의 주치의가 된다는 것은 중압감밖에 느껴지지 않는 일이다.

"그렇게 또 가시밭길을 걷게 됐다는 거네, 구리 짱은."

소강당 제일 뒷자리에서 호조 선생님의 긴장감 없는 목소리가 흘렀다.

때는 목요일 아침 8시. 매주 돌아오는 제4내과의 종합 콘퍼런스가 막 시작된 참이었다.

"환자를 끌어당기는 구리하라의 징크스는 응급 환자에만 해당되는 게 아니었구나."

"콘퍼런스 중입니다, 호조 선생님."

나는 정면을 주시하며 낮은 목소리로 상사의 비아냥을 차단했다.

소강당 내부는 이미 많은 의사로 가득했다. 서른 명에 가까운 소화기와 신장 전문가가 모인 콘퍼런스에서는 지극히 세세한 곳까지 파고드는 질의응답이 오간다. 그런데 그 콘퍼런스가 오늘따라 미묘하게 조용한 이유는 정면 스크린에 후타쓰기 씨의 카르테가 떠 있기 때문이었다. 프레젠테이션은 우리 3팀의 에이스인 리큐와 대장이 하고 있었다.

스크린 위에 혈액 검사와 CT 영상, MRI 및 ERCP 영상이 표시될 때마다 실내가 조금씩 술렁였다. 난치병, 기이한 병이 많은 대학병원에서도 29세의 진행기 췌장암은 역시 충격적이라는 뜻이다.

"그래서 오늘 구리 짱의 외래 진료에 온 거구나, 이 환자." 깍지 낀 손을 머리 뒤로 넘긴 채 호조 선생님이 말했다. "어떤 모습이었어?"

"어떻다 할 것도 없었습니다. 외과의 스나야마 선생이 이미 거의 다 설명했을 겁니다. 침착했습니다."

나의 뇌리에, 외래에서 허리를 깊이 숙여 인사하던 환자의 모습이 떠올랐다.

'막무가내로 부탁드렸는데 받아주셔서 감사합니다.'

그렇게 말한 후타쓰기 씨의 태도는 진행기 췌장암 환자라는 생각이 들지 않을 정도로 차분했다. 꽤나 긴장한 표정이긴 했지만 초조와 절망은 느껴지지 않았다.

집에서 농사를 짓는 것치고 피부가 하얘 보였는데, 햇볕에 그을리지 않아서가 아니라 빈혈 때문이었을 것이다. 병으로 인한 불안이 극심할 텐데도 등을 곧게 펴고 흐트러짐 없이 앉아 있는 모습에서 상당히 강인한 여성일 것 같다는 인상을 받았다. 마음이 딴 데 가 있는 듯한 남편과 나란히 있어서인지 후타쓰기 씨의 침착함이 한층 더 돋보였다.

"이런 걸 떠맡다니 역시 구리 짱이라니까." 케이스의 긴장감 따위 안중에도 없다는 듯 호조 선생님이 말했다. "이런 환자는 맡아봐야 어차피 질 테니 원래대로 외과에 떠밀어도 될 텐데. 치료 내용은 내과든 외과든 똑같잖아."

"치료는 같아도 환자의 마음은 다릅니다."

"그렇게 생각한다는 게 구리 짱이 요령이 없다는 뜻이자 장점이란 말이지."

오니키리 호조가 "그런데"라고 하더니 재미있다는 표정을 지으며 앞을 보았다.

"구리 짱의 장점을 모두가 다 알아주지는 않아. 그게 대학이야."

소강당의 제일 앞자리에서 머리가 샌 초로의 의사가 천천히 일어나는 것이 보였다. 제4내과의 우두머리, 우사미 선생님이다.

"이 환자의 카르테를 보면 아즈미노병원에서 우리 쪽 외과로 소개를 했어. 그런데 그 외과에서 굳이 내과로 보낸 것 같군. 소개받은 외과가 아니라 내과에서 치료를 하는 이유가 뭐지?"

호조 선생님은 "자, 왔다" 하고 강 건너 불 보듯 바라보며 웃고 있다.

물론 웃을 일도 아니거니와 리큐가 답할 수 있는 질문도 아니다. 나는 곧장 일어서서 입을 열었다.

"환자 본인이 내과에서 진료를 받고 싶다고 희망했습니다. 일부 외과 선생님과 그다지 맞지 않았던 모양입니다."

나의 함축적인 응답에 소강당이 희미한 웃음소리로 살랑거렸다. 외과 사이보그의 무뚝뚝함은 내과에서도 유명하다. 물론 의국원들이 웃어주어도 우두머리 표정에는 전혀 변화가 없다. 그뿐만 아니라 가차 없이 예리한 시선을 보내왔다.

"환자의 희망 사항을 최대한 들어주는 태도는 좋지만 이렇게나 심각한 케이스를 콘퍼런스에서 의논하지도 않고 맡아버리다니 영 탐탁지 않군."

"콘퍼런스에서 말하면 보나 마나 딴지를 걸 테니까 조용히 맡은 거지."

옆에 있는 호조 선생님이 나지막이 중얼거렸다. 안 들릴 것이라는 생각에 상당히 용감한 소리를 한다.

"나이와 상태, 치료 경과를 생각하면 입원 기간이 길어질 것도 뻔해. 병상에도 여유는 없단 말일세."

가면을 쓴 듯 표정 없는 얼굴에 차가운 눈빛이 번뜩였다. 소강당의 기온이 삽시간에 떨어지는 기분이다. 아무도 입을 열지 않았다.

바로 옆에 앉은 미즈시마 교수님은 평상시와 다름없는 복스러운 미소로 초연히 스크린을 바라볼 뿐이었다. 제4내과의 기둥이라 불리는 저 교수님은 만면에 띤 미소가 트레이드 마크인, 도무지 속내를 알 수 없는 인물이다.

한순간의 숨 막히는 침묵을 찢는 또 다른 목소리가 들려왔다. 내 앞자리에 앉아 있던 인물이 "하지만, 우사미 선생님!" 하며 일어난 것이다.

1팀 팀장, 가키자키 선생님이다.

의국 내에서 교수와 준교수의 뒤를 이어 강사라는 직함을 가진 선생님이다.

"말씀대로 29세 췌장암 환자를 대응하기란 쉽지 않습니다. 하지만 그만큼 젊은 의국원들에게 귀중한 경험이 될 겁니다. 하물며 환자가 직접 우리 진료를 원하는 상황이니 4내과의 진면목도 드러낼 수 있지 않겠습니까?"

힘찬 목소리가 침체된 공기를 쓸어버렸다. 이 선생님은 그런 힘을 가지고 있다.

췌장 전문가로서 외부에도 이름이 알려진 선생님인데 그게 전부가 아니다. 전문가에게서 느껴질 법한 까탈스러움과는 거리가 먼 쾌활한 인품으로, 실무에 충실한 우사미 선생님과는 모든 의미에서 정반대에 있는 인물이라 할 수 있다.

그 가키자키 선생님이 강당 안을 상쾌한 목소리로 채웠다. "분명 어려운 케이스가 되겠지만 외과에는 평소에도 빚을 지고 있습니다. 이쯤에서 갚아두면 나중에도 일하기 수월해지지 않을까요?"

우두머리를 설득하기에는 전반의 열의에 찬 말보다 후반의 타산적인 멘트가 더 효과적이다. 가키자키 선생님은 그것을 알고 있다. 우사미 선생님은 눈썹을 살짝 꿈틀하더니 별다른 말 없이 그대로 착석했다. 요컨대 허락했다는 뜻이다. 생각지 못하게 지원 사격을 해준 가키자키 선생님은 앉으면서 어깨 너머로 씨익 웃더니 브이 사인을 보냈다. 정말이지 대학에는 각양각색의 사람들이 있다.

가까스로 움직이기 시작한 공기 속에서, 리큐가 곧장 프레젠테이션을 재개했다.

"젊고 활력이 있는 분입니다. 처음부터 최대한의 치료를 한다는 의미에서 화학요법은 폴피리녹스를 선택하겠습니다. 상당한 부작용을 각오해야 하지만……."

리큐의 긴장된 목소리를 들으며 호조 선생님이 나를 흘깃 쳐다보았다.

"적당한 항암제로 시간을 버는 게 아니라 전력투구로 췌장암이랑 싸울 생각인 거야?"

"이번에는 적당히 하지 않을 겁니다. 체력이 있는 동안 쓸 수 있는 약은 전부 다 최대치로 쓸 겁니다."

"하지만 그 레지멘(약물 투여 계획 및 약물 정보를 통합 관리하는 것-옮긴이)은 4제 병용을 해야 하는 악명 높은 녀석이잖아."

호조 선생님의 전공은 간이지 췌장이 아니다. 그럼에도 이번에 사용할 약제의 악명은 알고 있다.

"부작용이 상당히 심합니다. 젬 아브락산 2제 병용(항암제인 젬시타빈과 아브락산을 같이 쓰는 것-옮긴이)과 비교했을 때도 힘든 치료지만, 췌장암 진료 가이드라인을 봐도 체력이 있는 환자에게는 가장 좋은 선택지입니다."

"가이드라인은 중요하지. 우두머리도 좋아할 거야."

호조 선생님은 어디까지가 진심이고 어디까지가 농담인지 알 수 없는 대사를 뱉으며, 스스로 자랑스레 여기는 갈색 머리칼을 쓸어 올렸다. 그러고는 스크린 앞에 선 리큐와 대장을 보며 말했다.

"확실히 저 녀석들한테도 좋은 공부가 될 거야. 일반 병원에서는 20대 환자의 임종을 겪을 일이 거의 없으니까."

"아직 임종이 정해진 건 아닙니다."

나는 가능한 한 부드럽게 말을 끊었다. 순간 호조 선생님이 입을 다물더니 한 손으로 머리를 헝클어뜨리며 중얼거렸다.

"그렇지. 방금은 실언이었어."

오니키리라 불리는 남자치고는 어딘가 시원스럽지 않은 대답이었다.

고하루가 쌔근쌔근 자고 있다.

만세를 하듯 조그만 양손을 위로 뻗은 채 동그란 배를

위아래로 바지런히 움직이며 기분 좋아 보이는 숨소리를 낸다. 여름이라고는 해도 신슈의 6월 밤은 적당히 시원하고, 날에 따라서는 서늘할 때도 있다. 고하루는 이불을 발로 차서 배를 다 드러낸 채 넘치는 열을 발산하며 여중호걸의 관록을 자랑하고 있었다.

평소라면 보는 것만으로도 유쾌해질 광경인데 지금은 묘하게 마음이 무겁다. 잠든 고하루의 모습에 후타쓰기 씨의 아이 모습이 겹쳐서일 것이다.

"스물아홉이군요."

고하루의 잠옷 매무새를 매만진 뒤 동그란 배 위에 여름용 이불을 덮어주던 아내는 손을 멈추고 예쁜 눈썹을 찡그렸다.

"아이는 아직 일곱 살이야."

그 말에 아내의 시선은 자연스레 잠든 우리 아이의 얼굴로 향했다.

"손쓸 수 있나요?"

"일반적으로 말하면 손쓸 수 있는 가능성은 한없이 제로에 가까워. 하지만 아무것도 하지 않으면 가능성은 완전히 제로가 되지."

아내는 나의 가혹한 말을 듣고 잠시 침묵하더니 이윽고 탁상 위 포트에 가만히 손을 뻗어 커피를 따라주었다.

"그렇다면 아무것도 하지 않을 수는 없죠. 앞으로 갈 수밖에 없겠네요."

아내의 솔직한 말이 신기할 만큼 활력을 불어넣어주었다. 그와 동시에 나에게 소중한 걸 가르쳐주었다.

의사라는 존재는 많은 것을 알고 있다. 오히려 많이 아는 탓에 필요 이상으로 미래를 허무하게 느끼기도 한다. 췌장암의 5년 생존율과 화학요법의 성공률도 확실히 중요한 데이터지만, 어디까지나 데이터일 뿐 눈앞의 환자 일은 아니다. 가야 할 길이 명확하다면 비통함에 젖어 멍하니 서 있을 것이 아니라 우선은 발을 움직여 앞으로 나아가는 것이 우리의 본분이리라.

나는 고개를 크게 끄덕인 후 커피잔을 기울였다.

지금 필요한 것은 가이드라인도, 생존율도 아니다. 앞으로 나아갈 기개와 용기와 한 잔의 맛 좋은 커피만 있으면 된다.

찬찬히 한 잔을 음미하는 나에게, 아내가 갑자기 생각났다는 듯 말했다.

"그러고 보니 오늘 낮에 오오카 씨 아드님이 오셨어요."

"오오카 씨?"

"온타케소의 주인 어르신요."

까맣게 잊고 있던 이름이다. 잊었다는 말이 듣기에는 그럴싸하지, 말하자면 오오카 씨의 이름 따위는 듣고도 누군 지 모를 만큼 기억 저편으로 사라져 없어진 상태였다.

"그때는 저랑 고하루밖에 없었는데, 온타케소 주민이 다 모였을 때 하고 싶은 말이 있다고 하셨어요."

"하고 싶은 말이라면?"

"꼬집어서 물어보지는 못했지만 아마도……."

아내는 걱정스러운 듯 인상을 썼다.

"온타케소 철거 건인가."

아내가 작게 끄덕였다.

얼마 전에도 남작이 입에 올렸던 말이다.

오래된 여관을 리모델링해 만든 온타케소는 덧문이 뜯 겼고 기와는 떠 있어서 정취가 있는 주택가 안에서도 특 이한 위용을 뿜낸다. 게다가 방은 쓸데없이 많지만 지금은 나와 아내가 쓰는 '벚꽃방'과 남작의 '도라지방', 학사님의 '들국화방' 총 세 개만 차 있다.

오오카 씨 입장에서는 차라리 깨끗한 빌라를 새로 지어 조금 더 효율적으로 관리하고 싶을 것이다.

"이제 구체적인 이야기가 진행되는 건가?"

"그럴지도 몰라요. 일단은 빠른 시일 내에 다시 오겠다 고 하시던데요."

"그건 그것대로 마음이 무거운 이야기군."

"그러니까요. 남작님한테는 전해졌는데, 이번에는 정말 뭔가를 골똘히 생각하는 것 같았어요."

남작은 아무 생각이 없는 듯 보이지만 알고 보면 여러모로 생각이 깊다. 반대로 남작이 과하게 생각에 빠졌다는 것은 좋은 징조가 아니다.

"이곳에서 나가야 되면 새로운 집을 찾아야 하는 건가."

"그럴 수도 있지만······." 아내가 또다시 배를 드러낸 고하루에게 이불을 재차 덮어주며 말했다. "지금은 서두를 것 없어요. 오오카 씨가 구체적인 이야기를 꺼낸 것도 아니고요. 조금 까다로워 보이기는 했지만 도쿄에서 직장 생활을 오래 했다고도 하셨고, 당장 내일 나가라는 식의 터무니없는 소리는 안 할 것 같아요."

"그렇네. 괜히 앞장서서 나갈 준비를 했다가는 도리어 적에게 놀아나는 꼴이 되겠어."

"적이 아니라 오오카 씨예요." 아내는 싱긋 웃으면서 답했다.

참으로 편안한 그 미소를 보자 나는 아무런 반론을 할 수 없었다. 나도 함께 웃으며, 세상에서 제일 맛있는 커피를 들이켰다.

딱, 하고 기분 좋은 소리가 휴게 공간에 울려 퍼지자 나는 까닭도 없이 힘차게 끄덕였다.

"좋은 수야."

눈앞에는 해묵은 장기판이 있다.

그곳은 동쪽 7층 병동 입구에 있는 널찍한 담화실로, 아침 햇살이 쏟아져 들어오는 개방적인 공간에 높이가 7층이라서 조망도 좋다. 나는 엘리베이터 홀과도 가까운 담화실 한쪽에서 장기판을 사이에 두고 한 소년과 마주 앉아있었다.

고나미 다쿠야라는 이름의 소년은 얼마 전 100엔 동전을 삼켜 헬기로 이송된 열 살배기 환자다. 초등학생인데도 상당히 능숙하게 장기를 둔다.

"구리하라 선생님 차례예요."

밝은 목소리는 병동 담화실에 어울리지 않을 정도다.

"몸은 괜찮아 보이네."

"많이 좋아졌어요. 그래도 아직 한 번씩 아플 때가 있긴 해요." 아무렇지 않은 말투로 그렇게 말한다.

헬기에 실려 온 것은 나흘 전이다. 내시경으로 동전은 빼냈지만 그 후에도 때때로 단발적인 통증을 호소하고 있다. 리큐가 긴급 내시경을 할 때 약간의 출혈이 생기는 바람에 만일을 위해 입원시켰을 뿐인데, 그 뒤로 며칠이 지났는데도 이따금 흉통이 나타나 아직 퇴원하지 못한 상태다. 건강해 보이지만 의외로 구리하라 팀의 근심거리인 녀석이다.

"식사는 하고 있을 테고."

"죽은 먹어요. 그런데 죽 말고는 힘들어요."

"아픈 건가?"

"가끔씩요. 갑자기 아파요."

무서운 말을 가뿐하게도 하며 또 한 번 거리낌 없는 일격을 가한다. 나 또한 예상외로 진지하게 다음 수를 놓았다.

"멋지다, 의사 선생님은 원래 장기도 잘해요?"

"모두가 잘한다고는 할 수 없고, 어느 정도 잘할 수는 있지만 나처럼 실력이 좋은 의사는 결코 많지 않아."

소년은 이러나저러나 상관없는 소리를 늘어놓는 나를 바라보며 심각한 표정으로 끄덕였다. 너무나도 순수한 반응이다.

"그런데 저랑 장기 같은 걸 둬도 되는 거예요? 바쁘지 않아요?"

"오늘은 일요일이니까. 힘든 일은 없어. 혼자 외롭게 외통 장기를 두는 소년의 대전 상대 정도는 해줄 수 있지."

"별로 안 외로워요. 오히려 여기가 사람이 많아서 집보다 좋은데요."

참으로 태평한 태도다.

화창한 휴일에 아침부터 혼자 작은 장기판을 들여다보는 모습을 보고 걱정했지만 아무래도 기우였던 듯했다.

"하지만 문제는 가슴의 그 통증이야. 원인이 뭔지 잘 모르겠군."

"시바타 선생님이랑 다치카와 선생님도 그렇게 말했어요. 동전 때문에 상처가 난 곳도 이제는 나았을 거라고."

그렇겠지, 라고 응하는 나 또한 솔직히 뭐라 말할 수 없는 상황이다.

"시바타 선생님이 너무 걱정되니까 오늘도 CT를 찍어보겠대요."

진중한 리큐다운 대응이다. 이럴 때는 낙관적으로 관망하기보다는 비관적인 상황에 대비해 주의를 게을리하지 않는 것이 가장 좋다.

한동안 장기판을 들여다보며 생각에 잠겨 있던 내가 얼굴을 불쑥 들었다. 엘리베이터 문이 열리며 화제의 주인공인 시바타 선생님, 즉 리큐가 내리는 모습이 보여서였다.

리큐는 담화실에서 나를 발견하고는 걸음을 멈추고 목례했다. 나도 고개를 까딱하며 일어섰다.

"일하러 가요?" 곧장 소년이 물었다.

"대단한 일은 아니지만 하루 종일 느긋하게 미노 포진

을 치고 있을 수는 없으니까."

"또 장기 둘 수 있어요?"

어딘가 적적한 듯한 표정을 짓는 소년을 향해 곧장 대답했다.

"오늘은 승부가 안 났잖아. 다시 붙어야지."

"약속했어요."

"약속이야."

나는 손을 들며 담화실을 뒤로했다.

그날은 후타쓰기 씨의 입원일이었다.

일요일에 입원해 월요일부터 화학요법을 시작하기로 했다. 그러려면 일요일 낮에 향후 방침에 관해 설명해야 한다. 그래서 휴일 아침부터 호조 선생님을 제외한 3팀이 병동에 모인 것이다. 이렇게 분주한 일정을 세운 사람은 다름 아닌 리큐였다.

환자의 연령과 가정 환경을 알게 된 리큐가 하루라도 빨리 치료를 시작하자고 주장해 이러한 흐름을 구축한 것이다. 원래대로라면 일요일은 내게 귀중한 실험일 내지는 아르바이트 또는 더욱 귀중한 가족과 보내는 날이지만, 상황이 상황인 만큼 리큐의 방침을 승인한 차였다.

"여러모로 꼼꼼하게 챙겨주셔서 정말 감사합니다."

후타쓰기 씨가 밝은 햇살이 들어오는 병실에서 깊숙이 고개를 숙이며 인사한 것은 모든 설명이 끝나고 나서였다. 약 한 시간 동안 병의 상태와 약제에 관해 설명한 후 지금은 리큐와 대장이 카르테를 기재하는 중이었다. 할 일이 없어 무료했던 나는 그사이에 상황을 볼 겸 무심히 병실에 들른 것이다.

"설명 내용은 대략 이해하셨습니까?"

조심스레 묻는 내게, 침대에 앉아 있던 후타쓰기 씨는 옆에 선 남편과 마주 보더니 곤혹스럽다는 표정으로 쓴웃음을 지었다.

"솔직히 말씀드리면 뭘 여쭤봐야 할지도 모르는 상태예요. 전부 다 너무 갑작스러워서."

그러더니 둘 곳 없는 시선을 가만히 창밖으로 내던졌다.

본디부터 하얬을 볼에는 혈색이 없고, 의지가 강할 것 같은 눈동자에는 숨길 수 없는 시름이 감돈다. 조심스레 말해도 아름다운 사람이다. '아름다운 벚꽃(美桜)'이라 쓰는 그 이름이 너무나도 잘 어울린다.

"저희가 이해한 건 그저 힘든 치료가 시작될 거라는 것뿐이에요."

"충분합니다. 저희가 말씀드리고 싶었던 것도 요약하자면 그 한마디로 정리되니까요."

나의 대답에 후타쓰기 씨는 가만히 나를 바라보았다.

설명 내용은 화학요법의 투여 방법, 그 부작용, 예상되는 입원 기간에서부터 앞으로 예측되는 경과까지 다양했다.

후타쓰기 씨는 불과 2주 전에 수술이 불가능한 췌장암이라는 말을 들었다. 아마 방치하면 앞으로 수개월밖에 살지 못한다는 무서운 사실까지 지로에게 들었을 것이다. 그 혼란스러운 머리로, 전문가인 우리조차 때때로 머리가 지끈거리는 복잡기괴한 화학요법 설명을 충분히 이해해주기 바라는 것은 애초에 무리다.

"그저 힘든 치료라는 게 전달됐다면 지금은 그것으로 충분합니다. 생각을 너무 많이 하시면 안 됩니다. 치료를 생각하는 건 저희 일입니다."

내 말에 후타쓰기 씨는 희미하게 미소 지었다. "역시 선생님은 특이한 분이네요."

"특이한가요?"

"네, 특이해요. 이럴 때 보통은 괜찮다거나, 좀 더 긍정적인 말을 해주지 않나요? 그런데도 그저 힘들다니."

"죄송합니다. 하지만 위안을 드리고자 그런 말을 하더라도 금방 사실이 드러납니다. 우리에게 필요한 건 삼엄한 현실에서 눈을 돌리는 것이 아니라 각오하고 싸우는 것이니까요."

대학병원에서는 의료인과 환자가 충분한 신뢰 관계를 쌓을 시간이 주어지지 않는 경우가 많다.

만나는 환자의 대부분이 여러 의료 기관을 거치며 이미 검사와 진단을 마친 상태다. 즉 인간관계를 구축할 시간도 대화도 충분히 확보되지 않은 채 느닷없이 후타쓰기 씨처럼 어마어마한 항암 치료를 시작하게 되는 것이다.

그러니 신뢰는 치료와 병행해 쌓아갈 수밖에 없다. 매우 어려운 일이지만, 금이 가기 시작하면 복원은 불가능하다.

"불안과 의문에 관해서는 얼마든지 답변해드리겠습니다. 하지만 위안과 위로는 생략하겠습니다. 냉정한 의사라 생각하실 수도 있지만 분명 이해해주시는 날이 올 겁니다."

후훗, 후타쓰기 씨가 홀연히 소리를 내어 웃었다.

의아스러운 마음에 쳐다보다가 뜻밖에도 상쾌한 시선과 부딪쳤다.

"역시 선생님께 부탁드리기를 잘한 것 같아요."

"높은 평가를 해주시는 건 감사하지만 저는 ERCP의 설명을 드린 정도고, 마음에 드실 만한 행동은 특별히 하지 않았습니다."

"내시경 설명도 정말 알아듣기 쉬웠어요. 하지만 그것

때문만은 아니에요."

남편의 발치에 있다가 살며시 다가온 일곱 살 난 딸의 머리를 어루만졌다. 말쑥하니 짧게 머리를 자른 소녀는 얼핏 보면 소년 같은 외모로, 무척 똘똘해 보이는 눈동자를 반짝이고 있었다. 한 가정이 끌어안은 거대한 문제의 낌새를 알아챈 듯한 모습이었지만 지금은 거리낌 없는 시선 어딘가에 흥미롭다는 듯 초롱초롱한 빛이 보였다.

"제가 선생님을 뵌 게 이번이 처음은 아니랍니다."

갑작스러운 말에 나는 곤혹스러울 수밖에 없었다.

딸에게 미소를 건네는 후타쓰기 씨 대신 남편이 말을 이어갔다.

"장인어른께서 지주막하 출혈로 돌아가셨을 때 임종을 지켜주신 게 구리하라 선생님이었어요. 지금으로부터 8년 전, 혼조병원에서 있었던 일이라고 합니다."

전혀 예상치 못했다. 난데없는 일격에 받아칠 수 있는 말도 당연히 없다.

"죄송합니다. 이럴 때 단번에 떠올리면 좋을 텐데……."

"아뇨, 기억 못 하시는 게 당연해요. 벌써 8년 전 일인 데다 갑자기 구급차로 실려 가서 사흘 후에 돌아가셨거든요. 그때 저는 대학생이었고 선생님을 뵌 것도 손에 꼽을 정도예요."

"말씀대로라면 저는 의사로서 별 도움을 드리지 못한 것 같습니다만……."

완전히 당황한 나를 보며 후타쓰기 씨는 천천히 고개를 가로저었다.

"위독해지셔서 며칠 만에 돌아가시기까지, 선생님은 몇 번이나 병실에 와주셨어요. 침대에서 주무시는 아빠보다 안색이 더 안 좋았던 선생님이 엄마와 저를 걱정하며 말을 걸어주셨던 걸 지금도 기억합니다."

8년 전이라면 내가 연수를 받고 있었을 때다.

혼조병원의 왕너구리 선생님 아래에서 그저 필사적으로 매일같이 뛰어다녔던 시기다. 사망진단서를 수도 없이 작성했지만 그 모든 경우에 만족할 수 있을 정도로 대응했는가 묻는다면 심히 불안하다.

그러니 나는 그저 황송할 따름이었다.

"동이 트지 않는 밤은 없다. 멈추지 않는 비도 없다."

후타쓰기 씨가 내뱉은 뜻밖의 말에 나는 고개를 들었다.

"선생님이 해주셨던 말이에요. 괴로운 일이 있더라도 그게 끝없이 이어지는 건 아니라고 하셨죠."

"젊은 혈기의 소치입니다."

"아뇨, 멋진 말이에요." 후타쓰기 씨는 옆에 있는 남편을 바라보며 말을 이었다. "선생님 말씀대로 아빠가 돌아가신 후에 저는 결혼을 했고 아이라는 선물도 받았어요. 선생님 말씀대로, 멈추지 않는 비는 없더군요."

자상해 보이는 풍모의 남편은 후타쓰기 씨를 마주 보며 조용히 끄덕였다.

"그러니까 이번에도 꼭 이겨내 보이겠어요. 부디……." 후타쓰기 씨의 밝은 눈동자가 똑바로 나를 향했다. "부디, 잘 부탁드립니다."

젊은 부부가 나란히 서서 허리를 굽혔다. 엄마의 무릎을 잡고 있던 소녀도 뭔가를 깨달았는지 고개를 살짝 숙였다.

창문으로 쏟아져 들어오는 여름 햇살이 세 식구를 보드 랍게 비췄다. 나도 아무 말 없이 깊숙이 허리를 굽혔다.

"상당한 미인이시던데요."

한낮의 제4내과 의국에 대장의 경박한 목소리가 울려 퍼졌다.

일요일이라서 널찍한 의국에는 우리밖에 없었다. 캔 커 피를 기울이는 나와 기어이 물을 끓여 차를 우리는 리큐, 모니터 앞에서 카르테를 기입 중인 대장 세 명뿐이다. 때 때로 누군가 복도를 지나가는 소리가 들리지만 회진을 끝 낸 다른 팀 의사이거나 당직의일 것이다. 어쨌거나 오늘은 여유롭다.

"조심성 없는 소리 하지 말고 빨리 카르테나 작성해. 그게 끝나면 오늘은 해산이니까." 리큐가 능숙하게 전기 포트를 흔들더니 찻잔에 따르며 말했다.

"설교하듯 말씀하시지만 시바타 선생님도 외래에서 후타쓰기 씨 처음 봤을 때 엄청난 미인이라면서 좋아하셨잖아요."

"좋아한 적 없어. 놀랐을 뿐이지."

흔들린 전기 포트에서 차가 넘쳐흘렀다. 누가 봐도 당황한 기색이 역력한 리큐에게, 대장이 "에이, 진짜요?" 하고 웃으며 행주를 들어 건넸다. 고지식한 리큐와 불성실한 대장은 영 맞지 않을 것 같아서 걱정했는데 이 두 사람은 의외로 사이가 좋을지도 모르겠다.

"그런 것보다 다치카와 선생, 폴피리녹스는 매우 높은 확률로 부작용이 나타나는 레지멘이야. 어떤 부작용이 어느 정도의 확률로 나타나는지 확실히 공부해둬."

"알겠슴다, 시바타 대선생님."

"평범하게 대답해."

"네!"

대장은 재깍 경례를 해 보이더니 다시 카르테를 작성하기 시작했다.

그가 두 달 전 3팀에 왔을 때는 이런 사내가 의사가 될 수 있을지 심히 염려스러웠는데, 이제는 카르테 작성도 안정적이고 환자도 제법 차분히 대할 수 있게 되었다. 실없는 소리를 하는 면모는 여전하지만 가끔씩 그 덕분에 분위기가 누그러질 때도 있다. 인간이란 정말 불가사의한 존재다.

"그나저나 꽤 어려운 케이스가 늘어버렸네요, 구리하라 선생님." 마침내 차를 홀짝이며 리큐가 넌지시 말을 건넸다. "후타쓰기 씨야 말할 것도 없고, 지난달에 실려 온 중증 췌장염인 아오시마 씨는 췌장 가성낭종이 커져서 감염이 우려되고, 궤양성 대장염인 오카 씨는 오늘도 혈변을 봤다고 합니다. 방심할 수 없는 상황이 이어지고 있습니다."

"그 와중에도 특히 마음에 걸리는 게 그 소년이지."

"고나미 다쿠야 말씀이시군요." 리큐가 가볍게 한숨을 쉬었다. "어젯밤에도 그 묘한 가슴 통증이 나타나서 CT를 확인했는데……."

"문제없었나 보네."

리큐가 고개를 끄덕였다.

의사 입장에서 환자의 증상이 심각한 것도 당연히 스트레스지만 그보다 더 중압감이 심한 경우는 원인을 알 수 없을 때다. 중증 환자는 경과를 어느 정도 예측할 수 있다.

하지만 원인 불명이면 예측조차 할 수 없다.

"입원한 지 벌써 4~5일째인데 부모님은 별 말씀 없나?"

"아버지는 혼자 파견 나가서 멀리 계시고, 어머니는 입원할 당시에 한 번 뵀는데 맞벌이를 하셔서 그런지 뵙기가 쉽지 않습니다."

"때를 봐서 한번 IC 시간을 마련하는 게 좋을지도 모르겠군."

"네. 한 번 더 어머니께 문진을 해서 합병증이 없을지 재확인하겠습니다."

리큐는 진지하게 끄덕였다. 그런 리큐의 빡빡머리에 나이에 맞지 않게 흰머리가 늘어난 듯 보이는 것은 기분 탓일까. 요즘 들어 쉽지 않은 환자가 몰린 탓에 피로가 많이 쌓였을지도 모른다.

"리큐, 너무 걱정하지 마. 해야 할 일은 하고 있잖나."

"감사합니다."

"따지고 보면 단순한 식도 이물이야. 출혈이 생기지만 않았다면 입원도 안 하고 끝났을 정도니까."

리큐의 표정이 살짝 굳었다.

"농담이다. 웃을 타이밍인데."

"웃을 수 없습니다."

리큐가 딱딱한 얼굴로 대답하는데 탁탁 하고 복도를 빠

르게 걷는 소리가 들려왔다. 뒤를 돌자마자 키가 큰 사람이 불쑥 들어왔다.

"오, 구리하라. 찾았다."

밝은 목소리와 함께 등장한 인물은 1팀 팀장인 가키자키 선생님이었다.

"응급 환자입니까?"

"장난이야. 환자를 끌어당기는 구리하라 팀이랑은 다르다고. 하쿠바병원에서 긴급 ERCP가 있어서."

눈썹을 찡그리는 내 옆에서 대장이 "하쿠바?"라며 궁금해하는 표정으로 리큐를 쳐다보았다.

"하쿠바병원의 ERCP랑 가키자키 선생님이 어떤 관계가 있는 거예요?"

"하쿠바에는 ERCP를 할 수 있는 의사가 없어. 그래서 거기에 담관염 환자가 들어오면 여기로 전화를 하게 되어 있지."

"전화가 오면 가키자키 선생님이 혼자서 맡으셔야 하는 건가요?"

"선생님 말고는 없거든." 내가 조용히 응했다.

그러는 동안에도 가키자키 선생님은 가방 안에 가운을 구겨 넣으며 웃었다.

"인턴은 잘 모르겠지만 의국에는 문서로 정리되어 있지

않은 복잡한 업무가 많아. 근무표에 적혀 있는 업무는 극히 일부지."

대장이 아리송해하며 나를 바라보았다.

"그래도 굳이 하쿠바까지……."

"긴급 ERCP는 성공하면 환자가 극적으로 좋아지지만, 담관을 확보하지 못하면 그대로 죽을 수도 있는 매우 위험한 시술이야. 그 위험한 시술을 설비도 도구도 한정적인 지방 병원에서 해야 하지. 게다가 환자는 고령이고 복잡한 합병증을 갖고 있는 경우가 많아. 그렇지 않아도 ERCP를 할 수 있는 의사 수가 적은데, 그렇게나 혹독한 조건에서 확실하게 대응할 수 있는 의사는 대학병원 내에도 거의 없어."

"구리하라 선생님은 안 되나요?"

"아깝단 말이지, 구리하라는." 가키자키 선생님이 가까이 다가오더니 내 캔 커피를 집어 들고 시원스레 들이켠 후 말을 이어갔다. "구리하라라면 95퍼센트의 환자는 문제없어. 하지만 그걸로는 곤란해. 남은 5퍼센트를 죽게 하면 안 되니까. 앞으로 한 5년쯤 아수라장을 경험하면서 98퍼센트 정도까지 올라오면 부탁할 수 있을 텐데."

"5년이나 대학에 있으면 가슴이 썩어 문드러질 겁니다."

"하여튼 독설은 여전해."

그럼 실례, 가키자키 선생님은 밝게 손을 흔들며 뛰어나 갔다.

　하쿠바병원까지는 국도를 경유하면 약 40킬로미터다. 다카세강을 따라 올림픽도로가 생긴 후로 교통편이 많이 좋아지기는 했지만 고속도로도 없는 일반도로를 달려 한 시간 정도는 가야 한다. 일요일 낮이라도 되면 휴일이 깡그리 날아가버리는 셈이다.

　"상당히 터무니없는 체제잖아요?"

　"몰상식한 대장이 웬일로 상식적인 견해를 말하다니."

　"강사이신 가키자키 선생님이 일부러 거기까지 갈 정도라면 환자분을 구급차로 오게 하는 쪽이 더 융통성 있지 않나요?"

　"그리고 대학병원의 귀중한 병상을 고령의 담관염 환자로 채워버리자? 병상 확보를 위해 우두머리와 줄다리기하는 것도 보통 일이 아니지만 그런 식으로 병상을 쓰면 후타쓰기 씨의 입원이 몇 주는 더 늦어질 거다."

　대장의 얼굴에서 독기가 사라졌다.

　내가 텅 빈 캔 커피를 책상 위에 놓자 리큐가 센스를 발휘해 새로운 찻잔을 가지고 와주었다. 차를 따르며 가볍게 한숨을 뱉었다.

　"결국 우사미 선생님이 말씀하시는 빵 이야기가 되는

거군요."

"빵의 수는 정해져 있어. 그건 사실이야. 유감스럽게도 90세 담관 결석과 29세 췌장암이라면 우리는 후자를 우선할 수밖에 없지."

왠지 갑자기 의국 내에 무거운 공기가 가라앉는 듯했다.

창밖으로 시선을 돌리자 실내의 어두침침한 공기 따위 오불관언이라는 듯 여름 햇살이 한없이 눈부셨다.

"뭐, 가키자키 선생님이 걱정된다면 우리가 제대로 실력을 닦아서 번듯한 내시경의가 되는 수밖에 없어."

"그것도 적당한 실력이 아니라 열의를 갖고 기술을 마스터해야 한다는 거네요."

"그렇지. 지금으로서는 하쿠바나 이야마의 ERCP에 대응할 수 있는 분은 가키자키 선생님과 우사미 선생님 정도밖에 없으니까."

나의 무심한 중얼거림에 리큐와 반장의 눈이 동시에 휘둥그레졌다.

한동안 실내가 침묵에 휩싸인다. 그 침묵 속에서 희미하게 사이렌 소리가 들렸다. 분명 지금쯤 응급센터의 미륵님이 움직이기 시작했을 것이다. 점점 커지는 사이렌 소리를 배경으로 리큐가 얼떨떨하다는 듯 입을 열었다.

"우사미 선생님이 ERCP를?"

"예전엔 그랬어. 지금은 대부분 가키자키 선생님이 혼자 하시지만."

"……저, 우사미 선생님이라면 한 분밖에 안 계시는 거 맞죠?"

"당연하지. 둘이나 되면 그걸 어떻게 감당해."

"그런데." 이번에는 대장이 조심스레 물었다. "그 빵집 우사미 선생님이 ERCP 같은 걸 하실 수 있어요?"

"바보 같은 놈." 나는 다소 난폭한 어조로 말을 잘랐다. "빵집이 아니라 준교수님이다."

의국에서 당당하게 폭언을 입에 올리는 대장을 힐끗 쏘아보았다.

결국 그날 나는 여름의 눈부신 태양이 중천을 지나고 오후가 되어서야 병원을 빠져나왔다.

월요일부터 시작되는 후타쓰기 씨의 화학요법은 네 종류의 항암제를 이틀 동안 사용하는 복잡한 레지멘이다. 리큐와 대장과 셋이서 약제량, 종류, 투여 방법과 그 타이밍을 여러 차례 확인하는 것만 해도 보통 일이 아니었다.

화창한 일요일이다.

낡은 의국동에서 밖으로 나서자 햇볕은 무척이나 선명하고, 반소매인데도 땀이 날 정도로 포근한 기운이 가득하다. 휴일이기도 하여 의국동 주변에는 사람이 적었다. 두꺼운 서적을 품에 안은, 의학부 학생이거나 인턴인 듯한 백의의 사람들이 드문드문 보이는 정도다. 거기에서 옆에 있는 기초연구동을 벗어나자 주변 공기가 완전히 바뀌었다.

그곳은 시나노대학의 캠퍼스였다.

병원 부지 북쪽에는 광대한 시나노대학이 인접해 있다.

시나노대학의 마쓰모토 캠퍼스에는 의학부 외에도 이학부, 공학부, 인문학부가 있고 경제학, 교육학, 농학, 섬유학 등 각 학부의 1학년 학생도 여기에서 공부한다. 대단히 북적이는 곳이다.

2년 전, 대학병원에서 일하기 시작했을 무렵에는 아수라장인 임상 현장 옆에 모라토리엄(예정된 시기에 사회에 진출하지 않고 이를 미루며 안주하는 사회계층적 현상-옮긴이)의 상징과도 같은 대학 캠퍼스가 있다는 것에 묘한 이질감을 느꼈다.

생과 사에 얽힌 가혹한 말들이 오가는 병동 주변에서, 건강의 의미를 생각도 하지 않는 학생들이 즐거운 듯 소리지르며 뛰어다닌다. 그 광경을 보고 실소를 할지 위안을 얻을지는 사람마다 다를 것이다.

내게 중요한 것은 그 갭의 여하가 아니라 병원에서 시나노대학 도서관까지 도보 3분이면 갈 수 있다는 사실이었다. 목적은 당연히 의학 논문을 뒤적이려는 것이 아니다.

도서관 정면 입구로 들어서자 접수 데스크에 있던 초로의 남성이 활짝 웃으며 맞아주었다.

"수고 많으십니다, 선생님. 지난번에 말씀하셨던 후쿠다 쓰네아리의 『다자이와 아쿠타가와』가 드디어 들어왔습니다."

그러곤 안쪽 책꽂이에서 커다란 상자 안에 든 책을 꺼내왔다. 그는 대학 도서관의 유능한 사서로, 2년 동안 발이 닳도록 드나드는 나를 각별히 친근하게 느낀 듯 곧잘 이렇게 세심한 배려를 보여주었다.

참고로 그는 소세키나 오가이 등 문학만 빌려가는 나를 문학부 선생이라고 생각하는 모양이다. 딱 한 번, 부득이하게 필요해서 병리학 서적을 찾았을 때는 활짝 웃으며 "부탁받으셨어요?"라고 물어봤었다. 너무나도 밝게 웃기에 이제 와 내과 의사라고 자기소개를 하는 것도 유난스럽게 느껴져 잠자코 있었다. 물론 대출 카드의 ID를 검색해보면 내 소속쯤이야 수 초 만에 밝혀지겠지만, 상대가 알아보지 않는데 굳이 내가 먼저 나설 이유도 없다.

이리하여 오늘도 평소처럼 지극히 부드러운 어조로 "매번 고맙습니다"라고 말한 후 기다렸던 책을 받아들었다.

내일부터는 후타쓰기 씨의 강력한 항암 치료가 시작된다. 폴피리녹스는 나도 아직 조금밖에 경험해보지 못한 치료라 배워야 할 것이 많다. 그럼에도 내 손에 들린 책은 『화학요법 가이드라인』이 아니라 『다자이와 아쿠타가와』였다. 평론의 거인이 써 내려간 책이다. 이것이 바로 구리하라 이치토라는 사람이다.

"닥터, 이런 곳에서까지 책을 찾으세요?"

불현듯 등 뒤에서 상쾌한 목소리가 들려와 몸을 돌렸다.

청결감이 넘치는 하얀 와이셔츠 차림의 청년이 서 있었다. 은색 테의 안경 너머에는 시원스러운 눈동자가 빛나고 있다. 나는 『다자이와 아쿠타가와』를 품에 안고 그를 바라보며 웃었다.

"대학 도서관은 대단히 흥미로운 곳이지. 찾고 있던 책을 만날 뿐만 아니라 찾고 있던 친구도 발견할 수 있거든."

나의 답변에 철학과 3학년인 학사님이 즐겁다는 듯 어깨를 들썩이며 웃었다.

학사님은 온타케소 '들국화방' 주민이다.

온타케소에서 나는 실로 다양한 주민들을 만났는데, 가장 오래 알고 지낸 사람이 그림쟁이 남작이고 두 번째가 학사님이다.

학사님은 한때 온타케소를 떠나 고향인 시마네로 돌아갔지만 지금은 다시 이곳으로 돌아와 시나노대학 인문학부 학생으로 생활하고 있다. 별명에 불과했던 '학사님'이 이제 2년도 지나지 않아 진짜가 되는 것이다.

그 학사님이 빙긋 웃으며 말했다. "대학병원의 내과 의사 선생님이 후쿠다 쓰네아리라뇨? 여전하시네요."

그곳은 대학 도서관 1층에 있는 작은 카페테리아다. 작고 아담한, 나무로 만들어진 아늑한 공간이다. 일요일이라 그런지 학생뿐만 아니라 아이를 데리고 근방에서 산책하러 온 듯한 여성의 모습도 보였다.

"그렇게 말하는 학사님은 질 들뢰즈의 『니체』라…… 학업에 매진하는 것 같군."

"배움에는 끝이 없으니까요. 몇 년 후에는 학사님에서 석사님이 되어 있을지도 모릅니다."

오호, 나는 눈을 가늘게 떴다.

"대학원 진학을 생각 중인가?"

"배움이 즐겁다고 하면 격에 안 맞을지도 모르지만……."

격에 맞지 않기는커녕 아무리 생각해봐도 학사님다운 선택이다.

그는 다소 부끄러운 듯 웃었지만 몇 년 전의 고초를 생각하면 충분히 무게감이 있는 미소다. 그 또한 파란의 인생을 극복해온 인물인 것이다. 이렇게 일요일에도 도서관에 나와 있으니 지금도 끊임없이 노력하는 중이리라.

그저 감동만 하고 있었는데, 학사님이 화제를 바꿨다.

"그러고 보니까 닥터. 온타케소 말인데, 다음 주 금요일 이야기는 들으셨어요?"

"오오카 씨가 오기로 했다지. 결국 성가신 일이 시작되려나 보군. 남작도 웬일로 고민을 한 것 같더라고."

"그건 좋지 않은 징조네요. 남작이 혼자 생각하게 됐다가는 문제가 복잡해질지도 모르겠어요."

학사님이 미소와 함께 머리칼을 시원하게 쓸어 올리며 그런 말을 한다. 정말이지 그림 같은 남자다.

"학사님도 최근에는 남작을 못 봤나?"

"요즘 세미나 과제가 많기도 하고, 읽고 싶은 책도 많아서 자꾸만 귀가가 늦어집니다."

"그러면 안 되지. 풍부한 배움은 심신의 여유에서 생겨나는 거라고."

"깊이 명심하겠습니다만 닥터가 하는 말에는 설득력이 없네요. 좀 더 자주 집에 오시는 게 좋을 거예요. 얼마 전에 남작이 고하루한테 '너무 외로우면 나를 아빠라고 불러도 돼'라고 했으니까요."

나도 모르게 손으로 이마를 짚었다. 남작이 쓸데없이 당돌하게 웃어젖히는 모습이 눈에 선하다.

"오늘은 일찍 들어갈게."

그게 좋을 것 같아요, 라고 말하는 학사님의 목소리에 겹치듯 나의 휴대폰이 울렸다. 전화를 받자 리큐의 다급한 목소리가 날아들었다. 간략하게 상황을 확인한 후 한숨을 내쉬며 전화를 끊었다.

"일찍 들어가기 힘드실 것 같네요."

"남작이 아빠 소리를 듣는 사태만큼은 무슨 일이 있어도 막고 싶은데 말이지."

나의 한숨에 학사님은 씁쓸하게 웃으며 끄덕였다.

"다녀오세요, 닥터."

나는 학사님의 따뜻한 목소리로 배웅을 받으며 자리에서 일어섰다.

고나미 다쿠야가 또다시 흉통을 호소하고 있다는 리큐의 연락이었다.

소년과 장기를 둔 것이 불과 오늘 아침이다. 동쪽 7층 병동의 담화실에 쏟아져 들어오는 아침 햇살 속에서 견실하게 장기를 두는 폼을 보아하니 한두 번 뒤본 솜씨가 아니었다. 몸이 안 좋아 보이지는 않았지만 소년이 '가끔씩 아플 때가 있다'고 했던 건 또렷하게 기억한다.

"죄송합니다. 일요일인데 또 연락드렸어요."

"쓸데없는 소리. 열 살 소년이 아파하는데 지도의를 안 부르면 그게 더 문제다."

병실로 뛰어간 내가 미안해하는 리큐에게 그렇게 말했을 때는 다행히도 소년의 증상이 완전히 좋아진 후였다.

"지금은 아무렇지도 않니?"

네, 하고 끄덕이는 소년의 태도는 오늘 아침과 크게 달라 보이지 않았다. 진찰하며 증상을 물어보자 당황한 듯 "답답한 것 같기도 하고 아픈 것 같기도 하고"라고 하더니 결국 잘 모르겠다고 답했다. 실제로 소년 스스로도 아직 혼란스러운 것인지, 뭔가 종잡을 수 없는 소리를 했다.

"평소에는 몇 분이면 증상이 사라지는데 이번에는 10분 가까이 계속돼서 못 참고 선생님께 연락을 드렸습니다."

간호사 대기실까지 와서, 리큐가 한숨을 내쉬며 그렇게 말했다.

"많이 힘들어 보였나?"

내 질문에 옆에 있던 대장이 바로 입을 열었다. "말도 못 합니다. 가슴을 감싸고 아프다, 힘들다 하니 보는 사람의 위까지 조여드는 기분이었다니까요."

"지금까지 몇 차례 봐왔던 증상 중에서도 특히 더 힘들어 보였습니다."

대기실에서 전자 카르테를 열어 검사 항목을 확인했다. 증상이 오래 지속됐다는 건 증상이 나타나는 동안 검사할 것이 생겼다는 뜻인데, 리큐가 정확하게 지시한 채혈, 심전도, 엑스레이에서는 하나같이 이상 소견이 없다.

"꺼림칙하네." 나는 전자 카르테를 노려보며 탄식했다.

"제가 뭔가 놓친 게 있을까요?"

"있어, 라고 거드름 피우며 지도해주고 싶지만 나도 지금은 갈피를 못 잡겠어. 소아과에 한번 상담해보겠나?"

"내일이 월요일이니 아침 일찍 소아과 의국에 다녀오겠습니다."

그래, 하고 끄덕이며 카르테를 다시 한 번 훑어보지만 역시나 짚이는 구석이 없다.

"오늘 오전에 찍었던 CT에 전혀 문제가 없어서 일단 퇴원 조치한 후 외래로 상태를 지켜보려고 했는데……."

"그것도 보류할 수밖에 없을 정도의 상태였다는 거군."

이번에는 나와 리큐의 한숨 소리가 겹쳤다. 분위기 한번 암담하다.

"일단 어머니를 불러서 현 상태를 설명할 필요가 있겠어. 어찌됐든 열 살짜리 애니까."

"그럴 생각으로 전화했는데 어머니와 연락이 되지 않습니다. 음성 안내로 지금 운전 중이라나 뭐라나……."

하나하나 화가 나는 이야기뿐이다.

한순간의 침묵 후, 이내 세 사람의 한숨이 동시에 쏟아졌다.

고하루가 태어난 후로 크게 바뀐 것이 하나 있다.

세상의 가치 중심이 어른에서 아이로 옮겨졌다는 것이다. 여기에서 '아이'란 우리 아이에 국한된 말이 아니다. 거리에서 여럿이 등교하는 아이들을 보면 가슴이 한없이 따뜻해지고, 길가에서 울고 있는 아이를 보면 뭔가 큰일이라도 난 것은 아닌지 마음이 어지러워진다. 뉴스에서 어린이가 교통사고를 당했다는 소식이라도 들으면 곧장 동요하고, 짐을 한가득 들고 장을 보는 임산부를 보게 되면 사회 복지가 팍팍한 현실에 돌연 분노가 치민다. 이런 마음이 예전에도 전혀 없지는 않았지만 고하루와 함께 지내면서 선명해진 것이다.

사람의 가치관이나 철학이라는 것이 어찌나 불확실한지 나 스스로도 절절히 느낄 정도다.

이러한 가치관 속에서 소년의 경과는 100명의 고령 환자를 끌어안은 것보다 더 떨떠름했다. 폐렴 환자도 심부전 환자도, 위루도 위암도 뇌경색도 그다지 대수롭지 않은 일처럼 느껴지고 소년의 임상 경과에서 놓친 것이 무엇이었을지만 하염없이 생각하게 된다.

즉 막다른 골목에 들어섰다는 뜻이다. 이렇게 난관에 봉착하면 나는 여느 때처럼, 내 마음의 균형을 되찾기 위해 아내에게 환자의 개인 정보를 누설한다.

"열 살이군요……." 아내는 눈살을 잔뜩 찌푸리며 말했다. "열두 살이 아니고요?"

"틀림없는 열 살이야."

"정말 큰일이네요."

아내가 그렇게 솔직하게 말해주기만 해도 가슴속 잔물결이 조금씩 잦아든다.

눈앞에서는 아내가 하얀 접시에 놓인 치즈 햄버그스테이크를 고하루에게 먹이기 위해 포크와 나이프로 작게 자르고 있었다. 지금 우리가 있는 곳은 마쓰모토역에서 가까운 작은 양식점으로, 고하루가 태어난 이후로 가끔씩 들르게 된 레스토랑이다. 우리 아이가 태어나면서부터 이런 외식도 하게 되었다.

"그 아이, 평소에는 괜찮은데 아플 때는 많이 힘들어하는 거예요?"

아내가 작게 자른 햄버그스테이크를 고하루의 접시에 옮겨 담으며 물었다. 그 물음에 나는 또다시 고개를 살짝 갸웃거렸다.

"불행인지 다행인지 나는 소년이 힘들어하는 걸 본 적이 없어. 오늘도 내가 달려갔을 때는 증상이 사라진 뒤였지."

"그만큼 빨리 사라진다는 뜻이네요."

"그런 것 같아."

내 입장에서 소년을 떠올리면, 진찰할 때 불편해 보였던 때를 제외하고는 생기 있게 장기를 두는 모습이 더 인상적이었다. 아픈 아이라는 느낌을 거의 못 받았다.

"그런데도 이치 씨와 장기를 둘 수 있다니, 그 아이는 정말 씩씩하군요." 아내가 고하루의 입에 햄버그스테이크를 가져가며 말했다.

고하루는 평소에는 틈만 나면 기괴한 소리를 지르며 침묵을 깨뜨리는데, 먹고 있을 때만큼은 물아일체의 경지에 빠져 한마디도 하지 않는다.

"생각해보면 당신이랑 제대로 겨룰 수 있는 사람은 다쓰야 씨밖에 없잖아요."

"다쓰의 실력은 차치하고, 확실히 다쿠야는 실력이 뛰어나. 열 살이라는 나이에 혼자 외통 장기를 둘 정도니까."

"그럼 그 아이한테는 당신을 만난 게 행운이었겠어요."

"그렇게 말하기는 미묘해. 나는 상대가 어린아이여도 봐주지 않거든. 지금까지 세 번 붙었지만 전부 다 나의 압승이었지."

"하여튼." 아내는 손으로 입을 가리고 웃었다.

그걸 본 고하루가 같은 동작으로 "하튼" 하고 따라 했다. 여전히 무심한 동작 옆에 '유쾌'라는 두 글자가 둥실둥실 따라온다. 그 모습을 보는 것만으로도 햇빛을 받은 아침 안개처럼 병원에서의 잔걱정이 사라져갔다.

"그런데 신기하네요." 아내가 또 스테이크를 나이프로 자르며 말한다. "그렇게 장기를 잘 둔다면 분명 머리가 좋은 아이란 뜻이잖아요. 그런데도 실수로 100엔 동전을 삼키다니."

"맞아, 애초에 병원에 온 이유는 그거였어."

예상외 증상이 지속되는 바람에 당초 내원한 이유도 잊을 뻔했다.

"그렇게 똘똘한 아이도 100엔 동전을 삼킨다면, 고하루라면 입으로 뭘 가져갈지 상상도 안 되는걸요."

"그렇네, 분명 고하루라면……."

쓴웃음을 짓던 나는 문득 말을 멈췄다. 불현듯 어딘가에 뭔가가 걸린 듯한 기분이 든 것이다. 걸려든 무언가를 찾듯 허공에 시선을 던졌지만 레스토랑 천장에 답이 굴러다닐 리도 없다. 의아함에 고개를 갸우뚱하는데 느닷없이 고하루가 햄버그스테이크를 달라며 떼를 썼다.

마치 세상이 끝나기라도 한 것처럼 비통한 표정으로 울

음을 터뜨리려다가 아내가 능숙하게 달래주자 다시 천진 난만하게 웃었다. 흡족한 듯 우물거리는 고하루를 앞에 두고, 나는 한동안 조용히 생각에 잠겼다.

변기 안이 시뻘겋다.

물론 내가 사용한 화장실은 아니다. 제4내과 병동의 1인실에 있는 화장실이다.

나는 가벼운 한숨을 흘리고 뒤쪽 침대를 돌아보았다.

"괜찮으십니까?"

"뭐, 대수로운 일은 아니에요. 오랜만에 혈변이 나와서."

침대 위에서 어색하게 웃으며 말하는 사람은 궤양성 대장염으로 입원 중인 오카 씨였다.

궤양성 대장염은 비교적 젊은 남성에게서 많이 나타나는 원인 불명의 질환이다. 대장에 궤양이 생겨 혈변이나 복통을 곧잘 일으킨다. 20대 때 발병하는 환자도 많지만 오카 씨는 작년, 마흔둘의 나이에 진단을 받았다. 반년가량 가까운 병원에서 치료를 받았으나 차도가 없어서 두 달 전쯤 소개를 받고 대학병원으로 왔다. 원래 키가 크고 마른 체형인 듯한데 영양 상태도 별로 좋지 않아 더욱 수척해졌다. 그 탓에 얼핏 보면 50대는 넘은 것처럼 보인다.

"아무렇지 않은데 다치카와 선생님이 걱정해주셔서요."

다치카와 선생님이 대장의 본명이라는 것을 떠올린 나는 옆을 쳐다보았다.

"죄송합니다. 본인은 괜찮다고 하시지만 너무 빨가니 걱정돼서…… 월요일 아침부터 죄송합니다." 대장이 머리를 긁으며 대견스레 고개를 숙였다.

월요일 오전은 나의 외래 진료일이다. 평소에는 태평한 사내가 웬일로 겸연쩍어하는 이유는 외래가 시작되자마자 나를 병동으로 호출했기 때문이었다.

"활력 징후는 괜찮나?"

내 물음에 대장은 황급히 간호사가 들고 있던 혈압계를 받아 혈압을 재기 시작했다.

"혈압은 126에 76, 빈맥은 없습니다."

"괜찮은 것 같군. 혈액 검사는 했어?"

"아직입니다. 바로 오더하겠습니다."

혈압계를 그 자리에 고대로 두고 다급하게 병실을 뛰쳐나갔다. 정말 못 미덥지만 1년차 인턴이란 원래 그런 것이다. 무턱대고 침착하게 책만 펼치는 것보다는 걱정하며 마구잡이로 상급 의사를 부르는 쪽이 훨씬 낫다.

"다치카와 선생님, 좋은 선생님이에요."

오카 씨가 불쑥 그런 말을 했다. 어이없다는 듯 대장을 보는 간호사의 표정을 읽었기 때문이리라.

"저렇게 밝은 사람이 있으면 의외로 저도 마음이 편해지거든요."

오카 씨는 대학병원으로 옮긴 두 달 사이에 대량의 혈변이 나올 때마다 입퇴원을 반복하며 병원이라는 환경에 익숙해졌을 터였다. 인턴을 바라보는 오카 씨의 눈에는 불안이나 성가심보다는 친근감이 깃들어 있었다. 고마운 존재다.

"환자분의 배려를 받다니, 아직 제대로 된 의사가 되려면 한참 멀었지만 일단은 나중에 말씀 전해두겠습니다. 격려가 될 겁니다."

씁쓸히 웃으며 말한 후 간단한 진찰을 했다. 혈압은 안정적이고 빈혈도 눈에 띄지 않으며 복부 소견도 없다.

"스테로이드를 줄이면 바로 상태가 나빠집니다. 역시 면역억제제를 써야 할 수도 있습니다. 내일이라도 대장 내시경으로 확인한 후 추가 치료를 고려하겠습니다."

"또 약이 늘어나는 건가요? 이 녀석 참 골치 아프네요."

메마른 웃음소리는 최근 반년 동안의 투병 생활 동안 몸에 밴 듯했다.

궤양성 대장염 자체는 호전과 악화를 반복하는 경우가 드물지 않다. 적어도 증상의 작은 변화에 일희일비해서는 버텨낼 수 없는 질환인 것이다.

"뭐, 예전 병원에서도 스테로이드를 늘려서 좋아진 줄 알았더니 줄이자마자 나빠졌어요. 선생님 말씀에 따르겠습니다."

"혈액 검사 결과를 보고 빈혈 수치가 안 좋아졌으면 수혈도 고려하겠습니다. 우선 오늘은 금식하시고 내일 내시경을 준비하죠."

"알겠습니다." 그는 마른 어깨를 움츠리며 대답했다.

그때 가운에 넣어둔 PHS가 울리자 나도 마음속으로 한숨을 쉬었다. 확인할 것도 없이 외래에서 온 호출이다. 이미 30분도 넘게 외래 진료를 못 본 상태다. 나는 담당 간호사에게 무슨 일이 있으면 바로 연락하라고 말한 뒤 다시 외래로 향했다.

나는 월요일이 딱 질색이다.

아까 말한 것처럼 월요일 오전은 외래 진료를 해야 한다. 대학병원의 외래인 이상 다른 병원의 소개로 진단이나 치료에 난항을 겪는 케이스가 오다 보니 만만할 리 없지만, 소개해주는 의사가 평범한 개업의인 데 비해 소개를 받는 쪽 또한 평범한 의사라는 걸 잊어서는 안 된다.

물론 교수, 준교수라는 특별한 직함을 내건 인물도 있기는 하나 외래를 보는 대부분은 그러한 직함이 없는 보통 의사들이다. 불과 2년 전까지 일반 병원에 있었던 나 같은 의사가 명찰을 바꾸고 그 자리에 앉아 있을 뿐이다.

후타쓰기 씨처럼 젊은 암 환자나 오카 씨처럼 치료가 잘 안 되는 환자는 당연히 힘들지만 그게 다가 아니다. '딸꾹질이 멎지 않으니 멈춰달라'라든가 '요즘 방귀 냄새가 지독해졌으니 원인을 알려달라'라는 식의 호소는, 이미 지역병원에서 전신 검사를 마친 만큼 할 수 있는 일이 전혀 없다는 것이 현실이다.

요컨대 평범한 의사가 손쓰지 못한 케이스를, 장소만 바꿔 평범한 의사가 받는 꼴이니 문제는 조금도 해결되지 않고 그저 상황만 복잡해질 뿐이라는 이야기였다. 게다가 이 성가신 외래 날에 하필 리큐가 외근이라 대학에 없다.

병동에서 뭔가 문제가 생기면 자연스레 외래 쪽으로 직접 전화가 걸려오게 되어 있어서 나는 외래동과 병동을 끝없이 오가는 하루를 보내게 되는 것이다.

우사미 선생님이 갑작스레 호출 전화를 한 것은 이렇게 정신없는 오전을 간신히 넘기고 오후 2시가 지났을 무렵이었다. 겨우 한숨 돌리며 긴장이 풀린 순간을 절묘하게 포착한 타이밍이라니, 아무리 봐도 일류 책사인 우사미 선생님다운 방식이다. 착신을 보자마자 강렬한 피로를 느꼈으니 이미 빵집의 계략에 빠졌다고 할 수 있을지 모른다.

"조금 피곤해 보이네, 구리하라 선생."

준교수실에 들어선 내 모습에 우두머리가 내뱉은 말이었다. 이럴 때 "덕분입니다"라고 할 수 있으면 좋겠다고 생각하면서도 일단은 침묵을 지켰다. 상황을 파악하지 못했을 때는 쓸데없는 소리를 하지 않는 것이 좋다. 오니키리 호조는 대학병원에서 무난하게 지내려면 붙임성과 미소가 중요하다고 했지만 그 둘과 그다지 연이 없는 나는 침묵이라는 세 번째 무기에 기댈 수밖에 없는 것이다.

"실은 3팀의 어느 팀원 일로 내가 어려움을 겪고 있어서 말이야." 우두머리가 참으로 번거로운 화법을 구사했다. "얼마 전 위루 환자 때도 힘을 빼더니, 이번에도 열 살 아이를 빨리 퇴원시키라고 지시했지만 아직 안 된다고 우기기만 하더군. 그는 대학병원의 룰이라는 걸 이해하지 못한 것 같네."

나는 '뭐가 3팀의 어느 팀원이냐'며 속으로 욕지거리를 했다.

오늘 아침, 리큐가 우사미 선생님의 호출을 받았다는 이야기는 가키자키 선생님께 슬쩍 전해 들었다. 또 병상 관계로 한 소리 들은 모양인데, 그 고지식한 4년차는 적당히 얼버무리면 좋았을 것을 정면으로 대립하는 발언을 했다고 한다. 차를 우리는 법에는 정통하면서 차선책을 택할 줄은 모르는 남자다.

"죄송합니다." 나는 일단 고개를 숙였다.

모범적인 의국원으로서 우사미 선생님의 의향을 받아들여 리큐의 미숙함을 사과하면 끝날 일인데, 유감스럽게도 나는 모범적인 의국원이 아니다. 모범적이지도 않은 데다 오전 외래로 지쳐 있기까지 하다.

"하지만 우사미 선생님, 3팀은 팀장인 호조 선생님부터 고지식한 시바타, 몰상식한 다치카와까지 비범한 사람들 뿐입니다. 그중에 누가 선생님께 결례를 범했는지 조금 더 명확하게 알려주시면 감사하겠습니다."

또박또박 말하자 역시나 우두머리는 눈썹을 희미하게 꿈틀거렸다.

"내가 과대평가했나. 자네는 조금 더 예리한 사람인 줄 알았는데."

"영광입니다. 후배의 미숙함을 모르는 척해주는 것도 선배로서의 배려라 생각했습니다."

내가 생각해도 심하다 싶다.

호조 선생님이 들으면 겁도 없다며 웃을 테고 후타바에게 이야기하면 아연실색할 것이다. 리큐더러 융통성이 없다고들 하지만 나는 사실 그 말에 웃을 수 없다. 마음속으로 자조하는 동안, 무표정이었던 우두머리까지 어렴풋이 미소를 흘리는 걸 보고 흠칫 놀랐다.

"자네 참 재미있는 사람이군."

짧은 문장이었는데도 순간 등줄기가 선뜩해졌다. 내 두개골 안까지 꿰뚫어보듯 투철한 눈빛이 쏟아졌다. 지뢰를 밟았다는 생각에 오싹해졌지만 미소는 한순간에 사라지더니 평소의 무표정으로 돌아왔다.

"내가 하고 싶은 말은, 어찌됐든 대학병원의 역할이라는 것을 잊지 말아줬으면 한다는 걸세."

앙상한 손이 탁상 서류를 가만히 쓰다듬었다. 눈앞에 있는 무모한 대학원생을 어떻게 혼내줄지 고민이라도 하고 있는 것일까. 내 뇌리에는 대꾸할 말이 한마디도 떠오르지 않았다. 기묘한 압박감 속에서 좀처럼 여유를 찾을 수 없었다.

"병동의 후루미 병동장도 3팀 환자의 평균 입원 일수가 너무 긴 것 같다고 건의했어. 시바타 군이 버거워하는 상황이 계속된다면 자네가 조금 더 지도해서 퇴원을 서둘러야 하지 않겠나?"

붙박아둔 것 같은 미소를 머금은 채 눈은 전혀 웃지 않는 병동장이 떠올랐다.

보란 듯이 고지식하게 자신의 길을 걷는 리큐와, 거대한 조직 안에서 유능한 톱니바퀴로서 회전하는 병동장은 서로 합이 맞지 않을 것이다. 하지만 맞고 안 맞고를 떠나서 병동장과 준교수를 적으로 돌렸다가는 일을 제대로 할 수 있을 리 없다.

"그 진행성 췌장암 여성 환자는 어쩔 수 없어. 궤양성 대장염 환자도 별수 없겠지. 하지만 중증 췌장염 환자는 열이 있더라도 전신 상태는 좋을 거야. 소개해줬던 병원으로 다시 보내게. 열 살 아이도 진단이 잘 안 되고 퇴원이 어렵다면 소아과로 전과를 의뢰하도록."

담담한 목소리가 반론을 허용하지 않는 압도적인 존재감을 거느리며 울려 퍼졌다. 냉방 중이라 시원한 준교수실에서, 어째서인지 이마에 땀이 살짝 배어 나왔다.

"내일모레는 1팀에 간 이식 예정인 환자가, 2팀에는 중증 자기 면역성 췌장염 환자가 입원할 거야. 병상에 여유가 없어."

빵의 수가 부족하다는 뜻이다.

"내 말 듣고 있나, 구리하라 군."

"노력하겠습니다."

"노력 여하는 상관없어. 결과가 전부다."

그나마 도망칠 수 있는 샛길을 한순간에 막아버리는 적확한 추격이었다. 면담은 그렇게 끝났다.

"결국 복잡한 상황이 된 것 같네, 구리 짱."

실험실에 호조 선생님의 능청스러운 목소리가 울려 퍼졌다.

나는 눈앞에서 기세 좋게 회전하는 원심 분리기만 들여다볼 뿐 아무런 대답도 하지 않았다. 대답할 기력도 없다. 창밖은 저녁을 맞아 검붉은빛으로 물들었다. 저녁이라고는 하지만 어느덧 6월 말로 접어들어 아직은 훤하게 밝은 시간대다.

우두머리와 화목한 면담을 마친 후 실험실로 도망쳐온 나를, 마치 기다렸다는 듯 호조 선생님이 맞아주었다.

"오후 일을 땡땡이치고 실험 시작해도 되는 거야?"

"대학병원에는 의사가 산처럼 쌓여 있습니다. 대학원생 한 명이 사라졌다 한들 티가 나겠습니까."

그런 것보다, 라며 나는 갈색 머리칼의 팀장을 바라보았다.

"선생님이야말로 이런 곳에서 낮잠을 주무셔도 되는 겁니까? 오늘 오후에는 의학부 강의가 있었을 텐데요."

"휴강했어." 툭 내던지듯 대답이 돌아왔다. "나 컨디션이 안 좋단 말이야. 오늘 아침까지 런던에 있었거든."

"고생 많으셨네요."

"농담이야. 런던은 역 앞에 있는 카바레식 클럽 이름이라고."

"압니다. 어처구니가 없어서 모른 체한 것뿐입니다."

차갑게 대꾸하자 호조 선생님은 역시나 머쓱해했다.

"가차 없네."

"안색이 나쁜 것도 숙취 때문이겠죠. 학생들을 위해서라
도 그런 얼굴로는 안 나가시는 게 좋을 겁니다."

"말해두지만 그냥 마신 건 아니야. 새로운 프로젝트를
시작하게 됐거든. 제약회사랑 이런저런 이야기를 나누다
보니 분위기가 무르익었지 뭔가."

"무르익는 건 좋지만 적당히 하셔야지 안 그러면 알코
올성 간염으로 입원하시게 될 겁니다. 물론 병상 확보는
선생님이 직접 해주셔야 하고요."

"역시 가차 없어……."

호조 선생님은 씁쓸하게 웃으며 몸을 일으키더니 탁상
에 올려둔 페트병의 물을 시원하게 들이켰다.

"즉 빵집한테 달달 볶인 구리 짱은 스트레스가 엄청 쌓
여 있다는 뜻이군."

나는 원심 분리기를 멈추고 안에 있는 원심관을 꺼내며
답했다. "열심히 일하는 리큐가 의국에서도 병동에서도 평
판이 좋지 않은 상태입니다. 그런 청년의 평판이 나쁘다는
것은 애석한 일이죠."

"자신의 의견을 곧이곧대로 말하는 의사는 대학에서는

환영받지 못하니까. 여기에서는 붙임성 좋고 눈치 빠르고 주변 분위기에 적당히 맞추는 의사가 제일 인기가 많다고. 시바타는 그런 의미에서는 정반대지. 자신이 옳다고 생각한 건 양보하지 않잖아."

"그럼 우리는 후배들에게 윤리와 양심이 아니라 붙임성과 영합을 가르쳐야겠네요. 이것 참 난제입니다."

"화났군, 구리 짱."

대수롭지 않게 말하는 호조 선생님의 목소리를 들으며, 가슴속으로 수긍했다. 나는 화가 난 것이다.

대학병원이라는 곳은 참으로 기묘하다. '병원'이라는 두 글자가 붙어 있지만 확실히 그냥 병원은 아니다. 실로 특출한 재능과 기술이 많이 모여 있기 때문이기도 하지만 그게 다가 아니다.

이 '병원'의 역할은 내원하는 환자를 치료하는 것에 그치지 않는다. 병원 환자들을 대응하며 아르바이트와 외근이라는 이름 아래 평소 다른 병원에서도 진료를 보기 때문에 수많은 의사들이 병원 안팎을 왕래한다. 이러한 체제만 보더라도 특이한데, 그러면서 연구하고 논문을 쓰며 학생과 인턴을 가르치고, 게다가 병상 수를 관리하는 사무적인 업무까지 의사가 한다.

오니키리 호조는 3팀 팀장이면서 여러 실험 프로젝트를

맡고 있고 학회에 참석하기 위해 이곳저곳 분주히 뛰어다니면서도 학부생 강의까지 담당하고 있다.

빵집 우사미 선생님은 준교수라는 지위에서 진료팀을 총괄하며 병동의 병상 수를 계산하기에 여념이 없다.

가키자키 선생님도 모처럼의 휴일이지만 다른 병원에서 ERCP 호출을 받았고, 나 또한 바쁜 틈바구니에서 박봉에 욕을 퍼붓는 것이 고작이다.

너무나도 많은 상황이 뒤섞여 있는데, 심지어 그 복잡한 체제를 유지하기 위한 눈에 보이지 않는 룰이 거미줄처럼 둘러쳐져 있어 너나 할 것 없이 꼼짝달싹 못하는 신세다.

"이상하지? 이런 환경."

불쑥 떨어진 호조 선생님의 중얼거림에 나는 그를 바라보았다. 오니키리 호조가 검붉게 물들어가는 하늘을 올려다보고 있다. 그 눈에는 오니키리다운 날카로운 빛이 있었다.

"이상하지만, 그래도 대학은 멋진 곳이야."

"이 흐름에 설마 칭찬이 나올 줄은 몰랐습니다."

"무슨 소리야. 나는 이러니저러니 해도 대학에 경의를 표하는 사람이라고."

빙그레 웃으며 그런 알 수 없는 말을 늘어놓았다. 오니키리는 여전히 칼집에 들어가 있어서 실제로는 얼마나 날카로운지 가늠할 수 없다.

누군가 터벅터벅 바깥 복도를 지나가는 소리가 들렸다. 다른 과의 대학원생이 실험하던 도중 병동 호출을 받았을지도 모르겠다.

"뭐, 어쨌든 간에." 호조 선생님의 말투가 바뀌었을 때는 여느 때와 같은 능청스러운 미소가 돌아와 있었다. "이번 한번은 빵집 체면을 세워서 환자 퇴원을 재촉하자고. 그 길어지고 있는 췌장염을 원래 병원으로 옮기든, 열 살 아이를 먼저 퇴원시키든. 그것만으로도 빵집은 조용해질 거야. 정의감 넘치는 리큐 선생 쪽은 우지 말차라도 선물해서 달래주고."

"신경 쓰실 필요 없습니다."

불현듯 들려온 목소리에 호조 선생님은 깜짝 놀란 듯 고개를 움직였다. 돌아보자 실험실 문에 리큐가 서 있었다. 언뜻 봐도 기분이 좋지 않아 보였다.

"어이구, 있었어?"

역시나 민망해하는 호조 선생님을 대신해 내가 입을 열었다.

"실험실까지 무슨 일이야?"

"저녁 병동 회진 시간이 다 되어 선생님을 찾으러 왔습니다."

"굳이 여기까지 오지 않아도 PHS로 호출하면…….'

말을 하다 말고 퍼뜩 생각나서 가운 주머니에서 PHS를 꺼내보니 아니나 다를까 화면이 꺼져 있었다.

"방전됐네. 미안."

"괜찮습니다. 다치카와 선생도 병동에서 기다리고 있으니 가시지 않겠습니까?"

담담한 그 태도가 도리어 마음에 걸렸다.

호조 선생님이 묘하게 자상한 목소리로 떠보듯 물었다.

"화났어?"

"화나지 않았습니다. 제가 화를 낸다고 해서 바뀌는 건 없으니까요." 리큐는 표정 하나 바꾸지 않고 말했다.

차라리 화를 내는 쪽이 더 편하겠다고 느낀 것은 나뿐만이 아닌 듯했다.

기초연구동과 병동 사이에는 샛길이 하나 있다. 납작돌을 깔았을 뿐인 좁다란 길이지만 기초동, 병동 말고도 가까이에 의국동, 외래동도 있다. 각 건물로 가는 뒷길이 교차되는 곳에 있다는 점에서 대학병원의 뒤안길이라 부르는 사람도 있다.

뒤안길에는 딱히 찻집이 있는 것도 아니고 벤치도 없다. 평소에는 자동판매기 두 대가 놓여 있을 뿐인 살풍경한 곳이지만 이때만큼은 누군가가 손질을 하는 것인지 길 가를 따라 진한 보랏빛 라벤더가 흐드러지게 피어 분위기가 확 바뀐다.

색채도 향기도 아름다운지라 의대생 커플들이 일부러 여기까지 와서 참으로 꽤씸한 분위기를 풍기기도 하지만, 삭막함을 그대로 옮겨놓은 듯한 대학병원의 일각이라면 숨 막히는 남녀의 모습도 유머러스한 경치 일부로서 재미가 있다고도 할 수 있을 것이다.

"구리하라 선생님은 이해가 되십니까?"

샛길을 건너기 시작한 나의 등 뒤에 리큐의 예리한 목소리가 따라붙었다. 심리 안정 효과가 충분할 허브 향도 이 고지식한 4년차의 긴장을 풀어줄 정도의 효과는 없는 모양이다.

"이런 상황에 만족하시느냐고요."

"이런 상황이라니?"

"의국 사정으로 환자의 치료 내용이 바뀌는 것 말입니다. 병상이 부족하다고 해서 원인 불명의 흉통을 호소하는 다쿠야를 빨리 퇴원시킵니까? 진짜 부족하다면 모르지만 실제로는 병원 안에 침대가 많습니다. 4내과나 응급센터는 꽉 차 있더라도 다른 과 병동이 비어 있는 경우는 많이 있습니다. 비상용으로 비워둔다, 다른 과 환자를 들이면 리스크가 높아진다, 다들 그럴 듯한 구실을 내세우느라 못 쓰는 상태로 만들 뿐입니다."

"상황을 잘 알고 있군." 나는 솔직하게 답했다.

리큐도 최근 1년간 어지간히 시달려왔을 것이다. 실제로 이렇게나 큰 병원이 상시 만상일 리는 없다. 과에 따라 병상 상황은 천차만별이라 비교적 여유가 있는 병동도 적지 않다.

하지만 대학병원에서 과의 벽이란 거의 다른 병원이라 해도 될 만큼 높다. 각 과마다 견고한 수비 범위를 확보하고 있어 다른 과의 병상이 꽉 찼다 해도 쉬이 병상을 내어주는 일은 없다. 이는 의사만의 문제가 아니라 간호부의 영향도 크다. 조직이 거대해질수록 각 부문이 자기 몸을 지키기에 급급해지는 것은 의료 세계에서도 마찬가지다. 그리고 대학병원에서 간호부는 소속 인원수가 많다는 것과 맞물려 절대적인 영향력을 쥐고 있기도 하다. 대학병원이란 그러한 세계다.

"구리하라 선생님은 말씀은 안 하시지만 받아들이는 것 같진 않습니다. 어떻게 생각하십니까?"

계속해서 물고 늘어지는 리큐의 질문에, 나는 그를 흘끗 쳐다보면서 천천히 걸음을 옮겼다.

"그런 어려운 질문은 내가 아니라 호조 선생님이나 가

키자키 선생님께 하는 게 좋아."

"구리하라 선생님이라서 궁금한 겁니다." 뜻밖에 강한 어조가 돌아왔다. "계속 의국에서 일하셨던 다른 선생님들과 달리 구리하라 선생님은 6년간 다른 병원에서 일하셨다고 들었습니다. 심지어 예전 병원에서 선생님은 환자를 위해 항상 병원 안을 뛰어다니셨다고 하더군요. 그런 선생님의 진심을 듣고 싶습니다."

"그런 무책임한 소리를 한 녀석이 누구야?"

"외과의 스나야마 선생님입니다."

느닷없이 별 볼 일 없는 이름이 튀어나왔다. 그 시커먼 거한은 대학에서 연수를 받은 경험도 있어 의학부생이나 젊은 의사들과도 두루두루 잘 어울린다.

"스나야마 선생님은 회식 자리 같은 데서 구리하라 선생님이 혼조병원에서 얼마나 환자를 위해 열심이었는지 얘기해주십니다. 하지만 그 이야기와 지금 선생님의 모습이 그다지 일치하는 것 같지 않습니다."

"기대에 부응하지 못해서 미안하지만 검은 거한의 망언을 진지하게 받아들이는 게 문제야."

"스나야마 선생님은 좋은 분입니다."

"너무 놀라게 하지 마. 심장에 안 좋으니까."

"그 스나야마 선생님이 구리하라 선생님은 정말 좋은

분이라고 말씀하셨어요. 너희도 그런 의사가 되라고요."

나는 발을 멈출 수밖에 없었다.

풍파를 일으키지 않도록 온 힘을 다하고 있는 내게, 너무나도 뾰족한 창으로 밀어붙이는 남자다. 정말이지 상대하기 껄끄럽다. 껄끄러운 이유는 상대측 마음씨가 나빠서가 아니라 나의 태도가 뒤틀려 있기 때문이다.

"대학이란 곳은." 나는 한숨 섞인 말을 내뱉었다. "실로 복잡한 구조의 조직이다. 맞은 줄 알았던 게 틀리기도 하고 부조리하다 생각했던 것에 그럴싸한 논리가 붙기도 해. 결국에는 뭐가 맞고 뭐가 틀린지 점점 알 수 없게 되지."

"그래서 아무것도 안 하고 보기만 하시는 겁니까?"

"아니, 생각하는 중이야."

나는 길 한가운데 서서 서쪽 하늘을 바라보았다.

"대학병원이 지내기 편하다고는 하지 않겠어. 하지만 뛰어난 의사가 많은 것도 사실이다. 췌장 전문가인 가키자키 선생님이나 응급센터의 이마카와 선생님 등은 그 대표 격이지. 그런 선생님들이 계시는 곳이 그저 숨 막히고 불합리하기만 한 곳이라고는 할 수 없어. 이곳에서 나는 어떤 모습으로 있어야 하는지 생각하며 답을 찾는 중이야."

키 큰 건물에 잘려나간 좁고 기다란 하늘에 붉은 석양이 선명하게 보였다. 조넨의 삼각뿔은 그 석양을 뒤에 거느리고 새까맣게 솟아 있다. 아름다운 노을빛을 배경으로 학부생으로 보이는 사람들 여럿이 저쪽을 가로질러 간다. 무언가 한 폭의 동양화 같은 정취다.

"그러니 너무 재촉하지 마. 위에서도 호되게 들볶이는데 아래에서까지 치받으니 편두통이 점점 악화되잖나."

나는 이마에 손을 갖다 댄 후 여봐란듯이 주머니에서 두통약을 꺼내 입안에 털어 넣었다. 실제로 요즘 들어 진통제를 복용하는 빈도가 늘었다. 난감한 일이다.

얼마간 침묵이 흐른 후 리큐가 불쑥 입을 열었다. "나중에 물레나물 차를 우려드리겠습니다."

생소한 단어에 시선을 돌리자 여전히 붙임성이라고는 티끌도 없는 얼굴이 나를 보고 있다.

"그게 뭐야?"

"두통에 좋거든요. 잘만 우리면 꽤 맛있게 마실 수 있습니다."

생각지 못한 말에 의외라는 느낌을 지울 수 없었다.

"그새 무슨 바람이 분 거지?"

"그냥요. 웬일로 선생님이 진지하게 대답해주셨기 때문인지도 모르죠."

"난 항상 진지해."

"아무래도 그러신 것 같다는 생각이 최근에야 들기 시

작했습니다."

희미하게 쓴웃음을 짓던 리큐가, 불현듯 고개를 돌리더니 짧은 탄성을 뱉었다. 시선을 따라가자 병동 뒷문 가까이에 있는 잔디밭에서 휠체어를 탄 소년과 그 휠체어를 미는 백의의 청년이 보였다. 순간 누구인가 싶어 실눈을 뜨고 보니 소년은 다쿠야, 백의의 청년은 대장이었다.

"다치카와 선생, 여기서 뭐해?"

놀라는 리큐를 보고는 대장이 손을 흔들며 휠체어를 밀고 왔다.

"그게, 다쿠야가 바깥 산책을 하고 싶다고 해서요."

참으로 넉살스러운 태도의 대장과 함께, 휠체어에 앉은 100엔 동전의 소년이 생글생글 웃으며 고개를 꾸벅 숙였다.

"회진 시간이 돼도 선생님들은 안 오시지, 어떡하나 싶던 차에 다쿠야가 같이 찾으러 가자고 하더라고요. 아무리 '환자를 끌어당기는 구리하라'여도 당번이 아닌 날 응급센터로 불려 가시지는 않을 테니 실험실 쪽으로 가던 중이었습니다."

대장은 거치적거리는 말을 막힘없이 내뱉는다.

"혼자서도 걸을 수 있다고 했는데 다치카와 선생님이 무조건 휠체어를 타야 한다고 해서요."

"당연하지. 지난번 같은 그런 증상이 또 나타나면 어쩌려고."

"그럼 안 되겠지만……."

다쿠야와 대장은 왠지 나이 차이가 있는 형제처럼 말을 주고받았다. 역시 나도 마지못해 웃을 수밖에 없다.

"하긴 담화실에서 혼자 외통 장기를 두는 것보다는 산책하는 게 기분 전환도 되겠군."

"그래도 선생님이랑 같이 뒀던 장기는 재미있었어요." 소년이 쾌활한 목소리로 말했다. "또 해요."

"하는 건 좋지만 언제까지고 병원에서 장기만 두고 있을 수는 없어. 어머니도 걱정하시잖아."

"걱정 같은 거 안 해요." 소년이 너무나도 개운하게 답했다. "매일 일이 바쁘다면서 집에도 잘 안 들어오고……."

쓸쓸한 표정의 다쿠야 옆에서 리큐가 살짝 끄덕였다.

"상황 설명을 하고자 연락을 드렸는데 병원에도 잘 안 오십니다. 일 때문에 많이 바쁘신 건지……."

"엄마는 내가 어떻게 되든 상관없을걸요?"

내가 눈을 가늘게 뜬 것은 아무렇게나 내뱉는 어린아이다운 목소리의 한구석에 어린아이답지 않은 체념이 엿보였기 때문이었다.

아버지가 부재중인 가정에서 일가를 책임지고 있는 어

머니에게 아이와 충분한 시간을 보내라는 것도 무리한 요구일지 모르지만, 왠지 밖에서 보이는 것 이상으로 가정 안의 골이 큰 것 같았다. 그 커다란 골이 다쿠야 소년의 미소에 옅은 그늘을 드리우고 있었다.

"그러니까 내일도 장기 둬요, 선생님. 어차피 내가 집에 가고 싶다고 해도 엄마가 안 오면 퇴원도 못 하는데."

"묘한 소리를 하는구나. 퇴원 여부를 결정하는 건 엄마가 아니고, 우리야."

나의 말에 소년은 한순간 말이 없더니 의아한 표정을 지었다.

"퇴원할 수 있어요?"

"집에 가자마자 100엔 동전을 삼키지만 않는다면 문제 없어. 물론 500엔 동전도 안 되고."

"선생님." 리큐가 다소 험악한 말투로 끼어들었다.

하지만 퇴원 이야기가 나와도, 내가 절묘한 유머를 던져도, 소년의 모습에는 석연치 않은 무언가가 있었다.

"집에 가기 싫으냐?"

"가고 싶은데, 선생님들이 퇴원하라고 해도 엄마는 안된다고 해서요. 문제가 없다는 걸 확실하게 확인할 때까지 병원에 있으래요. 어제도 전화로 엄청 싸웠어요."

"엄청 싸워?"

"네, 엄마는 내가 병원에 있어야 편한 거예요. 그래야 집에 아빠가 아닌 남자를 데려올 수 있으니까."

소년이 느닷없이 던진 폭탄에 리큐는 깜짝 놀라는 표정을 지었고 대장의 눈도 휘둥그레졌다.

"아무리 그래도 그런……."

억지로 웃는 대장을 향해 다쿠야가 보낸 시선은, 나이에 어울리지 않게 차가운 것이었다.

"허황된 소문……이 아니었네." 리큐가 신중하게 말을 고르며 뱉어냈다.

열 살배기 아들이 입원했는데 엄마가 제대로 병원에 얼굴을 보이지 않는다는 건, 단순히 일이 바쁘다는 것만으로는 설명되지 않는 이유가 있을 터였다. 알고 보니 그것도 썩 유쾌하지 않은 이유였다.

홀가분한 산책길의 경치가 삽시간에 숨 막히는 공기로 돌변했고 아름다운 저녁노을조차 졸지에 불길해 보였다. 금세 마음을 가다듬은 대장이 여느 때와 다름없이 능청스레 말을 걸며 다쿠야의 어깨를 두드리고, 리큐도 휠체어 옆에 무릎을 꿇고 앉아 실없는 소리를 하며 화제를 돌렸다. 둘 다 요점을 벗어난 대처였지만 마음은 통했는지 소년도 차분한 모습으로 대답하고 있었다. 열 살 꼬마 쪽이 어른스러워 보일 정도다.

그런 경치를 바라보던 나는 한동안 잠자코 있다가 과장
스럽게 고개를 끄덕였다.

"……그랬군, 그래서 100엔 동전을 삼킨 거야."

갑작스러운 그 말에 소년과 함께 리큐와 대장도 고개를
들었다. 그와 동시에 홀연히 기운찬 여름 바람이 휙 지나
가며 라벤더 무리를 흔들었다. 색채가 춤추고 향기가 퍼진
다. 생기 넘치는 경치 속에서, 리큐도 대장도 뜻을 파악하
지 못한 채 당혹스러운 표정이었다. 서서히 정적이 되돌아
오던 그때, 말없이 쳐다보는 소년을 향해 나는 조용히 말
을 이어갔다.

"집에 잘 들어오지 않는 엄마의 관심을 끌고 싶어서 사
고를 쳤군."

대답은 없다.

대답이 없다는 것이, 이 경우에는 대답이다.

나는 가만히 가로수길 쪽으로 시선을 돌렸다. 오가는 학
생들이 휠체어 소년을 둘러싼 기묘한 조합의 우리에게 의
아한 시선을 보내며 지나쳐갔다. 학생들이 충분히 지나갔
다는 것을 확인한 후 나는 입을 열었다.

"열 살치고는 머리가 좋네."

시선을 돌려 바라보니 소년은 꼼짝 않고 나를 올려다보
고 있었다.

얼마 후 침묵을 깬 이는 소년이 아닌 옆에 있던 리큐였다. "선생님, 아무리 그래도……."

망설이는 기색의 그 목소리에 겹치듯 작게 "죄송해요"라는 말이 들려오자 리큐도 입을 다물었다.

"……죄송해요."

휠체어에 앉은 채, 소년은 기어 들어가는 목소리로 한 번 더 말했다. 나는 한동안 침묵을 지킨 후에 끄덕였다.

"좋아. 소년은 솔직해야지."

다시 여름 바람이 지나가니 라벤더 무리가 산들산들 흔들렸다.

어딘가 이상하다는 느낌은 처음부터 있었다. 헬기로 이송될 때의 일이다. 헬기에서 내려진 들것 위에서, 소년은 무턱대고 가슴을 끌어안고 고통을 호소했다. 기껏해야 100엔짜리 동전을 삼켰을 뿐인데 그 정도의 증상이 나타날 수가 있나. 날카로운 이물이라면 몰라도 동그란 동전 하나다. 더 큰 이물을 삼키고 태연한 아이도 있다. 그 뒤로 종종 나타났던 기묘한 가슴 통증에도 위화감이 있었다.

"매번 증상이 나타나는 건 리큐나 대장이 있을 때뿐이다. 나는 그 모습을 본 적이 없어."

"그 말은……." 리큐가 주저하며 답했다. "선생님이 보시면 거짓말이 들통 날지도 모르니까 저나 대장이 있을 때만 아픈 것처럼 행동했다는 뜻인가요?"

얼굴이 굳어지는 리큐 옆에서 대장은 "당했네!" 하며 실소를 했다. 이런 상황에서는 무사태평한 사내의 존재가 위안이 된다. 나는 휠체어를 정면으로 마주하고 서서 소년을 내려다보았다.

얼마간의 침묵 후, 다쿠야가 흘리듯이 불쑥 물었다. "화 나셨어요?"

"화나지는 않았어. 화는 나지 않았지만, 해두고 싶은 말이 있다."

나지막한 나의 말에 소년은 꼼짝도 하지 않고 올려다볼 뿐이었다. 옆에 있는 리큐는 무슨 말을 할지 걱정하는 눈치였지만 역시나 말참견을 하지는 않았다.

"확실히 엄마는 엄마만의 사정으로 널 방치하고 있는지도 몰라. 하지만 그렇다고 해서 네가 네 사정으로 많은 사람에게 폐를 끼쳐도 되는 건 아니야. 적어도 지금의 너는 엄마를 비난할 자격이 추호도 없어."

"선생님, 상대는 열 살입니다."

"그러니까 화를 안 내는 거야. 나이가 조금 더 있었다면 가차 없이 소리를 지르거나 손바닥으로 뺨을 때리는 조치 정도는 해드렸겠지."

내 말에 소년은 눈을 두 번 깜박였다. 하지만 시선을 피하지는 않았다. 똑바로 나를 올려다보고 있었다.

"네가 100엔짜리 동전을 삼킨 덕에 여러 명의 구급대원이 이른 아침부터 긴급 출동을 해야 했고, 헬기가 떠야 했고, 의사와 간호사가 뛰어다녔으며, 시바타 선생과 다치카와 선생이 가슴 졸여야 했고, 나는 실험에 실패했어. 어쩔 수 없이 그런 상황이 발생할 때도 있지만 이번에는 어쩔 수 없지 않은 때였지. 너의 자기중심적인 행동은 실로 많은 이에게 피해를 주었다. 그것만은 마음 깊이 새겨두도록."

복잡하고 장황하게 말을 늘어놓았지만 여전히 소년은 시선을 돌리지 않았다.

"세상에는 난해한 일이 많아. 하지만 그렇다고 해서 네가 난해해져도 되는 건 아니야. 그 어떤 이유가 있어도 거짓과 비겁과 잔꾀는 부끄러운 것이다. 네가 좋아하는 장기도 페어플레이가 기본이잖니."

말이 끝나자마자 학생들이 탄 자전거 몇 대가 등 뒤로 지나갔다. 홀가분한 말소리가 가까워지다 멀어져갔다.

한동안 잠자코 있던 소년은 작게, 그러나 확실하게 고개를 끄덕였다. "이제 이런 짓 안 할게요."

"좋아."

내가 이만하면 됐다는 듯 흡족해하며 이야기를 끝내자 소년은 무척 신기한 것이라도 본 듯한 표정으로 올려다보았다. 옆에서는 리큐가 안도의 한숨을 살짝 내쉬는 것 같았다.

"엄마한테 말할 거예요?"

소년의 작디작은 목소리에 나는 희미하게 실눈을 뜨며 응했다.

"제대로 병원에 오지도 않는 엄마에게 미주알고주알 설명해줄 정도로 대학병원 의사는 한가하지 않아."

소년은 팽팽하게 당겨져 있던 무언가가 풀어진 것처럼 어깨 힘을 뺐다.

선명하던 저녁 해가 산의 능선에 떨어지더니 빛이 차츰 부드러워졌다. 아마도 내일은 쾌청할 것이다.

다음 날 아침, 대기실 앞에 낯선 여성이 혼자 서 있었다.

카운터 너머로 간호사와 이야기를 주고받는 여성은 30대 중반쯤으로 보였다. 젊게 꾸민 것치고는 눈가에 피로감이 물씬 배어 나와 있는, 지친 듯한 분위기의 여성이었다. 등 뒤의 복도에는 불안한 모습으로 주변을 도리반거리는 다쿠야도 보였다.

제일 바쁜 아침 시간이기도 해서 대기실 내부는 인수인계를 하는 간호사와 아침 콘퍼런스를 준비하는 각 진료팀 의사들이 한데 모여 활기를 띠고 있었다. 그런 소란스러운 대기실 안쪽에서, 리큐가 여성과 소년을 바라보며 감탄했다는 듯 중얼거렸다.

"어떻게 하신 겁니까?"

아침 회진을 끝내고 3팀 멤버 셋이서 전자 카르테를 둘러싸고 있던 참이었다. 단말기 앞에서는 대장이 경쾌하게 카르테를 입력하고 있는데, 그 옆에 선 리큐의 신경은 카르테가 아니라 대기실 입구 쪽으로 쏠려 있었다.

"그렇게나 바쁘다고 하면서 병원에 거의 얼굴을 내비친 적이 없던 어머니가 하루 만에 아이를 데리러 오다니, 전화 한 통으로 어떤 설명을 하신 거예요?"

"별 이야기는 안 했어. 그냥 다쿠야가 집에 가고 싶어 한다고 설명하고, '부군이 둘이나 계시면 바쁘실 텐데 아드님을 데리러 올 여유가 있는지요?'라고 물었을 뿐이야. 그랬더니 상대 쪽에서 내일 데려가겠다고 말해주더군."

대장이 손을 멈추고는 나를 쳐다보았다. "그거, 거의 협박 아니에요?"

"무슨 소리야. 나는 오히려 '집안 사정도 있는 듯하니 퇴원은 2~3일 후에 하셔도 됩니다'라고 배려했을 정도야."

마지못해 웃는 리큐 옆에서 대장은 질렸다는 표정을 지었다.

"구리하라 선생님, 상당히 무서운 분이시네요."

"것보다, 다쿠야에게 이성적으로 대하신 것에 비해 어머니에게는 꽤 화를 내신 것 같은데요?"

"당연하지."

짧게 대답한 내가 가볍게 손을 든 것은 복도에 있던 다쿠야가 이쪽을 보아서였다.

카운터에서 퇴원 서류 작업을 하고 있는 엄마와는 조금 떨어진 복도 구석에, 소년은 오도카니 서 있었다. 그 거리가 모자간의 거리를 암시하는 듯해 마음이 왠지 어두웠지만 다쿠야의 표정은 어둡지 않았다. 작은 체구에 비해 커다란 손을 흔들더니 꾸벅 고개를 숙였다.

"착한 소년이야."

"거짓과 비겁과 잔꾀는 부끄러운 것이다."

불현듯 옆에 있던 리큐가 작은 소리로 그렇게 중얼거렸다. 흘끗 쳐다보니 리큐가 은은하게 웃고 있다.

"좋은 말씀입니다."

"무슨 소리야."

"역시 선생님은 스나야마 선생님이 말씀하신 그대로군요."

"바보 취급하는 건가?"

"왜 매번 그렇게 삐딱하게 나오십니까."

리큐는 한숨을 내쉬었다. 그러나 그의 볼에는 평소와 달리 여유를 품은 미소가 걸려 있었다. 그는 그 미소를 복도로 보내며 물었다.

"다쿠야, 괜찮을까요?"

"괜찮을지 아닐지는 녀석에게 달렸어. 적어도 이제부터는 의사가 나설 자리가 아니야."

대학병원이 아무리 우수한 의료 기술을 보유하고 있다 해도 집안 사정을 해결해줄 처방전은 없다. 우리는 그저, 이렇게 온 마음을 다해 소년의 미래가 행복하길 바라며 보내줄 뿐이다.

갑자기 "선생님!" 하고 밝은 목소리가 들려와 고개를 들었다. 다쿠야가 한 번 더 힘차게 손을 흔들었다.

"다음 장기는 제가 꼭 이길 거예요!"

맑은 눈동자만큼이나 반짝이는 목소리가 대기실 안에 울려 퍼졌다.

대장이 양손을 흔들고 리큐가 고개 숙여 인사하는 옆에서, 나는 격에 맞지도 않게 활짝 편 오른손을 머리 위로 번쩍 들어 보였다.

제3장

새하얀 비

탁, 하고 아내가 내 가슴을 두드리더니 환하게 웃었다.

"이제 된 것 같아요."

나는 목을 빙글 돌려 바로 옆에 있는 전신 거울을 쳐다 봤다.

온타케소의 거실에 걸린 큼지막한 거울은, 아무리 보아도 어울리지 않는 남색 정장에 줄무늬 넥타이를 매고 당혹 스러운 표정으로 서 있는 나를 당당하게 비춰주었다.

"꼴이 말이 아니군."

"그렇지 않아요. 아주 잘 어울려요, 이치 씨."

창밖은 한여름의 7월답게 쾌청하고 아내의 미소는 그 햇빛에 지지 않을 만큼 한없이 밝았다. 평소에는 절대 입

을 일이 없는 정장 차림이라 아무리 좋게 평해도 부자연스
럽다는 말밖에는 나오지 않지만, 아내의 말을 듣고 있노라
면 답답한 정장이 몸에 꼭 들어맞는 듯한 기분이 드니 신
기할 따름이다.

"빠빠, 이상해."

변변찮은 자기만족을 일격에 부스러뜨리는 사랑스러운
목소리가 들려왔다. 발치에서 고하루가 눈을 동그랗게 뜨
고 올려다보고 있었다.

"이상해?" 몸을 앞으로 굽히고 물어보니 고하루가 "이
상해"라며 오른손을 뻗어 넥타이를 아무렇게나 잡아당겼
다. 내가 앞으로 푹 고꾸라지자 고하루는 유쾌하게 웃었고
아내가 그런 고하루를 황급히 부르며 말렸다.

한여름의 일요일, 나는 아침부터 숨 막힐 듯 더운 정장
차림으로 시나노대학에 출근한다. 어제와 오늘 이틀에 걸
쳐 소화기병학회 지방회가 열리기 때문이다.

"휴일인데 일하러 가시는 거예요?"

'들국화방'에서 학사님이 장지문을 열더니 고개를 내밀
었다. 간밤에 어지간히 늦게까지 책을 읽었는지 눈이 살짝
빨갛다.

"미안, 깨워버렸나 보네."

"저도 오전 중에 도서관에 갈 생각이었으니 마침 잘됐

죠. 닥터의 정장 차림도 상당히 신선하네요."

빙긋 웃는 학사님 쪽으로, 고하루가 종종거리며 뛰어가더니 품에 안겼다. 움직임이 점점 자연스러워지고 있다.

"뭐야, 뭐야, 아침부터 시끌벅적하잖아?"

뒤이어 남작이 러닝셔츠 차림에 칫솔을 물고 나타났다.

"오늘따라 아침부터 왜 이리 덥나 했더니 만년 신혼부부인 자네들 때문이었군. 가뜩이나 무더운 계절인데 더 이상 숨 막히게 하지 말아주시게."

"만년 숙취 상태인 남작치고는 얼굴이 말쑥하네. 어젯밤에는 안 마셨나?"

"술 마실 때가 아니지. 오오카 씨 대책을 세우느라 밤낮으로 머리를 짜내는 중이거든. 닥터도 환자만 돕지 말고 온타케소를 도울 생각도 조금은 해줘."

제멋대로 말하더니 주방으로 들어가 물을 끓인다.

"커피 마실 거야?"라고 묻는 소리에 학사님이 "마시겠습니다" 하고 개운하게 답했다.

지극히 당연한 일상이 오랜만인 것처럼 느껴진 이유는 요즘 들어 집을 비우는 날이 많아졌기 때문일 것이다.

환자가 산처럼 많아서가 아니다. 하지만 한 명 한 명의 환자가 중증이라 케이스 검토회와 콘퍼런스가 많아서 붙들리는 시간이 길다. 그뿐만 아니라 인턴의 리포트 체크와 대학원 실험 등 진료 외 업무도 많고, 주말이면 생활비를 벌기 위해 아르바이트로 나가노현에 있는 병원을 쏘다녀야 한다. 아침부터 이렇게 느긋하게 온타케소에서 시간을 보낼 수 있는 건 학회가 베풀어준 뜻밖의 선물이라 할 수도 있을 것이다.

무심히 창밖으로 시선을 돌리자 이웃집 회화나무가 올해도 천연히 툇마루를 물들였고, 그대로 눈길을 위로 옮기니 양떼 같은 뭉게구름이 활짝 갠 푸른 하늘을 독차지하고 있다. 격무에 쫓기던 잠깐 사이에도 계절은 확실히 움직이는 듯하다.

"그럼, 가볼까."

고개를 돌려 옆을 보자 아내가 살짝 다가와서는 고하루가 잡아당긴 넥타이를 고쳐주었다.

"다녀오세요."

마음의 피로까지 한순간에 날려버리는 청아한 목소리의 배웅을 받으며, 나는 집을 나섰다.

'소나조이드 조영 초음파를 이용함으로써 확실한 국소 치료를 시행할 수 있었던 재발성 간세포암의 일례.'

이것이 나의 발표 주제다.

쓸데없이 장황한 제목 속에 불경인지 뭔지 싶게 딱딱한

단어가 나열되어 있어 대단히 읽기 어려운 문장이지만, 청중을 괴롭힐 요량으로 일부러 이런 건 아니다. 발표 주제라는 게 애초에 그런 것이다. 물론 나의 발표 내용이 무엇인지는 여기에서 언급할 필요도 없고 그럴 마음도 없다.

불과 4분의 프레젠테이션 시간과 3분의 질의응답에 담담하게 응한 후 규정 시간이 지나면 단상 위에서 인사하고 퇴장한다. 그러면 끝이다. 퇴장하는 동안에도 바로 다음 연사가 단상에 올라와 발표를 시작하며 벨트 컨베이어식으로 끝없이 이어지는 게 지방회라는 것이다.

"착실하게 잘하고 있군, 구리 짱."

강연장 밖으로 나온 나는 갑자기 등 뒤에서 들려온 익숙한 목소리에 몸을 돌렸다.

"여!"

한쪽 손을 든 풍채 좋은 인물을 보고 순간적으로 당황한 이유는 그 인물의 정장 차림이 너무나도 신선해서였다. 한 박자 쉬고 나는 허리를 깊이 숙였다.

"수고가 많아."

씨익 웃으며 배를 팡팡 두드린 사람은 혼조병원의 왕너구리 선생님인 이타가키 선생님이었다.

왕너구리 선생님은 내가 의사가 된 후 6년간, 한결같은 지도를 해주신 위대한 은사님이다. 배운 것은 지식과 기술에 머무르지 않는다. 의사로서의 정신, 철학, 윤리, 예의, 병동의 분위기를 읽는 법부터 술을 마시는 법에 이르기까지 모든 것을 지도해주신 인생의 스승님이다.

그 왕너구리 선생님은 임상에서는 항상 내시경 시술 복장을 입었기 때문에 정장 차림이 상당히 낯설었다. 얼핏 보면 악의 없는 미소를 짓는 풍채 좋은 아저씨 같지만 현장에서 내시경을 쥐는 순간 눈에는 무시무시한 빛이 깃들고, 대담한 미소와 당당한 관록을 갖춘 덕에 흡사 야쿠자 두목이라도 된 듯한 압도적인 박력을 풍긴다.

"구리 짱도 훌륭해졌네. 이제는 완전히 대학의 멋진 선생님인가."

"허드렛일을 하고 있을 뿐입니다. 선생님은 오늘 어쩐 일이십니까?"

"그야 천하의 구리 짱 선생님께서 발표를 하시는데 땅끝에서라도 달려와야지."

싱글벙글 웃으며 그런 말을 한다. 이 능글맞은 너구리 연기는 왕너구리 선생님이 가장 자신 있어 하는 분야다.

"제가 발표할 때 선생님은 청중석에 안 계셨던 것 같습니다만."

"자세히도 봤네, 구리 짱."

으하하, 하고 웃으며 복도 안쪽에 있는 작은 인파를 가리켰다.

"나는 저쪽 견학하러 왔어."

볕이 잘 드는 창문이 늘어선 복도 끝에 여러 사람들에 둘러싸인 훤칠한 키의 여성이 보였다. 검고 긴 머리칼을 목 뒤로 묶고 맵시 있는 감색 바지 정장을 입은 그녀는 연배가 있는 남성 의사들을 상대로 여유롭게 대화를 나누고 있었다. 씩씩하고 시원스럽다는 형용사가 잘 어울리는 그 인물 또한 내가 혼조병원에 있을 때 신세를 졌던 선생님이다.

"오바타 선생님도 오셨군요."

"저쪽은 저녁 세미나 강사로 불려왔어. 초음파 내시경에 관련된 내용인데, 아저씨들을 상대로 한 시간 정도 강의하는 것 같더라고. 시작 전부터 인기가 좋네."

그렇군요, 하고 잘 안다는 듯 끄덕이며 마음속으로는 무심결에 한숨을 쉬었다. 내 발표 준비에 쫓겨 학회의 초록(抄錄)을 제대로 확인하지 않았다. 세미나 강사가 오바타 선생님이라는 걸 알았다면 덮어놓고 신청했을 텐데, 주의가 부족하다 할 수밖에 없다.

속으로 내뱉은 한숨 소리가 들렸을 리도 없건만 인파너머에서 오바타 선생님이 한쪽 눈을 찡긋 감는 모습이 보였다.

"여전히 대단하신 분이네요. 혼조병원의 격무를 소화하며 이런 활약도 계속하시다니."

"대단한 녀석이야. 가끔씩 구리 짱은 언제 돌아오느냐며 투덜대기는 하지만."

"황송합니다."

"하지만 구리 짱도 열심히 하고 있잖아. ERCP 관련 발표인 줄 알았더니 설마 간 쪽으로 치고 들어올지는 몰랐어. 전공을 고집하지 않고 폭넓게 일하고 있나 보군."

"확실히 공부해오라고 하신 선생님의 말씀을 실천하고 있을 뿐입니다."

단정히 말하자 왕너구리 선생님은 만족스럽다는 듯 웃으며 끄덕였다.

그때 밝은 햇살이 비치는 복도를, 발표를 마친 것처럼 보이는 젊은 의사가 잰걸음으로 지나갔다. 진지한 표정으로 휴대폰을 귀에 댄 모습을 보아하니 근무하는 병원에서 호출이 온 것일지도 모르겠다.

"대학은 어때? 재미있지?"

"유감스럽게도 아직 재미를 느낄 정도의 여유가 없습니다."

왕너구리 선생님은 희미하게 쓴웃음을 지으며 창문을 따라 걷기 시작했다.

"의사의 업무는 다양해. 그저 환자를 진찰하고 치료하는 것은 여러 일 중 하나에 불과하지. 실험을 해서 병의 원인을 파헤치는 것도 일, 머리가 텅 빈 학부생과 인턴을 교육하는 것도 일, 의국의 인사를 움직여서 작은 지방 병원에 의사가 부족해지지 않도록 조치를 취하는 것도 일."

왕너구리 선생님은 복도 중간에 있는 자판기에서 캔 커피를 두 개 사더니 내게 하나를 건네고는 말을 이어갔다.

"그리고 대학병원의 병상 수를 세면서 아무렇게나 환자를 입원시키려 하는 젊은 의사들을 제압하는 것도 의사의 일이지."

캔 커피를 기울이다 말고 힐끔 쳐다보자 왕너구리 선생님이 씨익 웃었다.

"우사미 짱이랑 재미있게 지내는 것 같던데."

"대학 내부의 상황을 자세히 알고 계시네요."

"당연하지. 나도 여기 출신이고 무엇보다 우사미 짱은 내 동기라고."

흠칫 놀라서 커피를 뿜을 뻔했다.

"뭘 그렇게 놀라고 그래. 혼조병원의 어설픈 내과의와 대학의 준교수가 동기라고 하니까 안 어울려?"

"어울리고 안 어울리고의 문제가 아닙니다. 극과 극에 있는 선생님들이 동기라는 말씀에 놀랐을 뿐입니다."

"바보 같기는. 그래서 잘 돌아가는 거야."

왕너구리 선생님은 웃으며 느긋하게 캔 커피를 기울였다. 맛깔나게 마시는 그 모습에 평범한 캔 커피가 생맥주로 보이니 신기할 따름이다.

음침하고 비쩍 마른 백발의 우두머리와, 눈앞의 혈색 좋고 풍채 좋은 왕너구리 선생님을 머릿속으로 나란히 세워봤다. 그렇군, 연령을 생각하면 동기라는 것이 이상하지 않지만 아무리 보아도 합이 잘 맞을 것 같지는 않다.

"대학이라는 곳에는 여러 환자가 있겠지만 그만큼 여러 의사도 있지. 사고방식, 살아온 방식, 가치관이 전혀 다른 의사들이 저마다의 정의를 위해 일하고 있어. 좋은 자극이 되지?"

"자극이 너무 강해서 때때로 위가 아픕니다."

"좋아, 좋아. 위 때문에 힘들면 언제든지 내시경을 해줄게, 구리 짱."

유쾌하게 웃으며 배를 팡팡 두드린다. 왕너구리 선생님이 진심으로 즐거워한다는 증거다. 그런데 갑자기 그의 얼굴에서 미소가 사라졌다.

"29세 췌장암 환자가 있다던데."

난데없이 화제가 무거워져 눈살을 살짝 찌푸렸다.

"소식이 빠르네요."

"이 바닥이 워낙 좁잖아."

"힘들겠지만." 텅 빈 캔을 들여다보면서 왕너구리 선생님이 나지막이 말을 덧붙였다. "할 수 있는 눈앞의 일에 최선을 다해. 후회하지 않도록 말이야."

위안이나 위로는 없다. 그저 아수라장을 알고 있기에 나오는 담담한 격려다.

"뭐, 구리 짱이라면 걱정 없지만, 만약 너무 애쓰다가 힘이 빠지면 언제든지 혼조에 들러. 가르쳐줄 수 있는 건 없어도 술 한 잔 정도는 같이 기울여줄 테니까."

나도 모르게 가슴속이 뜨거워지며 아무 말도 나오지 않았다. 나는 말없이 고개를 깊이 숙였다. 머리를 다시 들었을 때는 텅 빈 캔이 우아한 포물선을 그리며 쓰레기통으로 날아가고 있었다.

"수고해, 난 오바타 선생 강의 들으러 간다."

한 손을 들고 발걸음을 내딛는 왕너구리 선생님의 커다란 등을 보니 어떻게든 적당한 구실을 붙여 불러 세우고 싶어졌다. 이런 게 정이라는 것이다.

"선생님." 나는 무턱대고 입을 열었다.

돌아본 왕너구리 선생님을 향해 나는 가슴속에 두둥실 떠오른, 어떻든 상관없는 말을 입에 올렸다.

"선생님은 우사미 선생님과 사이가 좋으셨습니까?"

맥락도 없는 그 물음에, 고개를 돌려 어깨 너머로 날 보던 선생님은 여느 때와 다름없이 태연하게 웃으며 말했다.

"좋았을 리 있나."

팡팡, 배를 두드리는 기분 좋은 소리가 울려 퍼졌다.

후타쓰기 씨의 존재는 의사들의 좁은 세계에서 알음알음으로 알려진 듯했다.

물론 의사들이 시간이 남아돌아서 재미 삼아 환자 소문을 내고 다니는 건 아니다. 나가노현이 아무리 넓다 해도 각 병원의 소화기내과 의사 대부분이 제4내과 의국과 나름대로 연결되어 있다. 태어나면서부터 혼조병원에서 일했을 것 같은 왕너구리 선생님조차 대학에서 허드렛일을 했던 시절이 있으니, 늙은이든 젊은이든 의사라면 눈에 보이지 않는 끈을 가지고 있는 것이다. 그 끈을 타고 퍼질 만큼, 29세의 췌장암 환자라는 존재는 충분히 충격적인 임팩트를 가지고 있었다.

"지난주 학회에서도 잠깐 이야기가 나왔어요." 리큐가 전자 카르테 앞에 앉은 채로 말했다.

오늘은 소화기병학회 지방회가 끝난 다음 주 수요일이다. 수요일은 아침부터 고쇼쿠 종합병원의 외근이 있는 날이다. 대학 선배에게 물려받은 중고 닛산 자동차인 피가로를 타고 편도로 한 시간을 간 뒤 치쿠마강 부근의 병원까지 가서 내시경을 하고 오는 업무다.

그날 얼마나 바쁜지에 따라 대학에 돌아오는 시간이 밤이 될 때도 있지만, 예약이 적으면 오늘처럼 정오를 조금 지났을 무렵에 올 수 있는 날도 있다.

"고쇼쿠의 우시야마 선생님도 후타쓰기 씨 이야기를 알고 계시더군. 상당한 유명 인사야."

"하지만 그렇게나 주목을 받고 있는데도 치료는 쉽지 않습니다." 리큐가 모니터를 노려보며 거침없는 말을 입 밖으로 냈다. "1차 화학요법이 끝나고 벌써 3주가 지났는데 골수 억제 상태에서 전혀 차도가 없습니다. 백혈구, 적혈구, 혈소판 모두 최저치를 경신했습니다."

리큐의 비통한 목소리가, 후타쓰기 씨의 치료가 난항을 겪고 있다는 것을 여실히 말해주었다.

6월 하순에 강력한 4제 병용요법인 폴피리녹스를 개시했는데, 원래대로라면 2차 치료를 시작해야 하는 3주차에 접어들었음에도 골수 억제 부작용 때문에 치료가 중단된 상태였다.

골수 억제는 항암제 치료에서 나타나는 대표적인 부작용 중 하나로, 혈액을 만드는 골수 기능이 크게 떨어져 백혈구 및 혈소판 수가 감소하는 현상을 말한다. 백혈구 수가 줄어들면 면역력이 떨어진다. 적혈구 감소는 빈혈을 야기하며, 혈소판 감소는 출혈의 위험성을 높인다. 그 모든 증상이 후타쓰기 씨에게서 나타나고 있다.

"환자의 컨디션은?"

"지금으로서는 양호합니다. 식욕도 좋고 열도 없고 평소처럼 남편과 대화도 편하게 합니다. 골수 억제 외 다른 부작용은 전혀 없습니다."

"하필이면……."

폴피리녹스는 네 종류의 항암제를 조합하여 동시에 병용하는 만큼 구역질, 구토, 식욕 부진에 권태감, 탈모, 현기증, 설사 등등 온갖 부작용을 높은 확률로 일으킨다. 하지만 그런 부작용들이 후타쓰기 씨에게 다 나타난 것은 아니다. 거의 기적이라 해도 좋을 경과 속에서 유일한 부작용으로 골수 억제 증상이 나타났는데, 그 부작용이 치명적이다. 나는 한숨을 내뱉으며 창밖을 바라보았다.

여름의 창공은 한없이 밝고, 괘씸할 정도로 당당한 뭉게구름이 하늘 한쪽을 메우고 있다. 그대로 동쪽으로 눈길을 돌리니 우쓰쿠시가하라의 푸르른 능선이 보인다. 오늘은 오가토의 전파탑까지 눈으로 또렷하게 확인할 수 있었다.

안으로 시선을 돌리자 대학병원 특유의 널찍한 간호사 대기실 내부는 간호사, 의사, 레지던트, 약제사 등 무수한 직종의 남녀가 오가느라 제법 떠들썩하다.

오늘은 병동 전체가 안정적인 것인지, 간호사들이 인수인계를 하는 모습도 평온하고 뛰어다니는 스태프도 없다. 복도에는 2팀 멤버가 여유롭게 회진하는 모습이 보이고, 조금 떨어진 모니터 앞에는 1팀이 오늘 저녁에 있을 회식 이야기를 하며 들떠 있다. 1팀 팀장인 가키자키 선생님이 미국 췌장학회 참석으로 부재중이라 팀원들도 평소와 달리 느긋하게 쉬고 있었다. 그러한 편안함 속에서 유일하게 우리 3팀만 암담한 공기를 내뿜고 있다. 여름 햇살도 여기만 피해서 들어오는 것 같다는 생각이 들 만큼 어두운 분위기 속에서 별안간, 너글너글한 목소리가 들려왔다.

"다른 약으로 바꿔버리면 되지 않아요?"

나와 리큐 등 뒤에 서 있던 인턴, 아유카와 메구미였다.

생각지 못한 장소에서 의견이 제기되자 나와 리큐는 동시에 뒤를 돌아보았다. 작은 체구의 여의사가 볼에 손을 갖다 댄 채 고개를 갸우뚱거리고 있었다.

"바꾸면 안 되는 거예요?"

"말은 쉽지만……." 리큐가 물통을 쥐고 한숨을 내쉬며 응수했다. "아가씨의 생각만큼 간단한 문제가 아니야."

아가씨. 아유카와 선생의 별명이다.

내가 정한 것은 아니다. 교수님의 발언에서 비롯되었다.

그녀가 온 첫날, 종합 의국에서 자기소개를 할 때 교수님이 조용히 말씀하셨다.

"그 커다란 귀고리는 빼시게, 아가씨."

지적을 받아도 별수 없었다. 그녀의 귀에는 직경 3센티미터는 될 법한 금색 링이 유난히 번쩍거리며 딸랑이고 있었던 것이다. 그 순간 의국 안 공기가 얼어붙었지만 그녀는 살짝 멍한 표정을 짓더니 특유의 천진난만한 미소를 띠며 말했다.

"선생님, 이거 피어싱이에요."

의국 분위기는 물을 끼얹은 듯 적막해졌고, 그 상태로 한동안 시간이 멈췄다는 것은 말할 나위도 없다. 그 이후로 의국 내에서 '아가씨'는 그녀의 통칭이 되었다. 기발한 데뷔전을 장식한 만큼, 그녀는 한 번씩 독특한 감성이 이끄는 대로 발언하며 리큐와 나를 당혹스럽게 한다.

"요즘 인턴들은 온통 묘한 녀석들뿐이군." 리큐에게 넌지시 소곤거렸다.

"지난주까지 있었던 유난히 별스럽던 인턴을 생각하면 아유카와는 저래 봬도 정상이에요. 자신이 눈치가 없다는 걸 자각하고 있다고 합니다."

"자각?"

"현장에 나가면 환자를 난처하게 할 테니 임상이 아닌

병리 쪽으로 지원하겠다, 그런 결론을 낸 것 같더라고요."

병리? 무심코 등 뒤를 돌아보니 아가씨가 생글생글 웃고 있었다. 귓전에서 참으로 소극적인 피어스 두 개가 반짝 빛난다.

"저, 다른 사람이랑 대화를 잘 못하겠어요. 그래도 병리라면 환자한테는 폐를 안 끼치잖아요."

"전형적으로 얄팍한 생각이군."

나의 말에 아가씨는 고개를 살짝 갸웃했다. 아마도 뜻이 전달되지 않은 모양이다. 어쩔 수 없으니 말을 덧붙였다.

"의사란 어느 과에 들어가든 커뮤니케이션 능력은 필수인 직업이다. 병리는 병리대로, 환자와 이야기할 기회는 적지만 다양한 과의 의사들과 상의를 해야 하지."

"그럼 곤란한데요."

"그 정도로 곤란할 것 같으면 어떤 과로 가든 버티기 힘들어."

아가씨의 초라한 목소리를, 나는 냉정하게 차단했다.

"애당초 자네 눈앞에 있는, 차만 마시는 4년차도 환자와 커뮤니케이션을 잘하는 편이 아니야. 생긴 건 우락부락하고 붙임성도 없고 쓸데없이 진지해서 이따금 환자와 부딪치는 일마저 있지. 그래도 내과의로서는 잘해내고 있으니 입을 열어서 단어를 뱉을 줄 아는 사람이라면 누구나 어떻게든 될 거야. 필요한 건 커뮤니케이션 능력이 아니라, 커뮤니케이션을 포기하지 않는 능력이다."

"저를 바보 취급하시는 겁니까, 아니면 내과를 바보 취급하시는 겁니까?"

"리큐, 그걸 꼭 물어봐야 아나?"

"시바타입니다."

보란 듯이 삼천포로 빠지는 두 사람의 대화를, 아가씨는 난처하다는 표정으로 지켜보았다.

괴짜 구리하라와 풍류객 리큐도 내과의로서 임무를 수행하고 있다. 교수 이름을 잘못 부르는 청년이나 귀고리와 피어싱의 차이에 연연하는 여성이 못 해낼 리는 없다. 즉 중요한 건 능력의 유무가 아니라 기개의 유무인 것이다.

"어쨌든 다시 항암제 이야기를 하겠습니다."

차를 다 마신 리큐가 강제로 화제를 돌렸다.

"폴피리녹스는 췌장암에 가장 효과가 있다고 알려진 레지멘이야. 췌장암 진료 가이드라인에도 첫 번째로 올라와 있어. 그렇게 쉽게 버릴 수는 없는 거야." 리큐가 시선을 아가씨에서 나로 옮기며 말했다. "조금 더 경과를 보고 판단하시죠."

나도 고개를 작게 끄덕였다. 끄덕이기는 했지만 마음속으로는 적잖이 망설여졌다. 아무리 강력한 항암제라 해도 쓸 수 없다면 의미가 없다. 골수 억제 때문에 다음 투여가 기약 없이 연기될 정도라면 효과가 다소 떨어지더라도 계속 쓸 수 있는 약으로 변경하는 것이 좋을 수도 있다. 하지만 기댈 구석인 가이드라인도 이러한 조제에 관해서는 아무런 답을 주지 않는다.

착잡한 마음에 한숨을 살짝 내뱉은 순간, 불현듯 책상 뒤에서 무언가가 움직이는 걸 느끼고 시선을 돌렸다. 책상 건너편에서 쇼트커트의 여자아이가 엿보듯 이쪽을 보고 있었다. 엇, 하고 눈을 동그랗게 뜨자 고개를 꾸벅 숙이며 "안녕하세요" 하는 목소리가 돌아왔다. 상당히 예의 바른 아이다.

"죄송합니다, 선생님."

그때 간호사인 기즈키 씨가 대기실 입구에서 달려왔다. 팀 리더인 기즈키 씨는 후타쓰기 씨를 담당하는 간호사이기도 하다.

"잠깐 한눈판 사이 여기에 와서⋯⋯."

"후타쓰기 씨의 딸, 리사구나."

나는 스스럼없는 눈동자를 마주 보았다.

"길을 잃었니?"

"아니요."

고개를 확실하게 좌우로 가로젓는 모습에 상당한 배짱

이 느껴졌다. 최근 3주 동안 병실에 갔을 때 몇 번 마주쳤는데, 엄마의 그 꿋꿋한 심성을 물려받았는지 인사도 대답도 똑 부러지게 한다.

"그렇구나. 간호사 언니가 무서운 표정만 지어서 도망쳐 온 거야?"

"무슨 소리를 하시는 거예요, 선생님."

기즈키 씨가 눈을 깜박거리는 소녀의 어깨에 손을 얹으며, 나를 흘겨본다.

"후타쓰기 씨가 극도의 면역 부전 상태라서 며칠간은 딸과도 면회하면 안 된다고 말씀하신 건 선생님이에요."

"그랬지."

"게다가 오늘은 조영 MRI 검사가 있어서 남편분도 거기에 가 계시니 한 시간 정도 리사를 맡아달라고 하신 것도 선생님이고요."

"그것도 그랬지."

"선생님들이 더 한가하신 것 같으니까 잠시 리사와 놀아주세요."

그 말에 겹치듯 때마침 너스콜이 울려 퍼졌고 기즈키 씨가 PHS를 집어 들었다. 짤막한 대답과 함께 바로 "부탁드려요" 하더니 그대로 대기실을 나가버렸다. 다소 난폭한 전개이기는 하지만 이럴 때는 바쁜 간호사보다 한가한 듯

수다만 떨고 있는 의사 셋이 아이 상대로 적합하다는 것은 말해봐야 입만 아픈 사실이다.

리큐가 소녀를 바라보며 천천히 물통을 내밀었다. "일단 차라도 마실래?"

"시바타 선생님, 무서워하잖아요."

우락부락하게 생긴 빡빡머리 의사가 다가오자 표정이 굳어졌던 리사는, 아가씨가 끼어들자 안심했는지 어깨에서 힘을 뺐다. 선배에게도 스스럼없이 대하는 아가씨의 행동이 도움이 될 때도 있는 듯하다.

리큐가 멋쩍어하며 빡빡머리를 긁적이는 동안 다른 간호사가 대기실 안으로 분주히 들어오는 모습이 보였다.

"선생님, 오카 씨가 또 혈변입니다."

"또요?"

신속하게 일어나는 리큐의 반사 신경에 감탄이 절로 나왔다.

"바로 갈게요." 리큐가 간호사에게 답하며 나를 바라봤다. "궤양성 대장염인 오카 씨가 이번 주말에 퇴원할 예정이었는데, 어제부터 미묘하게 혈변이 늘었습니다."

"출혈이 분명하다면 퇴원은 어려워지겠군."

"그렇게 되는데, 퇴원을 연기하면 또 빵집한테 싫은 소리를 듣게 될 겁니다."

"준교수님이셔, 리큐."

"알겠습니다."

리큐는 탁상 위의 청진기를 목에 걸더니 아가씨를 데리고 발 빠르게 대기실에서 나갔다.

발놀림이 가벼운 후배가 있으면 든든하다. 그저 태평하게 대답이나 하며 일이 흘러가는 상황을 지켜보면 그만이니 말이다. 단 문제가 있다면 어느새 나와 일곱 살 소녀 둘만 남겨진 상황이 연출되었다는 것이다.

서른둘의 괴짜 내과의와 일곱 살 소녀 사이에서 변변한 대화가 성사될 리도 없다. 부지중에 도움을 요청하듯 사람을 찾아보았지만 대기실 안에 있던 간호사 또한 호출을 받고 바삐 뛰어갔다. 그 외에도 뭔가 급박한 일이 생겼는지 2팀 인턴이 복도를 달려가는 모습이 보였다.

당연하다면 당연한 말이지만 병동 대기실이라는 장소는 아이와 느긋하게 보내는 공간으로 쓰기에는 매우 부적절하다. 분위기는 살벌하지, 쿠키나 사탕 같은 것도 없다.

얼마간 침묵이 흐른 후, 옆을 바라보자 리사가 말없이 나를 올려다보고 있었다. 나는 잠시 생각에 잠겼다가 조용히 일어섰다.

"아니, 훤한 대낮부터 귀여운 여자친구랑 데이트하시는

거예요?"

여느 때와 다름없이 티셔츠에 청바지라는 꾸밈없는 복장의 후타바가, 다소 신기하다는 표정을 지으며 말했다. 오른손으로는 삼각 플라스크를 흔들고 왼손으로는 SF 작품 『SPIN』을 능숙하게 펼친 채 이쪽 실험실을 들여다보고 있다.

"대학병원에는 의사가 많으니까, 이렇게 근무 시간에 데이트를 해도 별다른 문제없이 굴러가지."

나는 실험실 한쪽에 있는 소파에 리사를 앉히고 매점에서 사 온 사과 주스를 테이블에 놓았다. "감사합니다" 하고 낭랑한 목소리가 돌아온다.

커피 머신에 남아 있던 커피를 컵에 따르는 동안 후타바가 흥미롭다는 눈빛을 보내왔다.

"선생님 따님?"

"아니, 환자분의 따님이야. 엄마가 골수 억제 부작용이 나타나서 곁에 있을 수 없거든. 잠깐 같이 있어달라고 부탁받았어."

눈치 빠른 후타바는 그 말만으로도 최근 대화에 등장하는 후타쓰기 씨의 아이라는 걸 깨달았을 것이다. 더 이상 묻지 않고 "수고 많으세요"라고 짧게 말하더니 자신의 실험실 쪽으로 돌아갔다.

나는 머그잔 안에 각설탕을 아무렇게나 던져 넣고, 냉장고에서 꺼낸 우유를 가득 부은 후 리사의 맞은편에 앉았다.

"여기라면 조용해. 여기에서 잠깐 기다리자꾸나."

"아저씨는 항상 설탕을 그렇게 넣어요?"

또랑또랑한 목소리가 날아온다. 엄마를 많이 닮은 예쁜 눈썹을 찡그리며, 리사는 내 손에 들린 컵을 보고 있었다.

"평소라면 블랙으로 마셔. 하지만 이 이노다 커피의 아라비안 펄에는 설탕과 우유를 많이 넣는 게 어울린단다. 참으로 고전적인 명품이지."

"무슨 말인지 모르겠어요."

"몰라도 돼. 중요한 건 나는 아저씨가 아니라 오빠라는 거야."

"더 모르겠는데요."

격조 높은 나의 문언은 일격과 함께 조각난다.

여자아이란 일곱 살에도 이렇게나 똘똘하게 대답할 수 있단 말인가. 천하태평 그 자체인 미소로 무언가를 먹기만 하는 고하루가, 앞으로 5년만 지나면 이렇게나 능숙하게 사람의 말을 구사할 수 있게 된다니 쉽사리 상상이 되지 않았다.

이야기를 이을 계제를 잃고 침묵하는 사이, 어느 틈엔가 플라스크를 내려놓은 후타바가 돌아와서 초코칩 쿠키가 담긴 작은 접시를 테이블 위에 올려주었다.

"감사합니다, 언니."

실로 괘씸한 격차다.

"그런데 엄마가 다른 사람한테 먹을 거 자꾸 받으면 안 된다고 하셨어요."

후타바가 무심코 나를 봤다.

"괜찮아." 나는 부드럽게 말했다. "엄마의 주치의가 괜찮다고 했어. 이럴 때는 쿠키 한두 개쯤 편하게 먹어도 돼."

"그래도 돼요?"

"물론이지."

리사는 잠시 생각에 빠진 듯 고개를 기울이더니 이내 "그럼 조금만 먹을게요"라고 말하며 기쁜 듯이 테이블로 손을 뻗었다.

"호조 선생님은 안 계시나? 오늘 아침에는 실험할 거라고 하셨는데."

"조금 전까지 거기에서 PCR을 하고 계셨는데, 내일 도쿄에서 연구회가 있다며 나가셨어요. 후생노동성 연구팀이 어쩌고저쩌고 하시면서."

빈둥빈둥 노는 것처럼 보이지만 그렇지 않다. 가벼운 공기를 걸치고 있으면서도 대학 내에 머무르지 않고 넓은 무대에서 활약하는 선생님인 것이다.

별안간 PHS가 울려 받아보니 아가씨의 목소리가 들려왔다. 오카 씨의 혈변 양이 예상보다 많아서 채혈 검사를 진행하겠다는 연락이다. 대단한 사람이라도 된 양 "좋아"라고 말하고 나니 실험실이 금세 조용해졌다.

"아유카와 선생은 씩씩하게 잘하고 있나 보네요."

후타바의 입에서 튀어나온 그 이름이 아가씨를 가리킨다는 걸 알아채기까지는 2초 정도의 시간이 필요했다.

"아는 사이야?"

"병리의 지망이니까요."

그랬지, 후타바는 병리의이다. 병리를 희망하는 아가씨와 연결고리가 없을 리 없다.

"조금 특이한 구석은 있지만 학부생 때부터 한 번씩 검사실에 찾아올 정도로 성실한 아이니까, 제대로 이끌어주면 좋은 의사가 될 것 같아요."

"성실함은 중요하지. 지식과 상식은 얼마든지 가르쳐줄 수 있지만 성실함이라는 건 쉽게 전달할 수 없거든."

"미래의 귀한 병리의입니다. 소중하게 키워주세요."

"내과의가 된다면 열의를 갖고 가르칠 텐데 말이야."

"그렇게 나오시면 더 이상 실험을 도와드리지 않을 겁니다."

"몸과 마음을 다 바쳐서 지도할게."

무턱대고 크게 말하며 다시 머그잔을 손에 들었다. 눈앞에서는 리사가 기분 좋다는 듯 쿠키를 한입 가득 넣는다. 맛있냐고 묻자 "네" 하고 솔직한 대답이 돌아온다.

"아저씨는 의사 선생님이에요?"

"그렇단다. 서른 넘어 실수령액 16만 엔에 혹사당하는, 의국의 제일 밑바닥에 있는 일개 내과의지."

"별로 훌륭한 선생님이 아니에요?"

"훌륭한지 아닌지는 생각하기 나름이야. 적어도 벌이로 사람을 판단하면 못 써."

"그럼 엄마를 고쳐줄 거예요?"

차가운 바람이 쓱 지나갔다. 허를 찔렸다.

집어 든 스푼 끝이 크게 떨리면서 잔을 때리는 딱딱한 소리가 주변에 퍼졌다. 아주 조금 늦게 시선을 들자 모든 상념을 몰아낼 만큼 올곧은 눈동자가 나를 보고 있었다.

"우리 엄마, 나을 수 있어요?"

어린 목소리가 단숨에 가슴 깊숙이 날아들었다.

나는 잠시 망설이다가 가까스로 입을 열었다. "의사는 마법사가 아니란다. 그러니 반드시 고치겠다고 약속할 수는 없어."

리사의 눈빛은 여전히 진지했다.

"하지만 고치기 위해 최선을 다할 거야. 그것만큼은 약속하마."

간신히 웅한 그 말에 리사는 잠깐 생각하더니 끄덕였다. 그러고는 아무 일도 없었다는 듯 사과 주스 팩으로 손을 뻗었다.

어깨의 힘이 서서히 빠져나갔다. 아이에게 한 대답으로서 나의 말이 옳았는지는 모르겠다. 하지만 모범 답안일 리도 없다. 이것만큼은 췌장암 진료 가이드라인에도 정답이 적혀 있지 않다.

조용히 한숨을 내쉬며 살며시 창밖으로 시선을 돌리니 방금 전 있었던 순간의 긴장이 거짓말이었던 것처럼 화창하다. 나는 잠자코 커피를 들이켠 후 한 잔 더 따르기 위해 자리에서 일어났다.

"엄마 옆에 있고 싶은 거겠죠."

후타바가 커피포트를 들고 리사를 바라보며 작게 중얼거렸다. 그 눈에는 온화한 빛이 감돌고 있었다.

"똑똑하게 행동하는 것 같아 보여도 분명히 외로울 거예요."

그 자연스러운 지적에, 새삼스럽지만 퍼뜩 떠오른 것이 있었다.

후타쓰기 씨가 입원한 지 벌써 3주가 지났다. 처음 일주일 동안은 평범하게 엄마 무릎에 앉아 놀기도 했지만 2주 차부터 급격히 백혈구가 감소하며 면역력이 떨어진 탓에 배우자 외의 면회는 모두 금지된 상태였다. 특히 아이의 경우에는 뜻하지 않게 전염성 질환을 옮기기도 하기 때문에 병실에는 원칙적으로 들이지 않게 되어 있다.

"외롭겠구나."

나도 모르게 불쑥 중얼거려놓고, 뒤늦게 리사의 마음을 헤아리지 못한 자신의 경솔함을 자각했다. 나는 쿠키를 맛있게 우물거리는 소녀를 바라보다가 후타바를 향해 슬쩍 물었다.

"쿠키 더 있어?"

그 말에 후타바는 미소를 띠며 끄덕였다.

'온타케소 철거 반대 긴급 대책 본부.'

집에 도착해보니 그런 야단스러운 글자가 눈에 들어왔다. 거실 입구에 내걸린 3호 정도 크기로 보이는 하얀 캔버스에, 쓸데없이 우아한 필체로 적혀 있었던 것이다.

시간은 밤 10시를 지났을 무렵.

거실 조명은 켜져 있지만 사람의 목소리는 들리지 않았다. 조심스레 장지문을 열자 낮은 밥상 앞에 앉아 커다란 책을 펼치고 있던 학사님이 시원하게 돌아보았다.

"닥터, 다녀오셨어요?"

"긴급 대책 본부가 여기를 말하는 건가?"

"네, 맞아요."

학사님이 웃으며 밥상 반대편을 눈짓했다.

'도라지방'의 남작이 대자로 뻗어서 코를 골고 있다.

"대책 본부의 논쟁이 이제 막 끝났어요."

"내 눈에는 과음해서 술에 취한 모습으로밖에 안 보이는데."

"그렇게도 말할 수 있죠."

탁, 하고 학사님은 책을 덮었다. 오그던의 『의미의 의미』. 학사님의 손에 들린 책 제목이 날이 갈수록 어려워진다. 진지하게 학문에 매진하고 있다는 뜻이리라.

"방금 전까지 하루나 공주님도 계셔주셨어요."

"하루도 이 시간까지?"

"오늘 밤에는 고하루 공주가 금방 잠들었다면서, 도중에 나와서 저와 남작의 저녁 식사까지 준비해주셨죠. 감사할 따름입니다."

"고마운 건 서로 마찬가지야."

내가 그렇게 대답한 것은 밥상 한쪽에 그림책 두 권이 놓여 있어서였다. 『복슬복슬복슬』과 『찾았다!』, 모두 고하루가 무척 좋아하는 그림책이다. 고하루가 금방 잠들 수 있었던 건 학사님이 고역을 치르며 몇 번이고 반복해서 그림책을 읽어준 덕분이리라.

"고된 일이 많으신가 봐요."

적당히 자리 잡고 앉은 내 앞에 잔을 두더니 익숙한 손놀림으로 4홉짜리 '시치스이'를 따라준다. 도치기현의 우쓰노미야에서 생산된 술로, 향과 단맛의 밸런스가 빼어나고 목 넘김이 좋은 명품이다. 이미 둘이서 술잔을 제법 주고받았는지 바닥에만 조금 남아 있었다.

"닥터, 뵐 때마다 관록 같은 뭔가가 점점 붙는 듯해요."

"관록? 단순한 피로 누적을 그런 심오한 말로 표현해주다니 역시 학사님은 다정하군."

"다정한 마음으로 위안의 말을 한 건 아니에요. 요즘 닥터는 뭔가 무척 무거운 짐을 지고 있는 것 같아요."

"나보다 나이가 어린 암 환자를 맡고 있어. 자상한 남편이 있고 아직 일곱 살인 딸이 있지."

학사님이 눈을 살짝 크게 뜨더니 이내 고개를 끄덕였다. "중압감이 크겠네요. 그런 심상치 않은 무게를 매일 견뎌내고 있으니 점점 사람이 커지는 거겠죠."

신기한 소리를 한다.

나는 끝없는 망망대해를 가까스로 한숨 돌리며 필사적으로 나아가는 나날을 보내고 있다. 물은 차갑고 파도는 공연히 거친 데다 육지가 보일 것 같지도 않다. 어찌할 바를 모르지만 그럼에도 손발을 버둥거리지 않으면 가라앉아버릴 테니 온 힘을 다해 몸부림치고 있다. 그런 미덥지 못한 나의 모습을, 몇 년 동안 함께한 이웃이 이렇게 평가해주니 왠지 구원받은 느낌이다.

"용기는 고난 아래서의 기품이다."

고요한 학사님의 목소리에 나는 쓸쓸히 웃었다.

"헤밍웨이군. 좋은 말이야."

"그런 의미에서 닥터는 충분히 용기 있는 사람이에요."

산뜻하게 명언을 격려로 바꿔주는 면모는 과연 학사님답다. 쓴웃음과 함께 '시치스이'를 쭉 들이켜자 이번에는 그 옆에 있던 '다비카' 병을 가지고 와주었다. 이쪽은 최근 들어 유명해진 미에현의 술이다.

"그나저나, 이렇게 맛있는 술을 곁들이면서까지 논쟁을 펼쳤는데 뭔가 묘안이라도 나왔나?"

"마땅한 수가 없어요. 지금까지의 작전도 지속할 수 있을 것 같지 않아요."

"지금까지의 작전? 작전 같은 것이 있었어?"

"있었고 말고. 바로 온타케소류 '금선탈각(金蟬脫殼) 전술'이다."

느닷없이 굴러 들어온 굵직한 목소리에 고개를 돌렸다.

대자로 뻗어 있던 남작이 그 자세 그대로 기분 나쁜 웃음을 짓고 있다. 무엇 하나 수상쩍지 않은 요소가 없다.

"금선탈각 전술?"

"별칭, 부재 작전이라고도 하지."

"왠지 무슨 뜻인지 알겠군."

남작은 히쭉 웃더니 밥상 위 잔을 들고 바로 옆에 있던 '발베니' 15년산을 들어 느긋하게 따랐다.

"나도 학사님도 최대한 집을 비워서 오오카 씨 아들이 들이닥쳤을 때 마주치지 않도록 하고 있지. 그러므로 오오카 씨 아들은 언제 오든 하루나 공주와 고하루 공주 둘밖에 못 만나니 철거 이야기를 진행할 수 없어. 이름하여 온타케소류 '금선탈각 전술'이야."

완벽하리만큼 상정 범위 내에 들어오는 작전이다. 나는 이마에 가볍게 손을 얹었다.

곧장 학사님이 술을 첨잔해주었다. "우리 구리하라 가문의 공주님들이 그 허점투성이인 작전을 승인하신 건가?"

"승인이고 뭐고, 하루나 공주는 그 미소 하나로 오오카의 맹탕 아들을 이미 몇 차례나 물리친 압도적인 실적의 보유자야. 우리 작전에 공주의 존재는 필수불가결이라고."

"불가결이고 뭐고, 아내의 미소를 믿고 도망 다니기만 하는 게 아니라?"

단도직입적으로 묻자 기세등등하던 남작이 갑자기 입을 꾹 다물었다. 그 옆에서 학사님은 작게 한숨을 뱉었다. 나는 다비카를 한 모금 맛본 후 사람들을 둘러보았다.

　"요컨대 온타케소를 지키려는 전투가 잘 풀리지 않는다는 거군."

　"그 말대로야, 닥터."

　남작이 체념했는지 땅이 꺼져라 한숨을 내쉬었다.

　밥상 위의 유리잔 속에는 호박색 액체가 흔들리고 있다. 다시 말해, 웬일로 술이 들어가지 않는다는 뜻이다.

　"실은 빠른 시일 내에 이야기를 하고 싶으니 모든 주민이 집에 있는 날짜와 시간을 알려달라고 오오카 씨 아들이 메모를 남겼어."

　"계속 사람들이 집에 없는 게 이상하니까 속을 끓인 것 같아요."

　"즉." 나는 술잔을 들고 입을 뗐다. "오오카 씨 아들의 정확한 한 수를 받고 금선탈각 전술이 무너졌는데 차선책도 없는 상태라 이도 저도 못하고 있다는 뜻이군."

　"너무 그렇게 직설적으로 말하지 말아주세요."

　학사님이 곤혹스럽다는 표정으로 마지못해 웃었다.

　"닥터, 말해두겠는데, 우리가 아무리 한가해 보여도 그건 어디까지나 명예로운 상급 귀족으로서의 긍지 때문에 그렇게 보이는 거야. 이렇게 초연해 보이지만 가슴속에는 불안과 비애의 폭풍우가 휘몰아치고, 당장이라도 눈물의 해일이 이성의 대지를 집어삼키려 한다고."

남작은 그렇게 말하며 밥상에 남아 있던 치즈 조각을 공중에 휙, 던지더니 솜씨 좋게 입으로 받아먹었다. 언행불일치도 유분수다.

"무엇보다." 남작이 몸을 앞으로 쓱 내밀었다. "자네들은 그래도 괜찮아. 학사님은 여차하면 학교 기숙사라는 도피처가 있고, 닥터도 가족을 데리고 갈 만한 곳은 얼마든지 있을 거 아냐. 하지만 나처럼 세상의 풍파도 모르는 순진한 상급 귀족은 여기에서 쫓겨나면 갈 곳이 없어. 그 불안함은 자네들과 비할 바가 못 된단 말씀이야."

지적할 대목이 너무 많아 골라낼 수가 없으니 나는 그저 잠자코 술잔을 기울였다. 남작도 딱히 반응을 기대한 게 아닌 터라 태평한 얼굴로 잔에 담긴 '발베니' 향을 기분 좋다는 듯 음미하고 있다.

"남작, 온타케소를 향한 애착이라면 저 또한 누구에게도 뒤지지 않아요." 학사님이 눈앞의 책에 가만히 손을 올리며 말했다. "온타케소는 제게 고향보다 더 고향 같은 곳이니까요."

나와 남작이 슬며시 그에게로 시선을 돌리자 학사님은

오래된 거실을 찬찬히 둘러보고 있었다. 그 눈에는 애착 이상으로 깊은 감정이 엿보였다.

학사님은 이곳을 한 번 나가서 나중에야 돌아왔다. 파란과 우여와 곡절이 있고 회귀와 재기가 이곳에 있다. 그런 만큼 학사님의 담담한 말에는 무게가 있었다.

"그렇네. 다들 의외로 여기에서 지낸 세월이 길군."

불쑥 중얼거린 남작의 말은 나의 가슴속 소회와 겹쳤다.

내가 이 누옥에 살기 시작한 지도 어느덧 10년이 넘어가려 한다. 돌이켜보면 처음 이곳에 발을 들인 건 국가시험을 마치고 아직 합격 발표도 나지 않았던 학부생 시절이었다. 그때부터 9년 동안 나는 인턴에서 내과의가 되었고 학사님은 유랑의 몸에서 학생이 되었으며 남작은 그때나 지금이나 초연하게 그림을 그리고 있다.

"변하지 않는 것이 있으면 변하는 것도 있지. 아니, 변한 것이 훨씬 더 많겠군."

내가 술잔을 들어 올리자 학사님이 재빨리 술을 따라 주었다.

"그렇다면 온타케소도 변하지 않는 상태로 계속 머무르기는 힘들지도 모르겠네요."

남작이 이마를 살짝 긁으며 말했다. "더구나 닥터 일가는 고하루 공주를 키운다는 의미에서 제대로 된 집을 빌리는 게 좋을 수도 있지."

"언젠가 여기를 나가고 말고와는 별개로, 별스러운 외동 딸은 어째서인지 자네들 두 사람을 몹시 마음에 들어 해. 적어도 육아를 이유로 나갈 일은 없어."

나의 말에 남작은 미소를 지으며 대꾸했다. "그런 대사가 마음에 사무치도록 기쁘게 느껴지는 건 나이 탓인가?"

"취기 때문이겠지."

"과음하셨잖아요."

학사님이 뒤쪽에 있는 선반에서 와인 병과 와인글라스를 천천히 꺼냈다.

"오랜만에 '고이치'가 있어요."

"오, 학사님의 고이치 와인은 시판되는 고이치 와인보다 세 배는 맛있어."

"누가 봐도 평범한 시판용 고이치 와인입니다."

웃으면서 작은 와인글라스 세 잔에 따라주었다.

고이치 와인, 용안(龍眼)의 흰자위. 그 엷은 호박색을 띤 액체가 불빛 아래서 청량하게 흔들렸다.

"그럼."

학사님이 글라스를 들자 남작이 받는다.

"변하지 않는 것과 변해가는 것을 위하여."

나 또한 글라스를 들고 응했다. "우리의 온타케소를 위하여."

건배사와 함께 호박색 와인이 흔들리고 기분 좋은 유리 소리가 울려 퍼졌다.

이른 새벽 4시의 병실에 카랑카랑한 알람 소리가 울려 댔다.

창밖은 아직 동틀 기색도 없이 어둠과 정적이 펼쳐져 있다. 마주 보고 선 의국동 조명은 밤중부터 내리기 시작한 비에 가려 희미하게 번져나간다. 안개 같은 이슬비가 소리도 없이 내리쏟아지며 밤의 어둠을 더욱 깊이 드리운다. 그 고요한 밤과는 대조적으로, 병실 안은 알람 소리와 오가는 간호사들로 상당히 소란스러웠다.

"구리하라 선생, 새벽부터 미안합니다."

그렇게 말하며 침대 옆에서 돌아본 사람은 멀쑥하게 키가 큰 의사였다. 둥근 안경을 쓰고 그 안에서 사람 좋아 보이는 눈을 반짝이는 그는 2팀 팀장인 야스다 선생님이었다. 호조 선생님과 동기이니 중견급 이상의 위치에 있는 분인데, 언제나 겸손하고 겉모습에도 왠지 다정한 공기가 감돌아서 오니키리와는 상반되는 분위기를 풍긴다. 전공은 신장이다.

"당직으로 고생 많으십니다."

"고생 많은 건 서로 마찬가지죠. 아침까지 어떻게든 버틸 수 있을 것 같았는데 출혈량이 상당해서요. 도저히 담당 팀의 선생을 부르지 않을 수가 없었어요."

야스다 선생님이 침대 쪽을 바라보았다. 침대 위에는 궤양성 대장염 환자인 오카 씨가 어색하게 웃고 있었다.

"그게, 아무렇지도 않은데 말이죠……."

침착한 태도도, 입에 올리는 대사도 평소와 다름없었지만 안색은 확실하게 어두웠다. 볼은 창백하고 입술 혈색도 좋지 않다. 얼핏 보아도 지금까지와는 다른 출혈량이라는 것을 알 수 있다.

"밤에 별 생각 없이 화장실에 갔는데, 오랜만에 변기 안이 시뻘게질 정도로 대량의 혈변이 나와서……."

오카 씨의 목소리를 들으며 병실에 붙어 있는 화장실을 들여다보니 화장실뿐만 아니라 바닥까지 살벌한 광경이 펼쳐져 있었다.

"살인 현장 같죠?"

오카 씨가 희미하게 웃자마자 누그러지기 시작한 공기를 팽팽하게 당기듯 또다시 침대 옆 모니터가 울렸다. 혈압은 88에 40. 완전히 쇼크 상태를 나타내는 활력 징후다. 간호사가 황급히 혈압을 다시 측정했다.

"일단 조금 전에 수혈 4단위를 오더했습니다. 이제 혈액

검사 결과도 나올 때가 됐는데…….'

"결과 나왔습니다." 분주히 병실로 뛰어 들어온 사람은 인턴인 아가씨였다. "헤모글로빈 6.2입니다."

오싹해지는 수치였지만 그래도 겉으로는 냉정하게 확인했다.

"사흘 전에는 10 전후였지?"

"그게, 아마…….'

아가씨가 다급히 가운 주머니에서 두꺼운 메모장을 꺼냈다. 그와 동시에 같이 튀어나온 PHS와 펜이 바닥으로 뿔뿔이 떨어졌다. 아아, 허둥대며 정신없는 소리를 내는 사이에 간호사가 "10.5였습니다"라고 답했다.

"대강 2리터 정도는 나왔다는 거네요."

야스다 선생님이 온화한 어조로 온화하지 않은 말을 했다. 그래도 야스다 선생님은 역시 철저하게 침착한 태도를 흐뜨리지 않고, 자칫하면 동요할 수 있는 병실 공기를 무언중에 가라앉혀주었다. 이것이 베테랑의 관록이라는 것이리라.

나는 바닥에 떨어진 아가씨의 PHS를 주워 들며 말했다. "아가씨는 일단 부인께 전화해줘. 바로 오시라고 해."

네, 하고 튀어나가는 아가씨와 배턴 터치하듯 사복 차림에 가운을 걸치기만 한 리큐가 뛰어 들어왔다.

"늦어서 죄송합니다!"

"리큐는 혈액 센터에 연락해. 수혈 조달에 시간이 얼마나 걸리는지 확인하도록."

내 지시를 받고 그대로 리큐도 몸을 돌려 달려 나갔다.

의사들이 구체적으로 움직이자 간호사들도 침착함을 찾기 시작했다. 혈압 쪽은 안전하다고 할 수 없지만 그래도 일단 더 떨어지지는 않는 상태다.

"좋은 팀이네요." 야스다 선생님이 불쑥 중얼거렸다. "호조가 없는데도 잘하고 있군요."

"호조 선생님께는 유사시 울며 매달리고 있습니다. 것보다 이제는 저희가 할 수 있으니 선생님께서는 쉬시죠."

당직으로 밤을 샜다고 해서 다음 날 쉴 수 있는 게 아닌 건 의국원이나 대학원생이나 팀장이나 매한가지다.

"배려는 고맙지만 조금 걸리는 게 있어서요."

안경 안의 눈이 반짝이며 예리한 빛을 보였다.

뭐지, 하고 생각할 틈도 없이 야스다 선생님은 천천히 등을 보이더니 걷기 시작했다. 따라오라는 뜻이다.

"선생님, 역시 위험한 상황일까요?"

오카 씨에게서 좀처럼 보기 힘든, 무기력한 중얼거림이 들려오자 나는 우선 침대를 바라보았다. 난치병과 싸우면서도 비교적 중심을 잃지 않으며 지내는 오카 씨가, 오늘은 명백하게 안색이 나쁘다. 빈혈 탓도 있지만 무엇보다 선명한 불안이 보였다. 이럴 때 필요한 건 논리가 아니다. 서두르지 않는 것, 초조해하지 않는 것, 그리고 조금은 허세를 부리는 것.

"괜찮습니다, 오카 씨. 어떻게든 조치를 취할 겁니다."

그렇게 말하자 창백한 얼굴의 오카 씨가 나를 흘끗 보더니 쓴웃음을 머금었다.

"부탁드립니다, 선생님."

어느 정도 기운을 찾은 것 같은 목소리를 뒤로하고, 나는 바로 야스다 선생님의 뒤를 쫓았다.

"췌장암?"

적막이 내려앉은 대기실에 나의 목소리가 이상하리만치 울려 퍼졌다. 야스다 선생님은 전자 카르테를 열고 어디까지나 초연한 태도로 화면을 움직였다.

"그렇게 보이지 않아요?" 야스다 선생님은 하얀 손가락으로 모니터 위를 가리켰다. "조금 전에 선생들이 도착하기 전에 긴급으로 촬영한 오카 씨 CT입니다. 몇 번이나 다시 봤지만 췌두부에 약 2센티미터 크기의 혹이 있어요."

솔직히 말해 피가 빠져나가는 기분이었다. 서둘러 화면을 보았지만 야스다 선생님의 지적에는 오류가 전혀 없다.

의심할 여지도 없이 췌장에 혹이 있다.

"오카 씨의 CT가 맞죠?"

불필요한 나의 대사에 야스다 선생님은 고개를 조용히 끄덕였다.

"궤양성 대장염인 오카 씨의 CT입니다. 그것도 불과 15분 전에 찍었어요."

"하지만 세 달 전 초진 때 찍은 CT에는 아무것도 안 찍혔는데……."

그런 말을 해본들 야스다 선생님으로서는 난처하기만 할 것이다. 때마침 리큐가 대기실 앞을 지나가다가 우리를 보고 다가왔다.

"수혈은 처음 말씀하신 2단위라면 30분 만에 준비할 수 있다고 합니다. 4단위를 추가로 오더해두었습니다."

이렇게 말하면서도 나의 예사롭지 않은 표정을 읽은 리큐가, 우리 시선을 좇듯 모니터를 들여다보았다. 그러고는 족히 2초간 말이 없었다.

"오카 씨의 CT인가요?"

"틀림없는 모양이야."

"하지만 입원 당시에는 아무것도……."

당연히 같은 반응이 나왔다.

"후타쓰기 씨랑 바뀐 건 아니죠?"

"그랬으면 좋으련만 확실하게 오카 씨의 CT다."

"궤양성 대장염이 악화된 오카 씨에게, 췌장암까지 발병했다는 겁니까?"

단도직입적인 그 질문에 아무런 대답도 할 수 없다. 무거운 침묵이 깔렸다.

나는 의자에 앉아 다시 한 번 CT 화면을 체크했다. 조영제를 이용하지 않은 단순 촬영 사진 및 조영 전기, 조영 후기의 양상 모두가 전형적인 췌장암의 패턴을 나타내고 있었다.

"3팀의 두 번째 췌장암이군요." 야스다 선생님이 미안하다는 듯 말하는 목소리가 들려왔다.

나는 침묵한 채 한동안 꼼짝 않고 모니터를 노려보며 움직이지 않았다.

계속해서 쏟아지던 안개비는 시간이 흐르며 점차 거세져 어느 틈엔가 창문 밖으로 상당한 비가 내리고 있었다. 병동과는 달리 오래된 건물인 의국동은 잘 여닫히지 않는 창문 너머로 울적한 빗소리가 의국 안까지 크게 들려왔다.

시계는 새벽 5시 반을 가리키고 있으니 이미 날은 밝았지만, 두툼한 비의 커튼이 창밖을 에워싸고 있어 여전히 밤인 양 어둑어둑하다. 의국의 형광등까지 창밖의 어둠을 두려워하듯 이따금 희미하게 깜박거리니 그야말로 음침한 기운이 그득하다. 그런 우울한 공기 속에서 나는 그저 가만히, 모니터에 띄운 CT 화면을 보고 있었다.

빗소리에 섞여 기분 좋은 코골이 소리가 들려오는 것은 등 뒤의 소파에서 리큐가, 녹차가 든 물통을 품에 끌어안은 채 자고 있어서였다. 그 맞은편에서 방금 전까지 깨 있던 아가씨 역시 재주도 좋게 앉은 상태로 잠들었다.

나도 물론 졸리지 않는다면 거짓말이다. 하지만 눈앞의 화면에서 눈을 떼지 못한 채 시간만 흘려보내고 있었다. 모니터는 화면을 둘로 나눠서 두 개의 CT 사진을 띄운 상태였다. 오른쪽이 오카 씨, 왼쪽이 후타쓰기 씨다. 두 개의 췌장에 어이없을 만큼 꼭 닮은 크기의 종양이 찍혀 있다.

"누가 장난치는 거 아니죠……?"

리큐의 그런 중얼거림이 아직 귓속에 머물러 있었다.

오카 씨는 원래 다른 병원에서 궤양성 대장염 진단을 받은 후 상태가 안정되지 않아 소개를 통해 대학병원으로 온 환자다. 심각한 중증은 아니지만 수시로 혈변이 나와 서서히 빈혈이 심해지는 괴로운 경과 속에서도 그다지 비통해하는 모습을 보이지 않았던 것은, 오카 씨가 본래 지니고 있는 표연한 성격 덕분이리라.

대학병원에 온 뒤로 투석 치료에서 효과를 본 덕에 퇴원 일정도 잡혔지만, 며칠 전부터 다시 혈변이 급격히 악화되어 퇴원이 연기된 상태였다. 그런 상황에 이번에는 느닷없이 췌장의 혹에 대해 이야기해야 한다니 생각만으로도 마음이 무거웠다. 아니, 의료진 측의 마음이 무거운 것쯤이야 대수로운 일도 아니다. 오카 씨 입장에서는 그야말로 청천벽력이라 할 수밖에 없다.

이리저리 골똘히 생각하며 몇 번째인지 알 수 없는 깊은 한숨을 내쉬던 그때, 돌연 의국의 문이 열리는 소리에 고개를 돌렸다. 아침 6시도 되기 전에 어떤 젊은이가 호출을 받고 왔나 했는데 놀랍게도 안으로 들어온 사람은 우두머리인 준교수님, 우사미 선생님이었다.

우두머리는 젖은 우산을 털다가 이른 아침부터 의국에서 모니터를 째려보는 괴짜 구리하라를 보고 손을 멈췄지만, 내가 살짝 목례하자 벙긋도 하지 않고 고개를 끄덕였다. 의국을 쓱 둘러본 후, 기세 좋게 열었던 문을 이번에는 조용히 닫은 이유는 소파에서 자고 있는 리큐와 아가씨를 보았기 때문인지도 모른다.

"비가 옵니까?"

"장마철이니까. 올해는 비가 별로 안 내린다 했더니 장마철이 끝나기 직전인 지금에야 상당히 쏟아지는군."

담담하게 그런 말을 하며 내 옆에 있는 단말기 앞에 앉더니 전자 카르테를 열었다.

"3팀에 무슨 일이 있나?"

"오카 씨의 혈변 때문에 호출을 받았습니다."

"고생이 많네만." 뒤쪽을 흘긋 쳐다보더니 물었다. "인턴인 아유카와 선생까지 근무하나?"

"열심인 인턴 덕분에 한결 수월합니다."

"열심인 건 상관없지만 인턴의 노동 관리 가이드라인을 못 들었나 보군."

아차 싶어 입을 다물었다.

현재, 의료 현장의 노동 환경 개선은 전국 병원에서 시급한 과제로 거론되고 있다. 시나노대학도 그런 흐름에 따라 우선은 인턴을 보호하기 위해 노동 관리 가이드라인이라는 것이 발행되었다. 그에 따르면 인턴은 야간에도 주말에도 일절 근무를 해서는 안 된다고 되어 있다.

물론, 인턴이 휴일이라고 해서 환자도 같이 쉬어주는 것은 아니다. 밤이든 휴일이든 응급 외래에는 환자가 오고, 무엇보다도 병동에는 입원 환자가 있다. 그런 환자를 대응할 때 인턴을 부르면 안 되는 상황이 된 결과, 리큐 같은 의사들 세대의 노동 환경은 예전보다 더욱 가혹해졌다. 정말이지 대학병원이라는 곳은 신비로 가득한 세계다.

"그 부분을 염두에 두지 않으면 곤란해." 우두머리의 싸늘한 목소리가 들려왔다. "인턴의 시간 외 근무 금지는 교수회에서 정식으로 결정된 사항이다. 4내과만의 문제가 아니야. 하물며 4내과만 인턴의 노동 환경이 열악하다고 하면 내년 입국자가 줄어들지도 모르지. 자네 개인의 문제가 아닌 거야."

딱딱한 말투로 이어지는 우두머리의 말은 기이하게도 의국의 미묘한 상황을 정확하게 드러내고 있었다.

새로운 임상연구 제도가 시작된 이래, 4내과뿐만 아니라 각 과의 교수님과 준교수님들은 인턴의 평판을 신경 쓰기에 여념이 없다. 2년에 걸쳐 로테이션으로 연수를 하는 동안 과의 평판이 나빠지면 이듬해 입국자 수가 줄어든다. 수가 준다는 것은 의국의 존속 자체와 직결된 일이니 각 과의 중진들은 인턴의 심기를 거스르지 않도록 노심초사하며, 어떻게든 자기네 과에 들어오게 하기 위해 눈물겨운 노력을 하는 것이다.

"앞으로는 주의하도록."

"주의하겠습니다. 그런데 저녁 내시경 콘퍼런스와 병리 콘퍼런스에도 인턴을 참석시키지 않는다는 이야기는 사실입니까?"

"사실이다. 시간 외 근무라면 어쩔 수 없어."

"그렇다면 제대로 된 의사를 육성할 수 없겠군요."

마음속 피로가 쌓였는지 위험한 발언이 개운하게 흘러나온다. 새벽 3시 반에 불려나온 나는 내가 자각한 것 이상으로 지쳤나 보다. 펜의 움직임을 딱 멈춘 준교수님을 보고, 나는 허둥대며 화제를 돌렸다.

"뭔가 빽빽하게 적혀 있네요. 어떤 노트입니까?"

우두머리 앞에 놓인 노트에는 뜻 모를 수치와 선이 복잡 기괴한 지상화(地上畵)처럼 빽곡하게 들어차 있었다.

"왠지 실험 데이터……도 아닌 것 같은데요."

찌르는 듯한 시선을 느끼면서도 억지로 노트 쪽으로 화제를 돌리자 우두머리 또한 마른 손가락을 움직였다.

"각 병동의 병상 수, 현재 사용 상황, 그리고 입원 예정인 환자에게 필요한 병상 수다."

담담하게 말하는 그 내용은 요컨대 병상 상황을 파악하는 내용이라는 소리다. 즉 병상을 관리하는 우사미 선생님의 비법서와도 같은 것이다.

"직접 쓰십니까?"

"환자의 입퇴원 상황은 시시각각 달라져. 일일이 단말기에 입력하려면 타이밍이 맞지 않으니 이런 원시적인 방법이 더 효율적이지."

담담하게 말하며 모니터 위에 차례차례 정보를 띄웠다. 응급 입원 수, 상태가 급변하거나 급하게 병원을 옮겨야

하는 의뢰 등 전날부터 오늘 아침에 걸친 병동과 긴급 환자의 상황을 꼼꼼하게 확인한 후 노트에 적어나간다. 이런 단조로운 사무 업무를 이른 아침부터 의국의 중진이 묵묵히 소화하고 있다. 이 또한 대학의 신비 중 하나다.

"여전히 병상은 빠듯하게 돌아가고 있어." 무미건조한 목소리가 들려왔다. "3팀도 입원 환자의 퇴원에 좀 더 최선을 다했으면 좋겠네."

"노력은 하고 있지만 조금 전에 말씀드린 오카 씨는 입원이 더 길어질 것 같습니다."

최대한 조심스레 말했지만 우두머리의 펜 끝은 여전히 사각사각 노트 위를 달렸다.

"혈변 정도는 입원 연기를 결정할 사항이 아닐 텐데."

"혈변만이 아니었습니다." 나는 눈앞의 모니터에 손을 갖다 대고 우두머리에게 보여준 뒤 가능한 한 평정을 유지하며 덧붙였다. "췌장암이 발견되었습니다."

다시 우두머리의 펜 끝이 멈췄다. 한동안 생각에 잠긴 듯 침묵한 뒤 나를 바라봤다.

"후타쓰기 씨의 이야기를 하는 건가?"

"오카 씨입니다."

또다시 침묵.

"오늘 아침 혈변이 나왔을 때 찍은 CT에서 확인되었습니다."

"췌장암이?"

"췌장암이, 말입니다."

모니터 위 CT를 흘끗 보던 우두머리는 실눈을 떴다.

"조속히 필요한 검사를 진행하면서 내일모레 외과와의 합동 콘퍼런스에 제출할 예정입니다만, 지금으로서는 퇴원 일정을 잡기 힘들 것 같습니다."

내 대사에 여전히 모니터를 들여다보던 우두머리는 이윽고 한숨을 내쉬며 노트로 시선을 떨어뜨렸다. 무언가 수치를 적고 있는 것은 퇴원을 예상했던 오카 씨의 병상 상황을 수정하기 위함이었을까. 바라건대 3팀을 향한 저주의 말은 아닐 것이라 생각하고 싶다.

그 타이밍에 갑자기 PHS 소리가 야단스레 울려 퍼졌다. 이럴 때는 오히려 숨통이 트이는 느낌이다. 내 것이 아닌 리큐의 PHS였는데, 리큐가 소파에서 꿈적꿈적 몸을 일으켜 잠에 취한 눈으로 대답한 후 넌더리가 난다는 표정으로 "선생님" 하고 날 불렀다.

"췌장염인 아오시마 씨가 발열이랍니다."

옆에서 한 번 더, 우두머리가 깊은 한숨을 내뱉는 소리가 들려왔다.

대학병원이라는 곳에서는 콘퍼런스가 아주 많이 열린다. 소화기내과의인 내가 참석하는 것만 해도 병동 콘퍼런스에 내시경 콘퍼런스, 간 콘퍼런스, ERCP 콘퍼런스, 거기에 초독회 및 각종 케이스 검토회가 더해져 아침과 밤이면 반드시 어딘가에서 딱딱한 표정으로 의자에 앉아 있다.

그중에서도 가장 긴장되는 콘퍼런스가 매주 화요일 밤에 열리는 간담췌 콘퍼런스다.

외과, 내과, 방사선과 총 세 과의 의사들이 모이는 검토회인데 간, 담관, 췌장 영역의 종양이라는, 전문성이 매우 높은 영역이라 참석자 수 자체는 그다지 많지 않다. 장소도 넓은 회의실을 빌려서 하는 것이 아니라 방사선과의 영상 판독실을 이용하다 보니 아담한 공간에서 이상하리만치 농밀한 논의를 주고받게 된다.

"이거 또 골치 아픈 케이스네."

어스레한 방에서 나직이 중얼거린 사람은 옆에 앉아 있던 거한의 외과의였다.

마침 정면 스크린에는 오카 씨의 CT 화면이 떠 있고 리큐가 뺨에 긴장을 띤 채 경과를 설명하고 있었다. 지로는 굵은 팔로 팔짱을 끼고 나지막이 신음했다.

"정말 3개월 전에는 아무것도 없었어?"

"그래, 보이는 대로야. 조영 CT까지 찍었지만 아무것도 없었어."

"그랬는데 이틀 전 CT에서는 2센티미터의 종양이라."

또 한 번 낮은 신음 소리를 냈다.

간담췌 콘퍼런스는 평소에는 그다지 만날 일이 없는 지로와 일주일에 한 번 얼굴을 맞댈 드문 기회다. 그런 고로 평소에는 구석에 나란히 앉아 잡담으로 이야기꽃을 피울 때가 많지만 오늘은 그럴 수 없다. 외과의인 지로가 보아도 오카 씨의 경과는 특이 그 자체였다.

앞쪽에서는 여기저기서 손이 올라오며 질문이 시작되었다. 그와 동시에 실내 공기의 긴장감이 삽시간에 고조되었다. 질문자 대부분은 외과의들이었다.

"췌장암 발견이 너무 늦은 것 아닙니까."

"궤양성 대장염도 호전되지 않았는데 수술을 할 수 있겠습니까."

"자기면역성 췌장염의 마커인 IgG4는 측정했나요."

터무니없는 압박과 함께 가차 없는 질문이 공격적으로 쏟아졌다.

간담췌 영역을 담당하는 외과의 집단은 별난 사람이 많기로 유명하다. 사이보그라 불리는 마미야 교수의 전공이 이 영역이기도 해서, 교수에게 감화된 의사들이 죄다 붙임성과 배려라고는 찾아볼 수 없는 사이보그 2호, 3호, 4호가 되어가는 실정이다. 이 사이보그 군단은 상대가 아직 4년 차인 젊은 내과의인데도 일절 봐주는 법 없이 집중포화를 퍼부었다.

"혈변이 있는 상태에서는 수술이 불가능하니 대장염을 반드시 고쳐야 합니다."

"수술 전에 스테로이드를 쓰면 할 수 있는 수술도 못 하게 되니 앞으로도 스테로이드는 쓰지 말아주십시오."

그런 난폭한 주문까지 날아들었다.

리큐는 충분히 진지하게 답하고 있지만 애석하게도 지위도 지식도 경험도 허세도 아직 한참 부족하다 보니 요령 있게 대처할 수 있을 리 없다. 간담췌 콘퍼런스가 다른 콘퍼런스에 비해 유독 긴장감이 높은 까닭은 이 사이보그 군단 때문인 것이다.

"너희 상사들은 항상 왜 저렇게 위압적인 거야?"

"알고 보면 다들 그리 나쁜 사람들은 아닌데." 당혹스러운 표정의 지로가, 커다란 어깨를 으쓱이며 한숨을 쉬었다. "뭐, 기풍이랄까. 교수님의 분위기가 그대로 의국 분위기가 된 거지."

"기풍이라는 정체도 알 수 없는 것 때문에 소중한 우리 진료팀의 후배를 닦달한다는 게 말이 되나."

나는 소리 낮춰 말한 후 조용히 일어나 리큐의 지원 사격에 나섰다.

궤양성 대장염의 치료는 이미 보강하고 있다는 것, 혈중 IgG4는 정상치라는 것 등을 간략히 설명하자 사이보그 3호가 나를 돌아보더니 차가운 목소리로 말했다.

"가키자키 선생님은 오늘 콘퍼런스에 안 오셨습니까?"

당돌한 질문이다. 당돌하지만 예측했던 질문이기도 하다.

가키자키 선생님은 소화기내과 중에서도 췌장 전문가다. 냉담 그 자체인 사이보그 군단도 그 선생님에게만큼은 적잖이 경의를 표하기 때문에 가키자키 선생님이 발언하는 순간에는 하나같이 얌전해진다. 그 가키자키 선생님은 때마침 보스턴의 췌장학회 때문에 부재중이었다.

"가키자키 선생님은 현재 국제학회로 출장 가셨습니다. 다음 주에는 오실 겁니다."

그러자 사이보그 3호는 노골적으로 아쉽다는 표정을 지으며 한숨을 내쉬었다. 그뿐만 아니라 리큐도 나도 무시하고 2호 쪽을 향해 "그렇다면 오늘은 건설적인 결론이 나올 것 같지 않네요"라는 대사까지 뱉어냈다.

나로서는 험악한 표정으로 서 있는 리큐가 폭발하지 않도록 눈으로 협박하기에 급급했다. 콘퍼런스는 케이스를 검토하는 자리이지 의사끼리 치고받는 자리가 아니다. 단, 침묵한다고 해서 분위기가 상쾌해지는 건 아니다. 숨 막히는 침묵은 한층 더 짙어지고 무언가 일그러진 공기가 침체될 뿐이다. 그 답답한 공기를 날려버리는 커다란 목소리가, 별안간 실내에 울려 퍼졌다.

"제가 환자 상태를 보고 올게요, 선생님."

배 속까지 울릴 듯 두꺼운 목소리로 그렇게 말한 사람은 그 누구도 아닌 내 옆에 있던 스나야마 지로였다. 그는 거구를 느릿느릿 일으키더니 사이보그 2호를 향해 말했다.

"내과 진료팀과 연계해서 어떤 검사가 필요한지 확인하죠. 일단 그것부터 해야 이야기도 어떤 식으로든 진전이 있지 않겠습니까?"

큰 몸집과 큰 목소리가 얼어붙은 듯한 콘퍼런스의 공기를 산뜻하게 밀어냈다.

"불과 이틀 전에 발견된 췌장암입니다. 여기에서 모든 결론을 내려는 건 사치인 것 같은데요."

단세포인 거한이 흠잡을 곳 없는 정론을 펼치고 있다. 막힘없는 정론에 침묵을 지키던 방사선과의 의사들 사이에서도 미소가 새어나왔을 정도다. 나는 옆에 선 오랜 친구를 새삼스레 바라보았다.

불합리와 부조리라는 실이 둘러쳐진 공기 속에서 썩지도 않고, 내팽개치지도 않고, 평소와 다름없이 당당하게 행동하는 한 외과의가 서 있었다. 왜였을까. 그렇지 않아도 거한인 친구가 오늘은 유난히 더 커 보였다.

마쓰모토성에서 가까운 오래된 거리 속에 작은 선술집 한 채가 있다. '규베에'라는 이름의 그 가게는 근육질의 마스터가 운영하는, 술과 안주를 파는 명가이다.

가게 안은 넓지 않다. 좁고 기다란 카운터 외에는 테이블 하나가 있을 뿐 너무 넓지도 너무 좁지도 않고, 칼을 쥔 마스터의 눈이 구석구석까지 닿을 정도로 딱 적당한 크기의 공간이다.

목제를 기조로 한 가게는 간소한 꾸밈새 안에 고담하고 수수한 멋이 있고, 벽에 아무렇게나 붙은 오래된 일본주의 라벨마저 완전히 어우러져 나뭇결에 녹아들어 있다.

그 아늑한 분위기 속에서 나는 '시나노쓰루' 한 잔을 찬찬히 기울였다. 이 술은 신슈의 고마가네에서 생산된다. 가뜩이나 술이 안 팔리는 요즘 시대에 미야마니시키(술을 빚는 데 쓰는 쌀 품종 중 하나-옮긴이)의 준마이슈밖에 만들지 않는, 거의 바보처럼 깨끗한 철학을 내세우는 이 양조장은 참으로 맛 좋은 술을 빚어낸다. 부드럽지도 쌉쌀하지도 않다. 확실하게 달면서도 결코 무겁지 않다. 쌀도 물도 어지간히 상품(上品)인 것이다.

깨끗이 술잔을 비웠는데 어느새 근육질의 마스터가 한

되들이 병을 들고 눈앞에 서 있었다.

"이즈미카와가 들어왔습니다."

"감사합니다."

즉각 잔을 내밀자 미주(美酒)가 도도히 쏟아진다. 좋아하는 술을 지체 없이 꺼내주는 찰떡 호흡을 자랑하는 곳이 바로 규베에이다.

"피곤하시군요, 구리하라 씨." 투명한 생명수가 잔으로 흘러 들어옴과 동시에 따뜻한 목소리가 내려왔다. "마시는 속도가 평소보다 빨라요."

나는 유유히 고개를 돌리며 가랑비가 내리는 나무 격자 창문으로 시선을 옮겼다.

"요즘 날씨가 계속 좋지 않아서요. 기압이 낮으면 편두통도 심해져요."

"비 때문만은 아닌 것 같은데요. 아무리 날씨가 음침해도 하루나 씨와 마실 때의 구리하라 씨는 밝거든요."

정확한 지적에 무어라 할 말이 없다.

말없이 이즈미카와를 입으로 옮기자 풍부한 단맛이 기분 좋은 향과 함께 목에 스며들어 번진다. 그 유명한 히로키가 아니라 일부러 이즈미카와를 꺼내오는 구석이 바로 호주의 급소를 멋들어지게 찌르는 것이다. 이렇게 감탄하는 동안에도 마스터가 어인 일인지 방어를 얹은 모듬 회를 앞에 내려놓았다.

"하루나 씨의 빈자리를 대신하기에는 턱없이 부족하지만 작은 서비스입니다."

"마스터에게는 정말 당해낼 수가 없다니까요."

"연륜이 약간 쌓였을 뿐이에요."

몇 년 전까지는 규베에에 올 때 언제나 아내와 함께였지만 고하루가 태어난 후로는 그것도 여의치 않다. 이곳에 올 기회도 현저히 줄었을뿐더러 온다 해도 나 혼자다.

조금씩 나이를 먹어감에 따라 보이는 경치와 꾸려나가는 일상도 달라져간다. 하지만 여기에서 마시는 술맛은 변하지 않는다. 이런 사소한 것이 묘하게 유쾌하게 느껴지는 밤이다.

마스터가 처음 보는 한 되들이 병을 눈앞에 놓았다.

"오마치 쌀로 빚은 '스이게이'가 들어왔어요."

별종이다. 별종이지만 금세 집게손가락이 움직인다. 스이게이는 나와 같은 도사(土佐) 출신으로, 유별난 사람으로 알려진 나의 아버지가 가장 좋아하는 술 중 하나다. 이렇게 작은 유쾌가 쌓여 조금씩 커다란 유쾌로 바뀌어간다.

"고민이 많습니다." 나는 술잔 속에서 흔들리는 스이게이를 바라보며 말했다. "혼조병원에서는 무척 엄격한 지도를 받아서 나름대로 자신감도 붙었다 생각했는데 그 하얀 거탑 안에서는 허둥대기만 하고, 그저 환자를 치료하기만 하면 되는 행위가 전혀 풀리지 않습니다. 입원시키면 병상이 없다고 하고, 수술을 부탁하면 냉소적인 태도에 직면하고. 신물이 나 기운 빠지는 옆에서 나의 오랜 친구는 평소와 다름없는 당당한 태도로 행동하죠. 스스로의 미숙함이 너무나 크게 느껴져 한숨만 나올 뿐입니다."

"오랜 친구분 이야기는 모르겠지만." 칼로 닭고기를 썰며 마스터가 말을 이었다. "그건 분명 좋은 일이에요."

신기한 말이 산뜻하게 돌아와, 나는 찰랑찰랑하게 차 있는 스이게이를 들고 당혹스러운 표정을 지었다. 마스터는 손끝으로 시선을 떨어뜨린 채 능숙하게 닭고기에 옷을 입히며 닭고기 튀김을 준비하고 있다.

"저도 옛날에 도쿄의 요릿집에서 기술을 익히고 자신감이 생겼을 때 일류 호텔의 주방에 들어간 적이 있죠."

닭이 기름 속으로 미끄러져 들어갔는지 촤아 하고 건조한 소리가 들렸다. 지글지글, 기분 좋게 기름이 끓는 소리가 울려 퍼진다.

"놀라울 정도로 잘 풀리지 않았어요." 튀김이 완성되는 소리와 맞먹을 만큼 경쾌한 목소리로, 의외의 말이 들려왔다. "재료를 들이는 흐름부터 청소 순서까지 전부 다 달랐죠. 처음에는 자신감을 많이 잃었지만 그럴 게 아니었어요. 자신에게 새로운 일, 배운 적이 없는 일에 도전하니까 허둥대는 겁니다. 환경이 바뀌었는데도 어려움이 전혀 없다면 애초에 바뀌는 의미도 없죠. 허둥대기 때문에 성장할 수 있는 거예요."

이윽고 시원스레 튀김을 건져 올리더니 물 흐르듯 자연스레 소금을 흩뿌렸다.

"분명히, 가길 잘했다고 생각하는 날이 올 겁니다."

그 말과 함께 갓 튀긴 닭 한 접시가 눈앞으로 들이밀렸다. 신선한 닭의 향과 은근한 마스터의 배려가 한데 어울려 테이블에 그윽한 향기가 피어오른다.

"마스터의 과거 이야기를 듣는 건 처음입니다."

"별것 없어요. 막 완성된 닭튀김 쪽이 훨씬 더 기운을 줄 거예요."

드셔보세요, 하고 짧게 말한 후 안쪽으로 들어갔다.

편안한 정적이 가게 안에 퍼져 나간다.

오늘은 평일이기도 해서 손님 수가 적다. 가끔씩 찾아오는 젊은 부부로 보이는 커플이 카운터 구석에 있을 뿐이다. 안경을 낀 남성은 표준어를, 피부가 하얀 여성은 간사이 사투리를 구사하는 무척이나 신기한 두 사람의 대화에는 부드러운 유머가 있었다.

따끈따끈한 닭튀김을 입에 넣자 딱 좋은 짭조름함이 입

안 가득 퍼졌다.

과연 그렇군, 마스터의 말대로 갓 만들어진 닭튀김이라는 건 상당한 기운을 불어넣어주는 듯하다. 좋은 술에 취하고 좋은 맛에 몸을 맡긴다. 지복(至福)이란 이런 순간에 쓰는 말이다.

스이게이를 비우고 이번에는 뭘 마실까 하고 생각하던 그때, 테이블 위의 휴대폰이 미세하게 떨리며 김새는 호출을 전해왔다. 전화기를 손에 든 내가 눈살을 찌푸린 것은 익숙하지 않은 숫자를 확인했기 때문이었다. 번호 차원이 아니라 자릿수부터 기묘한 이 숫자 배열이 해외에서 걸려온 전화라는 걸 알아채기까지는 몇 초가 필요했다. 그것은 전혀 예상하지 못한, 보스턴에서 걸려온 국제 전화였다.

"자기면역성 췌장염 2형?"

새벽 6시도 되기 전의 의국. 호조 선생님의 당혹스러운 목소리가 울려 퍼졌다.

평소에는 많은 의사들이 오가는 의국이지만 역시나 새벽 6시 전에는 인기척이 없다. 전자 카르테 단말기들의 불빛만 깜박일 뿐인 스산한 공간에, 지금은 호조 선생님과 리큐와 나, 세 명이 모여 마주 보고 있었다.

"2형이 뭐야?" 아침부터 불려나온 탓에 다소 졸린 얼굴이었던 호조 선생님은 커피 컵을 한 손에 들고 물었다.

잘난 체와 아는 체와는 무관하게 어안이 벙벙해져 튀어나온, 지극히 자연스러운 반응이다. 그 옆에서는 리큐가 특유의 딱딱한 표정으로 나를 보고 있었다.

평소라면 그 옆에 있을 아가씨는 오늘 아침 부재중이다. 우두머리의 지도에 따라 그때 이후로 규정 시간 외에는 아가씨에게 연락하지 않고 있다. 리큐는 경위를 듣고 곧장 우두머리에 대한 반감을 드러냈지만 나는 거기까지 참작하고 있을 여유가 없었다. 지금 내게는 인턴의 교육 환경보다 오카 씨의 상태 쪽이 훨씬 중대한 문제인 것이다.

"구리 짱, 자기면역성 췌장염에 1형이나 2형 같은 게 있어?"

"있다고 합니다." 나는 단말에 띄운 오카 씨의 CT 사진을 가리키며 말했다.

"그래서 뭐야? 오카 씨는 췌장암이 아니라, 그 2형이라는 거야?"

"가키자키 선생님은 그렇게 말씀하셨습니다. 확정할 수는 없지만 아무래도 암은 아닌 것 같다고요."

나의 답변이 이다지도 모호한 이유는, 불과 어젯밤에 그 이야기를 들은 나 자신이 아직 그 새로운 정보를 충분히 소화하지 못해서였다.

자기면역성 췌장염 2형.

그 들어본 적도 없는 병명을 내게 전한 인물은, 수고롭게도 태평양 건너에서 전화를 걸어주신 가키자키 선생님이었다.

"구리하라, 오카 씨는 2형이 아닐까?"

규베에의 문 앞에서 전화를 받았을 때 가키자키 선생님이 처음으로 내뱉은 말이었다. 명랑하고 쾌활한 선생님이 아무 서론도 없이 다짜고짜 본론으로 들어갔다는 것 자체가, 얼마나 놀라고 흥분했는지를 표현해주는 방증이었다.

"2형?" 하고 묻는 나를 향해 췌장 질환 전문가의 목소리는 다소 격앙되어 있었다.

"오카 씨 사진 말이야. 이 녀석은 확실히 췌장암과 비슷하지만 췌장암이 아니야. 아마 자기면역성 췌장염 2형이라는 몹시 특수한 췌장염일 거야."

당장에는 그 말의 의미를 이해하기가 어려워 잠자코 있었다.

"2형은 일반적인 자기면역성 췌장염과 달리 그 실태가 잘 알려져 있지 않아. 서양에서는 화제가 되는 경우도 제법 있지만 일본에는 아직 그다지 알려지지 않았지. 나도 환자를 실제로 접하는 건 처음이야."

상당히 희귀한 질환이라는 뜻이다. 그 희귀한 질환을 한 순간에 감별 진단하는 선생님이 얼마나 대단한 분인지 새삼스레 느꼈다.

먼 미국 하늘에서 날아오는 충격적인 설명을 나는 그저 말없이 들을 수밖에 없었다. 가키자키 선생님도 흥분하셨지만 나의 당혹감은 그 이상이었다.

"자세한 건 귀국한 후에 설명해줄게. 단, 이 녀석은 암이 아니야. 서두르다 수술로 넘어가지 말라고."

가키자키 선생님은 단적으로 명쾌한 지시를 남긴 후 국제 전화를 끊었다.

일련의 경과를 다 들은 호조 선생님은 커피 컵을 입에 댄 채 어깨를 으쓱거렸다.

"이 마당에 갑자기 암이 아니라는 거군."

나는 간단히 질환의 개요를 설명했지만 당연히 벼락치기의 지식에 지나지 않는다. 전부 다 어젯밤 가키자키 선생님과의 통화가 끝난 후 새벽녘까지 필사적으로 문헌을 뒤진 결과다.

"저, 죄송합니다만." 리큐가 조심스럽게 입을 열었다. "방사선과도 췌장암으로 판독했고, 수완가인 외과 선생님들도 췌장암이라는 사실을 의심하지 않았는데……."

"방사선과와 외과의 진단 이야기가 아니다. 소화기내과의 진단을 이야기하는 거야." 나는 쌀쌀맞게 말한 후 한숨을 쉬었다. "라고, 가키자키 선생님이 말씀하셨어."

준엄한 말이다. 리큐 역시 입을 다물었다.

돌이켜 생각해보면 나 자신, 처음에 CT 화면을 본 시점에서 췌장의 종양을 암이라고 안이하게 믿어버렸다는 점은 부정할 수 없다. 너무나도 갑작스러운 화면에 동요했던 것과 후타쓰기 씨의 소견이 오버랩된 것도 있겠지만, 그 어떤 이유를 갖다 붙여도 결국에는 어쭙잖은 변명일 뿐이다.

"하지만 구리하라 선생님은 확실히 자기면역성 췌장염의 가능성도 감별 진단하셨어요. 그래서 IgG4도 측정하셨잖습니까."

"그리고 이상이 없다는 것도 확인했지. 하지만 2형의 대부분은 IgG4가 상승하지 않는다고 하는군."

내 말에 리큐의 말문이 막혔다.

"IgG4가 올라가지 않고 가끔 중증 궤양성 대장염의 합병증이 나타나는, 그런 타입의 자기면역성 췌장염이 있어."

"그거 진짜 자기면역성 췌장염 맞습니까?"

"우리가 알고 있는 자기면역성 췌장염과는 전혀 다른 질환이라는 견해도 있는 것 같아." 나는 습득한 지 얼마 안 된 지식을 정리하며 천천히 이야기를 계속했다. "물론 아직 2형이라고 확정된 건 아니다. 하지만 오카 씨의 경우 궤양성 대장염이 좀처럼 좋아지지 않았던 점이나 불과 3개월 전 CT에서는 아무것도 찍히지 않았는데 혈변이 악화된 타이밍에 췌장에 혹이 생긴 점 등 미심쩍게 여겨졌던 부분들이, 2형이라 생각하면 전부 다 들어맞아."

"그렇군." 호조 선생님이 끄덕이며 다 비운 커피 컵을 테이블 위에 내려놓았다. "즉 오카 씨는 궤양성 대장염에 우연히 췌장암까지 걸린 운 나쁜 환자가 아니라, 처음부터 자기면역성 췌장염 2형이라는 단일 질환이었다는 건가."

갈색 머리칼을 휘저으며 일어난 호조 선생님은 그대로 두 번째 커피를 내리기 시작했다. 역시나 새벽 5시 반의 호출 전화는 버거웠을 것이다.

"죄송합니다. 아침까지 기다렸다가 말씀드렸다면 좋았겠지만 오늘 내과 콘퍼런스 전에 팀 내에서 정보를 공유해 둘 필요가 있다고 생각했습니다. 전혀 예상하지 못한 이야기라서요."

"걱정 마. 당황한 건 구리 짱만이 아니니까."

커다란 머그잔에 콸랑콸랑 뜨거운 물을 따르는 소리가 고요한 의국에 울려 퍼졌다. 리큐는 책꽂이에 있던 췌장 관련 서적을 다급히 꺼내어 펼쳐보았다.

"2형, 입니까……. 가키자키 선생님은 역시 대단하신 분이네요." 리큐가 책장을 넘기며 말했다. "대부분의 의사가 암으로 진단했던 화면을 보고 그 희귀한 질환을 감별 진단 하셨으니까요."

"물론 갓키는 대단하지만."

호조 선생님의 가벼운 목소리가 날아왔다. 갓키란 당연 히 가키자키 선생님을 말하는 것이지만 이렇게 부를 수 있 는 사람은 의국 내에서도 호조 선생님 정도다.

"오카 씨의 사진을 갓키에게 보낸 구리 짱도 대단해. 굳 이 연락을 했다는 건 뭔가 의문을 느꼈다는 뜻이잖아."

"그렇지 않습니다."

단호한 응답에 호조 선생님과 리큐가 동시에 나를 쳐다 보았다. 나는 가볍게 고개를 가로저었다.

"저는 아무것도 한 게 없습니다. 가키자키 선생님께 연 락을 한 사람은 제가 아니라 우사미 선생님입니다."

호조 선생님이 눈을 크게 뜬 채로 침묵했다.

리큐는 말 그대로 눈이 휘둥그레졌다.

가키자키 선생님이 직접 말씀하셨다. 오카 씨의 사진을 어떤 경위로 접했는지 묻는 내게, 우두머리가 상담을 요청 했다고.

'마음에 걸리는 사진이 있으니 한번 봐줬으면 좋겠다.'

그런 연락이 사진 파일과 함께 메일로 왔다고 했다.

나의 설명에 호조 선생님은 한 손에 컵을 들고 침묵했다. 리큐는 누가 봐도 당황스럽다는 표정으로 입도 뻥긋하지 못하고 있다.

우사미 선생님이라면 내과 콘퍼런스에서도 병상 수에 관한 사항 외에는 거의 입을 열지 않고 팔짱만 낀 채 가만히 앉아만 있는 선생님이다. 환자 상태에는 아무런 관심도 없고 입원 병상의 관리와 의국 운영에만 힘을 쏟는 까탈스러운 준교수의 이미지가, 여기에서는 쉽사리 일치되지 않는다.

"즉, 내과도 외과도 방사선과도 암이라고 진단한 사진을 보고 빵집…… 우사미 선생님만이 다른 질환을 생각하셨다는 겁니까?"

거의 어안이 벙벙해진 리큐의 목소리에 호조 선생님의 작은 웃음소리가 겹쳤다.

"역시 대학은 자극적이라니까."

시선을 돌리자 팀장님의 눈에는 전에 없던 예리한 빛이 깃들어 있었다. 조금 전까지 잠에 취한 듯 보였던 모습이 마치 거짓말이었던 것 같다.

"외과의도 방사선과의도 진찰한 적이 없는 환자가 찾아오고, 심지어 그 환자의 사진을 한 번 보고 진단 범위를 좁히는 의사가 있어. 대학의 묘미가 이런 거 아니겠나, 구리 짱."

역시 오니키리라고 해야 마땅한가. 내게는 이토록 엎치락뒤치락하는 파란의 경과를 냉정하게 즐길 수 있을 정도의 여유가 없다.

"우울해?"

"우울하지 않다고 한다면 거짓말입니다. 아뇨, 애당초 우울해할 자격 따위도 없겠죠. 저는 적어도 2형이라는 질환의 이름조차 몰랐습니다."

"너무 자신을 책망하지는 마. 의사 한 명이 모든 걸 다 안다면 대학 의국도 콘퍼런스도 필요 없어. 세상에는 희귀한 병, 알려지지 않은 병이 엄청나게 많아. 그런 복잡한 질환을 각 분야의 오타쿠 같은 의사들이 머리를 맞대고 답을 찾아가는 게 대학이라는 곳이야. 그런 의미에서는 대학도 제대로 일을 하고 있다는 뜻이지."

여느 때와 다름없는 가벼운 어조였지만 말에는 함축적인 뜻이 내포되어 있다.

팀장을 힐끗 바라보자 넉살스러운 미소가 돌아왔다.

"말했잖아. 대학은 멋진 곳이라고." 호조 선생님은 그대로 두 번째 커피를 천천히 들이켠 후 조금 더 부드러워진 말투로 덧붙였다. "어찌됐건 암이 아니니 오카 씨에게는 얼마나 기쁜 소식이겠어."

그 조심스러운 지적이 구원의 손길처럼 느껴진 것도 사실이었다.

아침 7시를 막 넘긴 시각.

6시 전부터 의국에 모여 있었으니, 3팀의 이야기가 대강 끝났는데도 아직 이른 시간대라 콘퍼런스가 시작될 8시까지는 어느 정도 시간이 있다. 눈을 붙이기에는 부족하지만 일을 할 정도의 기력도 없다. 광대한 대학병원 안에는 그럴 때 잠깐 들르기에 마침맞은 곳이 몇 군데 있다.

그중 하나가 병동 2층 뒤쪽에 있는 널찍한 회랑이다. 원래는 인접한 의국동을 잇는 복도로 만들 예정이었지만 어떠한 이유로 공사를 끝내버려서 그대로 막다른 곳이 된 공간이다. 벽 한쪽은 통유리로 되어 있어 복도는 전체적으로 밝고, 어느 정도 사람이 다니리라 예상했던 것인지 중간에 자판기까지 놓여 있다. 지금은 이 회랑을 알고 있는 일부 직원과 장기 입원 환자가 때때로 한숨 돌리러 찾아오는 장소가 되었다.

거기에서 별반 맛있지도 않은 캔 커피를 사들고 창밖으로 시선을 던지니 우쓰쿠시가하라의 능선이 아침 해를 등지고 점차 아련하게 빛나고 있었다.

어젯밤에는 국제 전화를 끊은 후 온타케소로 돌아가 동

틀 때까지 오로지 문헌만 뒤적였고 이른 아침에는 의국에 와 있었기 때문에 완전한 수면 부족 상태였다. 그런데도 묘하게 머리가 또렷한 까닭은 피로와 긴장이 미묘한 줄다리기를 계속하고 있기 때문이리라.

뇌리에는 직접 기입하는 노트를 든 채 무심하게 오카 씨의 CT를 쳐다보던 우사미 선생님의 옆얼굴이 떠 있었다. 무슨 생각을 하는지 알 수도 없지만 적어도 그 짧은 시간 동안 우두머리의 뇌리에는 자기면역성 췌장염 2형이라는 특수한 병명이 떠올랐다는 것일까. 반대로 나는 췌장암으로 확신하고 외과 콘퍼런스에 제출하기까지 했다. 외과와 방사선과도 암으로 판단했다는 말은 변명이 되지 않는다.

'아직 갈 길이 멀다.'

커다란 배를 팡팡 두드리며 그렇게 말하는 왕너구리 선생님의 미소가 그려지는 듯했다.

내가 작게 한숨을 내뱉은 그때.

"구리하라 선생님, 안녕하세요."

돌연히 밝은 목소리가 귓가에 날아들어 얼굴을 벌떡 들었다. 하늘색 입원복 위에 품이 넓은 카디건을 걸치고 하얀 마스크를 쓴 여성이 복도 끝에 서 있었다.

"놀라게 해서 죄송해요."

미소와 함께 가만히 고개를 숙인 사람은 바로 후타쓰기

씨였다. 다급히 인사하는 내게, 후타쓰기 씨는 그지없이 온화하게 물었다.

"아침부터 이런 곳에 선생님이 계시다니 어쩐 일이에요?"

"딱히 별일 없습니다. 그냥 기분 전환 겸……." 말하다 말고 오히려 그건 내가 하고 싶은 질문이라는 사실을 알아챘다. "후타쓰기 씨야말로 무슨 일이십니까? 이렇게 아무것도 없는 곳에."

"제게는 아무것도 없지 않아요."

차분한 미소를 유지하며, 후타쓰기 씨는 창밖으로 시선을 보냈다.

2층 복도에서는 구석구석 잘 가꿔진 잔디밭을 내려다볼 수 있다. 병동과 의국동 사이에 있는 그 공간에는 벤치도 있어 잠시 쉬어갈 수 있는 장소로 꾸며져 있었다. 낮이면 환자와 가족들의 모습을 볼 수도 있지만 아침 7시에는 역시나 사람이 없다. 그런데 그 조용한 잔디밭에서 키 큰 남성과 쇼트커트를 한 소녀가 캐치볼을 하고 있는 모습이 눈에 들어왔다.

후타쓰기 씨의 남편과 리사였다.

리사는 큼지막한 글러브로 아빠가 던진 공을 능숙하게 받아냈다. 아빠에게로 다시 날아가는 공은 완만한 포물선을 그려서 어설펐지만 컨트롤 솜씨는 제법이었다. 아빠의 손에 쿵 하고 들어가며 공을 확실하게 주고받고 있었다.

"일곱 살 여자아이치고는 훌륭한 캐치볼이군요."

내가 후타쓰기 씨와 나란히 서자 아래에 있던 남편이 알아채고 가볍게 고개를 숙였다.

"저 사람, 사실 아들을 원했던 터라 리사가 태어났을 때는 약간 실망했었어요." 남편과 딸을 향해 하얀 손을 흔들어 보이며 후타쓰기 씨가 말했다. "지금은 딸이라는 것도 상관없이 리사에게 저렇게 캐치볼이며 축구를 가르쳐서 둘이 바깥을 뛰어다니죠. 리사도 재미있어하는 건 좋지만 가끔씩 아들로 착각될 때도 있어서 난감하다니까요."

그렇군요, 하고 살짝 웃으려던 내가 그대로 입을 다문 것은, 아래를 내려다보는 후타쓰기 씨의 옆얼굴에서 뜻밖으로 깊은 적적함이 엿보여서였다. 후타쓰기 씨의 면역력은 여전히 지극히 낮은 상태가 계속되고 있다. 가벼운 감기가 바로 폐렴으로 이어질 우려가 있기에 당연하게도 밖에서 아이와 캐치볼을 할 수 있는 상태가 못 된다.

병실에서 잠깐 나가는 정도는 괜찮지만 외출은 물론 병원 안에서도 사람이 많은 곳에는 가지 않도록 엄격하게 금지하고 있다. 그런 상황에서 리사가 활기차게 노는 모습이 보이는 이 장소가 후타쓰기 씨에게 얼마나 귀중할지, 감히 가늠도 할 수 없었다.

"이곳을 찾아준 건 남편이에요." 후타쓰기 씨가 그런 말을 입에 올렸다. "병실에만 박혀 있는 제게 조금이라도 기운을 북돋아주려고, 저 사람이 병원 안을 돌아다니면서 이런 곳을 찾아주었답니다."

"무척 다정하신 분이군요."

"살짝 못 미더운 면도 있지만요." 후타쓰기 씨는 나의 사고를 읽은 것처럼 미소를 지으며 말했다. "하지만 정말 자상한 사람이에요. 제가 외동딸이라서, 결혼할 때도 저희 엄마의 바람에 따라 남편이 후타쓰기 집안의 데릴사위로 들어와줬을 정도죠."

"데릴사위셨군요."

후타쓰기 씨는 미소를 지으며 끄덕였다. "심지어 제 본가는 대대로 오래된 농가인데, 남편은 원래 농업과는 아무런 연이 없는 사람이었어요. 그런데 저와 결혼해서 하루아침에 농가의 기둥이 되었죠. 정말 많이 힘들었을 텐데 한 번도 힘들다고 한 적이 없어요. 언제나 싱글벙글 웃으면서 익숙하지 않은 토마토며 오이며 메밀의 밭을 갈았죠. 이제는 저보다 훨씬 오래전부터 농업에 종사했던 사람 같다니까요."

까르르, 후타쓰기 씨의 따스한 웃음소리가 복도에 울려퍼졌다. 언뜻 보기에 심지가 강하고 의연하게 자립한 아내와 존재감이 희미하고 미덥지 못한 남편이라는 인상이었던 부부가, 이야기를 잠깐 들은 것만으로도 완전히 다른 입체감을 동반해왔다. 가족이란 참으로 신기하다.

"밖에서 리사와 놀아줄 수 있는 날이 다시 올까요?"

문득 후타쓰기 씨가 입에 올린 물음은, 조심스러우면서도 어딘가에 절실한 무언가를 거느리고 있었다.

나는 곧장 대답했다. "며칠만 지나면 골수 억제 상태가 좋아질 겁니다. 그렇게 되면 리사와 캐치볼이든 농구든 자유롭게 하시면 됩니다."

"하지만 그 후에 또 이 약을 쓰면 밖에 못 나가게 되는 거죠?"

담담한 그 말에 나도 모르게 입을 닫았다.

"온 가족이 한가로이 바깥을 거니는 것, 그저 그뿐인 일이 이렇게나 귀하다는 걸 이제야 알게 됐어요. 정말 소중한 것은 쉽사리 깨닫지 못하는 거군요."

바로 아래에서 공이 또다시 완만한 포물선을 그리며 아빠에게 날아갔다.

잔디밭 구석에는 커다란 순백의 꽃을 피운 고목이 우거져 있다. 7월에 시원스레 피어난 새하얀 꽃이라면 태산목의 꽃인 듯하다. 이른 아침의 보드라운 빛을 받은 꽃잎이, 오가는 공을 내려다보며 산들바람에 하늘거렸다.

후타쓰기 씨가 잠깐 동안의 침묵을 가만히 밀어내듯 씁
쓸히 웃으며 나를 바라보았다.

"죄송해요. 어쩌다 보니 푸념을 하고 말았네요. 선생님
은 열심히 저를 치료해주시는데 말이죠."

췌장암이라는 가공할 숙명 속에서, 그럼에도 타인에 대
한 자연스러운 배려를 잊지 않는다. 정말로 굳센 여성이다.

"선생님들도 애써주고 계시는걸요. 어떻게든 암을 이겨
내고 건강해져서 리사와 많이 놀아줄 거예요."

가느다란 팔로 작게 주먹을 쥐어 보였다.

나는 무언가가 가슴속에서 북받치는 걸 느껴 입을 다문
채 한 번 더 바깥의 사랑스러운 캐치볼을 바라보았다.

오른쪽에 있던 공이 왼쪽으로 가고 왼쪽의 공이 다시 돌
아온다. 드문드문 지나가는 여름 바람 속에서 태산목의 꽃
이 흔들리고, 하얀 꽃만큼이나 하얀 공이 또다시 호를 그
린다. 어제오늘 연신 비만 부슬거렸는데 오늘은 햇살이 내
리쫸다. 캐치볼을 하는 시간만큼은 비도 내리기를 포기해
달라고 진심으로 바라게 된다.

"빨리 집으로 가실 수 있게 하겠습니다."

갑작스러운 나의 말에 후타쓰기 씨는 살짝 의아하다는
듯 고개를 기울였다. 나는 눈 아래의 캐치볼을 바라보며
조금 더 목소리에 힘을 담았다.

"괜찮습니다. 8월에는 캐치볼을 할 수 있게 해드리겠습니다. 그러니 어깨는 미리 풀어두세요."

내 말을 혼신의 힘을 다한 유머로 해석했는지, 후타쓰기 씨는 어깨를 작게 흔들며 웃더니 고개를 살짝 숙여 인사했다.

가슴속에 뒤얽혀 있던 울적한 공기가 산뜻한 기운에 날아갔다. 그 기운은 다름 아닌 후타쓰기 씨가 지니고 있던 진지한 바람이리라. 병과 싸우고 자신과 싸우며 초조해하지도, 체념하지도 않고 계속해서 걸어가는 인간의 바람이다. 환자가 이렇게나 최선을 다해 병과 마주하고 있는데 의사가 자신의 미숙함에 발목 잡혀 휘청거리다니 웃음거리로도 못 쓸 말이다.

나는 후타쓰기 씨에게 인사한 후 확연한 걸음으로 복도를 걸었다. 병동 중앙의 엘리베이터 홀까지 돌아오자 그새 많은 사람이 오가고 있었다. 대학병원의 하루가 움직이기 시작했다.

커다란 나무 격자문을 옆으로 밀자 규베에의 고상한 분위기에 어울리지 않는 거한 하나가 카운터 앞에 앉아 있는 모습이 보였다. 한 손을 치켜드는 거한을 향해 끄덕이며 나도 그 옆에 앉았다.

"일찍 왔네, 이치토. 어땠어?"

"살면서 꼭 지녀야 할 것이 있다면 허물없는 친구 아니 겠나. 오카 씨의 병리 건을 후타바에게 부탁했는데 두말없 이 승낙해주더군. 자네는?"

"어제 촬영한 PET 영상 말인데, 방사선과의 가와다 선 생님이 봐주셨어. 정식 리포트는 나흘 후에 나오지만 역시 FDG 분포와 농도를 보면 췌장암이 아니라 췌장염이라고 하더라."

오랜 친구의 굵은 목소리에 나는 고개를 크게 끄덕였다.

얼마 전 간담췌 콘퍼런스 이후, 지긋지긋한 인연의 외과 의와 내과의가 손잡고 오카 씨의 정밀 검사를 집중적으로 진행했다. MRI, PET, EUS-FNA, 연이은 검사를 거치는 동 안 암이 아닌 자기면역성 췌장염 2형이라는 데이터가 쌓 이고 있다. 이제 병리 결과로 확정만 되면 스테로이드 치 료를 개시할 수 있는 상태다. 그 병리 또한 후타바에게 부 탁해 신속히 결과를 볼 수 있도록 준비해두었다.

자꾸만 벽에 가로막히던 현장이 조금은 궤도에 올라 움 직이고 있었다. 그 과정에 3팀의 노력이 있었다는 것은 당 연하지만, 그 이상으로 넓은 인맥을 가진 지로의 활약이 불가결했다는 점은 틀림없다. 이 사내는 그곳에 서 있는 것만으로도 역풍을 순풍으로 바꾸는 특별한 능력을 가지

고 있다. 그런 지로가, 가끔씩은 한잔하러 가자는 제안을
했으니 나로서는 거절할 하등의 이유가 없는 것이다.

"맛이 기가 막힌다니까."

거한이 커다란 손으로 '고슌' 한 잔을 단숨에 들이켜고
는 숨을 토해냈다. 감회에 젖어 중얼거리며 한 잔 더 달라
고 말하려 할 때쯤, 마스터가 지극히 자연스러운 동작으로
새로운 한 병을 가지고 왔다.

가게 안에 손님이 적은 이유는 이제 막 영업을 시작한
저녁 시간이어서였다. 병동 상황이 어느 정도 안정적이라
는 걸 확인한 나는 재빨리 리큐에게 일을 떠넘겼고, 지로
는 지로대로 수술이 없는 날은 의외로 자유로운 시간이 많
다고 한다. 덕분에 나무 격자 창문 너머로 아직 노을빛이
비추는 황혼의 거리가 보였다.

"오늘은 내가 산다. 원하는 만큼 마셔, 지로."

천천히 중얼거리자 지로가 신기하다는 표정을 지었다.

"왜?"

내과의 환자를 위해 그렇게나 힘을 써줬으면서 생색내
려는 기색이 전혀 없다. 정말이지 이 사내는 예나 지금이
나 여전하다.

"아무것도 아니야. 이유 같은 건 됐으니까 마셔. 오늘은
그런 날이다."

아무렇게나 응하며, 나도 '가이운' 한 잔에 손을 뻗었다.

지로는 고개를 갸웃거렸지만 원래 깊이 생각하는 성격은 아니다. 금세 '사쿠라'를 가뿐히 목으로 흘려보냈다.

"그나저나, 자기면역성 췌장염이라는 게 여전히 골치 아픈 상대야."

불쑥 내뱉은 지로의 중얼거림이 유달리 깊은 감회로 다가온 이유는 과거에도 한 번 이런 복잡한 질환에 딴죽이 걸린 적이 있어서였다. 혼조병원 시절의 이야기이니 벌써 2년이 지났지만 서로에게 상흔으로 남은 케이스가 되었던 당시의 기억은 지금까지도 옅어지지 않았다.

"그때 환자도 자상한 사람이었는데, 오카 씨도 훌륭한 사람이야. 이렇게나 진단이 이리저리 바뀌면 불안할 법도 한데 우리 의사들보다 훨씬 도량이 크다니까."

"동감이다. 솔직히 환자 덕분에 우리가 산 것 같아."

손바닥 뒤집듯 바뀌는 병의 형세를 설명했을 때 오카 씨의 표정은 아주 침착했다. 각별히 놀란 기색도 없이, 혼란스러워하지도 않고, 여느 때와 다름없이 쓸쓸하게 웃으며 "궤양성 대장염이라고 들었을 때도 생소한 병이라는 말을 들었습니다, 이제 와서 놀랄 것도 없어요"라고 한 것이다.

실제로 병을 마주하고 있는 자의 강인함이 이런 것일까. 그저 조용히 "계속해서 잘 부탁드립니다"라며 지어 보인 희미한 미소가 인상적이었다.

사람의 본성이란 지위나 직함으로 드러나는 것이 아니다. 궁지에 몰렸을 때 나타나는 행동에서 보이는 것이다. 그런 의미에서는 의사 면허를 내건 나나 지로보다 그저 온화하게 의사의 설명을 받아들이는 오카 씨가 훨씬 더 훌륭하다 할 수 있으리라.

"췌장 하니까 말인데." 지로가 불쑥 나를 쳐다보며 물었다. "후타쓰기 씨 쪽은 어때? 화학요법이 잘 안 되고 있었잖아?"

"항암제를 변경하기로 했어."

가뿐하게 응하자 지로가 역시나 두꺼운 눈썹을 크게 움직였다.

"폴피리녹스를 1차에서 관두는 거야?"

"응. 젬 아브락산으로 변경할 거야. 다행히 골수 상태도 제법 호전됐으니 다음 주 초부터 시작해."

"과감한 결정이네."

지로의 그 대사는 리큐와 호조 선생님의 반응과 같았다.

항암제를 변경한다. 불과 얼마 전에 그런 결단을 내렸다. 항암 진료 가이드라인에 따르면 생존 기간이 가장 긴 것은 폴피리녹스이다. 하지만 폴피리녹스는 부작용이 극심해서 도리어 생존 기간을 단축시킨다는 보고도 있다. 즉 가이드라인이라 해도 이용하는 사람의 해석에 따라 얼마든지 사용법은 달라지는 것이다.

지금은 일단 후타쓰기 씨가 집에 갈 수 있도록 하는 것이 최우선이다. 그게 내가 내린 결론이었고, 그렇게 설명하자 오니키리 호조도 웃으며 끄덕일 뿐이었다.

"후타쓰기 씨는 암 환자인 동시에 일곱 살 여자아이의 엄마다. 기약 없이 병실에 틀어박혀 있는 게 좋을 리 없어. 암세포를 때려잡는 것도 중요하지만 암을 없애는 데 정신이 팔려서 엄마와 딸의 소중한 시간까지 없애버리면 안 되지."

술잔을 든 채 문득 눈썹을 찌푸린 것은 옆에 있는 시커먼 거한이 무턱대고 능글능글하게 웃고 있어서였다.

"지로, 불쾌하게 왜 그래."

"아니, 다행이다 싶어서."

"뭐가?"

"이치토에게 후타쓰기 씨를 부탁하는 게 정답이었어. 역시 나는 사람 보는 눈이 있다니까."

"뭐라 하든 네 마음이지만 이 빚은 작지 않아. 잘 기억해두라고."

"오케이. 고마워, 이치토."

저런 낯 뜨거운 대사를 부끄러운 줄도 모르고 입 밖에

268 신의 카르테 4

내면 나로서도 더 이상 면박을 주기가 힘들다. 혀를 차며 '나베시마'를 주문할 뿐이다.

"어서 오세요."

갑자기 마스터의 목소리가 들려와서 나와 지로는 고개를 들었다. 가게의 커다란 나무 미닫이문이 열리더니 어떤 남자가 들어왔다.

"대학병원의 훌륭한 선생님들을 기다리게 하다니 미안하군."

쓸데없이 멀끔한 얼굴로 그렇게 말한 사람은 우리 동기인 신도 다쓰야였다. 빳빳하게 다려진 하얀 와이셔츠까지 가세해 괜스레 눈이 부시는 느낌이었다.

"일은 빨리 끝냈는데 나오려던 참에 호출을 받아서 말이야."

"번창하고 있군. 소바집도 일이 많겠어."

"혈액내과야."

다쓰야는 흔들림 없는 미소를 지으며 지로와 내가 비워준 가운데 자리에 앉았다.

"셋이 모이는 건 오랜만이네."

악의 없는 그 목소리가 우리 셋의 심정을 여실히 드러내주었다.

지로, 다쓰야, 나, 세 동기는 불과 2년 전까지 혼조병원에서 함께 일했던 사이다. 지금도 여전히 마쓰모토 시내에서 일하고 있지만 다쓰야는 물론 같은 곳에 있는 지로조차 얼굴 볼 기회가 많지 않다. 뿐만 아니라 다쓰야는 여전히 아내 없이 나쓰나를 키우고 있고 우리 집에는 고하루라는 새로운 가족이 늘었다. 어느 사이엔가 저마다 상당히 바쁜 몸이 된 것이다.

"비 오나?"

나는 다쓰야가 손수건으로 재킷의 어깨를 툭툭 닦는 모습을 보고 천천히 중얼거렸다.

"방금 전까지만 해도 석양이 보였던 것 같은데."

"소나기야. 금방 그치지 않을까?"

그 말을 듣고 나무 격자문 밖을 내다보니, 소리는 들리지 않았지만 이제 막 쏟아지기 시작한 빗줄기 탓에 건너편 건물이 부허옇게 흐려 보였다. 그럼에도 어딘가 밝게 느껴지는 이유는 과연 다쓰야의 말대로 곧 그칠 소낙비이기 때문일 것이다.

나는 다쓰야를 향해 넌지시 타월을 건네는 마스터에게 '오쿠'를 부탁했다. 아이치에 양조장이 있는, 다쓰야가 좋아하는 술 중 하나다.

"그나저나 웬일이야. 규베에로 부르는 건 구리하라라고 생각했는데 스나야마가 연락을 다 하고."

다쓰야의 말에 나도 시선을 돌려 거한을 보았다. 실제로 이 바쁜 외과의가 아무리 시간이 있다 해도 나뿐만 아니라 다쓰야에게까지 연락한 경우는 드문 일이었다.

"아니, 실은, 주고 싶은 게 있어서."

"미소가 섬뜩한데."

내가 흘금거리며 그를 쏘아보는 동안 지로가 가슴께의 주머니에서 무언가를 꺼냈다. 길고 좁은 봉투 두 개였다.

"러브레터야?"

"조심해, 다쓰. 면도칼이 들었을지도 모른다고."

동기 둘이서 농지거리를 하는데도 난처한 건지 수줍은 건지 종잡을 수 없는 웃음만 띨 뿐이다. 시커먼 거한의 그런 표정은 정말이지 불쾌하기 짝이 없다.

일단 온몸으로 경계심을 드러내며 봉투를 받았다. 그런데, 거기에서 나온 하얀 종잇조각을 보고 족히 5초 동안은 말을 잃었다. 글귀를 세 번 되풀이해 읽고 앞면과 뒷면을 확인한 후 봉투 안에 더 든 것은 없는지 들여다보는 동안 옆자리의 다쓰야가 입을 열었다.

"스나야마, 축하해."

"고맙다, 다쓰."

오랜 친구 사이의 따스한 대화가 이명처럼 울렸다. 또다시 족히 수 초 동안 침묵한 후 나는 거한을 바라보았다.

"지로, 이거 장난치는 거야?"

"참되고 거짓 없는 사실이야."

"내 눈엔 '청첩장'이라고 적혀 있는 것처럼 보이는데."

"나도 마찬가지야, 구리하라."

다쓰야가 빙긋 웃고는 오쿠를 맛본다.

"그래서 규베에로 불렀구나."

"내가 맨 정신으로 줄 수 있을 만큼 배짱 좋은 사람은 아니라서."

"우편이 아니라 일부러 만나서 주는 게 스나야마답네."

"요코도 그랬어. 소중한 친구들이 가까이에 있으니 직접 주면서 인사하라고 말이야."

"미즈나시 씨는 좋은 부인이 될 것 같아."

미즈나시 요코란 틀림없이 지로의 여자친구 이름이다.

지로의 사생활에는 눈곱만큼도 흥미가 없는 내가 그 이름을 알고 있는 이유는 미즈나시 씨가 혼조병원의 간호사라서 같이 일한 적이 있기 때문이다. 밝은 성격에 센스도 뛰어난 유능한 간호사이기도 했는데 유일한 문제점은 스나야마 지로라는 시커먼 야수에게 마음을 빼앗겨버렸다는 점이었다. 야수의 주술에서 한시라도 빨리 벗어나 자유의 몸이 되기를 바랐건만, 결국 나의 바람은 통하지 않은 모양이다.

"네놈, 미즈나시 씨의 약점이라도 잡은 게냐?"

"사랑의 힘이야."

"명복을 빌 뿐이다."

"꼭 와줄 거지? 식은 12월에 할 예정이야."

대화의 캐치볼이 전혀 이루어지지 않는다. 심지어 이 경우, 엉망으로 공을 던지는 쪽은 나다.

"다쓰, 나만 동요하고 넌 그렇게까지 태연하고 침착하다니 부아가 치미는군. 인간과는 동떨어진 단세포 거한이 유능하고 전도유망한 간호사와 결혼을 한다고. 좀 더 당황해도 될 것 같은데?"

"처음에는 나도 놀랐어."

"처음?"

"지난주에 병동에서 미즈나시 씨를 만났을 때 눈치를 챘거든." 소금을 뿌려 구운 오리고기에 젓가락을 뻗으며, 다쓰야가 시원스레 말을 이었다. "아마, 반년 이내로 출산휴가에 들어가겠지?"

그 순간 지로가 들고 있던 잔을 떨어뜨리며 달그락 소리가 났다. 귀중한 고슌 몇 방울이 테이블에 떨어졌다. 묘하게 붉어진 얼굴로 허둥대며 테이블을 닦는 지로를, 나는 가차 없이 노려보았다.

"너 이 자식, 순서가 틀렸잖아."

"아냐, 그런 거 아니야. 원래 더 빨리 식을 올리려고 했어. 그런데 둘 다 바빠서 날을 잡기가 힘들더라고. 결혼 이야기는 작년부터 했어."

"뭐, 대학병원 외과의사와 시내 종합병원의 간호사라면 날을 맞추기 어려운 것도 어쩔 수 없겠네." 다쓰야가 참으로 은근하게 지원 사격을 해주었다. "어쨌거나 축하해, 스나야마."

"응." 지로는 기쁜 듯이 웃다가 그대로 나를 바라보았다. "이치토, 12월 결혼식에는 하루나 씨랑 고하루 자리도 준비해뒀어. 꼭 다 같이 와주라."

나는 바로 대답하지는 않았다. 흥 하고 콧방귀를 뀌며 잔을 들고, 그대로 쭉 들이켠 후 덧붙였다.

"빚 하나 더 늘었다."

스나야마 지로와는 의학부 시절 기숙사에 같이 살던 때부터의 지긋지긋한 인연으로, 벌써 10년 이상 이어지고 있다. 생김새는 변변찮으나 심성은 올곧고, 때때로 이상한 소리를 지껄이지만 외과의로서는 틀림없이 우수하다. 파란이 계속되던 대학병원 생활 속에서 오랜만에 진심으로 기뻐할 수 있는 낭보였다.

그때 나무문이 대그락 열리며 새로운 손님이 들어왔다. 아직 제법 밝은 바깥은 다쓰야가 말한 소나기가 이미 멎은 상태였고, 젖은 징검돌이 저녁놀을 받아 붉게 반짝였다.

"여름철 소나기는 기분이 좋단 말이지." 다쓰야가 실눈을 뜨고 문밖을 내다보며 말했다. "뭐랄까, 땅에 쌓인 여러 가지 것들을 깨끗이 씻어내주는 것 같거든."

나는 비를 좋아하지 않는다. 비에 개인적인 원한은 없지만 기압이 떨어지면 편두통이 심해지니 이것은 어쩔 수 없다. 하지만 같은 비여도 이 사내가 표현하면 인상이 어지간히 달라지니 신기한 일이다.

나는 말없이 출입구를 바라보았다. 저녁 해가 더 기울며 징검돌들이 한층 더 고운 꼭두서니 빛으로 아름답게 물들었다.

불현듯 예쁘장한 하얀 색채를 한두 송이 흩뿌리는 남천나무의 꽃이 눈에 들어왔다. 전에는 아무것도 없었던 곳이니 마스터가 꾸몄다기보다는 어떤 단골손님의 선물일지도 모른다. 남천나무라 하면 겨울의 빨간 열매가 상징적인데, 도리어 여름에 저 작은 꽃을 장식하는 센스에서 참으로 세련된 재치가 느껴졌다.

처음 보는 손님이 가만히 문을 닫았다.

하얀 꽃이 가붓이 아늘거린다.

머잖아 8월이다.

제 4 장

은빛 단장

1년에 딱 한 번, 마쓰모토라는 지역 전체가 미친 듯이 춤을 추는 날이 있다.

무언가에 비유한 것이 아니다. 문자 그대로 엄청난 인파가 시가지에 모여 약 세 시간에 걸쳐 오로지 춤만 춘다. 참가자 수만 해도 2만 명이 넘고 구경꾼까지 더하면 그 열 배라고 하니, 적게 잡아도 마쓰모토의 전체 인구에 필적한다.

매년 8월 첫째 주 토요일에 열리는 현 내 최대 규모의 여름 축제, '마쓰모토 봉봉'이다.

여름 축제이지만 정서나 풍정과는 연이 없다. 전통과 풍취를 기대해서도 안 된다. 역 앞에서 성 주변까지의 교통을 전부 통제한 후 주제곡을 큰 소리로 틀어 끝없이 반복 재생하는 동안 2만 명의 사람이 계속해서 춤을 추며 걷는다.

일반적인 여름 축제 음악에 비해 의외로 템포가 빠르다. 가사에는 '아오야마'나 '아즈미노' 등 고향을 떠올리게 하는 단어가 포함되어 있지만 사실상 아무도 듣지 않는다. 동작은 어렵지 않으나 우아한 움직임 사이에 갑작스러운 도약이 한 번씩 섞여 있어 꽤나 격렬한 운동이 된다. 그 활동을 20분 정도 계속하고 약 10분간 휴식을 취한다. 휴식 시간마다 연배가 있는 분들은 물을, 젊은 사람들은 술을, 아이들은 청량음료를 벌컥벌컥 들이켠다. 건전과 불건전이 한데 뒤엉킨 통에 실상이 어느 쪽인지는 분명하지 않다.

이것을 끝도 없이 반복할 뿐인 축제인데 거리에 넘쳐나는 활기는 범상치가 않다. 시내외 사람들뿐만 아니라 이제는 도심으로 나가서 일하는 사람들도 이 축제를 즐기기 위해 대거 고향으로 돌아올 정도이니 온 동네가 그저 미친 듯이 춤추는 하루인 것이다.

그런 광적인 소란 한가운데서 고하루는 거의 어리벙벙하게 서 있었다.

"고하루 괜찮을까?"

미소를 지으며 말한 사람은 옆에 서 있던 다쓰야였다.

장소는 축제 중심에 해당하는 요하시라 신사 바로 옆에 있는 다리 위였다. 메토바강 기슭에는 노점이 빽빽하게 들어섰고, 초롱 불빛이 흔들리는 가운데 "봉봉 마쓰모토 봉봉봉"이라는 지극히 단순한 노랫소리가 울려 퍼지고 있었다. 인파 또한 때때로 리듬과 함께 흔들리니 마치 거리 자체가 춤을 추는 듯하다. 그 모습을 보던 고하루는 분위기에 압도됐는지 동그란 눈을 더욱 크게 뜨고 춤추는 사람들을 쳐다보았다. 지나가던 청년이 쾌활하게 웃으며 손을 흔들었지만 얼어붙은 듯 부동자세로 서 있을 뿐이었다.

"우리 집안의 규중처녀인 영애에게는 자극이 다소 강한 것 같군." 나는 고하루의 자그마한 머리에 손을 얹으며 덧붙였다. "그런데 역시 신슈 출신인 신도 가문은 자녀 교육을 제대로 했구먼."

내 시선 끝에는 고하루 옆에 선 나쓰나가 있다. 여섯 살인 나쓰나는 소란에 놀라 어안이 벙벙해진 고하루의 손을 꼭 잡고서 봉봉의 리듬에 맞춰 즐거운 듯 좌로 우로 몸을 흔들고 있었다.

"나도 어릴 때부터 엄마를 따라 매년 왔으니까. 세 살까지 도쿄에 있었던 나쓰나는 봉봉 데뷔가 늦었다고 할 수 있지."

나는 '봉봉 데뷔'라는 생소한 단어를 흘려들으며 주변을 둘러보았다.

귀를 울리는 듯한 음악이 갑자기 끊겼다. 휴식 시간이 시작됐다는 뜻이다. 땀을 닦으며 맥주를 마시는 남성, 휴식 시간인데도 춤추고 방방 뛰는 아이들, 가지고 온 의자에 앉아 축제를 눈으로 즐기며 한 컵짜리 술을 기울이는 노인, 오코노미야키(한국의 부침개와 비슷한 일본 요리-옮긴이)를 굽는 노점 점주의 손끝을 뚫어져라 쳐다보는 소년에, 연신 즐거운 듯 소리 내어 웃는 젊은이 무리까지. 모두가 1년 동안 가슴속에 쌓인 울적과 긴장, 그리고 그 밖의 갖가지 답답함을 이 하룻밤 사이에 토해내는 것이다.

한 소년이 손에 커다란 솜사탕을 들고 길을 걷는 모습을 보고 고하루가 난데없이 목소리를 높였다.

"구름!"

"역시 구리하라 가문의 영애답네. 식욕 앞에서는 긴장도 사라지나 봐."

나 또한 피식 웃음이 새어나왔다.

아무래도 고하루는 봉봉 데뷔와 동시에 솜사탕 데뷔까지 치를 모양이다.

강 건너의 노점을 향해 발걸음을 내딛자 파란빛과 분홍빛 비닐에 쌓인 '구름'이 잔뜩 매달려 있는 점포가 눈에 들어왔다.

"나쓰나 것도 부탁해도 돼?"

"배짱 보시게. 종합병원에서 대금을 벌어들이는 혈액 내과의가 가랑이 찢어지게 가난한 대학원생을 등쳐먹는 건가?"

"행복하고 원만한 가정이 있는 자네가 고독과 싸우는 편부모 가정을 응원해줬으면 하는데."

"이자 높이 쳐서 갚아."

"고마워."

고생이 많은 옛 친구는 이 정도 흔드는 것으로는 꿈쩍도 하지 않는다. 한편 고하루는 지갑을 뒤적이는 아빠는 아랑 곳 않고 나쓰나와 함께 뛰기 시작했다.

"그러고 보니 하루나 씨는 언제 돌아오는 거야?"

"내일 밤에."

"도쿄까지 가는데 1박만 하고 와?"

"나는 2박 정도는 괜찮다고 했는데 하루가 받아들이지 않더라고."

"그렇군."

다쓰야의 쓴웃음에 겹치듯 함성이 터져 나왔다. 가까운 사격 오락장에서 누군가가 큰 경품을 딴 모양이다. 화려한 종소리가 울려 퍼졌다.

아내인 하루는 산악사진집 출간을 위한 막바지 작업 때

문에 오늘 아침부터 내일 저녁까지 도쿄에 가 있게 되었다. 가끔씩은 여유를 누리지 그러냐는 내 말에 아내는 하룻밤이면 충분하다며 싱긋 웃고 나갔다.

고하루가 태어난 지 2년. 아내 없이 밤을 보내는 것은 처음이라 고하루도 엄마를 배웅할 때는 당장이라도 울음을 터뜨릴 듯한 표정이었지만, 이렇게 축제를 보러 오고 나쓰나도 같이 있으니 금세 방긋거렸다. 물론 아내가 거기까지 내다보고 도쿄에 가는 날짜를 오늘로 선택하는 수완을 보여준 것이다.

"한시도 쉬지 않고 육아를 해왔어. 조금은 쉬었으면 좋겠다고 생각했는데 하루의 마음이 편치 않은 거겠지. 아직 육아라는 분야에서는 신용을 얻지 못했네."

"신용하고 있다고 생각해." 다쓰야가 웃으면서 말했다. "그렇지 않다면 하룻밤도 못 비우겠지. 하루나 씨는 널 믿고 의지한다는 뜻이야."

"과연, 가정이 깨진 자네가 하는 말이라 그런지 설득력이 있군."

"붙이고 있는 중이라고 해줬으면 좋겠는데."

"결과를 보여주고 말하도록."

아빠, 하고 나쓰나의 밝은 목소리가 들려오자 다쓰야가 돌아보았다. 두 아이의 손에는 커다란 솜사탕 말고도 작은 바람개비가 하나씩 들린 채 뱅글뱅글 돌아가고 있었다. 솜사탕 집의 사장님에게 받았다고 한다.

감사하다고 인사드려, 라는 다쓰야의 말에 나쓰나는 빙글 돌아 사장님을 보고 고개를 숙였다. 그 모습을 보고 고하루도 호기심 어린 표정으로 나쓰나의 인사를 따라 했다. 고하루에게 나쓰나는 편안한 친구이자 좋은 선배가 되어주고 있다.

"아빠가 칠칠치 못하면 딸은 훌륭해지는 법이지."

"음?" 다쓰야는 고개를 살짝 갸웃하더니 이내 미소로 응수했다. "어쩐지 고하루도 침착한 아이로 잘 자라더라."

그런 경박한 대화를 나누는 동안에도 우연히 마주친 노부부가 다쓰야에게 인사를 하고 지나갔다. 평소 진료를 해주는 환자인 듯했다.

다쓰야가 혼조병원에서 일하기 시작한 지 어느덧 3년. 그 다망한 세월 속에서도 확실하게 그는 지역 의료를 지탱하는 기둥이 되어가고 있다. 반면 의료의 중추로 둥지를 옮긴 나는 오히려 환자들과 멀어지고 있는 것만 같아 마음이 불안하다.

"그나저나 눈코 뜰 새 없이 바쁠 혼조병원의 혈액내과의가 태평하게 봉봉이라니, 너무 여유 부리는 거 아니야?"

"혈액 쪽은 소화기내과처럼 긴급한 환자가 많지 않으니

까. 그렇게 말하는 대학병원 선생님이야말로 바쁘신 몸이 아닌가?"

"의사만큼은 잔뜩 있는 게 대학병원이야. 특히 오늘 밤에는 이중 삼중으로 방벽을 쌓고 왔으니 어지간한 일이 아니면 내 휴대폰이 울릴 일은 없어."

하룻밤이라고는 하지만 오늘은 고하루와 둘이서만 보낸다. 만약 호출이 온다 해도 고하루를 업고 출근할 수도 없는 노릇이니 병동에서 내시경 담당, 실험 일정과 아르바이트 일정에 이르기까지 구석구석 꼼꼼하게 만반의 대책을 세워두었다.

그런 나의 주도면밀한 준비성을 알아챈 호조 선생님이 이때다 싶었는지 "구리 짱, 봉봉 축제 날 휴무지? 같이 밤의 놀이터에 가지 않겠어?" 하고 말씀하셨지만 "애 봐야 합니다"라고 답하자 아연실색하며 나를 지나쳐갔다.

나로서도 팀장과 술잔을 주고받는 것에 이견은 없지만 최우선 순위는 명백하게 팀장님보다 고하루 쪽이다. 이것만큼은 오니키리의 권위도 통하지 않는다.

"빠빠!"

밝은 목소리가 들려와 발 언저리로 시선을 떨어뜨리자 얼굴 전체에 솜사탕을 끈적끈적하게 묻힌 고하루가 활짝 웃으며 올려다보고 있었다. 못 말려, 하고 웃으며 그 얼굴을 닦는 동안에도 손에 든 솜사탕으로 안면을 공격해댔다.

"맛 좋니?"

"맛 쪼아."

"어린이는 '맛있어'라고 하는 게 어울릴 것 같구나."

"마시쩌?"

부녀 지간이 실없는 소리를 주고받는 동안에도 다시 봉봉 하는 음악 소리가 들려왔고, 길가에서 수분을 보충하던 사람들이 또 일제히 춤을 추기 시작했다. 빛이 흔들거리고 소리가 튀어 오르고 사람이 춤춘다. 그 축제의 향연 한복판에서, 나는 주머니 속 휴대폰이 흥을 깨며 울리고 있다는 사실을 알아챌 수밖에 없었다.

고하루의 머리에 손을 얹은 채 휴대폰을 꺼내니 '리큐'라는 이름이 보였다. '시바타' 같은 정나미 없는 이름이 아닌, 친근함이 물씬 느껴지는 '리큐'라는 두 글자가 휴대폰 화면 위에서 경쾌하게 춤을 추고 있었다.

"이중 삼중으로 방벽을 쌓고 온 거 아니었어?"

다쓰야가 어이없어하며 웃는 모습을 보니 심사가 뒤틀렸다.

"환자를 끌어당기는 구리하라를 얕보지 말라고."

쓸데없이 당당하게 응수하며 통화 버튼을 눌렀다.

반쯤 입을 벌린 리큐가 말도 없이 우두커니 서 있다.

심전도 모니터며 투석기기가 깜박거리는 응급센터 외래의 중앙에서 그렇게 멈춰 선 모습은 상당히 바보 같아 보였지만 무리도 아니다. 저녁 8시의 응급센터에 모습을 드러낸 지도의의 등에 두 살배기 소녀가 업혀 있었으니, 리큐가 아닌 다른 사람이었다 해도 얼이 빠졌을 것이다.

분주하게 오가던 간호사들까지 눈이 동그래졌다.

"저, 선생님……."

"신경 쓰지 마. 오늘은 아내가 도쿄에 있거든."

얕은 잠에 빠진 고하루를 대기실 구석에 있는 처치용 침대에 눕혔다. 간호사가 당황한 듯했지만 고맙게도 작은 이불을 가지고 와주었다.

"근처에 부탁할 친척도 없어. 마침 같이 있던 친구에게 맡기려고 했지만 울며불며 매달리는 통에 어쩔 수 없이 데리고 왔어. 그게 전부야."

"그게 전부라니……." 리큐의 옆에 있던 아가씨가 진심으로 걱정되는 듯 중얼거렸다. "정말 괜찮으신 거예요?"

"신경 써주는 건 고맙지만 인턴이 왜 이 시간에 병원에 있나?"

내가 눈을 가늘게 뜨고 쳐다본 사람은 아가씨가 아니라 리큐였다.

"인턴의 노동 시간에 관해선 얼마 전에 이야기했을 텐데. 우두머리께 은혜로운 지도를 받은 지 얼마 안 됐다고."

"압니다. 하지만 본인이 원한 겁니다."

"본인?"

시선을 돌리자 아가씨가 슬그머니 끄덕였다.

"환자 상태가 악화되고 선생님들이 불려오는 상황에서 인턴만 쉬는 건 이상하다고 생각해요."

그야말로 조리에 맞는 말이 돌아왔다.

"하지만 교수회의 결정이다. 인턴 교육 프로그램의 가이드라인을 안 읽었나?"

"읽었어요. 그래도 이상한 건 이상한 거라고 생각해요."

뜻밖의 완강한 대답에 오히려 내가 당황했다.

"따님과 축제를 보러 갔던 선생님이 호출받고 들어오시는데 인턴인 제가 방에서 텔레비전을 보고 있다니, 이상하다고 생각하지 않으세요?"

"그건 그렇지만 내가 아닌 교수회에서 정한 사안이다."

"그럼 교수회가 틀렸다고 생각합니다."

엄청나게 놀랐다. 피어싱 사건의 주인공인 인턴이 이런 발언을 하리라고는 생각지도 못했다. 게다가 이치도 양식도 대체로 인턴 쪽에 있다. 거대한 조직 안에서 왠지 모르게 잘 보이지 않게 된 것을 나에게 가르쳐주는 듯한 기분이 들었다.

"거참 특이하네." 나는 마침내 쓴웃음을 지었다. "쉬라고 하는데도 구태여 야간에 병원에 나오다니 별난 것에도 정도가 있지. 나라면 감사히 집에 틀어박혀서 『풀베개』라도 탐독할 텐데."

"오면 안 될까요?"

"안 될 리 없지. 하지만 한 가지 분명히 말해둘 게 있어."

아가씨의 뺨에 긴장한 기색이 감돌았다.

"대학 안에서 '교수회가 틀렸다'는 말은 큰 소리로 하는 게 아니다. 그런 말은 병원 밖에서 몰래 하는 거야."

아주 잠깐의 침묵 후 아가씨가 미소를 지으며 "네" 하고 대답했다. 그러자 리큐가 전자 카르테를 열었고 아가씨가 곧장 입을 열었다.

"환자는 29세 여성, 후타쓰기 미오 씨, 일주일 전에 막 퇴원했습니다."

다소 긴장 어린 목소리가 응급 외래에 울려 퍼졌다.

7월 말, 후타쓰기 씨의 화학요법을 4제 병용의 강력한 폴피리녹스에서 2제 병용의 젬 아브락산으로 변경했다.

이후 그 흉악한 골수 억제는 잠잠해졌고, 비교적 상태가 양호한 것으로 확인되자 후타쓰기 씨는 마침내 8월 초에 퇴원할 수 있었다. 췌장암 자체의 경과는 낙관할 수 없지만 일단은 집에서 가족과 함께 보낼 수 있다는 기쁨에 그녀는 넘치는 미소로 주변 경치를 환하게 밝히며 퇴원했던 것이다. 하지만 그로부터 불과 일주일 후, 주말 저녁에 후타쓰기 씨가 돌아왔다.

"오늘 아침부터 열이 40도까지 올랐다고 합니다."

카르테로 데이터를 확인한 후 리큐를 따라 처치실로 향하자 심전도 모니터가 내뿜는 조명 아래에서 거친 숨을 몰아쉬는 후타쓰기 씨가 보였다. 모니터상의 활력 징후 사인은 위험한 수치를 나타내고 있었지만 열 때문에 볼이 상기된 탓인지 후타쓰기 씨의 안색은 아주 나빠 보이지 않았다. 오히려 침대 옆에 선 남편의 혈색이 더 나빴다.

리큐가 혈액 검사 결과지를 인쇄해서 내게 건네며 말했다. "혈검상으로는 고도의 염증 소견이 나타나고 간담도계 효소 수치가 치솟았습니다. CT 화면까지 종합하면 스텐트 트러블로 보입니다."

"게다가 혈압은 100 전후로 떨어져서 쇼크 직전 상태라는 건가."

후타쓰기 씨는 췌장암으로 인해 담관 폐색이 와서 스텐트 시술을 했었다. 그 스텐트가 막혀 담관염을 일으켰고 염증 수치가 급격히 높아지며 패혈증으로 가기 직전인 상태였다. 방치했다가는 몇 시간 내로 치명적인 상황을 초래할 수 있어 당장 긴급 ERCP로 스텐트를 교체해야 하는데, 이중 삼중으로 방벽을 쌓은 내가 고하루를 업고서라도 병원에 와야 했던 이유는 그것이 아니다. 스텐트를 교환하는 정도의 ERCP라면 내가 아니어도 할 수 있는 의사가 있다.

"후타쓰기 씨가, 절대, 입원은 싫다고……."

리큐의 조심스러운 목소리가 난처한 상황을 단적으로 드러내고 있었다.

남편은 후타쓰기 씨의 고열 상태를 알아채고 서둘러 구급차를 불렀다. 이송 중에는 녹초가 되어 아무 말도 없었지만 병원에서 수액을 맞은 후 어느 정도 의식이 돌아오자마자 입원은 절대 하지 않겠다고 버티기 시작한 것이다. 급성 담관염에서 패혈증으로 가기 직전이라 목숨을 건지려면 긴급 ERCP가 필요한 상태다. 입원을 안 할 수는 없다. 그럼에도 후타쓰기 씨가 계속해서 집에 가고 싶다고 하니 리큐도 손쓰지 못하고 내게 연락한 것이었다.

우리의 나지막한 대화가 들렸는지, 후타쓰기 씨가 가만히 눈을 뜨고 나를 올려다보았다.

"구리하라 선생님, 안녕하세요." 가쁜 숨을 몰아쉬며 그 와중에도 인사를 했다. "애써 퇴원시켜주셨는데 금방 다시 와버렸어요. 걱정 끼쳐서 죄송합니다."

"걱정은 하지 않습니다. 무사히 와주셔서 안심했을 정도입니다."

후타쓰기 씨는 내가 들고 있던 검사 결과지로 시선을 옮겼다.

"혈액 검사, 결과가 안 좋은가 봐요."

"모니터로 보면 오색찬란합니다. 평소에는 하얀 화면에 검은 숫자만 늘어서 있는 지루한 데이터인데 오늘은 빨간색과 파란색이 뒤섞여 아주 컬러풀하네요."

어디까지나 담담하게 말하자 후타쓰기 씨는 그제야 딱딱한 표정을 풀고 마지못해 웃었다.

"역시 선생님은 재미있는 분이네요."

"세상에는 온통 재미없는 일뿐이니 야간의 응급 외래 정도는 유쾌하게 임하려 합니다."

후타쓰기 씨는 후훗, 하고 웃으며 소녀 같은 명랑함을 보였다.

나는 검사 데이터를 리큐에게 돌려주며 말했다. "지금부터 긴급 ERCP를 할 겁니다."

"선생님이 아무리 재미있어도 입원은 싫어요."

생각보다 더 단호한 말이었다.

말없이 그녀를 바라보자 후타쓰기 씨도 시선을 피하지 않았다. 강한 여성이다. 하지만 아무리 마음의 심지가 굳

건하다 해도 몸의 심지는 당장이라도 우지끈 부러질 듯한 상태였다.

나는 숨을 고른 뒤 담담히 말했다. "하지 않으면 죽습니다. 데이터상으로는 이미 패혈증입니다."

"어차피 췌장암으로 죽을 거예요. 병원 안에 갇혀서 죽을 바에야 집에서 남편과 아이와 함께 있겠어요."

말투는 침착했지만 생각지 못하게 격렬한 단어가 돌아오자 한순간 침대 주변이 물을 끼얹은 듯 고요해졌다.

리큐와 아가씨가 숨을 죽였다. 머리 쪽에서 모니터를 조작하던 간호사도 얼떨결에 손을 멈추고 돌아보았다. 평소의 차분한 인상과는 동떨어진 과격한 언어는 40도를 넘는 고열 때문에 튀어나왔을 것이다. 하지만 이는 곧 그 말이 후타쓰기 씨의 진심이라는 뜻이다.

"미오."

침대 옆에 선 남편이 아내를 부르며 당황한 기색을 보였지만 그녀는 눈길도 주지 않고 말을 계속했다.

"췌장암 4기의 평균 수명은 6개월에서 1년이죠?"

리큐가 옆에서 움찔거렸다. 하지만 나는 꿈쩍도 하지 않았다. 적어도 겉으로는 움직이지 않았다.

"공부를 많이 하셨네요."

"인터넷에서 조금만 검색해보면 얼마든지 알 수 있는

정보예요. 남은 시간이 얼마 없다는 게 확실한데 병원 안에 박혀서 또다시 집에 못 가게 되는 건 싫습니다. 아니면 선생님은 제게만 기적이 일어나서 암이 없어질 거라는 생각이라도 하시는 건가요?"

올려다보는 눈가에는 예리한 지성의 빛과 고열로 인한 흥분이 뒤섞여 어두운 불꽃이 흔들리고 있다. 꿋꿋하게 행동하면서도 내내 가슴속 깊은 곳에 밀어 넣어두었던 격정이 서서히 고개를 들고 있었다.

어디에선가 새된 알람이 울리고 있는 걸 보니 다른 병상에서 위급한 상황이 생겼을지도 모른다. 등 뒤의 복도를 통해 부산스러운 기운이 전해져오지만, 당연하게도 지금의 내게는 등 뒤의 환자보다 눈앞의 후타쓰기 씨가 중요하다.

"기적이 일어날지, 저는 알 수 없습니다." 나는 가능한 한 조용히 말을 이어갔다. "의사여도 알 수 없는 것이 많습니다. 아무리 의료 기술이 발전했다 해도 인간이 할 수 있는 일들은 한정되어 있으니까요. 아무리 자동차가 발전해도 교통사고는 끊이지 않고, 인공위성까지 쏘아 올리지만 여전히 일기예보를 맞히지 못하는 것과 마찬가지입니다."

"정말." 후타쓰기 씨가 가만히 나를 보며 입을 뗐다. "정말 재미있는 선생님이네요."

미소가 새어나왔다.

"그러니 후타쓰기 씨의 췌장암을 마법처럼 없애버릴 수는 없습니다. 하지만 고열을 낫게 할 순 있죠. 기적의 여부는 신의 영역이지만, 할 수 있는 일에 최선을 다하는 것은 인간의 의무라고 생각합니다."

"그러니 치료를 계속하라고요?"

"그렇습니다. 긴급 ERCP를 해야 합니다."

"그래도 입원은 싫어요."

"그럼 입원하지 않고 진행하겠습니다."

엇, 하고 뒤에 서 있던 리큐가 목소리를 냈다.

무언가 말하려 했던 후타쓰기 씨도 침묵하고, 옆에 있던 남편도 놀란 눈으로 나를 바라봤다.

"지금부터 준비가 되는대로 내시경실로 이동해 스텐트를 교환하겠습니다. 내시경이 끝나고 마취에서 깨어나면 귀가하셔도 좋습니다. 병동에는 올라가지 않겠습니다."

뒤에서 풍기는 불온한 공기가 리큐의 초조함을 전해주었다. 40도의 고열로 쇼크 상태 직전인 담관염 환자를 외래에서 치료하고 귀가시키겠다는 것은 아무리 낙관적으로 본다 해도 제대로 된 판단이 아니다. 그러나 모든 일에는 우선순위가 있다. 당장 ERCP 시술을 하지 않으면 후타쓰기 씨는 목숨을 잃을 수도 있다.

볼이 상기된 채로, 후타쓰기 씨는 잠시 생각하는 듯하더니 이윽고 입을 열었다.

"끝나면 집에 갈 수 있는 거죠?"

"약속하겠습니다."

"정말로요?"

"정말로요."

한 박자 쉰 후 "시작해도 되겠습니까?"라고 묻자 그녀는 한동안 나를 쳐다보더니 천천히 끄덕였다.

"정말 괜찮으시겠어요?"

아가씨는 전자 카르테에 지시 사항을 입력하고 있었고, 그 옆에서 리큐가 조심스레 입을 열었다.

"혈액 검사상으로는 명백한 패혈증입니다. ERCP가 끝나고 바로 귀가라니⋯⋯."

"어쩔 수 없다. 입원을 강요하면 후타쓰기 씨는 ERCP를 거부하고 집에 간다고 할 거야. 그렇다고 구구절절 설득할 여유도 없지. 처치가 늦어질수록 그만큼 혈압이 떨어져서 위험도가 높아지니까."

"그야 그렇습니다만⋯⋯."

리큐의 걱정에 동조하듯 아가씨가 뒤를 돌아 말했다.

"내시경이 끝나고 나서 그대로 몰래 입원시키는 것은 어떨까요?"

"그리고 아침에 배신당했다는 걸 알면 두 번 다시는 우리를 믿지 않게 될 거야."

리큐와 아가씨가 동시에 입을 닫았다.

"후타쓰기 씨는 신의가 있고 머리도 좋은 분이다. 설령 치료 때문이라 해도 거짓말이나 속임수는 치명적인 불신을 낳게 될 거야. 스텐트를 넣는다고 해서 후타쓰기 씨의 치료가 다 끝나는 게 아니라고."

"그건…… 그럴지도 모르지만, 그래도 처치가 끝나고 바로 돌려보내다니……."

"바로 돌려보낸다고는 하지 않았어. 마취에서 깨어나면 귀가해도 좋다고 했지."

나의 미묘한 답변에 리큐와 아가씨는 서로의 얼굴을 마주 보았다.

"다른 때보다 정맥 마취를 강하게 하는 거야. 진정 상태를 오래 끌어서 내일 오후 정도까지 잠들어 있게 하면 그 사이에 상당한 양의 링거와 항생제를 투여할 수 있어. 혈압이 나아지면 귀가하는 것도 무리는 아니지. 모든 관리를 응급센터 처치실에서 하면 입원이 아니야."

리큐의 눈이 휘둥그레졌다. "일부러 내일 오후까지 잠들어 있게 한다는 겁니까?"

"그렇다."

리큐가 얼굴을 찡그리는 것도 무리는 아니다.

물론 나에게 촉한의 제갈공명처럼 기사회생의 비책이라도 있으면 좋겠지만 유감스럽게도 신슈의 일개 내과의가 생각해낸 방책은 이 정도가 한계다.

"하지만 ERCP 시술 후 항상 두세 시간이면 마취에서 깼는데 이번에만 하루 종일 안 깨면 후타쓰기 씨도 이상하다고 느낄 거예요."

"물론 평소처럼 마취를 하면 그런 일이 생기지는 않지. 하지만 4년차 젊은 의사가 너무나 긴장한 나머지 진정제를 평소보다 많이 써버리는 경우도 있을 거야."

에두른 나의 제안에 리큐는 꿀 먹은 벙어리가 되었다. 하지만 상황을 이해하고는 서서히 기가 막힌다는 표정으로 변해갔다.

"ERCP에 익숙한 9년차가 약물의 양을 틀리는 건 부자연스럽고, 아무것도 모르는 인턴을 방패막이로 세울 수도 없어. 자네 위치가 딱 좋아."

"그건 거의 사기잖아요."

"사기든 야바위든 후타쓰기 씨를 살릴 수만 있다면 상관없다. 아니면 후타쓰기 씨와의 약속을 깨고 밤 9시에 빵집에 전화해서 병상을 확보해달라고 할까?"

"그건 됐습니다. 얼마 전에도 우사미 선생님과 부딪쳤어요. 병상 이야기 따위 들어주실 리 없습니다."

"그럼 이견은 없군. 애당초 한나절 정도의 시간을 벌었다고 해서 회복될 거라는 보장은 없어. 할 수 있는 걸 하고, 기도할 수밖에 없는 상황이야."

내가 깊은 한숨을 내쉬자 리큐는 이윽고 희미한 미소를 띠며 끄덕였다.

"알겠습니다. 그렇게 할게요." 그러고는 쓰윽 일어섰다. "내시경실 열쇠를 가지고 오겠습니다. 선생님은 후타쓰기 씨 상태를 봐주세요."

"내가 다녀오지. 리큐는 아가씨 카르테를 확인하고."

"벌써 확인했습니다. 이제는 내시경 준비를 하고, 너무나 긴장한 나머지 진정제를 평소보다 많이 넣기만 하면 됩니다."

빈정거리는 대답에 적잖이 마음 아파하며 후배를 올려다보자 예상외로 점잖게 웃고 있었다.

"ERCP가 끝나면 또 맛있는 물레나물 차를 달여드리겠습니다."

그런 말을 덧붙인 이유는 내가 이마에 손을 얹고 있어서이리라. 리큐는 본인 할 말만 하더니 내 말은 듣지도 않고 뛰어가버렸다.

훌륭한 후배다. 다소 마음이 가벼워지기는 했지만 방심

할 수 있는 상황은 아니다.

환자를 구하기 위해서라고는 해도 상당히 무리가 따르는 여정이다. 이미 혈압이 떨어지기 시작한 환자에게 ERCP 시술을 하고, 진정제 양을 조절하며 항생제 용량을 최대치까지 투여한다. 뿐만 아니라 내일 오후에는 열이 떨어지고 혈압이 안정되어야지만 귀가할 수 있는 최소한의 조건을 충족한다.

고개를 내저으며 한 번 더 한숨을 내쉬고 고개를 들었는데, 아가씨의 커다란 눈이 나를 똑바로 쳐다보고 있어서 멈칫거렸다.

"뭐야?"

"아무것도 아니에요."

그러면서 조용히 고개를 좌우로 흔든다.

"아무것도 아니면서 사람 얼굴을 그렇게 빤히 쳐다보면 안 되지."

"죄송해요. 하지만 후타바 선생님이 하셨던 말의 의미를 조금은 알 것 같아서요."

부드러운 미소를 띠며 갑작스러운 이름을 입에 올렸다.

"후타바의 조언이라면 흥미롭군. 브래드버리의 작품이라도 정독하라고 하던가?"

"장차 병리의가 되고 싶더라도 임상을 제대로 배워둬야

한다고 하셨어요."

"명언이네. 환자는 현미경 안에 있는 게 아냐. 자네 눈앞에 있지."

"그리고 내과에서 구리하라 선생님 밑에 있는 건 좋은 기회니까 선생님의 진료를 잘 봐두라고 하셨어요. 가능한 한 밤이든 휴일이든, 직접 가서 제대로 봐두라고요."

뜻밖의 대사에 나는 눈을 두 번 정도 끔벅였다.

"대학에도 멋진 의사가 확실히 있으니까 봐두라고."

"그런 대사는 당사자한테 직접 말해주는 게 좋다고 전해주게."

"무리예요. 후타바 선생님은 기본적으로 츤데레(쌀쌀해 보이지만 알고 보면 다정한 사람을 이르는 말-옮긴이)거든요."

낯선 용어에 눈살을 찌푸리면서도 왠지 속이 근질거렸다. 아가씨는 그런 나를 여느 때와 같은 태평한 미소로 바라보고 있었다.

"그러니까 앞으로도 꼭 불러주세요."

"또 우두머리의 심기를 거스르게 되겠군."

"민폐일까요?"

"걱정할 것 없어. 우두머리의 독설과 비아냥이라면 리큐가 흔쾌히 발로 차주겠지. 애 딸린 부모까지 호출하는 직장이야. 당연히 한 명이라도 많을수록 좋아."

나는 웃으며 대답한 뒤 자리에서 일어났다. 그리고 그대로 대기실 구석에 있는 간이침대로 가서 고하루의 모습을 보고는 어리둥절했다. 고하루가 누워 있는 침대에는 언제부터였는지 리사가 바로 옆에 나란히 누워서 둘이 하얀 이불을 뒤집어쓰고 잠들어 있었던 것이다.

무의식중에 가까이 다가가자 뒤에서 아가씨의 목소리가 쫓아왔다.

"간호사 선생님이 그러던데요, 아까 선생님 따님이 깨서 칭얼거리고 있을 때 리사가 놀아주니까 금방 조용해졌다고요."

물론 나는 환자 쪽에 집중하느라 알아채지 못했다.

아이 둘을 잠자코 재워준 것은 응급센터 간호사들의 무언의 배려라 할 수 있다. 그뿐만 아니라 감기에 걸리지 않도록 이불을 덮어주고 두 아이가 좁은 침대에서 떨어지지 않도록 주변에 베개까지 놓아주었다. 아가씨가 조용히 다가서더니 미끄러져 내려가는 이불을 다정하게 다시 덮어주었다.

"리사는 착한 아이네요."

고개를 끄덕이며 시선을 돌리자 응급센터 입구에서 마침 발 빠르게 돌아오는 리큐의 모습이 보였다.

"우리 딸을 돌봐줬으니, 보답으로 엄마를 구하러 갈까."

아가씨는 힘차게 끄덕였다.

망아지풀이라는 자그마한 꽃이 있다.

혼슈의 중부 이북에 자생하는 고산 식물로 표고가 높고 모래와 자갈이 많은 곳에 곧잘 무리 지어 자라는데, 지금은 매우 희귀하고 도굴이 많이 되기도 하여 지역에 따라서는 멸종 위기 식물로 지정되었다.

온타케소의 아담한 뒤뜰 구석에는 그 망아지풀 한 포기가 고요히 피어 있다.

결코 조건이 좋은 땅은 아니다. 이웃집 회화나무의 가지가 우거진 탓에 볕이 잘 들지 않아 여름에도 어둑어둑하고 쌀쌀한 데다 자갈과 모래가 뒤섞여 땅도 메말라 있다. 하지만 덕분에 다른 식물이 자라지 않아서 가느다란 줄기에 참한 꽃을 드리운 망아지풀이 피는 것이다.

그 꽃을 아내가 알아보았는데, 작년에 뒤뜰의 잡초를 뽑을 때 발견했다고 한다.

"누군가가 심은 걸까요?"

고개를 살짝 갸웃거리면서도 이 진귀한 꽃을 만났다는 사실에 진심으로 기뻐하는 모습이었다. 그 마음은 아직 두 살인 우리 아이에게도 통한 듯 고하루는 한가로이 다홍빛 커다란 꽃잎을 피운 망아지풀 주변을 자갈로 빙 둘러놓고

마치 장난감 상자 제일 구석에 넣어둔 보물을 다루듯 소중히 대했다.

일요일 저녁, 열이 떨어진 후타쓰기 씨에게 귀가를 허가한 후 온타케소로 돌아오자마자 고하루가 처음으로 향한 곳도 그 뒤뜰이었다.

"망아지푸."

쾌활함이 가득한 뒤뜰에 그 자그마한 중얼거림이 울려 퍼지자 왠지 자연스레 미소가 새어나왔다.

고하루는 리사와 함께 아침까지 처치실 간이침대에서 곤히 잠들었다. 후타쓰기 씨의 남편이 곁을 지켜준 덕분에 안심할 수 있었지만, 안심했다고 해서 나까지 숙면을 취할 수 있었던 건 아니다. 리큐와 같이 우왕좌왕하며 응급센터를 오갔고 모니터의 혈압과 열이 오르락내리락할 때마다 일희일비하는 사이에 날이 밝았다. 그러다 마침내 정오가 지나고 후타쓰기 씨가 눈을 뜬 것이다.

우리 계략이 성과를 올렸는지 열이 떨어지고 혈압도 좋아져 걸을 수 있는 상태가 되었다. 물론 진정제를 조금 더 많이 넣었다는 설명은 굳이 하지 않았다. 우리는 내복약 항생제를 남편에게 건네고 그대로 응급센터에서 배웅했다. 오랜만에 의료의 신에게 감사하고 싶어지는, 고요하고 평온한 경과였다.

"오, 웬일로 해가 떠 있을 때 닥터가 온타케소에 왔네."

이 태연한 목소리는 당연히 툇마루에서 얼굴을 내민 남작의 것이다.

"고하루 공주랑 둘이 온 거야?"

"아내는 도쿄에 갔거든. 밤에는 올 테니까 그때까지는 내가 고하루를 돌보기로 했어."

"반대겠지. 고하루가 자네를 돌보는 거 아닌가?"

하하하, 하고 웃는 남작을 보고 내가 눈을 살짝 가늘게 떴다. 그의 손에 커다란 골판지 상자가 들려 있어서였다. 남작은 거실 안쪽으로 상자를 옮겼다. 망아지풀이 있던 곳에서 돌아온 고하루와 함께 이끌리듯 거실로 들어가자 그곳에는 커다란 상자 대여섯 개가 놓여 있었다.

"남작, 대청소야?"

"뭐, 그렇다고 할 수 있지."

"별일이군. '도라지방'에 쌓일 대로 쌓인 독소에 방주인이 백기를 든 건가?"

"샘솟는 영감과 재능이 좁은 실내에 갇혀 있지 못해서 넘쳐 나왔다고 해줬으면 좋겠는데."

난잡한 망언을 주고받는 동안에도 고하루는 재미있다는 표정으로 상자 안을 차례차례 들여다보았다.

내용물은 대량의 화필과 물감 등 그림을 그리기 위한 도구가 반, 나머지 반이 무수한 스카치 위스키 병으로, 빈 병도 적지 않다. 영감과 재능이라기보다는 나태와 퇴폐의 기색이 짙다.

"그렇지만 뭐." 남작이 극히 평범한 말투로 말했다. "제대로 청소도 한 적 없는 방이야. 깨끗이 쓸어내서 뒤탈이 없도록 해두려고. 뜨는 새는 뒤를 어지르지 않는다는 말도 있잖아."

음, 나는 눈썹을 꿈틀거렸다.

"뜨는 새?"

"혼잣말이야."

"혼잣말을 들으라는 듯이 하네."

물러서지 않고 한 발짝 더 들여놓자 남작은 평소와 다름없는 초연한 미소를 지으며 답했다.

"전에도 말했을지 모르지만 나는 닥터와 학사님과 달리 온타케소가 없어지면 갈 곳도 없고 기댈 친구도 없어." 발치에 있던 상자에서 스카치 위스키 한 병을 꺼내더니 바라보며 말을 이었다. "나가라는 말을 갑자기 듣고 급하게 짐 정리를 하다가 귀중한 스카치 위스키 컬렉션에 흠집이라도 생기면 후회해도 소용이 없지. 늦기 전에 조금은 정리를 해두려고."

시원스러운 말 뒤편에 무언가 엷은 적적함이 엿보이는

건 내 마음이 쓸쓸한 탓일까.

　생각해보면 온타케소 철거 이야기가 그 후에 어떻게 됐는지 나는 전혀 관여하지 않았다. 그 일에 신경 쓸 수 있을 만한 시간적 여유도 심리적 여유도 없는 상태로 벌써 8월에 들어섰다.

　"사태가 그렇게 급박한가?"

　"급박할 게 뭐 있겠나. 온타케소라는 장소는 항상 많은 사람의 경유지이지 종착지가 아니잖아. 지금까지도 많은 사람이 거쳐갔던 것처럼 말이야. 그런 의미에서는 나만 계속 여기에 남아 있을 거라고 믿을 이유도 없어."

　담담한 어조에서 묘하게 무게가 느껴졌다.

　확실히 실로 많은 사람이 이 작은 건물을 스쳐갔다. 농학부 학생도 있었고 하치주이치 은행에 근무하는 여성이 살기도 했다. 하지만 가장 오래 산 사람은 남작으로, 그 양반의 위치에는 다른 주민들과는 확연히 구분되는 무게감이 있다.

　"하지만 이런 타이밍에서 만난 것도 인연이지." 그가 천천히, 새 병 하나를 꺼내 들었다. "한잔하지 않겠어?"

　'AUCHROISK'라는 익숙한 알파벳이 늘어서 있다.

　"오스로스크, 라고 읽어."

　"귀중한 컬렉션 아닌가?"

"귀중하고 말고. 하지만 스카치 위스키는 관상용이 아니라 마시라고 있는 거야."

설득력 넘치는 남작의 권유를 사양할 만큼 나도 멋없는 사람은 아니었다.

대학병원 업무에는 외근이라는 것이 있다.

매주 정해진 시간에, 할당된 각지의 병원에 외래와 내시경 등을 목적으로 방문하는 업무다. 병원에 따라서는 편도 두 시간 이상이나 들여서 가야 하는 벽지도 있다. 대학에만 있는 체제일 것이다.

내 경우에는 수요일 고쇼쿠 종합병원에서 진행하는 내시경 업무가 그것이다. 오전 중에는 위내시경을 하고, 오후에는 현장의 상근 의사와 함께 ERCP 시술을 하는 업무다.

그 상근 의사가, 고쇼쿠 종합병원 내시경 센터의 센터장인 우시야마 선생님이다.

"구리하라의 ERCP는 뭔가 살짝 부족하단 말이지."

세월이 쌓인 어두컴컴한 내시경실에 구성진 목소리가 낮게 울려 퍼지자 나는 자연스레 허리를 폈다. 우시야마 선생님이, 모니터에 찍힌 내시경 화면을 볼펜 끝으로 탁탁 두드리고 있었다.

'북방의 맹우.'

제4내과에서 그렇게 말하면 모르는 사람이 없는 베테랑 소화기내과 의사다. 평소에는 과묵하게 진료를 보는 조용한 인물이지만 역린을 한번 건드리면 가령 상대가 원장이라 해도 무시무시한 호통을 내질러 입도 벙긋하지 못하게 만든다고 한다. 체구는 작지만 어깨가 떡 벌어졌고 하얀 콧수염도 기른 무서운 얼굴이라 실제 체격보다 더 커 보인다.

나는 아직 우시야마 선생님의 고함을 들은 적이 없지만 이 당당한 박력을 지닌 인물이 일단 맹우로 변모하면 어떻게 될지 상상만 해도 몸서리쳐진다.

"전혀 못쓰는 건 아니야. 그런데 전환 속도가 느려. 어렵다 싶으면 한 가지 방법을 고집하지 말고 계속 손을 바꿔봐." 내시경 화면을 볼펜 끝으로 가리키며 말했다.

오늘 하루 있었던 ERCP 시술 사례를 되짚으며 그 검사에서 서툴렀던 점이나 부족했던 점을 지적해주는 피드백 시간이다.

"멀리서 잘 안 보이면 근접으로, 가이드와이어도 좋고 끝이 가는 걸로 바꿔도 좋아. 그 선택에 뜸을 들이면 쓸데없이 시간이 낭비돼. 시간이 걸리면 합병증이 늘고. 즉 환자를 힘들게 하는 거지. 조금 더 부드럽게 바꾸면……."

우시야마 선생님은 펜을 가운의 가슴 주머니에 넣으며

의자 등받이에 몸을 기댔다.

"ERCP 시간이 5분은 단축돼."

불과 5분이다.

그러나 5분이다.

ERCP는 내시경 하나로 췌장과 담관이라는 몸 깊은 곳의 중요 장기에 접근하는 매우 중요한 손 기술이다. 췌장암 진단에서 담관 스텐트 삽입까지, 모든 것을 위내시경 카메라로 할 수 있다는 점에서 임상에서는 압도적인 위력을 자랑하지만 그와 동시에 내시경 시술 중에서는 위험도가 월등히 높고 합병증도 많다. 시술 난이도, 적용 환자의 전신 상태 및 긴장도, 합병증이 나타났을 때의 중대성 등을 종합적으로 고려하면 아마도 모든 내시경 시술의 정점에 있는 기술이라 할 수 있을 것이다. 이렇게 위험한 시술을 얼마나 신속하고 안전하게 하는가, 우시야마 선생님은 그 점에 관해서는 일말의 타협도 허하지 않는다.

그 엄격함 덕분에 대학병원에서는 대대로 젊은 내시경 의사들이 ERCP를 배우러 온다고 한다. 표면상으로는 일단 외근이라 불리지만 진료라기보다는 지도를 받는다고 표현하는 쪽이 더 정확할 것이다.

"하지만 구리하라에게도 좋은 점이 두 가지 있어."

"두 가지나 있습니까?"

"있지." 고지식하게 묻자 맹우는 조금도 웃지 않고 답했다. "환자에게 친절하다는 것과 간호사에게 인기가 있다는 것."

순간 눈살을 찌푸렸다. "그건 내시경 기술과는 상관이 없는 것 같습니다만……."

"지금은 내시경 쪽에서 칭찬할 구석이 없는데 별수 있나." 내가 손으로 이마를 짚자 맹우는 담담한 어조로 말을 덧붙였다. "걱정 마. 환자에게 친절한 것도 간호사에게 인기가 있는 것도 의사로서는 중요한 자질이야."

"가능하다면 내시경 기술을 향상시키고 싶습니다."

"그렇다면 수행해야지. 계속 갈고닦을 수밖에."

나무랄 데 없는 지적에 나는 잠자코 고개를 숙였다.

피드백을 얼추 끝내고 나서 맹우가 갑자기 화제를 전환했다.

"그러고 보니까, 대학에 시바타라는 의사가 있나?"

순간 당황했다. 예상치 못한 이름을 들어서가 아니라 그것이 리큐의 본명이라는 것을 떠올리기까지 다소 시간이 걸려서였다.

"시바타라면 저희 3팀 팀원입니다만, 왜 그러십니까?"

"좋은 의사야?"

도무지 종잡을 수 없는 질문이다.

"약간 융통성이 없다는 것이 옥에 티지만 성실하고 전도유망한 의사입니다. 덧붙이면 차를 달이는 솜씨 하나는 의국에서 제일가지요."

내가 은근히 유머를 섞었지만 우시야마 선생님은 콧수염을 만지작거리며 생각에 빠진 표정을 지었다.

"융통성이 없는 의사라, 그렇군."

뭐가 그렇다는 것인지 아리송하다. 하지만 아리송한 상태로 방치하기에는 마음에 걸렸다.

"왜 그러십니까?"

"내년에 이야마로 파견 나갈 예정이라 들었어."

"이야마?"

"이야마 고원병원에."

처음 듣는 이야기다.

이야마 고원병원은 나가노현 북단에 위치한 작은 병원이다. 그곳은 현 내에서도 강설량이 많기로 손꼽히는 지대로, 최근에는 인구 감소와 더불어 심각한 의사 부족 문제에 시달리고 있다. 도심에서 떨어진 불편한 산간 지역인데다 소수의 의사가 다수의 고령자를 끌어안은 채 무너지려 하는 의료를 간신히 떠받치고 있는 상태다. 즉 앞으로 새로운 지식과 기술을 습득해야 할 젊은 의사가 가고 싶어 하는 근무처는 아니다.

"요전에 이야마의 원장과 나가노역 앞에서 한잔할 기회가 있었거든. 그때 들은 이야기야. 예전부터 의국에 내과의를 충원해달라고 요청했는데 해결되지 않은 상태로 시간만 흐르다가, 갑자기 지난달에야 승인될 것 같다면서 엄청 기뻐하더군."

신슈는 나가노, 마쓰모토 등에 있는 일부 대규모 병원을 제외하면 여기도 저기도 의사가 부족하다. 특히 지역 의료의 근간을 지탱하는 내과의와 외과의의 수가 결정적으로 부족하다. 그러한 지역의 특성상 내과의가 한 명만 충원되어도 결코 작은 일이 아닌 것이다.

"성실한 의사라니 안심이네. 지방 병원에는 시원찮은 게 충원돼서 도리어 난장판이 되는 사례가 적지 않거든."

"그런 점이라면 걱정하지 않으셔도 될 겁니다. 이야마 입장에서는 낭보입니다. 하지만……."

내가 말끝을 흐린 이유는 느닷없는 이야기가 무척이나 당황스러워서였다.

"시바타 본인에게 낭보일지는……."

"그렇지. 원래가 인력 부족으로 축소되고 있는 병원이야. 의욕 있는 젊은 의사가 흔쾌히 갈 만한 병원은 아니겠지. 그런 곳에 좌천된다는 건 그만한 이유가 있는 거 아니겠나?"

담담한 어조였지만 맹우가 의미심장한 눈빛을 보냈다.

"융통성이 없는 의사라며."

갑자기 구조가 보인 탓에 나는 입을 다물었다. 그리고 불과 며칠 전, 응급 외래에서 리큐가 쑥쓸하게 웃으며 내뱉은 말이 뇌리를 스쳤다.

'얼마 전에도 우사미 선생님과 부딪쳤어요.'

입을 떼려던 나의 기선을 제압하듯 우시야마 선생님이 말을 이었다. "대학이라는 곳은 거대한 조직이야. 그것도 여기저기 뒤틀리고 일그러진 상태에서 엄청난 책임과 의무와 프라이드를 짊어지고 있지. 그런 곳에서 모난 행동만 하는 녀석이라면 추방당할 수도 있어."

"확실히 모가 났을지도 모르지만 기본적으로는 옳은 행동을 하는 사내입니다."

"옳고 그름이라는 건 말이지, 구리하라. 입장에 따라서 얼마든지 바뀌는 거야."

시원스러운 말에 묵직한 무게감이 있었다.

우시야마 선생님은 내시경 센터장이면서 고쇼쿠 종합병원의 부원장을 맡고 있다. ERCP만 잘하면 그만인 입장이 아닌 것이다.

"뭐, 완전히 결정된 사항은 아니야. 술자리에서 안주 삼아 나눈 말일 뿐이지."

맹우는 거기까지 말하고 일어섰다.

술자리에서 나온 말을, 심지어 의국 인사에 관련된 민감한 이야기를 구태여 미리 일러준 것이 우시야마 선생님의 배려였다는 걸 알아챈 것은 상당한 시간이 흐른 뒤였다.

하루하루가 맹렬한 기세로 흘러간다.

8월이면 의국 의사들이 교대로 여름휴가를 가는 시기지만, 병원이라는 곳은 휴가철이라고 해서 환자가 안 오는 것이 아니다. 누군가가 쉬면 그 여파는 주변으로 번진다. 나는 그렇지 않아도 대학원생이라는, 대학 내에서 최하층 계급에 위치한 신세인지라 외래 진료를 하고 외근을 나가고 내시경을 하고 주말에 아르바이트를 하고 실험을 진행하며 휴가 간 의사의 여파를 받아내는, 거의 곡예에 가까운 일정을 소화하게 되는 것이다.

이러한 상황에서는 우시야마 선생님이 말했던 의국 인사에 관한 정보를 수집할 여력이 있을 리 없다. 그저 마음을 꽁꽁 얼린 채 업무를 수행하는 사이에 8월도 어느덧 중순으로 접어들었다.

5층 실험실에서 땅거미에 잠기는 마쓰모토의 거리를 바라보며, 호조 선생님이 중얼거렸다.

"앞으로 며칠만 있으면 명절이네······."

그 뒤에서 나는 묵묵히 4채널 피펫을 만지작거리며 C형 간염 환자의 혈청을 나눠 넣고 있었다. 바로 옆에서는 리큐와 아가씨가 전자 카르테에 내일 놓을 수액 정보를 입력하고 있으니 웬일로 3팀 전원이 모인 셈이다. 실험실에서도 병동으로 오더를 내릴 수 있는 것은 전자 카르테 덕분이라 할 수 있다.

타닥타닥 키보드를 때리며 리큐가 입을 열었다. "호조 선생님은 명절 때 고향에 안 가십니까? 선생님 고향은 오미촌이죠?"

"응. 산 한두 개만 넘으면 금방이지만 이 시기에는 무서워서 가까이 갈 수가 없단 말이지."

리큐와 아가씨가 "무섭다고요?" 하며 마주 봤다.

호조 선생님은 작은 바퀴가 달린 의자에 앉은 상태로, 의자 바퀴를 굴려 창가 쪽으로 움직이며 말했다. "나, 3년 차일 때 본가 근처에 있는 오미촌 병원에서 일한 적이 있어. 의국의 인력 부족으로 의사가 많이 불려가서 무너지기 직전인 곳이었지. 별로 좋은 기억이 없어."

처음 듣는 이야기다. 원체 자신의 이야기를 잘 하려 들지 않는 사람이다.

리큐가 손을 멈추더니 신기하다는 듯 물었다. "대학병원과는 정반대의 아수라장에 계셨던 겁니까?"

맞아, 하고 호조 선생님은 부자연스러운 동작으로 손을 이마에 얹고는 창밖을 내다보았다.

"연배가 있는 선생님이랑 나 둘이서 필사적으로 지키려 했지만 그 선생님도 과로로 쓰러지는 바람에 나한테 일이 몰렸어. 그런 상황이라면 의사를 새로 파견하거나 아예 오미촌 병원의 내과를 폐쇄하고 다른 병원에서 환자를 받게 하면 좋았을 텐데, 의국은 '당분간 혼자 버텨라'라고만 해서 새 의사가 파견될 때까지 반년 동안 죽었다 생각하고 일해야 했어. 처참했지."

"무척 힘드셨겠지만 그렇다면 오히려 지금은 자랑스레 가실 수 있잖아요. 오미촌의 의료를 지켜내신 선생님이 지금은 대학의 조교 자리에 오르셨잖습니까."

"그게 그렇지가 않단 말이야." 한숨 섞인 중얼거림이 돌아왔다. "죽을 각오로 일했다고는 해도 당시의 나는 기껏해야 연수를 갓 마친 3년차였어. 제대로 된 판단을 못 하고 처방도 미적지근해서 분명 많은 사람을 죽게 했을 거야."

갈색 머리칼을 긁적긁적 헝클어뜨리며 호들갑스레 한숨을 쉬었다.

"명절에는 죽은 사람들이 집으로 온다잖아. 죽은 환자들도 줄줄이 돌아올 테니 그런 곳에 돌아가면 서럽다, 서럽다 하는 목소리가 들려와서 낮잠도 마음 놓고 못 잔다고.

명절 때 집에 가는 건 딱 질색이야."

선생님은 "아아, 무섭다, 무서워" 하며 천천히 합장하더니 나무아미타불을 외쳤다.

뜻밖의 이야기에 리큐는 대답을 잃고 쓴웃음을 지었지만 나는 웃지 못하고 팀장의 옆얼굴을 바라보았다. 익살맞은 태도는 여전하지만 그의 이야기는 웃으며 흘려듣기에는 너무나 무거웠다. 결국에는 이 선생님도 일그러진 의국 제도 속에서 고초를 맛보았다는 뜻이다.

"만약 그 이야기가 사실이라 해도." 나는 가능한 한 조용히 입을 열었다. "오카 씨는 활기차게 하루하루를 보내고 있습니다. 호조 선생님께도 감사하다고 했고요."

나는 손가락질로 상자를 가리켰다. 등 뒤의 테이블에 놓여 있던 '개운당'이라는 과자점의 커다란 상자다. 수수한 하얀 상자에 도라야키(얇은 밀가루 빵 두 장 사이에 팥소를 넣은 과자-옮긴이)가 가득 들어 있었다. 오늘 외래에 왔던 오카 씨가 3팀을 향한 감사의 뜻이라며 주고 간 것이다.

한 번은 췌장암을 의심했지만 자기면역성 췌장염 2형이라는 진단을 받은 오카 씨는 보스턴에서 돌아온 가키자키 선생님의 지도하에 스테로이드 투여를 시작했고, 그 후 극적으로 상태가 호전되어 퇴원에 이르게 되었다.

"잘 지내시나?"

"한 달 전에 입원했던 게 거짓말이었던 것처럼 혈변도, 발열도 없고 업무에도 복귀했다고 합니다. 지금은 2주에 한 번씩 외래에서 스테로이드 양을 점점 줄여가는 중입니다."

"훌륭하네. 역시 구리 짱이야."

"첫 진단은 우사미 선생님이 하셨고 치료 방침은 가키자키 선생님이 세우셨습니다."

"그래도 직접 치료를 한 건 3팀이고 구리 짱은 그 중심에 있잖아." 오니키리 호조가 산뜻하게 말했다. "의사 여럿이 가세해서 한 명의 중증 환자가 건강해진다, 대학병원의 묘미가 바로 이런 거지."

오른손을 불쑥 뻗어 도라야키를 집어 들고는 곧장 포장을 뜯어 입안에 던져 넣었다.

뒤틀린 의국 제도 속에서 온갖 고생을 해왔을 호조 선생님이, 가끔씩 이렇게 의국을 방어하는 듯한 발언을 한다. 정말이지 속내를 읽을 수 없는 사람이다.

"오, 이거 평범한 도라야키가 아닌데?"

"사과 도라야키라고 하던데요. 기간 한정 상품이랍니다."

"맛있구먼."

오니키리와 리큐가 가벼운 대화를 주고받는 동안 옆방으로 이어지는 문이 열리더니 후타바가 고개를 내밀었다. 평소와 다름없는 청바지 차림이다.

"웬일이에요. 다 같이 모여 계시고."

"이제 곧 명절이잖아."

각별히 의미도 없는 대답을 하는 호조 선생님에게 인사하며, 후타바가 아가씨를 바라보았다.

"아유카와 선생, 오늘 실험은 다 끝났어. 기다리게 해서 미안."

"아뇨, 괜찮아요." 아가씨가 밝은 목소리로 대답하며 일어났다.

후타바는 가운을 벗으며 신기한 표정을 짓는 세 명의 남자를 향해 말했다. "오늘은 병리 쪽 회식이 있거든요. 모처럼의 자리이니 아유카와 선생도 불렀어요. 내과 쪽은 괜찮으시죠?"

후타바가 물은 상대는 아가씨가 아닌 호조 선생님 쪽이었다.

"업무가 끝났으니 상관없지만 아가씨는 내가 찜했는데. 그렇게 병리로 데려가면 난처하단 말이지."

"누구한테든 그렇게 말씀하시잖아요. 얼마 전에 백화점 앞에서 여자분과 걸어가는 모습을 봤다는 사람이 있어요."

예기치 못한 타격을 받더니 오니키리가 웬일로 입을 굳게 다물어버렸다.

그러는 동안 두 여자가 "그럼 다녀오겠습니다" 하고 고개를 꾸벅 숙이며 나갔고 뒤이어 PHS가 울리더니 리큐가 병동으로 불려갔다.

실험실에는 뜻하지 않게 호조 선생님과 나만 남았다.

나는, 한입 가득 도라야키를 우물거리며 소파에 드러눕는 팀장을 바라보았다. 나의 시선을 느낀 호조 선생님이 무어라 말하기 전에 냉큼 입을 열었다.

"여쭙고 싶은 게 있습니다."

"뭔데 그래? 갑자기 정색을 하고."

"내년 의국 인사에 관한 내용입니다."

별안간 실내의 공기가 경직되는 듯했다. 태평스럽던 팀장의 눈에서 순간적으로 내비친 예리한 빛은 오니키리라 불린 남자의 그것이었다.

"거북한 질문이네. 시바타가 이야마로 좌천될지도 모른다는 이야기, 나는 하나도 몰라."

"전 아직 아무 말도 하지 않았습니다."

"방금은 실언한 거야."

으으, 하고 몸을 일으키더니 두 개째 도라야키에 손을 뻗었다.

"그래서, 구리 짱은 그 얘기 누구한테 들었어?"

"비밀입니다."

"그럼 나도 비밀."

말투는 부드러웠지만 딱딱한 벽에 부딪힌 듯한 차가운 반응이었다. 침묵하는 내 앞에서 호조 선생님이 태연하게 사과 도라야키를 덥석 물었다.

"리큐는 알고 있습니까?"

"알 리 있나. 표면상으로는 교수님과 준교수님만 아는 이야기라서 나도 모르는 걸로 되어 있어."

그런 내용을 선생님이 어떻게 알고 계시는지 묻는 건 여기에서의 주제가 아니다.

"의욕 있는 젊은 의사를 폐원까지 검토 중인 시골 병원에 보내다니, 불합리한 처사 아닙니까?"

"불합리는 대학의 전매특허 같은 거잖아. 새삼스레 뭘 따지고 그래."

내가 말없이 바라봤지만 오니키리 호조는 태평한 미소를 유지했다.

"아직 결정된 건 아니야. 앞서 나가지 말라고."

"모름지기 의국 인사란 넋 놓고 있는 동안 갑자기 정해지는 법이죠."

"물고 늘어지지 마. 애초에 이야마에 가는 게 시바타에게 100퍼센트 불이익이라고만은 할 수 없어. 시골 병원은 일은 힘들지만 경험이 돼. 나도 오미촌에서 톡톡히 훈련받았다니까."

"아까는 처참했다고 말씀하셨습니다만."

"내가 그랬나?"

시치미를 떼는 팀장을 노려보았지만 상대는 그저 실실거리며 긴장감 없는 미소만 보일 뿐이다. 나는 잠깐 고민하다가 돌연 팔을 뻗어 선생님의 손에 들려 있던 먹다 만 도라야키를 뺏어 들고 그대로 입안에 던져 넣었다.

어안이 벙벙해진 호조 선생님은 눈앞에서 유유히 도라야키를 씹어 삼키는 후배를 보며 기가 찬다는 목소리로 말했다. "어이, 이래 봬도 난 자네의 상사야."

"알고 있습니다. 그러니 경의를 표하는 차원에서 이 정도로 그친 겁니다. 그렇지 않았다면 지금쯤 선생님의 실험 데이터를 죄다 문서 파쇄기에 집어넣었을 겁니다."

호조 선생님은 눈꺼풀을 가볍게 두 번 정도 깜박이더니 이내 씨익 웃고는 "어이구, 무서워라" 하고 중얼거리며 세 개째 도라야키에 손을 뻗었다.

나도 다음 도라야키에 손을 뻗었다. 한정 판매 중인 귀한 전통 과자가 상당한 기세로 사라져갔다. 두터운 신뢰로 이어진 팀장과 부팀장은 말없이 마주 앉은 채 한동안 도라야키를 아귀아귀 먹어치웠다.

선생은 신을 믿나?

언젠가 환자에게 그런 질문을 받은 적이 있다.

연수를 받던 시절이었고 환자는 예순 정도로 보이는 어르신이었다. 병명은 담관암. 애초에 수술이 불가능한 상태였다. 한 오라기의 희망을 걸고 항암 치료를 시작했지만 효과를 거의 보지 못한 채 간 기능 부전이 빠르게 진행되었다.

그러던 어느 날 아침 회진 때, 이상하리만치 온화한 표정을 짓던 환자가 아무런 예고도 없이 그런 물음을 던졌었다. 무어라 대답했는지 지금은 기억이 나지 않는다. 환자가 어떤 이야기를 해줬는지도 흐릿하다. 당시의 나는 죽음의 현장에서 신을 이야기할 수 있을 정도의 충분한 시간과 경험을 쌓지 못한 상태였던 것이다. 하지만 지금은 조금 다르다.

세상에는 눈에 보이지 않는 불가사의한 힘이 있고 설명할 수 없는 일이 일어난다. 아무리 과학이 발전해도 논리와 수식으로는 설명되지 않는, 혈액 검사와 CT로는 측정할 수 없는 것이 분명히 있다. 오랜 세월을 해로한 할머니가 돌아가신 날 밤, 곁을 지키던 할아버지가 거의 동시에 돌아가신 현장에 있었던 적도 있다. 의학적으로는 도저히 설명할 수 없는 일이다.

그런 현상을 일으키는 존재를 신이라 칭한다면 나는 아

마도 신을 믿는다. 그러나 이 신은 인간의 생사에 괘념치 않는다. 열심히 살아가는 자에게 자비를 내리거나 고통에 몸부림치는 자에게 치유를 건네지 않는다. 사람의 생사엔 애당초 관심이 없다. 사람이 개미나 파리의 일생에 아무런 비애를 느끼지 않듯이.

그렇게 생각하지 않으면 도저히 받아들일 수 없는 일들이 의료 현장에는 존재한다.

자비로운 신이 존재한다면 절대로 일어날 수 없는 일.

이를테면 일곱 살 아이를 둔 스물아홉의 엄마가 돌연 췌장암에 걸리거나, 그 췌장암에 항암제가 전혀 듣지 않는 일이 말이다.

"정말, 안 되는 걸까요?"

외래진찰실 중앙에서, 후타쓰기 씨의 남편은 매달리는 눈으로 나를 바라보았다.

나는 아무 말 없이 남편에게서 눈앞의 전자 카르테 모니터로 시선을 돌렸다. 그곳에는 불과 한 시간쯤 전에 촬영한 후타쓰기 씨의 CT 화면이 떠 있었다. 후타쓰기 씨는 마침 지금 외래 화학요법실에서 항암제를 투여받는 중이다. 리사도 옆에 있을 것이다.

명절 직전이라 생각보다 외래 예약자가 적었기에 그만

큼 충분한 시간을 들여 여유롭게 이야기할 수 있었다. 하지만 이야기의 내용은 조금도 여유롭지 않았다.

세컨드라인의 항암제를 개시한 지 보름째, 치료 효과를 판정하기 위해 촬영한 CT에는 췌두부를 점거한 암세포가 눈에 띄게 커졌을 뿐만 아니라 간에서도 열 군데가 넘는 곳에서 전이가 나타났다.

"지난달 사진에는 없었던 새로운 간 전이가 발견되었습니다."

나는 방금 전에 했던 설명을 반복했다. 남편은 5분 전에 설명을 들었을 때와 마찬가지로 어깨를 움찔거렸다.

"그것도 상당히 빠른 속도로 진행되고 있습니다. 항암제가 듣지 않는다는 뜻입니다."

"하지만 미오는…… 미오는 잘 지내고 있어요."

"혈액 검사상으로는 종양 마커도 지난달보다 다섯 배 높게 치솟았습니다. 아직은 괜찮다 해도 조만간 상황이 달라질 겁니다."

담담하게 말하면서도 가슴속 파도를 억누를 수 없었다.

췌장암은 소화기내과에서도 가장 무서운 질환 중 하나다. 발견하기 힘들뿐더러 발견했을 때에는 이미 진행된 경우가 많아 치료 효과도 보기 어렵다. 게다가 진행 속도까지 빠르다. 그럼에도 스물아홉이라는 나이에 나도 모르게 기대를 걸었던 것은 부정할 수 없다. 나이가 젊고 체력도 있으니 조금이라도 약 효과가 나타나지 않을까 하는.

뇌리에는 조금 전에 진찰한 후타쓰기 씨의 모습이 남아 있다. 특별히 달라진 기색도 내비치지 않고 평온하게 진찰을 받았지만 언뜻 보아도 눈에 띄게 파리해져 있었다. 볼이 움푹 들어갔고 원래 하얬던 볼은 핏기가 더 없어진 상태였다. 매일 함께 지내는 남편의 눈에는 큰 변화로 느껴지지 않겠지만 2주에 한 번 보는 외래에서는 명백하게 쇠약해져간다는 것을 파악할 수 있었다.

"이대로라면 아마 몇 주 단위로 상태가 악화될 겁니다."

"더 이상 방법이 없는 겁니까?"

"단언할 수는 없습니다. 세 번째 항암제로 변경하겠습니다." 나는 힘을 주어 말했다.

남편은 잔뜩 긴장한 눈으로 나를 보았다. 절망으로 물들어가던 그 눈에 작게나마 희망이라는 불빛이 켜졌다.

절망은 살아갈 힘을 앗아간다. 살아간다는 것은 바꿔 말하면 희망을 가진다는 것과 같은 뜻이다. 고로 나는 '방법이 없다'는 말 대신 '세 번째'를 입에 올렸다. 세 번째로 가면 효과는 한층 더 기대하기 어려워진다는 사실은 덮어둔 채. 그 방식이 절대적으로 옳다고는 생각하지 않는다. 하지만 사람에게는 진실보다도 희망이 필요할 때가 분명히 있다. 설령 죽음이 확실하게 가까워진다 해도 멈춰 서면 안 되는 순간이 있다. 준비되지 않은 상태로 멈춰버리면 가족 모두가 쓰러질 뿐이다.

나는 모니터에서 남편 쪽으로 시선을 돌리며 덧붙였다. "할 수 있는 치료를 계속하겠습니다. 그래도 남은 시간은, 생각보다 짧을지 모릅니다."

내 말에 남편은 눈물 맺힌 눈으로 어깨를 떨어뜨린 채 고개를 작게 끄덕였다.

의료 현장에는 때때로 설명할 수 없는 일이 일어난다. 그러므로 나는 무신론자는 아니다. 하지만 신이 자비롭다고 믿지는 않는다.

의료에, 기적은 없다.

시커먼 거한이 두꺼운 손가락 두 개를 들고 목소리를 높였다.

"그린 카레 둘요."

정오가 지났을 무렵, 별반 넓지도 않은 가게 안에 거한의 낭랑한 목소리가 울렸다.

장소는 시나노대학의 정문에서 골목길로 들어가 서쪽으로 조금만 걸으면 나오는 카레 명가 '메이사이'이다. 때는 늦은 오후. 학생들로 북적일 피크 시간대를 넘긴 시각이었다. 가게 구석에 자리 잡은 단세포 외과 의사와 이지적인 내과 의사 무리에 딱히 신경 쓰는 손님도 없다.

"치킨 카레가 아니라?"

"가끔은 이치토의 취향에 맞춰볼까 싶어서."

'메이사이'의 메뉴 중 지로가 좋아하는 것은 치킨 카레고, 나는 항상 그린 카레를 먹는다. 학생 때부터 내가 강철 같은 의지로 우직하게 그린 카레만 주문하는 것에 비해 지로는 때에 따라 아주 유연하게 주문을 바꿨다. 한마디로 평하자면 줏대 없는 사내다.

"후타쓰기 씨의 CT를 봤어."

지로가 격에 맞지도 않게 진지한 표정으로 메뉴를 노려보며 그런 말을 뱉어냈다. 나는 오랜 벗의 시커먼 얼굴을 흘깃 본 후 카운터석의 손님에게 주문을 받고 있는 주인아주머니 쪽으로 시선을 돌렸다.

"참담한 사진에 충격을 받고 기분이 우울해져서 조금이라도 기분 전환을 하려고 나한테 카레를 먹자고 한 건가."

"무슨 소리야. 제일 힘든 건 주치의잖아. 나도 나름대로 걱정하고 있다고."

"걱정할 상대를 잘못 짚었네. 위로가 필요한 사람은 내가 아니라 후타쓰기 씨야."

"그럼 다음에는 후타쓰기 씨한테도 얘기해볼까? 메이사

이의 치킨 카레를 드시러 가지 않으실래요, 라고."

"유머랍시고 한 소리면 센스가 없고, 진심으로 그런다면 경찰에 잡혀가겠지."

어이, 하고 항의하는 지로를 무시한 채 나는 주방을 바라보았다. 그러곤 안쪽에서 카레를 가지고 나오는 주인아주머니를 보며 덧붙였다.

"그리고, 치킨 카레보다는 그린 카레다."

내가 생각해도 시답지 않은 대사에 지로도 잠시 명한 표정을 짓더니 한숨을 내뱉었다.

그날, 외래에서 항암제를 투여받던 후타쓰기 씨의 모습은 생각보다 밝았다.

"지난번에는 정말 감사했습니다."

남편과 이야기를 끝낸 후 모습을 드러낸 나에게, 링거를 맞던 후타쓰기 씨는 침대에 누운 상태로 평온하게 인사를 했다. 목소리만 평온할 뿐 안색은 명백히 나빴지만, 기력이 없는 것보다 있는 쪽이 좋다는 것은 당연한 사실이니 나도 전력으로 웃어 보였다.

"기운이 있어 보여 기쁩니다. 입원하지 않고 보내드린 보람이 있네요."

"죄송해요."

후타쓰기 씨는 씁쓸하게 웃었다. 하지만 그 미소에는 부드러움이 있었다.

"역시 집이 좋죠. 마음도 편하실 겁니다."

"마음이 편하달까, 역시 남편과 리사와 함께 보내는 시간이 제게 무엇보다 큰 힘을 줘요. 병마와 아직 싸울 수 있다는 힘요."

그 순간 CT의 비참한 화면이 뇌리를 스치며 가슴속을 쑤시는 듯한 아픔이 느껴졌다. 남편은 마침 리사와 점심을 먹으러 자리를 비운 상태였다. 다행이다. 그 마음 여린 사람이라면 예기치 못하게 안색이 변했을 것이 분명하다.

"체력은 조금 떨어진 느낌이지만 기력은 있어요. 리사를 위해서라도 힘내야죠."

"든든합니다. 의사가 아무리 의욕적으로 임해도 환자가 기력을 잃으면 들을 약도 듣지 않으니까요."

자연스레 세 치 혀를 놀리는 건 직업병일지도 모른다.

그때 시야 한쪽에 화학요법실의 문이 열리며 남편이 들어오는 모습이 보였다. 오른손으로는 리사와 손을 잡고 왼손에는 항상 매점에서 사 오는 샌드위치를 들고 있다. 화학요법은 준비까지 포함하여 총 세 시간이 걸린다. 2주에 한 번, 세 가족이 이렇게 필사적으로 싸우고 있다.

나를 알아본 남편이 가볍게 인사하고 그 발치에서 리사

가 활기차게 손을 흔들었다. 나도 가볍게 고개 숙여 인사하며 짧게 말했다.

"지금은 일단 할 수 있는 것을 계속해나가겠습니다."

"알겠습니다. 그래도……."

불현듯 후타쓰기 씨의 목소리가 살짝 낮아진 것 같다고 느낀 순간, 고요한 말이 날아왔다.

"죽을 때는 집에서 죽고 싶어요."

맑은 목소리였다. 흔들림 없는, 힘 있는 목소리였다.

나는 겉으로는 아무런 변화도 보이지 않은 채, 그러나 대답할 말도 잃은 채 이쪽으로 걸어오는 아빠와 딸을 바라보고 있었다.

얼마간 침묵 후, 후타쓰기 씨가 고개를 숙였다.

"선생님께 부탁드리고 싶은 건 그것뿐이에요."

나는 아무런 말도 하지 않았다. 갑작스러운 그 말이 무엇을 뜻하는지, 그녀가 얼마만큼의 사실을 깨달은 것인지 알 수도 없고 확인할 수도 없다.

머뭇거리는 사이에 가까이 다가온 아빠와 딸의 목소리가 실내를 채워갔다. 웃는 얼굴로 돌아온 후타쓰기 씨가, 잔잔한 눈망울로 내게 끄덕여 보였다. 나는 아무것도 묻지 않고 그저 목례할 뿐이었다.

그린 카레를 뜨던 숟가락을 멈추고, 지로가 나를 쳐다보았다.

"CT 결과는 아직 얘기 안 했지?"

"본인에게는 사진은 판독 중이라 다음번 외래 때 설명하겠다고 말해둔 상태야."

그렇구나, 하고 중얼거리며 다시 숟가락을 움직였다.

"그런데도 후타쓰기 씨는 상황이 위험해지고 있다는 걸 알아차린 건가."

"상태가 점점 악화되는 건 자각하고 있겠지. 느닷없이 다발성 간 전이라고 설명하기에는 상황이 너무 좋지 않다 보니 오늘은 무리가 없는 선에서 설명했지만, 뭔가 좋지 않다고 느꼈을지도 몰라."

"머리가 좋은 분이구나."

"응. 게다가 강한 사람이기도 해. 주치의로서 할 수 있는 건 기껏해야 일주일에 한 번 방문 간호를 실시하겠다는 양해를 얻는 것 정도야. 아아, 참으로 맛 좋도다. 메이사이의 그린 카레."

나는 담담하게 이야기하며 숟가락을 입으로 가져왔다.

적당하게 매콤한 맛과 향신료의 향이 절묘하여 식욕이 전혀 없는데도 자꾸만 손이 간다. 그런 의미에서는 오늘 나를 이곳으로 데려온 지로의 센스는 여간 신묘하다 할 수 없다.

"죽을 때는 집에서라." 접시째로 들고 남은 카레를 긁던 지로가 중얼거렸다. "가족과 함께 있고 싶은 거겠지?"

"누구나 그럴 거야. 자네도 곧 알게 될 거고."

"엥?"

"내년에 결혼하잖나."

지로가 당황했는지 몸을 살짝 뒤로 젖혔다. "갑자기 그 얘기가 왜 나와."

"우울한 이야기만 하면 기운 빠지니까. 가끔씩은 우스갯소리도 하고 싶어지는 거지."

"우스갯소리라니."

"몸이 얼어붙는 괴담이라고 하면 되려나?"

이봐, 하고 지로가 고개를 쑥 내미는데 주인아주머니의 쩌렁쩌렁한 음성이 울려 퍼졌다.

"선생님들은 여전히 사이가 좋네."

나도 지로도 학창 시절부터 드나들었으니 햇수로 15년은 넘었다. 도중에 혼조병원에서 일할 때는 올 기회가 거의 없었지만 수년의 공백쯤이야 오랫동안 이 가게를 지키고 있는 주인아주머니에게는 사소한 기복에 지나지 않을 것이다.

"사이좋은 선생님이 한 명 더 있었지?"

"다쓰야라면 지금도 잘 지내고 있습니다. 혼조병원에 있어요." 지로가 대답했다.

주인아주머니의 정확한 기억력에 혀를 내둘렀다.

"다들 훌륭한 선생님이 된 것 같네. 관록이 붙었어."

"중압감에 기가 죽어서 괜히 심각한 표정을 짓고 있을 뿐입니다."

"중압감이라."

아주머니는 고개를 끄덕이곤 "자, 서비스" 하더니 손에 든 볼에서 밥을 덜어 접시에 탁탁 덜어주었다.

"중압을 느낀다는 건 그만큼 무거운 걸 짊어졌다는 뜻이지. 누군가를 떠받치느라 온 힘을 다해 서 있는 거잖아. 멋진 일을 하고 있다는 뜻이니 가슴 펴고들 다녀."

산뜻하게 던져진 말이 뜻밖으로 따뜻하게 가슴을 울려 고개를 들었다. 하지만 발언자는 이미 주방으로 들어가버렸다. 그대로 고개를 돌리자 같은 감개를 느꼈을 지로와 우연히 눈이 마주쳤다.

잠시 후 지로가 중얼거리듯 말했다. "이래서 또 오고 싶어진다니까."

"웬일로 의견이 일치했군. 언제든지 또 불러주게."

두 사람 사이에 소박한 웃음이 공명했다.

자그마한 주인아주머니가 너무나도 크게 느껴진 낮겹이

었다.

아즈미노는 풍요로운 초록으로 둘러싸였다.

반짝이는 수로로 구분된 전원 지대는 바람이 지나갈 때마다 푸르른 벼가 넘실대듯 흔들거려 마치 광대한 초록의 창해 같았다. 그 창해 곳곳에는 옛 민가풍의 으리으리한 농가 지붕이 대해를 건너는 사절단 배처럼 떠 있고, 울창하게 우거진 진수의 숲(고장의 수호신을 모신 숲-옮긴이)이 섬처럼 여기저기 흩어져 있다. 광대한 여름 바다의 일각에 홀연 눈이 뜨이는 노랑이 날아든 것은 지금이 한창때인 해바라기 밭이 있기 때문일 것이다.

하늘은 푸르고 산은 새까맣게 우뚝 솟았고 땅은 풋풋한 벼의 초록에 물들어 그것만으로도 훌륭한 대조를 이루지만, 그곳에 해바라기의 노랑과 백일홍의 빨강이 더해지니 차창에서 내다보는 경치는 아름다운 한 폭의 그림 같다.

그런 경치를 내려다보고 있는데, 닛산의 피가로가 미덥지 못한 진동을 울리면서 느릿느릿 달리고 있었다. 내가 달리는 곳은 북알프스에서 남쪽으로 흐르는 다카세강을 따라 난 제방 도로로, 흔히들 올림픽도로라 부르는 폭넓은 직선 도로였다.

마쓰모토다이라에서 오마치로 빠져나가는 이 우회 도

로에서는 왼쪽으로 북알프스의 울퉁불퉁한 능선과 광대한 아즈미노를 바라보며 가볍게 시속 30킬로미터 정도로 달릴 수 있다. 눈부신 햇살 아래, 그런 기분 좋은 드라이브 코스를 달리면서도 내 마음은 유쾌하지도 상쾌하지도 않았다.

아즈미노가 나빠서가 아니다. 날씨는 쾌청하고 우회 도로도 시원하게 뚫려 있다. 낡은 피가로도 경쾌한 정도까지는 아니지만 충분히 열심히 달려주고 있다. 그럼에도 기분이 가라앉는 가장 큰 이유는 조수석에 있는 인물 때문이었다.

"차가 상당히 좁군."

억양 없는 목소리로 그렇게 말한 이는 제4내과의 우두머리인 우사미 선생님이었다. 유독 키가 큰 우두머리는 백발이 천장에 닿을락 말락 하고 있었다.

"자주 듣는 말입니다."

대답하며 오른쪽 커브를 따라 천천히 핸들을 꺾자 맞은편 차선에서 여봐란듯이 파란색의 2인승 스포츠카가 지붕을 활짝 열고 달려오고 있었다. 선글라스를 쓴 젊은 남녀의 교성(嬌聲)까지 들려오는 듯했다.

"일본 브랜드인가?"

"닛산의 피가로라는 차입니다."

"모차르트의 가극 이름과 같군."

"거기에서 따왔다고 합니다."

잠시 침묵하다가 우두머리가 다시 입을 열었다. "이런 클래식한 차를 좋아하나?"

"차에 특별히 관심이 없습니다. 의국 선배가 중고로 싸게 넘겼습니다."

"그렇군. 승차감이 좋지는 않네."

"승차감을 우선한 차는 아니라고 합니다."

"그렇군."

수박 겉핥기 대화가 이어졌다. 피상적인 대화와 함께, 나는 제4내과의 준교수를 옆에 태운 채 한 줄기 도로를 타고 북쪽으로 향했다.

왜 이런 기묘한 사태에 빠졌는지는 설명이 좀 필요할 것이다.

그날은 토요일이었다.

명절 연휴였던 휴일, 세상은 온통 조상을 맞이할 준비를 하고 있었다. 가옥의 처마 끝에는 삼대를 태우는 불이 피어오르고, 때때로 등롱이 내걸리며 왠지 조금은 엄숙하고 환상적인 공기가 감돌았다.

내가 점심 전에 병동 회진을 끝낸 후 바로 퇴근하지 않고 의국에서 미시마 유키오의 『미덕의 흔들림』을 탐독한 것은 세쓰코 부인의 요염한 불장난에 현혹되어서가 절대 아니다. 이틀 전쯤 입원한 급성 간염 환자의 발열 상태가 어쩐지 신경 쓰여서였다.

평소라면 어지간한 중증이 아닌 이상 리큐나 아가씨에게 맡겨버렸겠지만 날이 날이니만큼 리큐는 명절 연휴로 본가에 갔고, 이런 시기에 인턴에게 일을 시켜 우두머리의 노여움을 사는 것도 골치 아프다는 기특한 생각에 혼자 병동 환자의 상태를 보고 있었던 것이 화근이었다.

오후 3시가 지났을 무렵, 미시마의 글이 맑아지며 세쓰코와 쓰치야의 밀회가 가경에 들어섰을 때 난데없이 의국 문이 열리더니 우두머리가 얼굴을 들이민 것이다.

"마침 타이밍 좋군."

나를 보자마자 우두머리가 한 말이었다. 그 말을 들은 순간 나는 어마어마하게 나쁜 타이밍에 들어앉았다는 것을 직감했다.

"무슨 일이십니까?"

"하쿠바병원에서 환자 관련 전화가 와서 말이야."

무슨 뜻인지 이해하지 못하는 나는 아랑곳 않고 우두머리는 말을 이어갔다.

"총담관결석인 76세 환자가 고열이라는 연락을 받았어.

긴급 ERCP가 필요해."

지금 말입니까, 하고 얼떨결에 달력을 쳐다보았지만 명절이라고 해서 환자의 열이 자연스레 떨어질 리는 없다.

하지만, 하고 내가 눈살을 찌푸린 이유는 외부의 긴급 ERCP는 항상 가키자키 선생님이 대응했다는 것을 떠올려서였다. 그 의문을 정확히 파악한 듯 우사미 선생님이 말했다.

"가키자키 선생은 명절 휴가라서 없네. 고향이 아마 이 나였던가."

아아, 하고 맞장구를 치는 내 가슴속에서 갑자기 불안의 구름이 피어올랐다.

"가키자키 선생이 부재일 때는 내가 대응하게 되어 있으니 거기로 가야 하는데, 나는 차가 없어."

차도 없으면서 가키자키 선생님 역할을 맡은 무모함에 대해 논쟁을 벌일 정도의 기력도 없다. 애초에 우사미 선생님이 ERCP 시술을 했던 것은 꽤 옛날이라 연 단위의 긴 공백이 있을 터였다. 실력이 녹슨 것은 아닌지 진심으로 물어보고 싶었지만, 우두머리는 여느 때와 다름없는 냉담함을 유지하며 예리한 시선으로 날 찔러댈 뿐이었다.

나는 충분히 생각할 시간을 가진 후 조심스레 물었다.
"모셔다드릴까요?"

"아주 고맙네."

감사의 대사도 쌀쌀한 말투로 들으니 전혀 와닿지 않는다. 그래도 붙임성과는 연이 없는 우두머리가 이런 말을 입에 올리는 것은 진귀한 일일 것이다.

"차는 집에 있어서 몰고 와야 합니다. 외근이 없는 날에는 항상 걸어다녀서요."

"그럼 기다리지."

"참고로 운전을 잘하는 편은 아닙니다."

"걱정 마. 기대 안 해."

참으로 가차 없는 대답이었다.

이리하여, 명절 연휴인 토요일 오후에 나는 준교수님을 조수석에 태우고 하쿠바까지 달리게 된 것이다. 시나노대학에서 하쿠바병원까지는 편도로 약 한 시간.

우두머리의 "날씨 좋네"라든가 "차가 좁군"과 같은 혼잣말에 최소한의 맞장구를 치며 올림픽도로를 북상해 하쿠바병원에 도착한 것은 오후 4시가 넘은 시각이었다.

그길로 곧장 내시경실에 들어서자 기다리고 있던 외과의가 환자의 카르테를 건네며 간략히 병상을 설명했다. 평소에도 가키자키 선생님과 이렇게 일을 할 것이다. 실로 신속한 흐름이다. 이 조속한 움직임 속에서 우두머리는 지극히 담담한 어조로 내게 말했다.

자네가 하게, 라고.

환자는 76세의 남성으로, 고열로 인해 이미 혈압이 떨어지기 시작한 패혈증 상태였다. 심지어 위장의 3분의 2를 잘라내는 수술을 받은 병력이 있어 ERCP에 상당한 난관이 예측되었다. 이렇게 리스크가 높은 케이스를 상대로 천하의 우두머리가 어떻게 ERCP를 해 보일지, 운이 좋으면 그 실력을 이 눈에 새겨둘 수 있겠다며 은밀히 획책을 꾸미던 나로서는 뒤통수를 맞은 기분이었다.

생각해보면 이 정도의 전개도 예측하지 못했던 것은 순전히 내가 미숙한 탓이었다. 상대는 제4내과의 준교수님이다. 착실한 대학원생을 운전수로 부린 끝에 고난이도의 내시경 시술을 떠넘길 정도의 곡예는 얼마든지 저지를 수 있다. 오히려 그것 때문에 의국에서 나를 부른 것은 아닌가 하는 생각이 들 정도였다.

"수술 후의, 심지어 BⅡ 재건 수술을 한 위에 ERCP를 한 경험은 아직 몇 건밖에 없습니다."

주춤할 수밖에 없는 내게, 우두머리는 카르테를 보며 태연하게 말했다. "처음엔 다 그런 거야."

나는 각오를 다지고 일어섰다.

민가의 처마 끝에서 초롱불이 흔들렸다.

평소에는 가로등의 희미한 불빛만 비추는 거리에 누긋하게 초롱불이 흔들리는 광경은 이 시기에만 볼 수 있는 경치일 것이다. 그 포근한 빛 속에서, 나는 주차장에서 한 블록 정도 떨어진 온타케소를 향해 천천히 걸음을 내디뎠다.

결국 이날의 ERCP는 어찌어찌 무사히 끝이 났다. 그럼에도 시술 시간은 한 시간 이상에 달했고, 그제야 출발했기 때문에 우두머리를 대학병원에 내려주고 돌아온 것은 완전히 해가 저문 밤이었다.

왕복 두 시간의 어색한 드라이브에 기습적인 ERCP까지 한 탓에 심신의 피로는 극에 달한 상태였다. 돌이켜보면 오후부터 밤까지 고스란히 우두머리에게 바쳤지만, 그래도 고열에 몽롱했던 76세 환자가 시술 후 한 시간도 지나지 않아 열이 떨어지고 대화를 할 수 있게 되는 모습을 보니 이것이 의사로서 얻을 수 있는 가장 큰 행복이라는 생각이 들었다.

문득 어디에선가 바람을 타고 불꽃 소리가 들려왔다.

풍향의 가감 때문인지 소리가 돌연히 귀로 들어왔는가 하면 멀어졌다가 이내 다시 가까워진다. 그 깊은 소리의 음영이 명절 밤을 또 조금 환상적으로 만들어주었다.

신슈에서는 등롱이나 초롱불로는 주로 불단 주변을 채

색하지 바깥은 장식하지 않는다. 그리고 일반적으로는 조상을 맞이하며 삼대를 태우는데, 여기는 새벽에 자작나무 껍질을 현관 앞에서 태우는 것으로 끝내버린다. 서쪽 출신인 나로서는 초롱 불빛이 더 친근하지만, 형태가 다르다고 하여 마음가짐까지 다른 것은 아니다. 많은 사람이 이제는 없는 가족의 '찰나의 귀가'를 조용히 맞이하는 것이다.

활짝 열린, 위패를 모신 방에서 부드러운 불빛이 흘러나왔다. 어디에선가 가족들의 웃음소리가 울려 퍼지고 또다시 희미하게 불꽃 소리가 들려왔다.

이 나라의 여름이라는 경치다. 그 소박하고 우아한 정경 끝에 보이는 것이 온타케소로, 초롱불과도 자작나무와도 연이 없는 해묵은 격자문 너머에서 익숙한 빛이 새어나오고 있었다.

문을 활짝 열고 들어간 순간 귀에 익은 밝은 목소리들 틈으로 낯설고 어두운 목소리가 들려 흠칫 발을 멈췄다. 슬며시 복도를 지나 거실 장지문 틈으로 들여다보니 좌탁을 둘러싸고 술자리가 펼쳐져 있었다.

"아이, 자, 한잔하세요."

만면의 미소로 '요이카나'의 4홉짜리 병을 기울이는 사람은 말할 것도 없이 남작이고, 맞은편에는 와인 잔을 손에 든 학사님, 테이블의 전기 레인지에서 능숙한 솜씨로 고기를 굽는 아내가 있었다. 우리 아이는 어디에 있나 싶어 시선을 돌리자 일동의 뒤에서 이불을 덮고 기분 좋은 숨소리를 내며 잠들어 있었다.

한편 남작의 술을 받고 있는 사람은 중년의 마른 남성으로, 나는 처음 보는 인물이었다. 만면에 미소를 띤 괴이한 그림쟁이에게 수상쩍은 표정을 지어 보이면서도 잠자코 잔을 들고 있다. 문을 슬쩍 열자 기척을 금방 알아챈 아내가 어깨 너머로 밝은 목소리를 울렸다.

"이치 씨, 어서 와요."

그 한마디가 가슴에 닿자 조금 전까지 머릿속을 채웠던 괘씸한 우두머리의 얼굴은 깨끗이 날아가고, 구리하라 이치토에게 관용과 겸허와 아량이 돌아왔다. 정말이지 아내의 미소는 커다란 한 송이 꽃이다. 그 뒤에서 작은 이불에 싸인 또 한 송이의 작은 꽃은 아빠의 퇴근은 모르는 일이라는 듯 위풍당당한 자세로 꼼짝도 않고 잠들어 있었다.

"미안해. 오후에는 들어오려고 했는데 뜻밖의 위급 상황에 감쪽같이 당했어."

"아니에요. 고생 많았어요."

그 미소를 보자 우두머리를 태운 답답한 운전도 쾌청한 여름의 드라이브로 느껴지니 신기할 따름이었다. 옆에 앉으며, 무심한 태도를 가장하고 낯선 중년 남성을 향해 인사했다. 그와 동시에 남작이 잽싸게 손을 뻗어 남성의 어깨를 두드렸다.

"예전부터 모두가 마음속으로 기다렸던 주인 어르신의 아드님이셔. 매번 엇갈리기만 하고 좀처럼 뵙기가 힘들었는데 오늘에서야 손꼽아 기다리던 연회가 성사되어 다들 기쁜 마음으로 술잔을 주고받던 중이었네."

실상과는 상당히 동떨어진 프레젠테이션을 들으며 학사님을 힐끗 보자 의미심장한 눈빛이 돌아왔다. 바로 옆에서 아내가 노릇노릇해진 고기를 야무지게 접시로 옮기며 가만가만 중얼거렸다.

"오늘 갑자기 오셨어요. 평소에는 아무도 없지만 명절 저녁이라면 누구라도 있지 않을까 하셨대요."

"그래서 그대로 술자리를?"

"남작 나름대로 의도가 있는 것 같더라고요." 또 다른 내 옆의 학사님이 어디까지나 시원스러운 표정을 유지하며 덧붙였다.

그래서 그동안 못 본 요이카나 병이 나와 있는 것이다. 요이카나의 양조장은 마쓰모토 시가지에 있다. 아들의 기습적인 방문에 황급히 조달한 술임에 틀림없다.

그렇군, 까닭 없이 고개를 끄덕이는데 남작이 술잔을 내밀며 큰 소리로 말했다.

"닥터, 주인이신 오오카 씨야."

"처음 뵙겠습니다. 구리하라입니다."

인사하며 보니 오오카 씨는 이미 상당히 마셨는지 뺨이 벌겋게 상기되어 있었다. 그러면서도 긴장의 끈을 풀 수 없다는 모습으로 나를 살피는 이유는 이 자리에 이르기까지 우여곡절을 거쳤기 때문이리라.

숱이 적은 머리칼 아래로 신경질적인 작은 눈이 번뜩였다. 민첩하게 움직이는 그 눈이 남작, 학사님, 아내, 나, 내 뒤의 고하루를 차례로 둘러보았다.

"아버지가 다양한 사람들이 산다고 말씀하셨는데 정말 그렇네요."

남작이 곧장 몸을 앞으로 내밀며 물었다. "아버님의 건강이 안 좋아졌다고 들었는데 요즘에는 어떠신지?"

"괜찮습니다. 연세가 드신 것뿐이에요. 하지만 셋집을 관리하는 게 이제는 부담이 된다고 말씀하셔서……."

"그래서 아드님이 물려받으려고 고향에 오셨군요."

"아뇨, 워낙 오래된 집이니 물려받기보다는 슬슬……."

"훌륭하십니다!" 남작의 우렁찬 목소리가 울려 퍼졌다.

고하루가 동그란 어깨를 꿈틀거렸지만 다시 금방 기분 좋은 숨소리를 내기 시작했다.

고하루보다 훨씬 크게 어깨를 움직인 오오카 씨는 기가

눌렸는지 눈을 크게 뜨고 있었다. 남작은 필요 이상으로 큰 소리를 내며 가슴을 힘차게 두드렸다.

"여기에 사는 사람들은 각양각색이지만 모두가 한마음 한뜻으로 온타케소를 사랑합니다. 오래된 온타케소를 없애버리는 건 간단한 일이지만 그러지 않고 물려받아서 다시 한 번 부흥시키겠다고 생각하시다니 아드님은 참으로 훌륭하십니다."

"아니, 그러니까, 물려받을 생각은……."

"오늘 밤은 온타케소에 얽힌 추억담을 나누시지요. 감동적인 비화, 깜짝 놀랄 사건, 잡다한 이야기에서 포스트모던한 군상들의 드라마까지, 얼마든지 들려드리겠습니다."

주춤주춤하는 오오카 씨에게 동정심이 느껴지려 했다. 하지만 술을 한 손에 들고 재주를 부리기 시작한 남작을 말릴 수 있는 방법은 없다. 그래도 오오카 씨가 무어라고 시랑거리는 것은 주민들이 한자리에 모인 이 기회를 절대로 놓칠 수 없다는 노력의 표현일 것이다.

"요즘 민원이 많아서 난처합니다. 밤마다 큰 소리로 노래를 부르기도 하고, 대낮부터 취한 사람이 있다며……."

"속으면 안 되지요, 판관 나리!"

판관 나리? 내가 눈썹을 꿈틀거리자 아내의 고요한 눈이 나를 제지했다.

그러기로 한 모양이다. 하지만 이름이 오오카라고 해서 판관이라면(오오카 다다스케라는 에도시대의 인물이 명판관이라 칭송받았다–옮긴이) 전국 방방곡곡에 판관이 차고 넘쳐 갑갑하기 이를 데 없을 것이다.

"이 주변 주택가는 취객도 많이 다닙니다. 노래를 부르는 학생도 살고 있지요. 그런 경박한 일족의 만행을 온타케소가 죄다 뒤집어쓴 겁니다."

"그게 사실이라 해도 민원을 받는 제 입장도 생각해보세요. 온타케소의 이 낡은 외관과 당신들처럼 정체를 알 수 없는 사람들의 존재가 이웃 주민들을 불안하게 한다면 어떻게든 조치를 취하는 것이 주인으로서의 책무입니다."

"죄가 없다는 걸 알면서도 추방이라는 형벌을 내리다니, 부당한 심판에도 정도가 있지요, 판관 나리."

"사실무근이라 단언할 수는 없죠. 아니 땐 굴뚝에 연기가 날 리 있습니까."

풍모는 어딘가 못 미더워 보이는데 웬걸, 꽤나 조리 있는 응답이다.

온타케소 제일의 허풍과 허세의 소유자가 공격해보지만 수수한 판관 나리의 견실한 대응에 먹혀들지 않자 애를 먹는 듯하다.

형세를 조금이라도 바꿔보고자 남작이 술병을 들었다.

나리는 나리대로 이런 처신에 익숙한지, 거의 조건 반사적으로 술잔에 손을 뻗었다. 군더더기 없는 그 거동은 대도시에서 샐러리맨으로 살아오며 쓴맛 단맛을 다 겪었을 사람의 무게감을 갖추고 있었다.

"애초에 말이죠." 판관 나리의 입이 느릿느릿 움직였다. "당신들 스스로에게도 문제가 있어요. 예를 들어 남작님, 직업이 화가라고 하셨는데 월수입은 얼마나 됩니까?"

윌리엄 터너(영국의 낭만주의 풍경화가-옮긴이)에 관해서라면 정통할 남작도 수입 이야기에는 한없이 약하다. 일단 시치미를 뗀 얼굴로 병만 쳐다보는 남작에게서 옆에 있던 철학 청년으로 공격의 대상이 바뀌었다.

"그리고 학사님이라고 하셨죠? 벌써 서른이 다 되어가는데 아직 학생입니다. 학업이 나쁘다는 건 아니지만 신용이라는 관점에서 보면 못 미더운 것이 사실이죠. 그리고 하루나 씨도 사진가라고 하셨는데 육아 중이라 일은 쉬고 있다고 들었습니다. 그런 사람들이 이런 낡아빠진 집에 살면 나쁜 짓을 하지 않아도 나쁜 소문이 도는 법이에요."

역시 논리는 판관 나리 쪽이 맞다.

아내를 의심스러운 사람 취급하는 것은 몹시 불쾌하지만, 객관적으로 생각하면 반론의 여지가 없다. 그렇네, 하며 무심코 고개를 깊이 끄덕이자 남작과 학사님의 날카로운 시선이 날아와 꽂혔다.

"그런데 당신……."

별안간 거센 말투가 나를 겨냥했다.

"당신은 무슨 일을 합니까? 명절 밤에 비틀거리며 들어오는 모습을 보면 변변한 생활을 하는 것 같지는 않은데." 판관의 음성에 점점 독이 섞였다. "화가에 학생에 사진가라면, 이번에는 작가인지 뭔지 아닙니까? 건달 같은 장사라도 하는 거라면 곤란합니다."

생각보다 술버릇이 나쁜 사람일지도 모르겠다.

나는 일단 판관의 잔에 요이카나를 따르며 말했다. "대학병원의 내과에서 일합니다."

"대학병원 내과? 치료받으러 다니는 겁니까?"

"진찰을 합니다."

영문 모를 대화가 되어갔다.

그때 남작이 불쑥 몸을 내밀며 말했다. "판관 나리, 닥터 구리하라는 의사 선생님이랍니다."

"의사 선생님?"

"틀림없는 의사입지요." 남작은 이를 재정비할 좋은 기회라고 생각했는지 틈을 주지 않고 말을 이어갔다. "닥터는 다망한 지역 의료에 몸을 바친, 양심과 신념으로 똘똘 뭉친 남자입니다. 오늘 늦게 들어온 것도 환자를 위해 종횡무진하느라 그런 거고요. 사랑스러운 아내와 보고픈 딸을 뒤로한 채 이 온타케소를 거점으로 동분서주하며 신슈를 뛰어다니는 고상한 의사랍니다."

종잡을 수 없는 설명이 쏟아져나오는 가운데, 아내가 절묘한 타이밍에 판관 나리의 접시에 잘 구워진 고기를 담았다.

"심지어 평범한 의사가 아니에요." 이번에는 시원한 표정의 학사님이 나섰다. "대학병원에서 소화기내과를 꾸려나가는 혈기 왕성하고 실력 있는 명의이십니다."

이 몸은 박봉에 대학원생이지만 세상만사에는 흐름이라는 것이 있다. 일단은 괜스레 의젓하게 술잔을 기울였다.

판관 나리가 살짝 쩔쩔매는 듯했다. 무수한 직함과 겉치레의 사회를 헤엄쳐 건너온 직장인의 습성이 몸에 배어서였을까.

"대학병원 선생님이셨군요."

"그러하옵니다. 의사라 해도 저기 어디 작은 병원에 있는 촌뜨기 의사와는 차원이 다르지요. 닥터 구리하라는 대학병원을 여유롭게 도맡고 있는, 적게 일하고도 엄청난 돈을 가로채는 대단한 선생님이란 말입니다!"

작은 병원의 의사와 대학병원의 의사 모두를 적으로 돌리는 듯한 폭언을 내뱉었지만 온타케소를 위해서라면 폭언도 하나의 방편이다.

"이야, 놀랐습니다. 이런 누추한 집에 대학병원의 선생님이 계실 줄이야."

"거보세요. 세간의 평판이 얼마나 터무니없는지 이제 아시겠지요?"

"그러게요……."

제법 취한 판관 나리는 어느 틈엔가 남작의 페이스에 말려들었고, 대답도 되는대로 내뱉고 있었다. 다시 남작이 판관 나리에게 요이카나를 따르고 나니 병이 말끔하게 비었다.

내가 슬쩍 눈짓하자 아내가 이를 알아채고는 조용히 거실에서 나갔다. 돌아왔을 때는 시나노쓰루의 준마이다이긴조가 손에 들려 있었다. 명주를 저렴한 값에 빚어내는 양조장이 정성 들여 만든 명품이다.

학사님이 눈치채고 흘끗 보더니 미소 지었다. "의외로 힘이 바짝 들어간 술을 가져오셨네요, 닥터."

"당연하지." 나는 대학병원의 선생님답게 공연히 거드름을 피워 보였다. "우리의 소중한 '집'을 지키기 위해서라면 수단을 가려서야 쓰나."

"저도 돕겠습니다."

학사님이 웃더니 새로운 술잔을 집어 들고 판관 나리에

게 일품을 따르기 시작했다.

"그래요, 그래요. 남작님은 이치를 잘 아는 분이네요."

어느 사이엔가 상당히 기분이 좋아진 판관 나리의 웃음소리가 들려왔다.

"그러하옵니다. 나리, 하루나 공주는 평소에는 이런 곳에 모습을 드러내지 않지만 오늘은 특별히 나리를 위해 같이 있는 거랍니다."

헤헤헤, 남작이 어떤 이야기를 전개하고 있는 것인지 괴상한 웃음소리를 내고 있다.

"닥터 구리하라, 하루나 공주는 아직 혼처가 없다고 하지 않았던가?"

"하루라면 틀림없이 나의 아내다."

"아이고 저런, 내가 엄청난 착각을 해버렸네."

남작이 자신의 이마를 탁 치더니 여봐란듯이 고개를 좌우로 흔들었다. 판관 나리는 "그것참 원통한 일일세" 하며 의외로 즐겁다는 듯 무릎을 때렸다.

삼류 연극도 이렇게 허접할 수가 없다.

그 삼류 연극이, 신기하게도 거북하지 않고 밝은 웃음을 자아내는 곳이 온타케소다. 유쾌, 해학, 당혹, 적요, 실로 이러한 형형색색의 공기가 거실을 채워 나간다.

나는 다시 준마이다이긴조를 들고 아내에게 눈짓했고

아내는 미소 지으며 술잔에 가만히 손을 뻗었다.

이 하룻밤으로 온타케소의 앞날이 쉽게 바뀌지는 않을 것이다. 그 정도는 다들 알고 있다. 하지만 거실에 퍼지는 웃음소리는 마음이 편안해지는 것이었고, 손바닥만 한 유쾌를 반석 같은 의지로 즐기는 자를 사람들은 풍류인이라 일컫는다.

"좋은 술이네요."

아내의 청아한 목소리에 고개를 끄덕이며, 나도 이 미주에 몸을 내맡겼다.

차례차례 난제가 떨어진다.

물론, 후타쓰기 씨 이야기다.

명절이 끝나고 한창 더운 때인 여름 오후.

때마침 고쇼쿠에서 맹우의 지도를 받고 대학병원으로 돌아온 나를, 리큐의 경직된 얼굴과 아가씨의 곤혹스러운 표정이 기다리고 있었다.

"드디어 살았네요. 오늘은 생각보다 빨리 오셨군요."

의국 복도에서 마주치자마자 건넨 말이었다.

리큐는 내 말은 듣지도 않고 의국의 전자 카르테 단말기로 나를 데리고 갔다.

"고쇼쿠의 외근은 항상 더 늦게 끝났잖아요. 오늘은 웬일로 일찍 오셨어요?"

"명절 연휴 직후니까. ERCP의 예약이 한 건밖에 없었거든."

대답하며 의국 시계를 보니 이제 오후 2시를 넘긴 시각이었다.

"덕분에 내시경이 낮에 끝나서 우시야마 선생님도 오늘은 가도 좋다고 말씀해주셨어. 모처럼 자유 시간이니 이대로 학생 식당에라도 틀어박혀 독서를 즐기려던 참이었는데, 무슨 볼일 있어?"

"죄송합니다. 또 맛있는 차를 달여드리겠습니다."

리큐는 내가 친 예방선을 한마디로 밟고 넘어서더니 아가씨가 띄운 전자 카르테를 가리켰다. 예전이라면 한없이 미안해했을 녀석인데, 반년 가까이 같이 일하다 보니 서로의 호흡이라는 게 보였을 것이다. 든든한 후배다.

"후타쓰기 씨 건입니다."

잠자코 끄덕이며 옆의 의자에 앉자 리큐가 짤막하게 보고했다. '후타쓰기 씨가 자택에서 고열이 나고 있다'고.

"또?"

"네, 또요."

리큐의 응답은 간결하다.

"오후 1시경, 남편분이 방문 간호 센터에 연락했다고 합니다. 아침부터 40도에 가까운 고열이 나더니 떨어지지 않는다고요. 즉각 왕진한 간호사의 연락에 따르면 체온은 39.6도, 혈압이 95에 40입니다."

"지난번과 똑같군."

리큐가 착잡한 표정으로 고개를 끄덕였다.

또다시 스텐트가 막혀 담관염이 왔고 패혈증이 진행되고 있다는 뜻이다. 드문 일은 아니다. 오히려 췌장암이 진행되면 스텐트가 더 쉽게 막힌다. 때문에 반복되는 담관염으로 고생하는 케이스는 종종 보지만, 그렇다 해도 후타쓰기 씨의 경우는 진행 속도가 빠르다. 최대한 신속하게 ERCP 시술로 스텐트를 세정해야 한다.

"언제 내원할 예정인가?"

"그게……."

리큐의 표정이 어두워지며 아가씨와 마주 보았다. 불안한 공기를 느끼고 눈살을 찌푸리자 아가씨가 대답했다.

"후타쓰기 씨가 병원에 오기 싫어하신답니다."

나는 고개를 들고 천장을 쳐다본 후 손으로 천천히 이마를 짚었다.

"내원 거부?"

실험실에 호조 선생님의 긴장감 없는 목소리가 울렸다.

사태가 사태인 만큼 3팀 전원이 모일 필요가 있다고 판단하여 호조 선생님이 있는 실험실에 집합한 것이다. 대충 상황 설명을 마친 리큐는 손에 든 보온병을 기울여 기세 좋게 차를 마신 뒤 입을 열었다.

"본인이 내원을 거부합니다."

"그렇지만 스텐트 트러블로 혈압이 떨어졌다며? 위험한 거 아냐?"

"위험할 겁니다."

리큐의 성실한 답변을 들으며 나는 가운 주머니에서 꺼낸 두통약을 입안에 털어 넣었다. 차만 들이켜는 4년차와 두통약을 시도 때도 없이 복용하는 9년차를, 팀장은 반쯤 질렸다는 표정으로 쳐다보았다.

방문 간호사에게 계속해서 설득해달라고 부탁했지만 후타쓰기 씨의 대답에는 흔들림이 없는 모양이었다. 고열로 얼굴이 달아오른 채 병원에는 가기 싫다고 버티는 통에 남편도 곤혹스러워한다고 했다.

"방치하면 죽는다고 확실하게 말한 거야?" 호조 선생님이 다리를 꼬고 유유히 머그잔을 기울이며 물었다.

"간호사가 확실히 설명했습니다. ERCP를 하면 괜찮아진다, 방치하면 죽는다고요. 하지만 열 때문인지 상당히 흥분한 상태로 이대로 죽는 게 낫다는 등 감정적으로 소리를 질러서 간호사도 난처해하는 것 같습니다."

야단났네, 하며 호조 선생님은 어깨를 움츠렸다.

"구급차를 불러서 그냥 이송하면 안 되는 건가요?"

아가씨가 조심스럽게 묻자 보온병의 차를 다 마신 리큐가 짜증스럽다는 듯 대꾸했다.

"본인이 싫다는 걸 어떻게 강제로 구급차에 태우겠어. 애초에 후타쓰기 씨가 정신 질환이 있는 것도 아니고, 주변 사람들이 다칠 만한 위험한 행동을 하는 것도 아니잖아."

"하지만 이대로라면 목숨이 위험해지잖아요."

"그러니까 골치 아프다는 거야."

"화낼 거 없어." 나는 리큐의 목소리를 가능한 한 조용히 막았다.

열심인 데다가 정의감도 강한 남자다. 시술하면 좋아진다는 것을 알면서도 진료를 거부하는 후타쓰기 씨의 심정을 그리 쉽사리 이해하지 못하는 게 분명하다. 하지만 나의 뇌리에는 후타쓰기 씨가 항암 치료를 시작할 때부터 반복적으로, 가족과 함께 보내고 싶다고 말했던 기억이 있다. 부녀 지간의 캐치볼을 볼 때도, 항암 치료로 외래에 왔을 때도, 그리고 얼마 전 긴급 ERCP 때도.

나는 한 번 생각한 후 시계를 쳐다보았다. 15시 30분.

"후타쓰기 씨 댁은 어디야?"

내가 묻자 리큐가 단말기에서 주소를 불러오더니 대답했다.

"미사토 쪽입니다. 거리는 좀 있지만 구급차라면 30분 정도 걸릴 겁니다."

"지도 가져올 수 있어?"

"네. 금방 가져올 수 있습니다만…….." 리큐는 말을 하다 말고 무언가 헤아렸다는 듯 나를 돌아보았다. "설마 해서 여쭤보는데, 직접 가실 생각입니까?"

"그렇게 놀랄 일은 아니야. 그냥 두면 패혈증으로 목숨을 잃는다. 업어서라도 데려올 수밖에 없어."

"말도 안 됩니다. 본인이 끝까지 거부를 하면 어쩌시려고요."

"그땐 사망진단서를 써야겠지. 어찌됐건 의사가 필요해."

리큐는 거의 입이 떡 벌어진 채 아무 말도 하지 못했다.

"구리 짱다운 재미있는 선택지이긴 한데." 불쑥 우리 팀장이 끼어들었다. "그건 힘들지 않을까."

호조 선생님이 책상 위에 앉은 채 재미있다는 듯 히죽히죽 웃으며 나를 보고 있다.

"대학 의국의 의사가 의국의 허가도 없이 마음대로 병원 밖으로 왕진이라니, 상당히 난폭한 이야기야."

"난폭하다는 건 알고 있습니다. 하지만 규칙과 룰 투성이인 대학에서 왕진 신청을 하면 사흘 후에나 허가가 떨어질 겁니다. 일단 선생님께는 죄송하지만 우두머리를 상대해주십사……."

"그건 무리야, 구리 짱."

싹둑 잘라내는 듯한 목소리였다. 그 목소리에 전에 없던 차가운 울림이 섞여 있어 엉겁결에 입을 다물었다. 시선을 돌리자 오니키리가 날카로운 눈빛을 보냈다.

"그렇지 않아도 3팀은 빵집의 블랙리스트에 올랐어. 이 이상 규율을 벗어나는 행동에는 협조할 수 없어."

"……새로운 유머입니까?"

"말 그대로야. 빵집의 심기를 건드리면 시바타뿐만 아니라 구리 짱까지 좌천될 거야." 평온한 말투로 폭탄 발언을 던졌다.

한 박자 쉬고 리큐가 "좌천?" 하며 고개를 갸웃거렸다.

"이 타이밍에는 좋지 않은 발언입니다."

"구리 짱만큼은 아니지. 나도 빵집한테 미운털 박히기 싫다고."

싱글싱글 웃는 호조 선생님의 눈은, 그러나 조금도 웃고 있지 않았다. 오니키리라 불린 검처럼 예리한 빛이 번뜩였다. 생각지 못한 곳에서 거대한 벽에 부딪힌 전개다.

나는 앉은 상태로 상대를 바라보았다. 참으로 속내를 읽

기 힘든 사람이다. 아군인지 적군인지, 진심으로 판단이
되지 않을 때가 있다. 내 시선을 받은 팀장은 그저 침착하
게 미소를 머금은 채 태도를 바꾸려는 기색을 손톱만큼도
내비치지 않았다.

갑작스러운, 팀장과 부팀장의 긴장감 있는 대치에 리큐
도 아가씨도 숨을 죽였다.

나는 눈을 질끈 감은 후 조용히 숨을 뱉어냈다. "그렇다
면 선생님께는 폐를 끼치지 않겠습니다. 저의 독단적인 판
단으로 행동하고, 우사미 선생님께는 나중에 제가 따로 보
고하겠습니다."

"그런 논리는 안 통해. 너희의 행동은 내 책임이야. 어찌
됐건 3팀의 팀장은 나라고."

"후타쓰기 씨의 외래 주치의는 접니다." 나는 짧고 명확
하게 말했다.

호조 선생님은 희미하게 미소를 억눌렀다. 그리고 얼마
간의 침묵 후 말을 고르듯 천천히 입을 열었다.

"구리 짱, 전에도 말했지만 의국에는 의국의 룰이 있어.
그 룰 안에서 최선을 다하는 게 우리 역할이야. 구리 짱은
충분히 애썼어. 이제 준교수실로 가서 빵집에게 상황을 설
명하고, 가까운 진료소의 의사가 의국을 경유해서 왕진을
요청하게 해. 이게 룰이라는 거야. 복싱의 링 위에 목검을

가져가는 놈은 퇴장이라고."

"그렇게 에둘러서 절차를 밟는 동안에도 후타쓰기 씨의 혈압이 떨어질 수 있습니다. 환자의 혈압보다 규칙이 더 중요하다면 목검이든 쇠방망이든 가지고 올라가서 심판까지 한데 묶어놓고 링을 때려 부수겠습니다."

"열의는 우러러보겠는데, 너무 독단적으로 행동하면 나처럼 진지하게 임하는 의사가 피해를 본다니까."

"진지함이란 진검승부라는 뜻이네."

내 목소리에 호조 선생님의 한쪽 눈썹이 올라갔다.

"그건 무슨 소리야?"

"나쓰메 소세키의 말입니다. 선생님 말씀은 진검승부의 발언입니까?"

대답은 없었다.

오니키리는 꼼짝도 하지 않고 나를 보고 있었다. 나는 그 침묵 속에서 목례한 뒤 바로 일어섰다. 그와 동시에 옆에서 리큐가 나섰다.

"저도 가겠습니다."

"바보 같기는, 말씀 못 들었어? 이 이상 일을 키워서 어쩌려고 그래. 나 혼자서도 충분하다."

"하지만 선생님은 운전을 잘 못하신다고 들었습니다. 길 안내가 필요합니다."

내비게이션을 쓰면 돼, 라고 말할 수는 없었다. 그 오래된 자동차에는 그러한 문명의 이기(利器)가 붙어 있지 않다.

"쓸데없는 참견이야. 차는 움직이기만 하면 아무 문제도 없어. 그리고 너까지 따라오면 병동은 누가 봐."

"그건……."

"그럼 제가 갈게요." 생각지 못한, 아가씨의 발언이었다. "지도 정도는 볼 줄 알아요."

고개를 돌리자 아가씨의 꼿꼿한 시선과 부딪쳤다.

"미래의 병리의에게 터무니없는 짓을 시키면 후타바한테 내가 혼나."

"후타바 선생님은 구리하라 선생님의 진료를 잘 봐두라고 하셨어요."

나는 손을 이마로 가져갈 수밖에 없었다. 일이 이렇게 되니 두통약을 아무리 많이 먹어도 부족할 것 같다.

"나 혼자 책임질 생각으로 움직이는 거야. 호조 선생님의 입장도 생각해."

다소 거친 어투로 말하며 도움을 요청하듯 호조 선생님을 바라보았다. 가만히 쳐다보던 오니키리가 갑자기 씨익 웃더니 어깨를 으쓱거렸다.

"뭐 어때. 데려가."

"네?" 내가 생각해도 얼빠진 소리가 새어나왔다. "무슨 말씀 하시는 겁니까?"

"어차피 한 명이 갈 거면 둘이든 셋이든 마찬가지야. 열의 넘치는 인턴에게 소세키 선생님의 왕진을 견학시켜주지 뭐. 빵집한테 둘러댈 말은 적당히 생각해둘게."

의외의 말에 대답이 금방 나오지 않았다. 방금 전까지 하던 말과는 정반대다.

"그렇게 못 믿겠다는 눈빛으로 선배를 쳐다보면 안 되지. 뒷일은 내가 어떻게든 수습해보겠다고 하잖아. 열정 넘치는 인턴을 얼른 데리고 가라고."

"감사한 말씀입니다만." 나는 입을 굳게 다문 후 팀장을 쳐다보고 나서 말했다. "말 안 듣는 후배를 골탕 먹이는 새로운 수법은 아니겠죠?"

눈썹을 찡그리고 노려보자 오니키리는 유유히 웃으며 어깨를 으쓱이더니 "맞아" 하고 여느 때와 다름없이 능청스레 대꾸했다.

대학에서 바로 출발할 수 있었던 건 그날이 고쇼쿠 외근이 있던 날이라 차를 끌고 왔기 때문이었다. 아가씨를 태우고 대학병원을 나선 닛산의 중고차는 마쓰모토의 시가지를 빠져나가 국도를 달려 마침내 수로가 가로세로 둘러쳐진 광대한 밭의 지대로 들어섰다.

별반 이렇다 할 지형지물도 없는 농로(農路)를 때때로 꺾어 들어가며 망설임 없이 나아갈 수 있었던 건 아가씨의 안내 덕분이었다. 역시 사람은 겉만 보고 판단하면 안 된다.

드문드문 선명한 초록빛 벼가 흔들리는 논과 산뜻한 노랑으로 물든 해바라기 밭을 곁눈으로 내다보며, 피가로는 이윽고 사과 과수원과 마주 선 커다란 옛 민가풍의 일본 가옥 앞에 도착했다.

"집이 크네요."

아가씨의 음성에, 차에서 내린 나도 끄덕였다.

문 앞의 돌기둥에는 확실하게 '후타쓰기'라고 적혀 있었다. 이 일대에서도 상당히 세력 있는 농가인 듯했다. 그 앞에 주차된 하얀 경자동차는 방문 간호 센터의 차량이었다.

경자동차 옆에 피가로를 세워두고 문으로 들어서자 미리 연락을 받은 방문 간호사가 넓은 현관에서 우리를 기다리고 있었다. 서로 눈인사를 나눈 후 번거로운 인사는 모두 생략하고 안내에 따라 안으로 들어섰다.

그윽하고 예스러운 그 건물은 내부의 만듦새에서도 위용이 느껴졌다. 현관에는 아름다운 소란(小蘭) 반자와 잘 닦인 마루가 깔려 있고, 복도를 향해 투각으로 정성스레 조각된 교창까지 있다.

중정에 면한 복도를 지날 때 후타쓰기 씨의 어머니로 보이는 수척한 초로의 여성과 대나무 헬리콥터를 날리는 리사의 모습이 보였다. 리사가 잰걸음으로 복도를 지나가는 나를 보고 깜짝 놀란 듯 이쪽을 보았지만 재회를 반가워할 여유는 없었다.

이윽고 쭉 뻗은 복도를 지나 제일 안쪽에 있는 방에 도착하자 대략 5평 넓이의 방 중앙에, 이불 위에서 몸을 일으킨 후타쓰기 씨의 모습이 보였다.

나는 인사를 한 후 방바닥에 무릎을 꿇고 앉았다. 후타쓰기 씨의 반응이 굼뜨게 나타난 이유는 눈앞에 있는 백의의 남자가 누구인지 곧바로 알아채지 못했기 때문일 것이다.

고열로 몽롱해진 시선을 이리저리 옮기던 후타쓰기 씨는 잠깐 틈을 둔 뒤, 앞마당에 굴러 들어온 곰이라도 발견한 것처럼 눈을 휘둥그레 떴다. 이불 옆에 앉아 있는 남편은, 나와 후타쓰기 씨의 대면을 그저 기도하는 듯한 표정으로 지켜보고 있었다.

등 뒤의 미닫이는 저녁놀의 기색을 드러내며 담홍색으로 발그무레하게 물들었고 뜰에 연못이라도 있는지 반짝반짝하며 빛이 아롱거렸다. 어두운 음영을 새긴 교창의 조각과 맞물려 드러나는 빛의 조화가 너무나도 아름다웠다.

그 아름다운 빛 아래에서 놀란 표정으로 무어라 말하려 하는 후타쓰기 씨를, 나는 손으로 가만히 제지했다. 그러고는 그대로 일어나 방 안쪽에 있는 불단으로 향했다. 늘어선 몇 개의 위패 중 하나가, 아마도 내가 임종을 지켜보았던 후타쓰기 씨 부친의 것이리라. 물론 성함은 모른다. 그저 묵묵히 향을 올리고 손을 마주 댈 뿐이다. 짧은 묵도를 마친 후 찬찬히 몸을 돌렸다.

"몸은 좀 어떠십니까?"

"정말……." 잠시 말이 막히더니 다시 입을 열었다. "정말 특이한 분이시네요, 구리하라 선생님은."

"대학에서도 한결같이 그 말을 듣습니다. 성실할 뿐이거늘 난감하기 그지없습니다."

단정히 응하자 후타쓰기 씨는 어깨 힘을 빼며 미소 지었다.

"집까지 오시다니, 생각지도 못했어요."

"왕진은 특별 서비스입니다. 모두가 다 받을 수 있는 게 아니에요. 하지만 왕진료는 청구하지 않을 테니 안심하고 병원에 와주십시오."

"병원에는 가지 않을 거예요." 망설임 없는 목소리가 돌아왔다.

바로 뒤에서 아가씨의 몸이 굳는 것이 느껴졌다.

후타쓰기 씨 목소리에는 강인한 심지와 함께 어딘가 냉랭한 무언가가 섞여 있었다. 이마에는 혈색이 거의 없지만 열 때문에 볼은 불그스름했다. 한편 이불 위에 놓인 손가락 끝은 검붉은 상태였다. 얼핏 보아도 알 수 있는 위험한 징조다.

곁에 있는 남편은 그저 어찌할 바를 모르며 아내의 옆얼굴을 바라보고 있었다.

"전 이곳을 떠나지 않을 겁니다. 이제 병원에는 안 갈 거예요."

"여기에 있으면 죽습니다."

일부러 격한 표현을 썼지만 후타쓰기 씨는 흔들리지 않았다.

"어차피 죽을 거예요. 췌장암은 더 안 좋아졌죠?"

확신에 찬 그 말에 나는 시선을 남편에게 돌렸다. 남편은 천천히 고개를 가로저었다. CT 결과를 이야기한 것은 아니다. 그렇지만 총명한 후타쓰기 씨는 남편의 모습을 통해 대략적인 상황을 감지해버렸을 것이다.

"어차피 죽을 거라면 저는 계속 여기에 있겠어요. 병원에는 안 갑니다."

"잠시만 입원하면 열은 내려갑니다. 호전되면 다시 집에 올 수 있어요."

"그런 보장이 어디에 있나요? 분명히 또 여러 문제가 생겨서 퇴원이 연기될 거예요. 그리고 돌아오지 못하게 되겠죠, 가족과 함께 있을 수 있는 이 집에."

반론하려던 내가 입을 다문 것은 후타쓰기 씨의 숨김없는 눈빛 깊은 곳에서 뚜렷하고 선명한 고요를 보았기 때문이었다. 잔잔한 바다를 떠올리게 하는, 깊은 정적이 가득한 눈동자였다.

이윽고 후타쓰기 씨는 천천히 고개를 좌우로 가로젓더니 그대로 5평 넓이의 방을 느릿느릿 둘러보았다.

"여기는 저의 집이에요. 제가 태어나고 자라고, 부모님과 살고, 아빠가 돌아가신 후에는 남편이 와주고, 같이 리사를 키워온 소중한 곳이죠."

그대로 향의 연기가 피어오르는 불단을 가만히 바라보았다.

"돌아가신 아빠도 지켜보고 계세요. 저는 이곳을 떠나지 않을 거예요."

방에 자욱이 낀 적막 속에서, 어느샌가 앞마당에 있던 리사가 조용히 방으로 들어와 아빠 옆에 붙어 앉았다. 소녀의 맑은 눈망울이 아프리만치 나의 볼을 찔렀다.

"후타쓰기 씨의 마음은 이해할 수 있습니다." 나는 무거워지는 침묵을 밀어내듯 입을 열었다. "하지만 만사에는 우선순위라는 것이 있습니다."

"지금은 치료가 우선이라고요?"

"그렇습니다. 지금의 고열은 췌장암이 아니라 담관염에서 기인한 것입니다. 담관염은 ERCP로 확실하게……."

"그런 논리는 됐어요."

조용하면서도 힘 있는 목소리가 막아섰다. 그 기이한 박력에 압도되어 나는 입을 다물었다.

"이 약을 쓰면 몇 퍼센트 효과가 있는지, 어떤 부작용이 있는지, 얼마나 살 수 있는지, 그런 논리는 이제 됐습니다. 그런 이야기를 들려주실 바에야 왜 이런 병에 걸렸는지를 가르쳐주세요."

잔조로웠던 눈동자 속에서 어두운 감정이 해일처럼 밀려들고 있었다.

하지만 별안간, 격한 감정의 기복을 버텨낼 수 없어졌다는 듯 후타쓰기 씨는 이마에 오른손을 얹고 또 다른 손으로는 이불 위를 짚었다. 혈압을 측정하기 위해 다가간 간호사의 하얀 손을, 후타쓰기 씨의 검붉은 손이 뿌리쳤다.

"……결혼해서 ……아이도 낳고, 지금까지 열심히 살았는데, 왜 췌장암에 걸렸는지를 가르쳐주세요." 두드러지게 또렷한 목소리만이 방 안에 울려 퍼졌다. "저는 아직 스물아홉입니다. 리사는 일곱 살밖에 안 됐어요. 어쩌다 이렇게 되어버린 거죠? 제가 뭘 잘못했나요? 항암제나 담관염 같은 것보다 그걸 가르쳐달란 말이에요."

단어 하나하나가 비명이었다. 가슴 깊은 곳에서 넘쳐흐르는 비통한 외침이었다.

"병원에 갇혀서 가족도 만나지 못하는 상태로 죽어갈 거라면, 저는 여기에 있겠습니다. 아무것도 무섭지 않아요. 아빠도 하늘에서 저를 기다려주시고요……."

갑자기 목소리가 끊기면서 후타쓰기 씨가 쓰러질 듯 몸을 휘청거렸다. 남편이 다급히 손을 뻗자 힘이 빠졌는지 팔에 누웠다.

다시 정적이 돌아왔다. 꽉 조여든 방 안의 공기가 그지없이 핍색한 압력으로 짓눌렀다. 에어컨이 돌아가고 있을 텐데도 내 이마에까지 땀이 살짝 배어나는 것이 느껴졌다. 더워서가 아니다. 숨이 막힐 듯한 무거운 공기 속에서 꼼짝도 할 수 없었기 때문이었다.

"창문을…… 열죠."

남편이 불쑥 말하더니 후타쓰기 씨를 눕히고 조용히 일어섰다.

이 긴박한 공기 속에서도 남편은 성심성의껏 마음을 써주었다. 그가 툇마루에 늘어선 미닫이문을 양쪽으로 천천

히 열자 그와 함께 바람이 흘러들었다. 툇마루 끝의 창문
이 열려 있었나 보다. 생각보다 서늘한 바람이 지나가며
눈부신 빛이 방 안으로 넘쳐 들어오자 나는 무심코 밖으로
시선을 던졌다. 그리고 숨을 삼켰다.

서쪽으로 난 창문에서는 지는 해의 부드러운 빛을 등진
조넨이 선명히 보였다. 하지만 나를 놀라게 한 것은 용장
한 삼각뿔의 산등성이도, 주홍으로 물들기 시작한 아름다
운 늦여름의 하늘도 아니다. 바로 눈앞에 펼쳐진 영롱한
빛이었다.

후타쓰기 씨의 농지일 것이다. 툇마루 끝에서 저 멀리
있는 숲 가까이까지 아득하게 펼쳐져 있다. 순간적으로 밭
전체가 빛나는 듯했던 그곳에는 온통 새하얀 꽃이 흐드러
지게 피어 있었던 것이다.

자그마한 꽃잎들이 모인, 그야말로 사랑스러운 순백의
꽃. 한 송이로는 꽃이라 할 만큼의 존재감도 없는 그것이
한없이 넓게 펼쳐진 시야를 가득 채우고 있었다. 바람이
흐르면 하얀 잔물결이 저편에서 이쪽으로, 평온하게 밀려
온다. 새하얀 꽃은 석양을 받아 색채가 부드러워졌고, 그
것이 바람을 받아 은백색으로 빛나는 듯 보였다. 쏴쏴, 소
리가 너울거리며 반짝반짝 빛이 춤을 춘다. 연못이 있겠거
니 싶었던 빛의 정체는 이 꽃물결의 찬란함이었다. 그것은

온통 은빛으로 단장된 황홀경이었다.

"메밀꽃……입니까……."

무의식중에 묻자 남편이 조용히 끄덕였다.

나는 잠자코 은빛의 땅을 바라보았다. 아가씨와 간호사
도 나와 같은 놀라움을 느꼈을 것이다. 모두 다 창밖을 바
라본 채 말이 없었다.

"올해도, 만개……."

다시 들려온 후타쓰기 씨의 목소리에 나는 그제야 정신
이 들었다. 돌아보자 후타쓰기 씨의 시선이 메밀밭 여기저
기를 서성이고 있었다. 그립다는 듯, 기쁘다는 듯.

"이 꽃이 떨어지면 열매를 모아서 맷돌로 갈아요. 그러
면 메밀가루가 만들어지죠. 정말이지 세상에서 제일 맛있
는 메밀의 고장……. 이곳이 제가 자란 집, 그리고 마지막
으로 머무를 곳이에요."

조금 전까지 목소리에 깃들어 있던 비통한 울림이 멀어
지고 마치 완전히 안심한 듯 평온한 어조로 바뀌어 있었
다. 이 집은 후타쓰기 씨가 진심으로 마음을 놓을 수 있는
유일한 장소인 것이다.

"돌아옵시다, 이 집에."

불쑥 내뱉은 나의 말에, 후타쓰기 씨는 가만히 나를 바
라볼 뿐이었다.

반응은 얕다.

"입원해서, 그리고 돌아와서, 올해도 남편의 소바를 드시는 겁니다. 여차하면 요리사는 제가 데려오죠. 세상에서 제일가는 메밀가루를, 세상에서 제일 맛있는 소바로 만들어줄 소바 장인이 지인 중에 있습니다."

"저는 병원에는 가지 않을 거예요. 선생님께는 늘 감사하지만……."

"감사는 필요 없습니다. 지금은 시간이 없습니다."

"저는 이곳을 떠날 생각이 없어요, 선생님."

"그래도 가야 합니다."

"저는……."

"꼭 돌아올 거라고 하지 않습니까!"

거의 호통에 가까운 내 목소리에 후타쓰기 씨의 눈이 동그래졌다.

후타쓰기 씨만이 아니라 남편도 놀란 표정으로 쳐다보고, 방문 간호사와 그 옆에 있는 아가씨까지 어안이 벙벙해져 나를 바라보았다.

중증 환자에게 고함을 지르는 것은 의사가 해서는 안 되는 행위다. 하지만 상관없다. 지금은 사양과 예의가 나설 차례가 아니다. 기합이든 기백이든, 고성이든 욕설이든, 모든 수단을 동원해 후타쓰기 씨를 데리고 나가야 할 때다.

"당신에게 어느 정도의 시간이 남았는지, 그건 저도 모릅니다. 하지만 앞으로 3개월이라면 의미가 없다고 생각하십니까? 한 달밖에 살 수 없다면 죽는 게 낫습니까? 그렇지는 않습니다."

뇌리에 떠오르는 말들을 열심히 자아냈다.

그것을 후타쓰기 씨의, 신기하리만치 투명한 눈이 똑바로 응시하고 있다.

자칫하면 사방으로 흩어질지 모르는 사고를 애써 정리하며 단어를 골랐다. 지금 여기에서 발을 헛디디면 후타쓰기 씨는 죽게 될 것이다. 그 엄연한 사실만이 또렷하게 보였다. 그 강렬한 사실에 등을 떠밀리듯, 나는 말을 쌓아올렸다.

"당신의 아버님이 어떤 분이었는지 저는 기억나지 않습니다. 하지만 분명 온 힘을 다해 자신의 병과 싸우셨겠지요. 그랬으니 저도 열심히 뵈러 갔을 겁니다. 그렇다면 당신도 아버님께 배워야 합니다. 아버님을 본받아서, 살아 있는 인간의 의무를 다해야 합니다."

"의무……."

"의무입니다. 사는 것은 권리가 아니라, 의무입니다." 단숨에 장황하게 떠들어댄 후 말을 끊고, 길게 날숨을 내쉰 뒤 덧붙였다. "출발하는 겁니다, 돌아오기 위해서."

쏴아, 또다시 선들바람이 흘러 들어왔다. 툇마루 끝에서 은빛 메밀꽃들이 반짝이며 남실대는 것을 알 수 있었다. 마치 수면을 비추듯 방 천장에서 빛이 한들거렸다.

침묵이 이어지는 동안 아무도 움직이지 않았다. 사람도 공기도 바람도 꽃도, 이불 위 췌장암 환자와 앉은 채로 꼼짝 않는 내과의를 가만히 지켜보고 있다.

"선생님은 정말, 열심이시네요." 후타쓰기 씨가 중얼거리듯 말했다.

"약속을 했습니다."

약속? 의아한 듯 묻는 후타쓰기 씨에게서 시선을 돌려 뒤에 있는 남편을 바라보았다. 아니, 남편 옆에서 그 손을 지그시 잡고 앉아 있는 소녀를 바라보았다. 그리고 말을 이어갔다.

"할 수 있는 일에는 최선을 다하겠다고 리사와 약속했습니다. 그 약속을 깰 수는 없습니다."

아빠 옆에서 미동도 하지 않던 소녀의 머리칼이 희미하게 흔들렸다. 동시에 후타쓰기 씨의 볼이 떨리는 것이 느껴졌다. 그대로 아무 말 없이, 나를 가만히 바라봤다.

그 무거운 침묵 속에서 나는 기도하듯 눈을 감았다.

고요했다.

좁은 방에 많은 사람이 있는데도 들려오는 것은 바람 소리뿐이었다. 그 바람을 타고 부드러운 목소리가 들려왔다.

"정말 맛있어요."

눈을 뜨자 후타쓰기 씨가 수척한 뺨에 미소를 머금고 있었다.

"남편의 소바, 같이 드셔주시겠어요?"

나는 숨을 고른 후 고개를 크게 끄덕였다.

바로 뒤에서, 남편이 눈가로 손을 가져가는 모습이 보였다. 아빠 곁에서는 리사가 무릎 꿇은 자세로 꼼짝 않고 나를 보고 있었다. 나는 한 번 더 후타쓰기 씨를 향해 고개를 끄덕인 뒤 바로 방문 간호사를 돌아보았다.

"구급차를 불러주십시오."

튕기듯 뛰어나가는 그 뒷모습을 보고 이번에는 아가씨 쪽으로 고개를 돌렸다.

"리큐에게 전화해줘. 30분 후에는 ERCP를 시작할 테니 준비해두라고. 그리고 신장 쪽 야스다 선생님께도 연락해서 PMX 스탠바이하도록. 무슨 일이 있어도 살리는 거다."

아가씨가 휴대폰을 꺼내 들며 방에서 뛰어나갔다.

갑자기 공기가 움직이기 시작했다.

남편이 다급히 일어서더니 방을 나갔다. 준비를 하기 위함일 것이다. 옆에 있던 리사가 엄마 곁으로 다가오자 후타쓰기 씨는 흙빛이 된 손을 뻗어 딸의 짧은 머리칼을 가만히 어루만졌다. 말은 없다. 모녀는 그저 희미하게 미소 짓더니 두 사람 모두 툇마루 끝의 메밀밭으로 시선을 돌렸다.

바람과 빛과 색채가 보드랍게 춤추는 늦여름의 황혼이다. 그리 오래 지나지 않아 저 멀리에서 어렴풋이 구급차의 사이렌 소리가 들려왔다. 정말이지 이 나라의 구급대는 보통 근면한 것이 아니다.

서서히 가까워지는 사이렌 속에서, 나는 가만히 입을 열었다.

"소바는 제가 좋아하는 음식입니다. 기대하겠습니다."

돌아본 후타쓰기 씨는 은은하게 미소를 지은 뒤 천천히 고개를 끄덕였다.

제5장

노랗게 지는 잎

많은 방이 늘어서 있는 제4내과의 의국 안에서도 모두가 최대한 피해 다니는 곳이 한 군데 있다. 우사미 선생님이 있는 준교수실이다.

의국의 어둑어둑한 복도 양쪽으로는 계단과 가까운 쪽에 의국원과 대학원생의 책상이 처박힌 좁은 방들이 즐비하게 늘어서 있다. 안쪽으로 갈수록 조교, 강사, 준교수, 교수순으로 히에라르키의 피라미드를 올라가는 구조이다. 당연한 말이지만 올라갈수록 한 방에 있는 책상 수가 적어지고 방은 넓어진다.

그중에서도 가장 넓은 방에 경솔하게 다가가는 사람도 없거니와 구름 위에 군림하는 교수 정도가 되면 도리어 의국원들과 마주칠 일이 없다. 이러니 병상 관리에서부터 의국의 서무에 이르기까지 혼자 도맡고 있는 준교수의 방은 일상적으로 접하는 그 싸늘한 외모와 맞물려 노골적으로 모두가 꺼리는 저승문이 되었다.

그런 의국의 저승문에 내가 불려간 것은 막 9월로 넘어간 어느 날 오후였다.

"왜 불려왔는지 알고 있나?"

방에 들어서자마자 그렇게 말한 사람은 책상 너머에서 조용히 깍지를 끼고 기다리고 있던 우두머리 본인이다. 세 평 남짓한 준교수실은 벽면 네 개가 책꽂이로 꽉 찼고 채광창마저 서적에 가려 숨 막히는 압박감이 느껴졌다. 덧붙이자면 책장도 책상도 깔끔하게 정리 정돈된 것이 더욱더 긴장감을 높이는 통에 공연히 숨통이 더 조여들었다.

그런 꽉 막힌 공간 한가운데서 '왜 불려왔는지 아느냐'며 호들갑스레 질문을 들을 것도 없다.

불과 며칠 전, 마음대로 인턴을 데리고 왕진을 나가 그대로 환자를 구급차에 실어 온 뒤 긴급 ERCP까지 해서 입원시킨 제4내과 괴짜 의사의 존재는 나름대로 의국 안팎을 떠들썩하게 했다. 상황이 상황이니만큼 비판과 비난 일색은 아니었지만 룰과 가이드라인으로 무장한 제4내과의 간관(諫官)에게는 요란한 소문이 돈다는 것만으로도 당사자를 호출할 사유가 충분한 것이다.

"뭐라 드릴 말씀이 없습니다." 여하간 나는 허리를 깊이 숙였다.

나로서는 후타쓰기 씨의 목숨을 구한다는 최대의 목적을 무사히 달성한 이상, 그 외 일들은 모두 사소한 것에 지나지 않았다. 까치집투성이인 머리를 조아리는 것으로 끝낼 수 있다면 특별히 마음 쓸 것도 없다. 하지만 이렇게 겸허한 일개 대학원생을 향해, 우두머리는 너무나도 차가운 눈빛을 보냈다.

"사과를 듣기 전에 사실을 확인하고 싶군. 내 귀에는 여러 소문이 들어와서 말이야. 지나치게 엉뚱한 소문이 퍼지면 의국으로서도 체면이 서지 않지."

"소문이라면 더 신경 쓰실 것 없습니다. 사람의 소문도 75일, 가령 교수님 귀가 당나귀 귀라는 소문이 돈다 해도 세 달이면 잠잠해질 겁니다."

내가 던진 기사회생의 유머는 우두머리가 내뿜는 살벌한 아우라 앞에서 소리도 없이 부서져 흩어졌다.

"자네가 유니크한 닥터라는 건 알고 있네. 하지만 유니크도 도가 지나치면 이단이 되는 법이야." 우두머리는 책상 위에서 손의 방향을 바꿔 다시 깍지를 꼈다. "의국이라는 곳은 그저 규모만 클 뿐인 조직이 아니라 막대한 책임을 지고 있어. 규율이 사소하게라도 흐트러지기 시작하면 큰 혼란으로 이어질 가능성이 있다는 뜻이지. 자네가 진료에 열의를 보이는 건 좋지만 지나친 일탈을 못 본 체할 수는 없네."

이렇게 틀에 박힌 이치를 늘어놓다니, 우두머리의 관록은 흠잡을 데가 없다.

"아무리 환자를 위해서라지만 의국의 허가도 없이 마음대로 병원 밖으로 왕진을 나가는 행위는 간과할 수 없어."

"반성하고 있습니다."

갸륵한 말을 거듭하며 또 한 번 고개를 숙였다. 하고 싶은 말이 없는 건 아니지만 어설픈 해명보다는 한 번의 인내가 낫다. 오늘 목적은 원만하게 수습하는 것이지 우두머리와 칼부림하는 것이 아니다.

"의국의 룰이 왜 그렇게 중요한지 묻고 싶은가 보군."

적잖이 철렁한 나를, 우두머리의 눈이 꿰뚫어보듯 응시했다. 역시 준교수님이다. 사람의 마음속까지 훤히 들여다본다.

"자네는 아직 신슈에서 대학 의국이 얼마나 중요한지 모르고 있어." 또 한 번 천천히 깍지 낀 손의 방향을 바꾸며, 우두머리가 말을 이어갔다. "여기가 대형 병원이 난립한 도쿄 근교의 대도시라면 어떨지 모르겠지만, 무수한 의료 과소지를 끌어안은 신슈야. 의국이 강권을 가지고 지탱하지 않으면 의료 체계가 무너질 마을이 도처에 있어. 아무도 가고 싶어 하지 않는 가혹한 지방 병원에 의사를 파견하는 것은 물론, 때로는 먼 곳의 긴급 상황에도 대응하고 있지. 자네도 나와 함께 하쿠바에 갔을 정도이니 조금은 알 거야."

침묵 중인 나의 뇌리에 피가로를 타고 올림픽도로를 달렸을 때의 일이 떠올랐다. 차창 밖으로 우아하고 아름다운 아즈미노의 여름 경치가 펼쳐져 있었을 터인데, 기억나는 건 조수석에서 우두머리가 내뿜던 엄청난 위압감뿐이다.

"그 총담관결석 환자는 긴급 ERCP를 하지 않았다면 위험했을 거야. 하지만 하쿠바에 ERCP를 할 수 있는 내시경의는 없지, 그렇다고 한 시간 이상이나 들여 구급차로 이송하기에는 너무 위험한 환자였어. 이런 상황에서 환자의 목숨을 구할 수 있었던 건 각 병원의 테두리를 넘어서 활동할 수 있는 대학 의국이 존재하기 때문이다. 물론 의국이라는 거대한 조직은 많은 문제를 안고 있어. 하지만 문제와 모순이 있기에 더더욱 룰이라는 것이 필요하지. 룰을 지키지 않으면 의국은 무너지고, 그것은 곧 의국이 지탱하는 지역 의료까지 무너진다는 걸 의미해."

삐죽한 턱을 느릿느릿 쓰다듬으며 예리한 눈동자에 날

카로움을 가미해 말했다.

"가혹한 지역 의료를 지탱하는 것은 의사 개인의 노력과 선의 같은 게 아니야. 대학 의국이라는 강력한 조직이란 말이네."

어투는 고요했지만 과격한 발언이었다. 과격할 뿐만 아니라 일종의 핵심을 찌르는 말이다.

대학 의국이라는 조직의 복잡한 위치를, 우두머리의 말은 정확하게 그려내고 있었다. 새삼스레 말할 것도 없지만 우두머리인들 취미나 도락으로 제4내과의 간관 역할을 맡은 게 아니다. 잠시 입을 다문 채 서 있는 내게, 우두머리의 차분한 목소리가 이어졌다.

"그러므로 의국의 룰에서 벗어나는 행위를 방목할 수는 없지. 타과에 대한 4내과의 입장을 생각해서라도 조치가 필요해." 한 번 말을 끊었다가, 이내 빠르게 선고했다. "구리하라 선생은 3개월간 아르바이트 정지."

나는 무심코 눈을 감았다.

병량 공격(식량 보급로를 끊어 병력을 약화시키는 공법-옮긴이)이다. 그야말로 적확한 한 수다. 그렇지 않아도 박봉에서 수업료까지 빠져나가는 생활이라 아르바이트를 하지 않으면 말 그대로 산 입에 거미줄을 치게 된다. 의사의 생활고 따위 만담의 주제도 되지 않을 우스운 이야기지만,

유감스럽게도 절정도 결말도 없는 현실에서 일어나는 일이다. 차라리 이대로 '지금 장난하나' 하고 괴성을 내지르며 눈앞의 하얀 책상을 뒤집어 엎어줄까, 하는 유쾌한 망상으로 현실 도피를 하는데 문득 가벼운 노크 소리가 들려왔다.

"우사미 선생님, 잠깐 들어가도 됩니까?"

가벼운 말투로 그렇게 말하며 들어온 사람은 1팀 팀장인 가키자키 선생님이었다.

탁, 하고 나의 어깨를 때리며 옆에 선 가키자키 선생님이 시원한 얼굴로 말했다.

"준교수님, 실례하겠습니다."

"가키자키 선생, 자네를 부른 기억은 없는데."

"불린 기억도 없지만." 가키자키 선생님은 오른손에 들고 있던 서류로 방의 벽을 가리키며 말했다. "의국의 벽이 워낙 얇아서 말이죠. 제 방이 바로 옆에 있어서 대화가 들린다니까요."

우두머리를 상대로 이렇게 편안하게 발언할 수 있는 것도 가키자키 선생님의 배포가 크기 때문이리라. 물론 가키자키 선생님도 4내과의 중진이지만, 그 이상으로 이 인물은 신기할 정도의 쾌활함을 지니고 있다.

"멋대로 끼어들어 죄송합니다만, 처분을 조금 더 가볍게 하는 게 좋지 않을까요?"

"나도 딱히 좋아서 엄격하게 대하는 게 아니야. 하지만 책임 소재를 생각하면 의국으로서도 본보기가 필요해."

"책임이라면, 이번 건은 우리 4내과 의국에는 아무런 책임도 없어요."

중진의 별난 발언에 우두머리도 눈살을 찌푸렸다.

"설명해주겠나."

"간단합니다. 구리하라 선생은 4내과에서 근무하지만 신분은 대학원생, 즉 학생이에요. 책임은 시나노대학 의학부 사무국에 있지 우리한테 있는 게 아니란 뜻이죠."

뻔뻔스럽게 그런 소리를 한다.

놀란 마음에 위대한 선배를 우러러보자 가키자키 선생님은 여전히 시원스러운 표정이다.

명백한 폭론이다. 폭론이지만 말이 안 되는 것은 아니다. 서류상으로는 나는 병원에서 근무하는 것이 아니라 시나노대학의 대학원에 통학 중이다. 아무리 외래와 병동과 내시경 검사로 바삐 뛰어다닌다 해도 나의 위치는 병원 의사가 아니라 일개 학생인 것이다.

역시나 우두머리는 작게 한숨을 내뱉었다. "그건 억지 논리인 것 같은데."

"억지가 붙어 있어도 논리는 논리입니다. 도망갈 길은

되겠지요. 적어도, 환자를 위해 살짝 폭주한 젊은 의사를 무턱대고 압박하기보다는 억지 논리를 써서 얼렁뚱땅 얼버무리는 게 내리사랑 아니겠습니까?"

게다가, 하고 가키자키 선생님은 어깨를 으쓱이며 말을 이어갔다.

"구리하라를 엄벌에 처하면 당연히 같이 간 인턴도 아무 처분 없이는 넘어갈 수 없습니다."

생각지 못한 지적에 우두머리의 움직임이 멈췄다.

"그렇잖아요. 왕진에는 두 명이 나갔는데 구리하라한테만 징계를 내리고 인턴에게는 아무런 처벌도 없다면 너무 불공평하지 않겠습니까."

그런데, 하고 의미심장한 미소를 띠며 상쾌하게 넌지시 말을 덧붙인다.

"인턴을 처벌하게 되면 4내과의 평판이 나빠질 테니 내년 입국자 수에도 영향을 주지 않을까요?"

매끈하게 내뱉은 지적에 우두머리는 미동조차 하지 않았다. 하지만 반격의 말도 나오지 않았다. 그 침묵이 곧 가키자키 선생님의 일격이 유효했다는 증좌였다.

인턴들의 평판은 우두머리가 가장 신경 쓰는 부분이다. 제4내과 의국을 관리하는 우두머리 입장에서 매년 몇 명의 인턴이 지원하는지는 최대 관심사이다. 대학 의국의 힘의 원천은 소속된 의사 수에서 나온다. 인원이 많으면 그만큼 각지의 병원에 의사를 파견할 수 있다는 뜻이기에 영향력도 커진다. 한편 입국자 수가 적으면 의사 수도 줄어 의료 체제를 유지할 수 없게 된다. 그런 의미에서 인턴의 평판이 나빠지는 사태만큼은 무슨 수를 써서라도 막아야 하는 것이다.

우두머리는 시선을 살짝 떨어뜨리더니 조용히 생각에 잠겼다. 몇 초간의 정적 후, 조용히 고개를 들고 싸늘한 목소리로 말했다.

"그럼, 아르바이트 1개월 정지다."

옆에서 가키자키 선생님이 한쪽 눈을 찡긋해 보였다.

나는 가만히 목례했다.

우두머리의 융단 폭격을 받고 상처 없이 멀쩡할 수는 없다. 하지만 전멸할 위기를 피한 것은 사실이었다.

작은 무대 위로 올라간 리큐가, 한 손에 마이크를 들고 얼굴이 시뻘게진 채로 열창하고 있다. 커다란 텔레비전 화면에는 크리스탈 킹의 「대도시」라는 글자가 떠 있었다.

상당히 오래된 곡이다. 심지어 그 노래를 고지식하기 짝이 없는 리큐가 부르다니, 참으로 진기한 광경이다. 이미 한껏 들이켠 맥주 덕분에 얼굴은 벌겋지만 가창력은 제법이다. 그 맞은편에서는 아가씨가 즐거운 듯 탬버린을 때리고, 아가씨 옆에서는 이제는 소화기내과를 떠난 대장이 상반신을 드러낸 채 춤을 추며 같이 노래하고 있었다. 이들과 조금 떨어진 구석에서 인터폰을 귀에 대고 무언가 주문을 하는 사람은 언제나 청바지 차림인 후타바 사키코다. 상당히 혼란스러운 상황이다.

"어때, 이런 야단법석도 가끔씩은 괜찮지?"

쾌활한 목소리로 그렇게 말한 인물은 내 옆에서 레몬 하이볼을 들이켜던 호조 선생님이었다. 테이블의 감자튀김을 집더니 입안으로 쏙 던져 넣는다.

"구리 짱은 노래 안 해?"

"마이크보다는 술잔을 들겠습니다."

"좋지. 그럼 한 번 더, 건배다."

호조 선생님은 레몬 하이볼이 든 잔을 들어 올리며 정종이 든 나의 잔을 가볍게 때렸다.

이날 저녁, 호조 선생님이 오랜 시간 실험 데이터를 쌓아왔던 논문이 무사히 국제 저널의 승인을 받았다는 사실이 의국 내에 발표되었다.

『헤파톨러지(Hepatology)』라는 이름의 그 저널은 간 연구 분야에서는 일류에 속한다. 그 저널에 논문이 실린다는 것은 연구 내용이 일류라는 인정을 받았다는 뜻으로, 호조 선생님에게는 대단히 큰 실적이다. 그와 동시에 4내과 의국 내에서도 존재감이 커진다는 뜻이다. 그리하여 이날 저녁, 회진이 끝난 후 투고자 본인이 '논문 축하 파티를 하자'고 제안한 결과 3팀 전체가 시내로 몰려나온 것이다.

"그나저나 대단하십니다. 그 정도의 논문을 언제 다 마무리하신 거예요?"

리큐가 새빨개진 얼굴로 묻자 "에이~ 운이 좋았을 뿐이야, 구리 짱이 실험을 많이 도와주기도 했고"라며 긴장감 없는 대답을 했다.

물론 『헤파톨러지』 게재 여부는 운에 좌우되는 수준이 아니다. 운과 노력을 태산처럼 쏟아부어도 일류 저널의 문턱은 쉽게 넘을 수 없다.

"이것도 팀원 모두가 임상에서 애써준 덕분이야. 오늘은 내가 쏠 테니까 마음껏 마시라고."

세계를 무대로 활약하는 수완가의 이미지와는 거리가 먼 밝은 목소리가 노래방에 울려 퍼졌다. 동시에 리큐와 대장이 함성을 지르며 기뻐했다.

3팀의 회식에, 이제는 비뇨기과에서 연수를 받고 있는 대장을 부른 사람은 호조 선생님 본인이었다.

"대장을 부르면 시바타도 기운이 날 테니까."

그런 대사를 입에 올린다는 건 임상에 별로 모습을 드

러내지 않는 호조 선생님이 의외로 팀원의 상태를 잘 파악하고 있다는 뜻이다. 한편 실험의 숨은 공신인 후타바까지 확실히 챙기는 것을 보면 역시 대단하다고 할 수밖에 없다. 엉성해 보이지만 놀라울 만큼 꼼꼼하게 주위를 살피는 면모를 보면 괜히 오니키리 호조라 불리는 것이 아니다.

"준교수실에서 있었던 일은 대충 들었어."

문득 호조 선생님이, 손끝으로 레몬 하이볼의 얼음을 달그락 휘저으며 재미있다는 시선을 보내왔다.

"별 볼 일 없는 이야기입니다."

"열혈 구리 짱이 빵집을 상대로 피를 철철 흘리는 대난투극의 한 시간이었다던데."

"그저 조용히 고개를 조아렸을 뿐입니다."

고생 많았구먼, 하고 웃으며 레몬 하이볼을 시원하게 비우자 절묘한 타이밍에 문이 열리며 직원이 다음 하이볼을 가지고 왔다. 후타바의 뛰어난 지휘 솜씨는 실험실 안에만 국한된 것이 아닌 듯했다.

"어쨌든 화를 면했으면 됐잖아. 아르바이트 한 달만 중지인 거지?"

"감사한 일입니다. 난투극이 한창일 때 뛰어들어주신 가키자키 선생님 덕분입니다."

"좋아, 좋아."

"그것은 즉 가키자키 선생님께 손을 써주신 선생님 덕분이지요."

나의 담담한 지적에 오니키리의 호조가 다소 벌게진 눈을 가늘게 떴다.

나는 별반 맛있지도 않은 정종 잔에 입을 갖다 대며 말했다. "가키자키 선생님께 들었습니다. 대학원생의 책임은 의국이 아닌 학부에 있다는 말, 인턴의 평판이 안 좋아지는 것은 피하는 게 좋다는 말, 그런 논리를 생각한 건 자신이 아니라 호조 선생님이시라고요."

준교수실에서 나온 후, 가키자키 선생님이 넌지시 해준 말이다.

"억지 논리라면 호조를 당해낼 자가 없어. 거의 베테랑이라니까."

그런 사기 행각과 다를 바 없는 논리를 가키자키 선생님에게 일러주고 준교수실의 뾰족뾰족한 공기를 둥글둥글하게 만들어달라고 한 사람은 호조 선생님이었다는 것이다.

"갓키도 입이 참 가볍구먼. 내 이름은 꺼내지 말라고 일러뒀는데."

산뜻한 갈색 머리칼을 긁적긁적 헝클어뜨리며 그런 말을 한다.

"이런 상황이 될 걸 내다보시고 그때 아가씨를 데려가

라고 하신 겁니까?"

"응?"

"제가 혼자 왕진에 가면 우두머리는 가차 없이 절 엄벌에 처할 수 있죠. 하지만 아가씨를 데리고 가면 인턴의 평판으로 이어지니 엄격한 잣대를 들이댈 수 없게 됩니다. 그래서 그때 아가씨를 데려가라고 하신 것 아닙니까?"

"글쎄, 그냥 구리 짱의 운이 좋았던 게 아닐까?"

그지없이 표표한 오니키리의 옆얼굴을, 나는 잠자코 바라볼 수밖에 없었다.

애초에 호조 선생님의 제지를 뿌리치고 왕진을 강행한 것은 나다. 그때의 대화를 떠올려보면 방치했어도 이상할 것이 없는데, 뒤에서 손을 써 엄벌을 면하게 해준 것도 호조 선생님이다. 그저 당혹스러운 마음으로 입을 다문 내게, 오니키리는 잔잔한 눈빛으로 단상 위 후배들을 지켜보며 중얼거리듯 말했다.

"여기에 있다 보면 말이지, 의료가 어쩌다 이렇게 복잡해졌을까 하는 생각이 들어."

의외의 말에 나는 가만히 그를 쳐다보았다. 후타바가 담담하게 부르기 시작한 덩리쥔의 노래를 배경 음악으로, 오니키리가 조용히 말을 이어갔다.

"의국은 커다란 조직이야. 다양한 인재가 있고 권력과

능력도 있지. 그런데도 이러쿵저러쿵 여러 형편이 얽혀서 그 힘을 충분히 발휘하지 못한 채 몸부림치고 있어. 그저 환자를 살리기만 하면 되는 의료가, 여기에 있으면 도통 뭐가 뭔지 모르겠단 말이야." 전에 없이 농담기가 전혀 없는 말투로 말하며, 덩리췬에 도취된 듯 눈을 감았다. "그래도 있지, 난 의국은 멋진 조직이라고 생각해."

재차 뒤집히는 이야기에 나는 잠자코 귀를 기울였다.

"내가 오미촌에서 죽을 각오로 일했던 적이 있다고 얘기했지? 그때는 반년이나 의사를 보내주지 않은 의국을 진심으로 원망했어. 그런데 말이야, 잘 생각해봐. 내가 힘들다고 해서 다른 병원으로 옮겼다면 그 작은 마을의 환자들은 어떻게 됐겠어. 걷는 것도 버거워하는 어르신들한테 산 하나 넘어서 고쇼쿠나 마쓰모토 병원까지 가라는 건 턱도 없는 소리지. 그렇다고 해서 그런 깡촌의 병원이 자체적으로 의사를 모집해본들 2~3년은 아무도 안 올 거야. 그걸 불과 반년 만에 의국이 해결한 거야."

오니키리가 가만히 눈을 뜨더니 쓸쓸하게 웃었다.

"무너지기 일보 직전인 오미촌의 의료를 끝까지 지킨 건 죽는소리를 하던 내가 아니야. 그런 나를 억지로 일하게 하면서 어찌어찌 반년 이내에 의사를 충원해준 의국이지. 모순투성이인 대학 의국의 힘이란 말씀이야."

덩리쿤이 가경에 접어들며 후타바의 목소리가 실내에 기분 좋게 울려 퍼졌다.

나는 아무 말도 할 수 없었다. 착잡한 사고 속에서 호조 선생님의 말에 우두머리의 말이 겹치는 듯했다. 오랜 세월 대학 의국을 지탱해왔기에 볼 수 있는 경치인 것일까.

"그럼에도." 별안간 오니키리가 씨익 웃으며 말했다. "지금 의국에는 무리와 낭비가 너무 많다는 것도 사실이야. 난 그걸 바꾸고 싶어."

생각하지도 못한 날카로운 미소에 오싹해지는 기분이었다.

"그런데 의국을 바꾸려면 힘이 있어야 해. 지금 내 힘으로는 아무것도 할 수 없으니 산더미처럼 논문을 쓰고 실적을 쌓아서, 그리고 의국 윗자리에 올라서서, 의국을 바꿀 거야. 그게 내 야망이야."

차분하고 나지막한 어조였지만 생각지도 못한 기백이 담겨 있었다. 칼집에 들어 있던 명검이 금방이라도 빠질 듯, 돌연 번쩍하고 시퍼런 칼날을 드러내는 것 같았다. 놀란 마음에 숨을 멈췄지만 오니키리는 번뜩인 날카로운 미소를 곧장 평소와 다름없는 경박한 미소로 바꾸더니 말을 이어갔다.

"그때까지는 의국의 높은 선생님들 눈길을 끌 만한 행

동은 하고 싶지 않단 말이야. 그러니까 구리 짱도 너무 튀지 말아줘. 원만하게 수습하는 것도 상당한 고역이라고."

"별것 아닌 듯 말씀하시지만 상당히 과격한 이야기 아닙니까?"

"맞아. 그러니까 내일에는 다 잊어줘."

끙차, 하고 몸을 일으킨 호조 선생님은 테이블에서 레몬 하이볼을 들더니 다시 시원하게 들이켰다. 단상에서는 덩리쿤의 노래가 끝나고, 리큐와 대장이 어깨동무를 한 채 경쾌한 팝송을 부르기 시작했다.

일련의 과격한 이야기에 미처 생각을 정리하지 못한 내게 느닷없이 예리함을 내비친 오니키리는, 마치 아무 일도 없었다는 듯 후타바를 향해 "레몬 하이볼 부탁해" 하고 외쳤다. 레몬 하이볼만 도대체 몇 잔을 들이부을 생각인지 모르겠다.

"뭐, 어쨌든 말이야." 다시 소파에 털썩 앉더니 호조 선생님이 입을 열었다. "빵집한테 미운털 박힐 만한 행동은 상책이 아니야. 내년에 시바타가 없어지는 것만 해도 허전한데 구리 짱까지 좌천되면 나 울 거야."

오니키리가 던진 두 번째 폭탄은 다른 팀원에게는 들리지 않는 작은 소리로 폭발했다. 나는 한 박자 늦게 눈을 동그랗게 떴다.

"리큐의 파견은 확정됐습니까?"

"확정됐더라." 호조 선생님은 다음 음료를 주문하듯 가벼운 말투로 사뿐하게 대답했다. "전에 말했던 이야마로. 원래 거기 내과의 하나가 몸이 안 좋아져서 은퇴하려던 참이었거든. 누군가를 보내야 하는 상황이었는데 현 내에서도 워낙 강설량이 많은 지역이기도 해서 가려는 사람이 아무도 없었어. 그런 상황에서 우두머리의 블랙리스트에 오른 게 화근이었지."

"리큐는 그 이야기를……?"

"알 리 있나, 인사 내용은 의국의 톱 시크릿인데."

톱 시크릿이 노래방에서 방류되고 있다.

무대 위 후배들이 알아채지 못하도록 눈빛만 험악하게 쏘아대자 호조 선생님은 쓴웃음을 지었다.

"무서운 표정 짓지 마, 구리 짱. 전에도 말했지만 녀석은 아직 젊어. 어떤 병원에 가든 분명히 좋은 경험이 될 거야."

"하지만 그것도 다양한 경험 중 하나가 됐을 때의 이야기입니다. 몇 년씩이나 이야마에 박혀 있게 되면……."

"그렇게는 안 될 거야."

뜻밖에 강한 대답이 돌아왔다. 시선을 돌리니 호조 선생님의 눈빛이 번뜩이고 있었다.

"저 녀석은 좋은 의사가 될 재목이야. 애드리브가 안 통한다는 게 옥에 티지만. 그러니 몇 년 이내로 내가 반드시 복귀시킬 거야."

"복귀?"

당혹스러워하는 나를 향해 씨익 하고 무시무시한 미소를 띤다.

"말했잖아. 나는 의국에서 높은 자리에 오를 거라고."

느닷없이 폭음 같은 음악이 날아들어 시선을 돌리자 단상에서 이야기의 주인공인 리큐가 대장과 아가씨를 등 뒤에 거느리고, 어디에선가 들은 적이 있는 오래된 록 넘버를 열창하는 중이었다. 폭주하는 리듬 속에서 이어지는 말은 없다. 마치 아무 일도 없었다는 듯 오니키리는 레몬 하이볼을 내려두고 주먹을 흔들며 환호성까지 지르기 시작했다. 더 이상, 여기에서 이야기할 것은 없다는 뜻이다.

기타, 베이스, 드럼, 얽히고설킨 음악과 노래 한가운데서 나는 정종 잔을 한 손에 들고 한동안 말이 없었다. 그저 가만히 있다가 한숨을 내쉬었다.

"선생님이 그렇게까지 장대한 야심가이실 줄은 몰랐습니다."

"그건 아니지, 구리 짱." 호조 선생님은 무대를 올려다보며 웃었다. "난 평범한 로맨티스트일 뿐이야."

그러고는 또다시, 레몬 하이볼을 손에 들었다.

"혈압, 96에 40입니다."

덜커덩거리며 들것이 이동하는 소리에 겹치듯 아가씨의 긴장된 목소리가 울렸다.

병동에서 검사동으로 이어지는 긴 복도다. 일요일 낮이라 사람의 왕래가 적은 만큼 소리와 목소리가 공연히 멀리까지 퍼졌다.

들것은 바닥의 높낮이가 일정하지 않을 때마다 덜컹 하고 큰 소리를 내며 링거를 흔들어대고, 침대 울타리에 매달린 혈압계는 섬뜩한 수치를 깜빡이고 있다. 들것을 미는 내가 사복 위에 가운을 걸친 이유는 갑작스럽게 뜻밖의 호출을 받고 허둥지둥했기 때문이었다. 오늘은 이른 아침부터 다시 도쿄로 향하는 아내를 아즈사 첫차에 태워 보낸 뒤 하루 내내 느긋하게 고하루와 낮잠이라도 잘까 생각하던 차에 난데없이 전화가 걸려왔다.

한 번도 아니고 두 번이나 고하루를 업고 병원에 가야 한다는 사실에 주저하던 그때, 학사님이 고하루와 놀아주겠다고 나서준 덕분에 혼자 달려올 수 있었다. 근방에 피붙이 하나 없는 구리하라 가문에 언제나 가족처럼 고하루에게 그림책을 읽어주는 온타케소의 벗이라는 존재는 참으로 든든하다.

"괜찮으십니까?" 나는 들것 위에서 가만히 눈을 감고 있는 후타쓰기 씨를 내려다보며 물었다.

천천히 눈을 뜬 후타쓰기 씨는 평소보다 더 창백한 얼굴이었지만 입가에는 차분한 미소가 있었다.

"휴일인데, 선생님들도 힘드시겠어요."

"열이 40도까지 끓는데도 다른 사람의 휴일을 걱정해주시는 마음에 경의를 표할 뿐입니다. 항상 푸념만 늘어놓는 제가 부끄러워질 지경이네요."

겉으로는 여유 있게 대화를 시도해보지만 마음속에서는 어지러이 파도가 일었다. 얼마 전에 입원한 후 열도 떨어지고 식사도 다시 할 수 있게 되어 가까스로 전신 상태가 안정을 찾으려던 차에 고열이 나타났다.

"또 스텐트가 막힌 건가요?"

"그럴 겁니다. 혈액 검사와 CT 데이터상으로도 그렇습니다. 지난주에 금속 스텐트 안을 청소했는데 어쩔 수 없네요. 오늘은 플라스틱 스텐트를 추가하겠습니다."

"또 내시경이군요."

"거절하셔도 강행할 겁니다. 느긋하게 선문답을 즐길 여유는 없습니다."

"냉정한 주치의 선생님이네요. 환자의 의사를 전혀 안

들으시다니요."

하얀 얼굴의 후타쓰기 씨가 흔들리는 들것 위에서 후훗,
하고 웃는다. 놀랍도록 고상하다. 왕진했을 때는 당장이라
도 바스러질 듯 애처로운 공기를 내풍기던 후타쓰기 씨는
최근 며칠간 신기할 정도로 온화해졌다. 가혹한 환경이 사
람을 바꾸면 이렇게 되는 것일까.

엘리베이터에 들것을 태우고 닫힘 버튼을 누르자 부아
가 치밀 정도로 느릿느릿 문이 닫혔다.

"역시 선생님 말을 듣지 않고 집에 있을 걸 그랬어요. 지
금쯤이면 메밀 열매를 수확하는 것도 볼 수 있었을 텐데."

"원망의 말은 얼마든지 듣겠지만 지금은 포기하십시오.
당신의 주치의는 환자의 뜻보다 리사와의 약속을 우선하
는 변변치 못한 사람이니까요."

애써 냉담하게 응수하자 후타쓰기 씨는 웃으며 고개를
끄덕였다.

이윽고 엘리베이터에서 내린 후 부아가 치밀 정도로 넓
고 긴 복도를 발 빠르게 걸었다. CT실을 지나 응급센터 앞
에 있는 것이 내시경 센터로, 리큐가 입구에 서 있는 모습
이 보였다.

"ERCP 준비는 다 됐습니다."

고지식한 리큐의 목소리가 묘하게 든든하게 들린 이유

는 나 스스로도 초조함을 느끼기 때문일 것이다. 후타쓰기 씨의 경과는 예상보다 더 좋지 않았다.

이번 입원 때 찍은 CT에서는 췌장암이 퍼지고 간 전이도 악화된 것으로 확인됐다. 최대한 빠른 시일 내 치료를 재개하고자 했지만 해열 후에도 간 기능이 회복되지 않고 버적버적 시간만 흐르던 와중에 또다시 스텐트 트러블이 터졌다. 치료는 다시 시작할 수 없고, 퇴원도 할 수 없고, 오늘은 긴급 내시경이다.

귀중한 시간이 확연하게 깎여 나가고 있다. 그 긴박한 공기 속에서 리큐는 군더더기 없는 움직임으로 내시경 준비를 진행하고 있었다. 투시 시스템을 가동하고 가이드와 이어와 스텐트를 확인한 후 진정제를 준비하느라 여념이 없다. 옆에 있는 아가씨에게도 상세하게 오더를 내리며 후배 지도까지 신경 쓰고 있다. 그 모습이 든든하게 보이는 이유가 아무래도 내 마음의 문제 때문만은 아닌 듯하다.

"준비 다 됐습니다."

뛰어서 돌아온 리큐를 향해, 나는 고개를 끄덕였다.

"내시경은 리큐가 들어."

엇, 하고 리큐의 눈이 휘둥그레진다.

"이제 측시경(프리즘을 이용해 옆 모양을 똑바로 볼 수 있게 만든 장치-옮긴이)은 안정적으로 삽입하고, 스텐팅이라면 여러 번 봤을 거 아닌가."

하지만, 하고 망설이는 이유는 ERCP 시술자로 나서는 것이 처음이기 때문만은 아니다. 후타쓰기 씨가 얼마나 위험한 상태인지를 리큐가 확실히 알고 있어서였다.

"자네도 혼자서 ERCP를 해야 하는 상황이 언제 닥칠지 모르는 몸이야. 뒤에 누군가가 있을 때 경험을 쌓아두는 게 좋아."

나의 의미심장한 말에 리큐의 눈이 살짝 커졌다.

어떤 의사든 언제까지나 상급의가 붙어 있어주는 건 아니다. 하물며 지방 병원으로 가면 혼자 난처한 상황을 마주해야 할 순간이 반드시 찾아온다. 그리고 리큐에게는 그 시기가 생각보다 빠르게 다가오고 있다.

"시술 중 혈압 관리는 내가 하지. 시작하게."

나의 말에, 리큐는 볼에 긴장의 빛을 머금은 채로 힘차게 고개를 끄덕였다.

가붓한 차임이 두 번 울린 후 원내 방송이 들려왔다.

"소화기내과의 구리하라 선생님, 병원 정문 현관으로 와 주시기 바랍니다."

같은 내용이 두 번 반복됐다. 잘못 들은 것이 아니다.

후타쓰기 씨의 ERCP가 무사히 끝나고 한숨을 돌린 직후였다.

내시경실에서는 아무 문제없이 처치를 완수한 리큐가, 땀에 흠뻑 젖어 볼이 상기된 채로 후타쓰기 씨를 병동 간호사에게 인계하고 있다. 그 뒤에서 아가씨가 방금 배운 내시경 뒷정리에 한창일 때, 느닷없이 천장에 달린 스피커에서 그런 목소리가 쏟아진 것이다.

인계를 다 끝낸 리큐가 의아하다는 표정으로 말했다.

"PHS를 쓰지 않고 스피커로 호출하다니, 별일이네요."

그러게 말이야, 하고 끄덕이며 가운 주머니로 손을 찔러넣었는데 있어야 할 PHS가 그 자리에 없었다. 낮에 불려올 때 급하게 뛰어온 나머지 의국 책상에 두고 왔다는 것을 떠올렸다.

"그나저나 병원 현관으로 호출이라니, 무슨 사고라도 치셨습니까?"

나는 못마땅한 발언을 하는 리큐를 쏘아보며 자리에서 일어났다.

들것에서 잠든 후타쓰기 씨의 안색은 스텐트 설치에 성공하자마자 급속도로 좋아지고 있었다. 가히 ERCP의 위력이라 할 만하다.

"이후 관리는 맡겨도 되겠나?"

"네. 수액, 소변 양 등등 확인해두겠습니다."

신속하게 응하는 리큐는 처음으로 ERCP를 완수하고 왠지 부쩍 성장한 듯했다.

나는 모니터에 떠 있는 믿음직한 혈압을 확인한 후 곧장 내시경실을 뒤로했다.

대학병원은 하여간 조직도 건물도 거대하다. 병동에서 내시경 센터가 있는 검사동까지 후타쓰기 씨를 옮길 때도 두 건물을 잇는 널찍한 복도를 지나야 하지만, 검사동에서 정문 현관이 있는 외래동으로 갈 때도 긴 복도가 가로놓여 있다. 짐작 가는 구석이 없는 호출에 잰걸음으로 병원 현관까지 간 나는 뜻밖의 인물이 기다리는 모습을 보고 놀랐다.

종합 안내 카운터 앞에서 무료한 듯 기다리던 사람은 고하루의 손을 잡고 있는 학사님이었던 것이다.

"죄송해요. 자꾸만 걱정이 돼서." 학사님이 씁쓸하게 웃으며 말했다.

손을 잡은 고하루는 이마에 해열용 시트를 붙인 채 볼이 발그레한 상태였다.

"닥터가 나가신 후에 묘하게 얼굴이 붉어져서 열을 재봤더니 38도였어요. 일단 고하루는 활발하긴 한데……."

조심스러워하는 학사님 말대로, 고하루는 발그레한 얼

굴로 콧물을 홀짝거리면서도 평소 같은 생글생글한 미소로 "빠빠, 하얀 옷!" 하며 내 가운을 가리켰다.

"감기인가?"

"그런 것 같긴 한데, 두 살배기의 38도라는 열을 지켜만 봐도 괜찮은 건지 모르겠어서……."

어린아이는 열을 내는 생물이다. 38도든 39도든 본인이 기운만 있다면 일단은 조급해할 것 없다, 라며 뭐라도 아는 듯이 말하지만 나 또한 2년 동안 식은땀을 몇 번이나 흘렸는지 셀 수도 없다. 그렇지 않아도 평소 어린이 병원을 다니는 우리 아이가 열이든 설사든 뭔가 이상이 생기면 몹시 당황하는 것이 부모이거늘, 갑자기 이 아이를 맡게 된 학사님의 불안은 오죽했으랴.

"아냐, 한나절이라도 맡아줘서 고마워. 덕분에 살았네."

"병원 쪽은 어떠세요?"

"처치도 끝났고 문제없어. 이제 막 집에 가려던 참이었지." 나는 웅크리고 앉아 고하루의 머리에 손을 얹었다. "마침 딱 좋을 때 왔군. 점심이라도 먹으러 갈까?"

"빠빠랑?"

"학사님까지 셋이서."

와, 하고 밝은 목소리가 넓은 병원 현관에 울려 퍼지자 지나가던 문병객으로 보이는 젊은 커플이며 노부부에게까지 미소의 물결이 번져 나갔다.

　대학병원 북쪽에는 시나노대학의 광대한 캠퍼스가 있다. 외래동 정문에서 샛길을 따라 북쪽으로 걷다가 기초연구동 옆으로 빠져나간 뒤 의학부 강의동 앞을 가로지르면 그 앞쪽에 있는 곳이 대학의 생활협동조합과 학생 식당이다. 생협 2층에 있는 학생 식당은 많은 학부의 학생들을 수용하기 위해 상당히 널찍하게 만들어졌고 사람의 출입에도 제한이 없다. 일요일이라 식당 자체는 문을 닫았지만 바로 옆에 있는 매점에서 끼니 정도는 가볍게 때울 수 있게 되어 있었다.
　"여전히 바쁘시네요. 의사는 유유자적하는 고액 연봉자인 줄 알았는데……."
　사 온 샌드위치를 커다란 테이블 위에 펼치며 학사님이 미안해하는 듯한 미소를 보였다.
　"나도 그런 줄 알았어. 지금으로서는 유유자적과 고액 연봉 모두 연이 없군."
　나는 주먹밥을 한입 가득 베어 물며 어깨를 으쓱해 보였다. 옆에서는 고하루가 둘로 나눈 홍연어 주먹밥을 양손에 하나씩 들고 번갈아가며 덥석 물고 있다. 어느새 열이 조금 떨어졌는지 볼의 홍조는 사라지고 식욕도 상당하다.

"학사님이야말로 학업은 어때?"

"순조롭습니다." 그러곤 샌드위치를 한입 베어 먹은 후 씁쓸히 웃었다. "라고 대답하고 싶어요. 그럭저럭 어떻게든 하고는 있습니다. 일단 대학원에는 진학할 수 있을 것 같아요."

"니체인가?"

"지금 메인 테마는 흄입니다."

"흄?"

"데이비드 흄, 영국의 철학자예요."

자상하게 고하루를 지켜보는 학사님의 눈에 이지적인 빛이 더해졌다.

"철학사에서는 회의주의의 수괴(首魁)처럼 불리지만 연구해보면 의외로 현실적인 사상가예요. 신비주의에 빠지지 않고 인간중심주의와도 적당한 거리를 유지했죠. 신에게도 사람에게도 겸허한 철학자라고 해야 할까요. 왠지 무척 친근감이 드는 인물이에요."

담담한 어조로 함축적인 논술을 한다.

원래 머리가 좋은 학사님이었지만 예전에는 어딘가 칼집에서 빼낸 일본도 같은 위태로움이 있었다. 그것이 최근 들어 점점 모가 깎이더니 담담하게 만들어진 명검의 정취를 띠기 시작했다.

"확실하게 앞으로 나아가고 있는 것 같군."

약간의 선망을 담아 말하자 아니라며 고개를 천천히 가로젓는다.

"황소걸음이에요. 그렇게 말씀하시는 닥터야말로 진료뿐 아니라 연구도 하고 계시고, 하루나 공주님도 고하루를 키우면서 새로운 사진집을 준비하고 있죠. 다들 훌륭하세요."

"남작은 어때?"

"분주합니다. 온타케소를 지키기 위해서."

"그랬지."

나도 담담히 미소를 지었다.

항상 스카치 위스키 병을 한 손에 들고 태연자약한 일상을 보내는 남작이, 요즘에는 거실에서 심각한 표정으로 무언가를 생각하는 모습을 자주 목격한다. 왠지 온타케소의 주인인 듯한 분위기마저 내뿜고 있다.

"얼마 전에 판관 나리를 에워쌌던 연회에서 뭔가 진전이 있었나?"

"전에 나왔던 공용 자금 이야기로 마무리 지을 수 있을 것 같아요. 역시 남작이라니까요."

"공용 자금?"

고하루가 테이블로 밥 덩어리를 푸슬푸슬 떨어뜨린다.

이럴 줄 알고 테이블에 손수건을 깔아두었다. 나는 손수건 위에 떨어진 주먹밥의 파편들을 주워 먹으며, 학사님에게 물어보듯 쳐다보았다.

학사님이 당황하는 표정을 지으며 말했다. "닥터는 못 들으셨어요? 판관 나리의 분부예요. 온타케소를 꼭 유지하고 싶다면 이웃들의 불신을 조금이라도 불식시키기 위해 모양새만이라도 깔끔하게 하자면서 제안했어요. 지붕, 울타리, 벽 일부랑 싱크대, 욕실 등을 보수한다는 이야기인데, 그 비용 일부를 주민들이 같이 조달하기로 했거든요."

금시초문이다.

박봉에 시달리는 대학원생이 돈 이야기를 들으니 마음이 쓰라리다. 아내는 나를 배려해 아무 말도 하지 않았을 테지만 나는 가뜩이나 수입이 적은데 아르바이트 금지령까지 떨어진 몸이다. 웃으며 흘려듣기에는 문제가 만만하지 않다. 슬며시 금액을 물어봤는데 적은 것도 아닌지라 어쩐지 핏기가 가시는 느낌이다.

"그 이야기는 확정인가?"

"남작의 활약 덕분예요. 처음에는 온타케소 몰수 정책이 거의 기정사실처럼 되어 있었으니까요. 그날 술자리가 의외로 좋은 인상을 줬을지도 몰라요."

고하루의 자그마한 손에서 커다란 밥 덩어리가 똑 떨어

진다. 재빨리 손을 뻗어 그것을 입안에 넣는 나를, 학사님은 미소로 바라보았다.

"요즘 하루나 공주님이 도쿄에 자주 가시는 것도 그 비용을 마련하려고 출판을 서두르시는 거라 생각했어요."

"그렇군……." 심히 얼빠진 중얼거림이 새어나왔다.

요즈음, 아내는 확실히 예전보다 활발하게 일에 힘을 쏟고 있다. 아내 나름대로 기분 전환을 하는 것이려니 하고 편할 대로 생각했는데 아무래도 그런 가벼운 이야기가 아닌 모양이다.

"제가 말실수를 했을까요?" 학사님이 걱정하듯 물었다.

아니야, 라고 말했지만 뒤를 이을 말이 없다. 오물오물 왕성하게 입을 움직이는 고하루를 보며 나도 모르게 한숨을 쉬고 있었다.

"한심한 아빠인 건 아닌지……."

무의식적으로 내뱉은 말에 고하루가 입안 가득 밥을 물고 신기하다는 표정으로 쳐다봤다.

"빠빠, 머라고?"

입에서 밥을 흘리며 묻는 딸에게, 나는 씁쓸하게 웃으며 말했다.

"아무것도 아니란다. 아이스크림도 먹을래?"

예상조차 하지 않았던 제안이었을 것이다. 고하루는 동

그란 눈을 더욱 크게 뜨며 만면의 미소를 띠고 끄덕였다.

"구리하라, 집중력이 떨어졌잖아."

낮고 두꺼운 우시야마 선생님의 목소리가 오래된 내시 경실을 채우자 나는 고개를 숙였다. 고개를 숙이기만 할 뿐 아무 말도 하지 않았던 이유는 나 또한 그것을 자각했기 때문이었다.

수요일, 평소처럼 고쇼쿠 종합병원에 왔지만 ERCP를 해도 왠지 집중력이 떨어져 하나하나의 스텝이 원만하게 진행되지 않는다. 큰 문제는 발생하지 않았지만 문제가 없다는 것은 대전제이지 최종 목표가 아니다.

"고민 있어?"

맹우가 의자에 털썩 앉아 모니터에 오늘 환자의 사진을 띄우며 그렇게 물었다. 그 고요한 눈은 췌관, 담관뿐만 아니라 풋내기의 심리 상태까지 남김없이 꿰뚫어버리는 모양이다.

"그리 대단한 일은 아닙니다만……."

"대단한 일도 아닌 정도에 손이 둔해진다면 ERCP 따위 관둬. 너한테 목숨을 맡길 환자가 불쌍하다."

변명의 여지가 없다. 나는 체념하고 흉중의 수렁을 토해 냈다.

"돈?"

맹우가 모니터에서 시선을 돌리더니 두꺼운 눈썹을 몇 차례 움찔거렸다.

"하긴 대학원생의 생활이 힘들긴 해. 혼자라면 몰라도 가족이 있으면 쉽지 않지."

"그 상황에서 한 달간 아르바이트 금지령까지 받았습니다."

"빵집 우사미를 화나게 했다는 이야기는 들었어. 냉정해 보이는 구리하라가 제법 요란스러운 일을 벌였던데." 우시야마 선생님은 떠름한 웃음을 흘리며 말했다.

고쇼쿠 종합병원에는 나 말고도 대학에서 여러 부서로 외근 나오는 사람이 여럿 있다. 괴짜 구리하라의 왕진 사건은 꼬리와 지느러미를 주렁주렁 달고 나가노현 전체를 헤엄치고 다니는 것이 분명하다.

"집에서 돈이 필요해진 타이밍에 주말 아르바이트가 금지됐습니다. 묵묵히 돈 마련에 힘써주는 아내를 볼 낯이 없습니다."

"너랑 아내 중에 누가 더 현명해?"

생각지 못한 물음에 "네?" 하고 얼빠진 소리가 나온다. 하지만 우시야마 선생님은 마우스를 움직이며 "어느 쪽이야?" 하고 재차 물었다.

"겸허하게 말해도 아내 쪽이 현명할 겁니다."

"그럼 제대로 이야기해서 맡겨야겠네." 화면 위에 오늘의 ERCP 사진을 배열하며 말을 이어갔다. "철없는 아내라면 돈 이야기를 해도 의미가 없지. 머리가 좋은 아내라면 너 혼자 고민하는 건 시간 낭비야. 재깍 얘기해서 맡기는 게 좋아. 그게 현명한 아내를 둔 남편의 특권이거든."

실로 명쾌한 논리다.

담관과 췌관의 위치를 설명하는 말투와 조금도 다르지 않다.

"나도 대학원에 있었으니 돈에 관한 고민은 잘 알아." 우시야마 선생님은 문득 생각났다는 듯 눈을 가늘게 떴다. "그때는 지금보다 더 심했지. 내가 대학원에 있었을 때는 급여라고는 땡전 한 푼도 없었으니까."

"한 푼도?"

"놀랄 것 없어. 불과 몇 년 전 이야기거든. 네 지도의인 호조나 췌장 쪽 가키자키는 무급 시대의 경험자들이야."

처음 듣는 이야기다.

"다행히 나도, 나보다 아내가 현명했으니 전부 맡기고 고비를 넘길 수 있었어. 너한테도 지혜로운 아내가 있다면 어떻게든 될 거다."

그러곤 천천히 회전의자를 움직여 나를 돌아봤다.

"그러니까 지금은 ERCP에 집중해." 맹우의 눈에서 미소가 사라졌다. "너희 집 가계가 적자든 흑자든 환자랑은 상관없어. 공과 사를 구분하지 못하는 의사는 측시경을 잡을 자격이 없다. 그게 ERCP라는 기술이야."

그다지 큰 목소리는 아니다. 하지만 굵다란 중압감이 있다. 온갖 아수라장을 겪어온 인물이기에 이런 말이 흔들림 없이 마음을 울리는 것이리라. 나에게 의사로서 가져야 할 기본자세의 모든 것을 주입시켜준 왕너구리 선생님과 왠지 공통되는 분위기가 있다.

맹우가 유유히 일어났다. 키는 크지 않았지만 천천히 발걸음을 내딛는 그 뒷모습은 무척이나 컸다.

"다음 환자야. 시작하자고."

나지막한 목소리에 나는 황급히 일어섰다.

조넨의 초록이 아주 조금 더 짙어진 듯했다.

가을이라는 계절이다.

구태여 달력을 볼 필요는 없다. 신슈에서는 사방을 둘러싼 산을 보면 사계절이 그대로 그려져 있다. 8월이 끝나고 9월로 접어들면 조금 더 투명해진 하늘 아래, 산의 초록이 신비하리만치 차분하게 가라앉는다. 농민이 구름을 읽듯, 뱃사람이 별을 재듯, 이 땅의 사람들은 산의 모습에서 실로 많은 것을 읽어낸다.

나는 태어난 곳도 자란 곳도 먼 서쪽 지방이지만, 시나노대학에 입학한 이후 벌써 15년이 지났다. 의외로 이 토지에 익숙해졌는지 한 번씩 산을 조망하는 버릇이 생긴 듯하다. 고하루의 손을 잡고 어린이 병원을 나오자마자 부지중에 서쪽으로 펼쳐진 산등성이로 시선을 보내고 있었다.

삼각뿔의 조넨에서 오른쪽으로 천천히 시선을 옮기면 겹겹이 쌓인 능선을 넘어 저 먼 북쪽에 가시마야리, 고류, 시로우마 삼산의 명봉까지 희미하게 볼 수 있다. 그 발치에 있는 아즈미노는 더욱 밝은 초록으로 에워싸여 농후한 여름의 자취 속에 맴돌고 있지만 산은 고요히 혹독한 계절을 맞을 준비를 시작한 듯한 느낌이다.

"벌써 가을이네요." 뒤를 따라온 아내가 나란히 서서 입을 열었다.

목소리가 평소보다 더 밝은 울림을 띠는 건 오늘 고하루의 진찰도 문제가 없어서였다. 이제 곧 의료 기구를 떼어낸 지 1년, 달리기는 서툴지만 평범하게 노는 모습을 보면 특별한 문제도 없다.

"꽃!"

불쑥 목소리를 드높이며 고하루가 달려간 곳에는 잘 손질된 화단의 팬지뿐 아니라 주차장 옆의 들판을 가득 채운 코스모스 밭이 있었다. 호리호리한 줄기 끝에 아리따운 연보랏빛 꽃을 피운 가을의 벚꽃이 땅을 온통 뒤덮었고 바람이 불 때마다 보라색 잔물결이 남실거렸다. 아름다운 가을 속으로 작은 봄(小春, '고하루'의 한자─옮긴이)이 돌격한다.

그야말로 기분 좋은 정경이다.

"사진집 쪽은 잘 되어가고 있나?"

"고하루처럼 순조로워요. 이제 한 번만 더 도쿄에 가면 거의 마무리될 것 같아요."

"그렇군. 하지만 너무 무리하면 안 돼. 물론 무리를 할 수밖에 없을 때도 있지만……."

내가 말을 하다 말고 끊은 것은 올려다보던 아내가 얇은 입술에 검지를 갖다 댔기 때문이었다.

"돈은 걱정하지 말라고 했을 텐데요."

아즈미노를 스쳐 지나가는 가을바람보다도 상쾌한 목소리가 들려왔다.

온타케소 구제용 자금에 관해 물은 건 오늘 아침이었다. 그리고 아르바이트가 한 달간 중지됐다는 이야기도 했다. 아내는 놀라지도 않고 의연하게 "알겠어요" 하고 말했다. 그러고는 조용히 "괜찮아요"라는 말을 덧붙일 뿐이었다.

물론 근심이 사라진 것은 아니다. 시도 때도 없이 불쑥불쑥 걱정된다. 하지만 현명한 아내가 헤아려준 것을 뒤통스러운 남편이 어지럽히면 안 될 것이다. 우시아마 선생님이 말씀하신 '현명한 아내를 둔 남편의 특권'이라는 녀석을 조용히 행사할 뿐이다.

"급여도 변변히 주지 않는 직장이지만." 나는 서서히 입을 열었다. "이대로 병원에 들어갈 작정이야."

나란히 서 있던 아내가 찬찬히 끄덕였다. "그 젊은 환자분이군요."

나도 끄덕여 보였다.

아내가 이마에 손을 대고 햇빛을 가리며 조넨을 내다보자 나 또한 그 시선을 좇아 북알프스의 명봉으로 시선을 보냈다.

"하루를 고생시키기만 하네."

"서로 마찬가지예요." 밝은 햇살에 실눈을 뜨며, 조용히 덧붙였다. "이치 씨는 아무리 바빠도 고하루가 병원에 가는 날은 꼭 같이 와주지요. 병원 상황이 바쁠 때도 있을 텐데 언제나 아무 말 없이 같이 와줘요. 얼마나 마음이 든든한지 몰라요."

생글 웃으며 그렇게 말해주니 임기응변으로 둘러댈 말도 없다. 괜스레 시선을 돌려 코스모스 밭에 있는 고하루 쪽을 바라봤다. 고하루는 나비나 사마귀라도 찾은 것인지 코스모스 꽃 한 송이를 뚫어져라 노려보고 있었다.

'어린이 병원에는 기필코 같이 간다.'

이것은 그날, 온몸이 기구로 뒤덮인 작은 생명을 가슴에 안은 채 망연자실하던 아내를 봤을 때 내가 마음속으로 결심했던 것이다.

나는 소아과의가 아니다. 그러니 영유아의 선천적인 질환에 조언이나 묘안이 있을 리 없다. 하지만 그것은 문제가 아니다. 사람은 이어진 것만으로도 힘을 얻을 때가 있다.

절망도 체념도 고독의 늪에서 흘러넘치는 것이다. 두 사람이 손을 잡는 것만으로도 불현듯 길이 보일 때가 있다. 논리도 지혜도 철학도, 전부 다 나중에 따라온다. 아내가 누누이 나의 등을 밀어주듯, 나는 그저 아내의 손을 잡고 앞으로 나아가면 된다. 부부로서 살아간다는 건 곧 그런 것이리라.

"다음 내원일에도 꼭 같이 갈 거야."

"무리하면 안 돼요."

"당연한 말씀. 무리일 때는 무리라고 확실히 말할게. 그 정도는 신뢰하시게."

"그럼 당신도 믿어주세요."

"나도?"

"돈 때문에 정말 힘들어지면 분명하게 말할게요. 그러니 지금은……." 탁, 아내가 가슴을 두드리더니 웃으며 말했

422 신의 카르테 4

다. "나를 신뢰하시게."

한 박자 지난 후 나는 파안했다.

여름이 끝나고, 가을이 오고, 머잖아 겨울이 찾아온다.

하지만 아내가 있으면 언제나 그곳에는 봄이 있다.

황달 악화, 빈혈 진행, 종양 마커 상승.

후타쓰기 씨의 상태는 악화 일로를 걸을 뿐이었다.

요전번의 긴급 ERCP로 열은 내렸지만 치료를 언제 재개할 수 있을지도 불분명하고, 식사 섭취량이 줄며 체력도 서서히 떨어지고 있었다. 그 숨 막히는 경과 속에서 유일하게 변화가 없었던 걸 들자면 후타쓰기 씨의 침착함이라 할 수 있다.

입원 직전에는 그렇게나 거세게 저항하며 모진 말을 입에 올렸던 그녀는 그 이후로 신기한 정적에 휩싸이게 되었다. 마음을 닫아버린 것은 아니다. 오히려 처음 외래에서 만난 이래 한 번도 느끼지 못했던 온화한 공기를 두르고, 미소까지 보이게 된 것이다.

"컨디션은 어떠십니까?"

나는 후타쓰기 씨의 휠체어를 밀면서 엘리베이터에 탄 후 조심스레 물었다.

화요일 오후다.

오전의 내시경 검사가 끝나고 병실을 찾은 내게 후타쓰기 씨가 산책하고 싶다고 말한 것이다. 오후에는 다행히 굵직한 일정이 없는 만큼 실험실에 박혀 있을 예정이었지만 간염 바이러스의 시퀀스 따위, 후타쓰기 씨의 산책에 비하면 김빠진 맥주만큼의 가치도 없다.

그리하여 나는 잠자코 고개를 끄덕인 뒤 휠체어를 가지고 왔었다.

"컨디션, 안 좋아 보이나요?"

어딘가 장난스러운 미소를 띠며 묻자 나는 과장스레 고개를 갸웃거렸다.

"나빠 보이지는 않습니다. 오히려 지나치게 차분하셔서 꽤나 당황하고 있습니다."

말이 끝나자마자 엘리베이터 문이 열렸다. 나는 휠체어를 천천히 밀며 병동 2층의 엘리베이터 홀을 가로질러 걷기 시작했다.

그곳에는 ICU 및 수술실 등이 모여 있어 사람의 왕래가 잦다. 빠른 걸음으로 지나가는 외과의 무리, PHS를 향해 무어라 고성을 지르며 뛰어가는 중년 의사, 초조한 얼굴로 ICU 인터폰을 누르는 노부인, 창밖을 지그시 바라본 채 움직임이 없는 양복 차림의 신사 등 희비가 뒤엉킨 사연이 교차되는 곳이다. 그 한복판을, 부드러운 미소를 띤 여성을 휠체어에 태우고 신통찮은 내과의가 천천히 지나갔다.

"후타쓰기 씨를 아즈미노의 자택에서 끌어내 병원에 집어넣은 지 벌써 2주가 넘었습니다. 이제 슬슬 집에 간다 안 간다 하며 소란을 피워서 성실한 주치의를 난처하게 만들 때가 된 것 같은데 아무 말씀도 안 하시네요."

"환자의 의견을 전혀 들어주지 않는 주치의가 무서워서 솔직하게 말하지 못하게 되어버렸어요."

나는 기선이 제압당한 형태로, 뜻하지 않게 반론의 기회를 놓치고 말았다.

휠체어 안에서 후타쓰기 씨가 너무나 홀쭉해진 어깨를 흔들며 풋, 하고 웃었다.

나는 휠체어를 천천히 왼쪽으로 밀고 갔다. 벽을 따라가면 병동 끝에 다다르고 우쓰쿠시가하라를 올려다볼 수 있는 널찍한 회랑으로 나가게 된다. 언젠가 이른 아침에, 후타쓰기 씨가 리사와 남편의 캐치볼을 내려다보았던 곳이다.

그때는 이른 시각이라 아무도 없었지만 지금은 캔 커피를 한 손에 들고 묵묵히 스마트폰을 만지는 여의사와 구석의 소파에 누워 낮잠을 자는 청년 의사도 있다.

"예전에 여기에서 선생님을 만났을 때는 한여름이었는데 말이죠."

"상당한 시간이 흐른 듯하지만 놀랍게도 불과 두 달 전입니다."

"정말······." 후타쓰기 씨는 눈이 부신지 가느다란 팔을 이마 위로 가져가며 오후의 우쓰쿠시가하라를 바라보았다. "많은 시간이 흐른 것 같아요."

그때 후타쓰기 씨는 평범하게 창가에 서서 잔디를 내려다보았는데, 지금은 손잡이를 잡고 일어서는 것도 버거운 상태다. 짧은 시간 사이에 병마는 확실히 기세를 더해가며 한 생명을 집어삼키려 하고 있다.

대학병원의 예지(叡智)도, 산더미처럼 쌓인 항암제도, 한 내과의의 물불 가리지 않는 열의도, 이 흉악한 종양 앞에서는 맥을 출 엄두를 내지 못한다.

"요즘에는 리사가 잘 안 보이네요."

"여름방학도 끝났으니 학교에 가거든요. 매일 잘 다니는 것 같더라고요. 덧셈, 뺄셈에 글공부. 해야 하는 게 너무 많다며 병원에 와도 우는소리만 해요."

"다행입니다. 캐치볼도 잘하는데 산수와 국어까지 잘하게 되면 먹는 것 외에는 재능이 없는 저희 아이의 입장이 곤란해집니다."

무뚝뚝한 얼굴로 말하자 후타쓰기 씨는 진심으로 즐거운 듯 웃었다.

"하지만 학교 공부 말고도 그 아이에게 가르쳐주고 싶은 게 많아요. 실뜨기, 뜨개질, 요리, 화투."

"화투?" 생뚱맞은 단어가 들리자 얼떨결에 되물었다.

"제 할머니가 좋아하셨어요. 메밀밭이 보이는 그 툇마루에서 항상 대전을 했었죠. 장땡이다, 하시면서요."

"그것참……."

즐거우셨겠네요, 라고 해야 좋을지, 어른스러우셨네요, 라고 해야 좋을지.

다만 그 유서 깊은 옛집의 툇마루에서 할머니와 손녀딸이 화투를 즐기는 경치는 어지간히 보기 좋은 그림이지 않은가 싶다.

"선생님은 화투 잘 치세요?"

"잘하는 건 장기입니다. 망루도 혈웅도 짤 수 없는 화투로는 청단 홍단하며 검소하게 공격했다가 혼쭐나는 것이 고작입니다."

후타쓰기 씨는 즐거운 듯 웃더니 고개를 돌려 나를 올려다봤다.

"그럼, 제가 무사히 집으로 돌아가면 옛날에 할머니랑 했던 것처럼 툇마루에서 화투치고 놀아주세요."

그렇게 말하고 다시 어깨를 흔들며 웃는 후타쓰기 씨를 나는 가만히 바라보고 있었다. 그 시선을 느낀 후타쓰기 씨가 웃음을 살짝 멈추더니 나를 올려다보았다.

"이상한가요?"

"이상하다기보다…… 신기합니다." 나는 잠깐 생각한 후 천천히 말을 이어갔다. "이렇게 아무렇지 않게 말씀하시는 걸 보니 보름 전의 입씨름이 거짓말이었던 것 같습니다. 그때 이후로 집에 가고 싶다는 말도 일절 안 하시지요. 무언가 깨달음이라도 얻은 것처럼 차분하십니다."

"깨달음 같은 건 없어요. 그냥, 결심했어요."

후타쓰기 씨는 살며시 시선을 돌려 눈 아래 펼쳐진 잔디밭을 바라보았다. 지난날 새하얀 꽃을 피웠던 태산목은 어느덧 가지와 잎으로 태연하게 몸을 감싸고 겨울나기를 준비하듯 짙은 녹색의 억센 이파리를 사방으로 펼치고 있다.

"선생님을 믿기로 했거든요."

의외의 말이 생각지도 못한 빛을 뿜으며 복도에 울려 퍼졌다.

"선생님은 말씀하셨죠. 한 달밖에 살 수 없다면 무의미한 생명이냐고. 그런 건 없다고요. 눈앞의 암 때문에 모든 걸 버리려 했던 제게 선생님은 무척 소중한 것을 일깨워주셨어요. 나는 혼자가 아니다. 남편과 리사가 있고, 가족을 위해서는 하루라도 최선을 다해 살아야 한다. 그걸 알려주신 선생님을 믿기로 했어요."

나는 조용히 고개를 끄덕였다.

후타쓰기 씨는 생을 포기한 것이 아니다. 살아간다는 것의 의미를 응시하고 있다.

악착스레 집에 매달리기를 포기한 동시에 치료를 향해 덤비지도 않는다. 가혹하고 삼엄한 현실 속에서 하루하루를 진중하게 살아내려 하고 있다.

과연, 헤밍웨이가 말했던 대로다.

'용기는 고난 아래서의 기품이다.'

지금의 후타쓰기 씨는 틀림없이 용기 있는 사람이다.

"선생님의 책임이 무거워요."

"그런 것 같군요."

미소를 짓는 후타쓰기 씨에게, 나는 쓴웃음을 지으며 끄덕였다.

"죄송하다는 말은 하지 않을 거예요. 선생님도 무거운 짐을 들어주세요. 선생님은 제 주치의시니까요."

강한 목소리는 아니었지만 신기한 명랑함이 있었다. 그 명랑함에 격려를 받듯 나도 한 번 더 고개를 끄덕였다.

그때 창밖으로 두세 살 정도 된 어린아이와 엄마의 모습이 보여 후타쓰기 씨가 갑자기 고개를 돌렸다. 아직 걸음걸이가 불안한 아기의 손을 잡아끌고 젊은 엄마가 천천히 잔디밭을 가로질렀다.

"저, 집에 갈 수 있을까요?"

"갈 수 있습니다." 아주 자연스럽게, 나는 대답하고 있었다. "보통은 조금 더 식사를 할 수 있게 되어야 퇴원을 생각하지만 이번에는 눈감겠습니다. 지금 시바타 선생이 방문 간호사와 케어매니저들과 퇴원 콘퍼런스를 진행 중인데, 간병 침대를 반입할 일정도 곧 잡힐 것 같다고 합니다. 여타 준비가 다 되면 바로 퇴원입니다."

"항암제 치료는 안 하나요?"

"하면 집에 못 가십니다."

짧은 대답. 그러나 후타쓰기 씨는 흔들림이 없었다. 그저 고개를 작게 끄덕일 뿐이다.

이미 각오가 달라진 것이다.

나로서도 치료를 중지한다는 결정을 하는 게 쉬운 일은 아니었다. 하지만 후타쓰기 씨의 집에 가고, 진찰을 하고, 대화를 나누는 동안 망설임이 차츰 사라져갔다. 효과는 보이지 않고 체력만 갉아먹는 항암제를 계속 고집하는 것만이 능사는 아니다.

"집에 가시면, 리사에게 실뜨기와 요리를 가르쳐주십시오."

"감사합니다. 하지만 그전에 선생님과 화투를 치고 싶은데요."

"그건 곤란합니다." 나는 고개를 느릿하게 저으며 덧붙였다. "우선은 소바를 먹기로 약속했으니까요."

넓은 회랑에 밝은 웃음소리가 메아리쳤다.

생각대로는 굴러가지 않는다. 그게 의료라는 것이다.

후타쓰기 씨와 이야기를 나눈 날 밤, 외과 및 방사선과와 간담췌 콘퍼런스가 한창이던 때 PHS가 울리기 시작했다. 리큐의 연락이었다. 그대로 자리에서 일어나 복도로 나온 나를, 리큐와 아가씨가 기다리고 있었다.

"무슨 뜻이야?"

리큐에게 묻는 목소리는 내가 생각해도 험악했다.

그 목소리는 생각보다 크게 울렸는지 등 뒤로 반쯤 열린 문 너머에서 젊은 방사선과의가 궁금하다는 듯 힐끔 돌아보았다.

나는 두 사람을 데리고 그 자리를 뜨며 다시 물었다. "미안, 한 번 더 말해주게."

"후타쓰기 씨의 퇴원 절차가 난관에 부딪혔습니다."

"난관에 부딪힌 걸 어떻게든 타개하는 게 우리 일이다. 우물쭈물하는 동안 또 스텐트가 막히면 ERCP를 해야 돼. 그런 짓을 하게 되면 진짜로 집에 못 가게 되어버린다고."

"잘 알지만……."

왜인지 몹시 난감해하는 리큐 대신 옆에 있던 아가씨가 입을 열었다.

"지난주에도 그랬는데, 오늘 퇴원 콘퍼런스도 분위기가 좋지 않아요."

퇴원 콘퍼런스는 생활 환경이나 상태가 안정적이지 못한 환자가 퇴원할 때 관계 부서의 스태프들이 여는 회의를 말한다.

후타쓰기 씨 경우는 몸이 불안정한 상태에서 퇴원하는 것이라 3팀 의사들 외에도 병동 간호사는 물론 방문 간호 센터의 스태프, 의료사회복지사, 케어매니저까지 다양한 분야의 관계자가 모였다. 그 콘퍼런스가 지난주와 이번 주 두 차례에 걸쳐 열렸는데 지난주에는 고쇼쿠 외근 업무가 늦게 끝나는 바람에 참석하지 못했고, 오늘도 간담췌 콘퍼런스와 겹쳐 리큐에게 맡겨둔 상태였다.

"후타쓰기 씨의 상태를 설명하고 각 부서에 협조를 요청하면 큰 문제없이 퇴원 절차를 밟을 수 있을 거라 생각했는데, 방문 간호사의 반발이 유독 심해서……."

"반발?"

엉겁결에 리큐의 말을 반복해버렸다.

"식사 섭취도 불완전한 지금 상태에서 퇴원해도 정말 괜찮겠느냐며."

"괜찮고 말고의 문제가 아니잖아. 최악의 상황을 각오하고 퇴원하는 거야."

"맞는 말씀인데, 지난번 긴급 입원 때 있었던 일이 상당히 걸리는 모양입니다. 아무리 본인이 강하게 원한다 해도 이대로 퇴원하는 건 너무 성급하다는 주장입니다."

지난번 일이라면 말할 필요도 없이 나와 아가씨가 직접 집까지 갔던 날을 말하는 것이다.

"다음 주에는 퇴원할 수 있을 것 같았는데 어려울지도 모르겠습니다."

중얼거리듯 말하는 리큐의 표정에서 전에 없던 피로감이 엿보였다. 착실함을 모토로 삼는 4년차가 이런 표정을 짓는 경우는 흔하지 않다. 무슨 일이 일어나고 있는지는 정확히 알 수 없지만 퇴원 콘퍼런스는 여간 심상치 않은 방향으로 흘러가는 것 같았다.

가볍게 한숨을 내뱉는데 가운에 들어 있던 PHS가 울렸다. 황급히 받아보니 간담췌 콘퍼런스의 사회를 보던 가키자키 선생님의 연락이었다.

"선생님의 프레젠테이션 차례입니까?"

"맞아. 오카 씨의 보고다."

췌장암이 의심되어 대소동을 벌인 끝에 자기면역성 췌장염 2형에 안착한 오카 씨의 경과에는 외과도 방사선과도 흥미를 보이고 있다. 오늘은 간담췌 콘퍼런스에서 마지막 순서로 경과를 보고할 예정이었다.

"후타쓰기 씨의 다음 퇴원 콘퍼런스는 언제야?"

내가 PHS를 도로 집어넣으며 묻자, 리큐는 즉각 대답했다.

"다음 주 초입니다."

"너무 늦어. 내일이나 모레 저녁까지 다시 세팅하도록."

스스로 생각해도 차가운 말투였지만 리큐도 아가씨도 반론하지 않았다.

후타쓰기 씨에게는 시간이 없다. 그 사실을 가장 잘 아는 것은 방문 간호사도 복지사도 아닌 우리 3팀이다. 곧장 한 손에 PHS를 들고 어디론가 연락하기 시작한 리큐의 뒷모습을 보며, 나도 그대로 몸을 돌렸다.

한밤중인 자정에 4내과의 실험실과 그 옆에 있는 병리 실험실 양쪽 모두 불이 켜져 있다.

호조 선생님이 늦게까지 실험하는 경우는 종종 있지만 지금은 여느 때처럼 도쿄에 가신 상태고, 옆방의 후타바는 특별히 막판 스퍼트를 올려야 할 때가 아닌 이상 밤늦게까지 실험해야 할 만큼 일정을 팍팍하게 잡지 않는다.

나는 간담췌 콘퍼런스가 끝난 후 병동에서 2팀 환자의

상태가 악화하는 상황을 우연히 마주한 바람에 뜻하지 않게 퇴근이 늦어진 참이었다. 그렇게 기초연구동 앞을 지나다 불이 켜져 있는 것을 보고 걸음을 멈춘 것이다.

의아스러운 마음에 5층으로 올라가 실험실 문을 열자, 시커먼 거한의 커다란 등이 눈에 들어오더니 무사태평한 목소리가 날아들었다.

"여어, 고생 많아, 이치토."

오랜 친구인 외과의가 소파에 앉아 어깨 너머로 나를 돌아보았다.

"이 시간에 남의 실험실에 잠입해서 뭐하는 거야?"

"널 기다리고 있었지."

기다리고 있었다고? 이 말을 하기도 전에 지로의 모습이 어딘가 묘하다는 것을 알아챘다. 불과 몇 시간 전 간담췌 콘퍼런스에서 봤던 시커먼 얼굴이 왠지 미묘하게 불그스름하다. 가뜩이나 긴장감 없는 얼굴에 미소는 한결 더 늘쩡늘쩡해졌고 어쩐지 눈의 초점도 잘 안 맞는 것 같다.

"술 마시는 중인가?"

"제가 상대해드리고 있어요." 시원스레 대답한 사람은 거한의 맞은편에 앉아 있던 후타바였다. "수고 많으세요, 구리하라 선생님."

언제나처럼 청바지 차림을 한 후타바가, 손에 든 소변검사 컵을 쭉 기울이며 내용물을 다 마시더니 날숨을 뱉어냈다. 이쪽은 이쪽대로 얼핏 보면 낯빛은 멀쩡하지만 평소에는 볼 수 없는 미묘한 기운을 풍기고 있었다.

테이블로 눈을 돌리니 호박색 액체가 든 아름다운 형상의 병이 하나 놓여 있다.

"카올 일라 12년산이라, 좋은 게 있었군."

"구리하라 선생님도 한잔하실래요?"

대답도 듣지 않고 후타바가 실험 책상 위에서 새로운 소변검사 컵을 꺼내더니 한 손으로 스카치 위스키를 따르기 시작했다.

"권유는 고맙지만 지금은 그럴 기분이 아니야."

"그래도 마셔주세요. 스나야마 선생님은 마셔주셨어요."

어조는 평소와 마찬가지로 담담하고 거동도 흐트러지지 않았지만 말의 내용에 거리낌이 없다. 그뿐만 아니라 소변검사 컵을 테이블에 올린 하얀 팔이 홀랑 뻗어 나오더니 거의 끌어내리듯 나를 지로 옆에 앉혔다. 즉, 후타바도 취했다는 뜻이다.

"무슨 사태야?"

귀엣말을 하자 지로가 휘청거리며 입을 열었다.

"나는 그냥 후타쓰기 씨 상황이 어떻게 돌아가는지 물어보고 싶어서 널 기다리기만 했을 뿐이야."

"기다리기만 했다는 남자가 왜 만취한 거지?"

"내 말 들어봐아, 후타바가 우울해하는데 어떻게 거절하겠어어."

"우울?"

"우울하지 않습니다. 힘이 조금 빠졌을 뿐이에요."

후타바가 긴 손을 쭉 뻗어 실험 책상 위에 있던 티슈를 몇 장 뽑아들더니 병이 있는 테이블에 스스럼없이 흩뿌렸다.

"2년 동안 준비한 논문이 리젝트되니 아주 살짝 맥이 빠져서 같이 마셔달라고 했어요. 내일이면 말짱하게 다시 연구를 시작할 겁니다."

리젝트란 말 그대로 투고하려 했던 저널이 채택을 거부했다는 뜻이다.

연구자로서는 어떤 논문을 쓰든 '억셉트'되지 않으면 그 논문은 한낱 종이 쪼가리에 불과하다. 하물며 진찰하는 틈틈이 실험에 발을 담그는 나와 달리 후타바는 연구를 본업으로 삼고 있다. 리젝트의 충격은 적지 않을 것이다.

"될 줄 알았거든요. 아쉬워요."

가볍게 어깨를 움츠리더니 또다시 가뿐하게 카올 일라를 들이켰다.

나는 잠깐 생각한 후 눈앞의 소변검사 컵을 들고 기분

좋은 아일레이 몰트 위스키의 향에 몸을 맡기며 천천히 삼켰다.

"역시 구리하라 선생님은 의리가 있어요."

본인이 마시라고 해놓고는 혼자서 감탄한다.

"아유카와 선생도 그런 면에 끌렸으려나."

갑작스러운 아가씨의 등장에 가볍게 눈살을 찌푸리자 후타바가 기가 막힌다는 표정을 지었다.

"얼굴을 보니 아직 아무것도 모르시는 것 같네요."

"무슨 소리야?"

"아유카와 선생, 병리에서 내과로 변경해서 지원할지도 몰라요."

놀라서 입을 다물지 못하는 내게 그녀가 말했다.

"역시 아무것도 모르셨군요. 아유카와 선생, 제4내과의 연수 기간을 2주 연장 신청했어요. 지금 담당 중인 췌장암 환자의 진료를 가능한 한 제대로 봐두고 싶다고 연수 센터에 말했다는데, 이럴 줄 알았으면 선생님 진료를 잘 보라는 말은 하지 말걸 그랬어요."

고개를 젖히더니 소변검사 컵을 화끈하게 기울였다.

웬만해선 보기 힘든 경우인데, 상당히 취한 상태다. 후타바의 이런 모습은 여태껏 본 적이 없다.

"논문은 리젝트되고, 인턴은 도망가고. 아, 올해가 삼재

인가."

나는 일단 카올 일라 병을 손에 들고 모든 동정을 담아 후타바의 컵에 따랐다.

후타바는 "가암사합니다" 하고 받더니 느긋이 향기를 맡으며 어깨를 으쓱거렸다.

"뭐, 오늘 밤은 이렇게 좋아하는 남자가 따라주는 좋은 술을 마셨으니 횡재했다고 해야 할까요."

그대로 다시 단숨에 들이켠다.

그렇군, 하며 끄덕이고 테이블에 술병을 올려둔 뒤 한 박자 쉬었다가, 화들짝 놀라 후타바를 쳐다보았다. 정작 본인은 아무 일도 없었다는 표정으로 할 클레멘트(하드SF 의 거장-옮긴이)를 펼치고 있다.

후타바답지 않은 발언이 환청이었는지, 잘못 들은 것인 지, 아니면 이도 저도 아닌지, 제삼자에게 확인하기 위해 옆자리로 고개를 돌렸지만 오랜 친구인 시커먼 거한은 그 새 거나하게 취한 채 기분 좋은 숨소리를 내며 잠든 상태 였다. 하여튼 중요한 순간에 도움이 되지 않는다.

일단 진정하지 못하고 눈길을 옮기니 맞은편에서는 후 타바가 긴 다리를 꼬고 한 손에 펼친 SF 작품을 읽기 시작 한 참이었다. 한동안 그대로 바라보자 시선을 눈치챈 후타 바가 할 클레멘트에서 눈을 들었다.

"더 드시게요?"

한 손으로 들어 올린 카올 일라를, 대답도 듣지 않고 컵에 따라주었다. 또다시 향긋한 내음이 퍼지자 왠지 도연(陶然)해졌다. 그대로 시선을 컵 안으로 떨어뜨려 찰랑찰랑 흔들리는 호박색 액체를 지그시 바라봤다. 잠깐 동안 미동도 없이 가만히 있는데 후타바의 목소리가 들려왔다.

"왜 그러세요?"

"아니, 소변검사 컵에 이런 색의 액체가 담겨 있으니 영락없이 소변으로 보여서."

몇 초 후, 깊은 한숨이 흘러나왔다.

"진짜 싫어."

조용한 실험실에 그런 한마디가 울렸다.

세 번째 퇴원 콘퍼런스는 목요일 저녁에 열렸다.

그다지 넓지도 않은 콘퍼런스 룸에 나와 리큐와 아가씨, 셋 외에 병동의 기즈키 간호사, 방문 간호 센터의 방문 간호사가 있고, 거기에 의료사회복지사와 케어매니저까지 모여 총 일곱 명이라는 대인원이 자리했다.

나로선 첫 참석으로, 여태까지는 리큐에게 모든 진행을 맡겼으니 느닷없이 거드름을 피우며 나설 수도 없다. 종이컵 일곱 개를 세팅하고 페트병에 든 생수를 따라 바지런히 준비한 후에는 구석에서 돌격대장 리큐의 활약을 지켜볼 심산이었는데, 콘퍼런스는 처음부터 뒤틀린 공기를 자아냈다.

"지금으로서 후타쓰기 씨의 퇴원은 어렵다는 것이 저희의 결론입니다."

도화선에 불을 댕긴 것은 연배가 있는 방문 간호사였다. 조금 전에 받은 명함에는 '희망 간호 센터, 가와야마'라고 적혀 있었다. 부드러운 태도에 은은한 미소를 머금은 모습을 보니 상당한 베테랑인 듯했다.

"물론 환자 본인의 뜻은 알겠지만 스물아홉이라는 나이에 언제 상태가 악화될지 모른다는 점을 생각하면 방문 간호의 부담은 매우 커집니다. 지금 상황에서 퇴원은 연기 또는 중지해주시는 게 좋을 것 같습니다."

"그 부분에 관해서는 지난번에도 말씀을 드렸습니다." 리큐가 평소처럼 진지한 목소리로 응했다. "가까운 개업의 선생님을 창구로 삼아 확실히 대응할 수 있게 하겠습니다. 저희도 무슨 일이 있으면 바로 대응할 겁니다."

"왕진을 해주시는 개업의 선생님들 몇 분께 여쭤봤지만 29세라는 말에 주저하신 분이 많은 것도 사실입니다. 그리고 대학 업무가 있는 선생님들도 그렇게 쉽게 달려가실 수 있는 입장은 아니잖습니까. 지난번에는 확실하게 왕진해주셨지만 솔직히 말해 그렇게 큰 난리가 일어났다는 것 자체가 저희에게는 큰 부담이에요."

상당한 달변가다.

연륜이라 해야 할까. 태도는 정중하지만 내용은 간결하면서도 거리낌이 없다. 그런 중년 간호사 한 명만으로도 골치가 아픈데, 그 옆에 있는 젊은 의료사회복지사까지 진지한 표정으로 담담하게 급소를 찔렀다.

"저도 가와야마 씨 의견에 찬성합니다. 이번 사례의 가장 큰 문제는 제1간병인의 불안이 너무 크다는 점입니다."

제1간병인? 내가 눈살을 찌푸리자 마른 체구의 복지사가 가볍게 눈썹을 찡그리며 말했다.

"퇴원 후의 부담을 가장 가까이에서 도맡는 분을 가리키는 말입니다. 이번 같은 경우에는 환자의 배우자에 해당하죠. 남편분은 환자를 집에 데려갈 자신이 없다고 하셨어요. 일반적으로 제1간병인의 불안이 충분히 불식되지 않는 한 안전한 퇴원은 불가능하다고 판단합니다."

미간의 주름을 더욱 깊게 새기며 그런 말을 했다.

리큐의 시선이 힘없이 헤엄치며 도움을 요청하듯 그 옆의 백발이 성성한 케어매니저에게 가닿았지만 상대는 힘없이 고개를 가로저으며 말했다.

"저도 방문 간호사님과 복지사님의 우려가 지당하다고

생각합니다……."

연령으로는 초로의 케어매니저가 제일 높은 연배로 보이나 많은 발언을 하지는 않았다.

방문 간호사와 의료사회복지사는 대학병원의 직원이지만 케어매니저는 외부 시설 또는 시청의 복지과에서 파견된다. 대학에 소속된 의료 스태프를 상대로 무어라 말하기가 조심스러울지도 모르겠다.

리큐는 인상을 찌푸리면서도 꾹 참더니 존조리 타이르듯 설명을 계속했다. 후타쓰기 씨에게 남은 시간이 얼마 없다고. 아직 움직일 수 있을 때 남편과 딸 리사와 집에서 보낼 수 있는 시간을 조금이라도 만들어줘야 한다고. 무슨일이 생기면 최대한 3팀의 의사가 대응하겠다고.

참으로 탄복할 만한 인내였지만 상대측은 아무런 감흥도 느끼지 못한 모양이다. 방문 간호사인 가와야마 씨는 종이컵을 두 손으로 감싸 쥐더니 물을 마시지도 않고 미소만 띠고 있고, 의료사회복지사는 서류에 눈을 떨어뜨린 채 움직임이 없다. 이런 자리가 과거 두 번이나 반복됐으니 리큐가 괴로운 표정을 지었던 것도 이해가 된다.

이윽고 가와야마 간호사가 종이컵에서 손을 떼더니 입을 열었다. "선생님의 열의는 알겠지만 이번 퇴원에 관해서는 저희 간호 센터의 퇴원 가이드라인상으로도 권장하지 않는다는 결론입니다. 의사의 열의로 바꿀 수 있는 것이 아닙니다."

"퇴원 가이드라인요?"

기세가 꺾인 얼굴로 묻는 리큐에게, 가와야마 간호사는 동정에 가까운 미소를 지어 보였다.

"복잡한 케이스의 경우에 퇴원 권장 여부를 판단하기 위한 기준입니다. 그 가이드라인에 따르면 이번 케이스는 두 가지의 큰 문제를 안고 있습니다. 첫째, 환자가 퇴원을 강하게 원해도 그 의지가 냉정한 판단에 근거한 것인지 충분히 고찰해야 한다는 것. 둘째, 제1간병인이 충분히 안심하고 행동할 수 있는 환경이 갖춰졌는지 검토해야 한다는 것. 유감스럽게도 후타쓰기 씨는 예전에도 감정적으로 입원을 거부한 경위가 있어서 냉정하게 판단할 수 있을지 의문입니다. 또한 배우자가 느끼는 불안이 크다는 점도 무시할 수 없습니다. 가이드라인상으로는 '준비 불충분'에 해당됩니다."

거침없는 말재간으로 보란 듯이 논리를 쌓아 올렸다. 언뜻 보면 흠잡을 구석이 없는 견고한 언어의 성이다. 이것은 격의 차이라고 해야 할지, 리큐 혼자서 함락할 수 있는 성이 아니다.

그렇다고 해서 케어매니저 쪽도 그다지 믿을 수 없고,

병동 간호사인 기즈키 씨도 노트북에 회의록을 작성하던 손을 멈춘 채 곤혹스럽다는 표정을 지을 뿐이다. 병동 간호사와 방문 간호사는 같은 간호사여도 소속된 부서에서 업무까지 전부 다르다. 더구나 나이 차이까지 많이 나니 의견을 피력하기가 쉽지 않을지 모른다.

그런데 벽에 부딪히려 하는 콘퍼런스를 다시 움직인 이는 인턴인 아가씨였다.

"하지만 퇴원할 수 없다고 해서 언제까지고 여기에 입원시켜둘 수는 없어요. 어떤 식으로든 치료를 하고 있다면 몰라도 후타쓰기 씨는 항암 치료도 중단했습니다. 치료도 하지 않는 사람을 장기 입원시키는 것은 병원 입장에서도 바람직하지 않다고 생각하는데, 그 부분은 어떻습니까?"

의외의 지원 사격에 내가 놀랐다.

심지어 말의 내용이 감정에 호소하는 것이 아니라 조리를 내세우며 퇴원을 정당화하는, 리큐와는 다른 노선이었다. 대학병원의 융통성 없는 환경을 역으로 이용한 꽤나 영리한 공격법이라 할 수 있다.

"치료를 중단한 뒤로 2주 동안 입원이 지속되고 있습니다. 이대로 한없이 둘 바에야 후타쓰기 씨의 의향을 반영해 무리해서라도 퇴원시키는 쪽이 병상 상황 개선에도 도움이 될 겁니다."

커뮤니케이션 능력에 자신이 없다고 했던 인턴이 짧은 기간에 대단히 훌륭해졌다. 생각지 못한 곳에 생각지 못한 꽃이 피기도 하는 법이다. 하지만 그것까지 예측했다는 듯 가와야마 간호사가 옆에 있던 의료사회복지사에게 차분하게 눈짓했다.

의료사회복지사가 끄덕이더니 무미건조한 목소리로 말했다. "선생님 말씀대로, 지역연계실 입장에서도 입원 기간 단축에 최선을 다하는 것이 방침입니다. 그래서 이번에는 퇴원이 아니라 병원을 옮기는 방향으로 검토 중입니다."

"병원을 옮긴다고요?"

리큐와 아가씨가 동시에 당혹스러운 목소리를 냈다.

복지사가 마른 손으로 테이블의 서류를 펼치며 이어갔다. "후타쓰기 씨 자택 근처에는 아즈사가와병원이 있습니다. 비교적 장기 입원이 가능한 병원이니 그곳의 침상을 확보해서 옮기면 남편분의 불안은 적어지겠죠. 상황에 따라서는 그대로 아즈사가와병원에서 임종하시게 하고요. 그 방향은 어떠십니까?"

리큐와 아가씨는 별안간 아무런 대답도 할 수 없었다.

이것은 나조차도 예상하지 못했던 전개다.

명확한 결론은 보이지 않았지만 과거 두 차례의 콘퍼런스를 통해 조금씩은 퇴원 쪽으로 굴러가고 있다고, 리큐도 아가씨도 그렇게 생각했던 것이 틀림없다. 하지만 후타쓰기 씨를 태운 배는 엉뚱한 방향으로 키를 틀었고 예상도 하지 못했던 항구에 기항하려 한다. 아니, 기항은 아닐 터. 이것은 좌초다.

"그 말은 즉…… 퇴원을 포기한다는 겁니까?"

"현재로서의 결론은 그렇게 됩니다. 다행히 아즈사가와 병원은 임종에 비교적 적극적으로 대응하는 병원입니다. 이번 케이스에서는 가장 현실적인 선택지로 사료됩니다."

그야말로 정연한 대답이 돌아왔다.

리큐는 꿀 먹은 벙어리가 됐고 아가씨도 연신 눈만 깜박거릴 뿐이었다.

나는 정관한 상태로, 다시 한 번 실내를 둘러보았다.

의사, 간호사, 의료사회복지사, 케어매니저, 이렇게나 많은 인간이 모여 이야기를 나누는데 왜 이다지도 기괴한 결론이 도출되는 것인가.

물론 상대측의 말이 다 틀렸다고는 하지 않겠다.

하지만 무언가 기본적인 오류가 있다. 그 오류는 교묘한 논리와 한자리에 안주하려는 연막작전, 그리고 퇴원 가이드라인인지 뭔지 하는 것에 감춰져 본질을 파악하기가 더욱 어려워졌다. 그 결과 당연하게 집으로 가야 하는 후타쓰기 씨의 미래가, 가까운 병원으로 옮긴다는 얼토당토않은 말에 의해 바뀌려 한다.

갑작스러운 침묵이 내려앉았다. 테이블의 종이컵에 손을 뻗는 사람도 없다. 일곱 개의 컵은 물을 가득 채운 채 어찌할 바를 모르겠다는 듯 가만히 서 있었다.

짧은 침묵을 어떻게 해석했는지, 의료사회복지사가 천천히 입을 열었다. "어떠신지요. 선생님들의 동의만 얻으면 저희가 아즈사가와병원에 연락해서 병상 상황을 확인하겠습니다."

"잠깐만요." 리큐가 참지 못하고 몸을 앞으로 내밀었다. "집으로 퇴원하는 선택지는 정말 없습니까? 후타쓰기 씨는 남편과 아이와 집에서 지내고 싶어 합니다."

"검토 결과에 관해서는 방금 말씀드렸습니다. 후타쓰기 씨를 집으로 돌려보내기에는 준비가 충분하지 않다고 결론을 내렸습니다."

"그렇게 말씀하셔도 후타쓰기 씨는……."

"우선은 환자 본인이 냉정해질 때까지 기다리시죠." 여유롭게 리큐를 가로막은 이는 가와야마 간호사였다. "현재 집에 가고 싶다는 마음은 익숙지 않은 환경이 불안해서 생겨났을 수도 있습니다. 시간이 지나면 진정되기도 하겠죠. 게다가 배우자가 불안해한다는 문제도 있습니다. '힘내서 아내를 데리고 가겠다'고 자신 있게 말할 수 있는 상황이라면 좋겠지만 저희가 면담해본 바로는 어려울 것 같았습니다. 병원을 옮겨서 상태를 살피는 동안 상황이 달라질 것 같으면 다시 저쪽 병원에서 퇴원을 검토하면 좋지 않을까 싶습니다."

"그렇게 태평한 이야기를 하고 있을 수 없는 상황이니 초조한 겁니다. 후타쓰기 씨한테는 시간이 없다니까요."

"선생님의 마음은 알겠지만 환자분의 안전이 우선입니다. 그 이후에 할 수 있는 것을 하는 게 저희 역할 아닐까요?"

"그 말을 하는 게 아닙니다. 여기까지 와서 갑자기 병원을 옮긴다니, 그런 당치도 않은 소리를 후타쓰기 씨가 듣는다면 기분이 어떨지 생각해보셨습니까?"

"생각대로 되지 않는 것도 있는 법이죠. 만약 선생님 쪽에서 말씀하기 껄끄러우시다면 제가 말씀드려도 상관없습니다. 오늘은 바쁘니 다시 날을 잡아야겠지만요……."

"당신들 등신입니까……." 리큐가 거의 비명을 토해내듯 중얼거렸다.

그렇게 큰 소리는 아니었지만 좁은 방에 있는 사람들의 귀에 들어가기에는 충분한 크기였다. 그리고, 충분히 과격한 발언이었다. 정신을 차리고 보니 콘퍼런스 룸은 물을 끼얹은 듯 고요한 상태였다.

이봐, 하고 내가 입을 열기 직전에 가와야마 간호사가

채근하듯 물었다.

"시바타 선생님, 지금 뭐라고 하셨습니까?"

"당신들은 등신이냐고 했습니다."

제지할 틈도 없었다. 자리에서 일어나려는 리큐를 끌어
내려 앉히는 동안에도 다음 말이 튀어나갔다.

"후타쓰기 씨는 집에 가고 싶다고 했습니다. 그게 어째
서 병원을 옮기네 임종이네 하는 소리로 빠지는 겁니까?"

"폭언입니다, 선생님." 어느샌가 가와야마 간호사의 미
소는 사라지고 없었다. "진료가 자신의 뜻대로 되지 않는
다고 해서 그런 험악한 발언을 하는 건 바람직하지 않습니
다. 이번 결론은 저희가 일방적으로 정한 게 아니라 여러
직종이 충분히 논의했고, 가이드라인에도 입각해서 내린
것입니다."

"가이드라인 말고 후타쓰기 씨를 봐주세요. 보시면 제
말을 바로 이해할 겁니다."

"봤습니다. 보고 나서 가이드라인에 따라 판단한 겁니
다. 환자분께 감정 이입을 하는 건 좋지만 냉정한 판단력
이 있는지 없는지도 알 수 없는 환자의 의견에 지나치게
휘둘리고 있다는 건 모르시나 보네요."

"그런 태도로 나오니까 등신이라고……."

철썩. 갑자기 건조한 소리가 울려 퍼지는 동시에 누군가

의 짤막한 비명이 들려왔다.

직후에는 시간이 멈춘 듯한 정적이 있었다. 그 정적 속에서, 머리도 얼굴도 흠뻑 젖은 리큐가 입을 반쯤 열고 멀거니 서 있었다. 다른 게 아니다. 내가 테이블에 놓여 있던 종이컵을 들어 올려 물을 끼얹은 것이다. 리큐가 턱에서 물방울을 뚝뚝 떨어뜨리며 멍한 표정으로 돌아봤다.

"선생님……?"

"미안, 손이 미끄러졌네."

나는 겸허하게 사과한 후 빈 컵을 테이블 위에 올리고는 페트병을 들고 새로 물을 따랐다.

"하도 소리를 질러대니 물이라도 마시게 해주려고 했지. 괜찮나?"

이렇게 묻자, 내 사랑하는 후배의 얼굴이 점점 붉으락푸르락 달아올랐다.

"괜찮을 리 있습니까!"

"그렇군, 자, 마셔."

"됐습니다!"

"사양할 것 없어. 차만 마시지 말고 가끔은 북알프스의 천연수를……."

"적당히 하세요! 선생님도 조금은 기분이 나쁘실 거 아닙니까. 매번 달래는 식으로 넘어가지 마시고 저의……."

다시 철썩, 하고 차가운 소리가 울려 퍼졌다. 내가 새로 따른 두 번째 물을 신속하게 추가했기 때문이었다.

이번에는 비명도 들리지 않았다. 실내에 있는 모두가 바보라도 된 듯 입을 벌린 채 바라보았다. 그 속에서 나는 축축하게 젖은 리큐를 정면에서 노려보며 낮은 목소리로 말했다.

"알았으니까 마셔."

페트병째로 눈앞에 들이밀자 리큐가 그제야 정신을 차린 듯 눈을 동그랗게 떴다. 그대로 병을 받아든 리큐를, 아가씨가 슬며시 손을 잡아끌어 의자에 앉히고는 손수건으로 얼굴을 닦아주었다.

구태여 리큐에게 들을 것도 없다.

조금은커녕 상당히 화가 난 상태다. 여기가 선술집이라면 말 한 번 시원하게 잘했다며 어깨를 두드려 칭찬해주고 싶을 정도다. 하지만 이곳은 선술집도 아니거니와 노래방도 아니다. 대학병원의 공식 콘퍼런스 장소다. 의사가 간호사를 등신이라 칭하는 것은 역시나 온당하지 않다.

"오늘 콘퍼런스는 끝내는 게 좋을 것 같군요."

가와야마 간호사의 차가운 목소리가 들려왔다. 들으라는 듯이 탁탁 소리를 내며 서류를 정리하기 시작했다. 그것을 신호로 의료사회복지사도 책상 아래에 있는 가방에 손을 뻗었다.

등 뒤에서는 케어매니저가 혼이 빠져나간 얼굴로 맥없이 앉아 있고, 기즈키 씨도 어안이 벙벙해진 채로 우리를 보고 있었다.

가와야마 간호사는 그대로 자리에서 일어나 목소리를 착 깔며 말했다. "환자분을 위해 검토는 계속하겠지만 이번 폭언 건에 대해서는 상응하는 대처를 할 겁니다."

"기다리시지."

내가 조용히 불러 세우자 그녀는 역시나 걸음을 멈추고 돌아봤다.

"폭언 건은 철회하지. 젊은 사람의 치기였어."

"철회는 당연하죠. 그러나 추가로 공식적인 사과를 받아야 할 필요가 있습니다."

"그것도 이견은 없어. 아무리 상대가 등신이라도 면전에 대고 해도 되는 말은 아니니까."

내가 던진 변화구에, 가와야마 간호사는 순간적으로 의아해하더니 바로 표정을 일그러뜨렸다.

나는 개의치 않고 목소리에 힘을 실었다. "하지만 이쪽이 발언을 철회한 이상, 그쪽의 폭언도 철회할 필요가 있네."

가와야마 간호사는 찡그린 표정으로 "폭언?" 하며 당혹감을 내비쳤다. 나는 빈 종이컵을 테이블 위에 올려둔 후 조용히 상대를 응시했다.

"환자는 스물아홉의 젊은 엄마야. 3개월 전에 발견된 췌장암으로 죽어가고 있어. 슬하에 일곱 살 난 딸이 있고 아이 아빠는 다정하지만 듬직하지 못한 면도 있지."

"새삼스레 읊어주시지 않아도 다 아는 내용입니다."

"알면 똑바로 들어. 이런 상황에서도 후타쓰기 씨는 필사적으로 자신의 생명을 마주하고 있어. 감정이 앞설 때도 있고 절망할 때도 있지. 그럼에도 혼신의 힘을 다해 살아가고 있단 말이다. 그런 그녀에게 조금 더 냉정해지라니, 그것이야말로 당신이 말한 폭언 아닌가?"

가와야마 간호사는 표정을 찌푸린 채 아무런 대답도 하지 않았다.

거품이 일던 공기가 급속히 가라앉았다.

빡빡머리에서 물방울을 떨어뜨리던 리큐가 말없이 나를 올려다보았다.

아직도 움직이지 않는 방문 간호사 대신, 옆에 있던 복지사가 냉담한 말투로 헤치고 들어왔다.

"선생님이 말씀하신 바는 이해하지만 그렇다고 해서 퇴원이 현실적으로 진행되는 건 아닙니다. 제1간병인이 막대한 불안을 느끼는 상태에서는 퇴원이 불가능하다는 사실을……."

"그 또한 마찬가지로 폭언이다."

내 말에 역시나 상대편은 눈살을 찌푸렸다.

"무슨 말씀인지 잘 모르겠습니다만……."

"남편이 불안한 건 당연해. 분명 매일 불안하고 불안해서 미쳐버릴 것 같을 거야. 앞으로 무슨 일이 일어날지, 아내는 얼마나 고통스러울지, 딸은 괜찮을지, 앞으로 어떻게 살아가야 할지, 그런 무수한 불안을 없애는 방법이 정말 있다고 생각하는 건가?"

그건, 하며 무어라 말하려다 우물거리더니 말이 이어지지 않는다.

"남편의 불안은 없어지는 것이 아니다. 우리가 할 일은 불안이 없어질 때까지 태평하게 기다리는 게 아니라, 불안해하는 남편에게 '그래도 괜찮다'고 말해주는 거야. 아무리 불안해도 '우리가 최선을 다할 테니 걱정 말라'고 말이지." 나는 한 번 더 말을 끊고 천천히 사람들을 둘러보며 덧붙였다. "우리의 폭언은 철회한다. 그러니 자네들도 철회하시게."

대답은 없었다. 방 안에 적막이 깔렸다.

가만히 서 있는 방문 간호사도, 가방을 손에 든 복지사도 아무 말이 없었다.

손수건을 움켜쥔 리큐가, 꼼짝도 않고 앉아 있다. 아가씨는 커다란 눈을 더욱 크게 뜨고 나를 보고 있었다.

그 팽팽한 고요 속에서 줄곧 침묵을 지키던 초로의 케어
매니저가 주뼛거리며 몸을 살짝 움직였다.

"하지만 저…… 그런 말을 할 자신이 없습니다. 저부터
가 너무나 걱정스럽습니다. 그렇게 젊은 암 환자를 자택에
서 지켜봐야 하는데 괜찮다는 말은……."

"동감입니다."

초연한 내 대답에 케어매니저는 당황스럽다는 듯 나를
바라봤다.

"그렇다면……."

"하지만." 나는 그의 말을 자른 후 말했다. "그것이 우리
일입니다."

이곳은 생과 사의 현장이다.

이 현장에서, 자신이 할 수 있는 일에 모든 힘을 쏟아붓
는 것이 의료인의 책무다.

사람이 죽어가는 상황에서 불안하지 않은 인간이 있을
리 없다. 명의라면 자신감에 차서 사람의 임종을 지켜볼
수 있으리라 생각하는 것은 환상에 불과하다. 100명의 인
간이 100가지 형태로 죽어간다. 그 모든 것에 휘둘리면서
도 있는 힘껏 곁으로 다가서는 것이 의료인이다.

복잡기괴한 의료 현장 속에서 가이드라인은 확실히 필

요하다. 룰이나 규칙도, 그것이 없다면 더욱 큰 혼란을 초래할 것이 분명하다. 하지만 그것들은 어디까지나 도구다. 고작 도구가, 언제부터인가 제멋대로 병원 안을 활보하고 있다. 쌓아 올린 도구가 너무 많아서 도구 너머에 뭐가 있는지조차 보지 못하는 것은 아닐까.

후타쓰기 씨는 냉정하지 않을지도 모른다.

남편은 분명히 불안에 쫓기고 있을 것이다.

그러니 퇴원할 수 없는 게 아니다.

그렇더라도 퇴원하게 해야 하는 것이다.

달캉 하고 날카로운 금속음이 울리자 나는 등 뒤를 돌아보았다.

한쪽 면이 통유리로 된 긴 복도 건너편에서 리큐가 걸어오는 모습이 보였다. 조금 전 금속음은 바로 옆에 있는 자판기에서 캔 커피라도 사면서 난 소리인 듯했다.

이곳은 병동 2층에 있는 막다른 회랑이었다. 내가 후타쓰기 씨를 휠체어에 태워서 데리고 왔던 그 장소다.

"역시 여기 계실 줄 알았어요."

가까이 온 리큐가 캔 커피를 건네더니 난데없이 너부시 고개를 숙였다.

"죄송했습니다."

넓고 인기척이 없는 회랑에 힘찬 목소리가 메아리쳤다. 힐끗 쳐다보니 죄송하다는 사람치고는 얼굴에 묘하게 후련한 분위기가 감돌았다.

나는 한숨을 내쉬며 캔 커피를 땄다.

"아가씨는 괜찮았어?"

"시간이 늦었으니 보냈습니다. 물을 끼얹은 4년차보다 2년차 쪽을 더 걱정하시는 겁니까?"

"모처럼 병리 쪽을 접고 내과로 뜻을 바꾸려 하는 유망한 인턴 앞에서 등신이네 뭐네 하며 소란을 피운 끝에 품위 없는 물장난까지 보여줬어. 걱정하는 것도 당연하잖나."

"물장난은 선생님이 하셨습니다."

"누구 때문인 것 같아?"

나란히 선 리큐가 힘없는 목소리로 말했다. "……죄송합니다."

그대로 옆에 서서 어둠을 응시한 채 캔 커피를 들어 한 모금 마시더니, 이번에는 침착한 목소리로 말했다.

"구리하라 선생님, 감사합니다."

"그런 꼴을 당하고도 고마워하다니 존경스러운 근성일세. 그렇다면 다음에는 페트병째로 먹여주지."

"그건 봐주세요. 진심으로 감사하게 생각한다고요. 감사합니다." 리큐는 웃으면서 나를 바라봤다. "물론 이성을 잃은 절 제지해주신 것도 감사하지만, 그것보다 하고 싶었던 말을 해주신 선생님께 감사해요. 선생님은 항상 담담하게 일을 하시면서 제가 아무리 화를 내도 매번 타이르셨는데, 오늘은 제가 하고 싶었던 말을 전부 선생님이 해주신 기분이에요."

"착각이다. 난 너처럼 상스러운 말은 안 써."

"그렇죠. 하지만 선생님도 상당히 위험한 발언을 하시지 않았나요?"

"구태여 지적할 것도 없어. 이 몸의 경솔함에 몸서리치던 참이니까."

"그래도 전 기뻤습니다."

악의 없는 솔직한 말에 성가시다는 표정을 지어 보였지만 상대의 미소는 흔들리지 않았다.

"그리고." 리큐가 덧붙였다. "냉정하게 화내시는 선생님 모습은 상당히 멋졌습니다."

"그만해. 커피 맛 떨어지잖나."

말을 끝내고 캔 커피를 기울이자 리큐가 또 재미있다는 듯 웃었다. 원래 이렇게 잘 웃는 사람이었나 싶어 의외라고 느껴질 정도다.

"홀가분하게 말하지만 사태가 호전된 건 아니야. 그러기는커녕 유례없이 구제 불능인 상태라고."

"그렇네요. 지금대로라면 네 번째 퇴원 콘퍼런스가 쉽게
열릴 것 같지도 않고……."

리큐 말대로다. 게다가 열린다 한들 건설적인 대화가 오
갈 것 같지도 않다. 무엇보다 그때 방문 간호사의 모습으
로 미루어 짐작건대 이번 일은 곧 병원 내에 퍼질 것이다.
사죄도 해명도 얼마든지 할 수 있지만, 일이 밀려 후타쓰
기 씨의 상황을 진전시키지 못하는 사태만큼은 어떻게든
피해야 한다.

"저도 경솔했습니다. 아무리 화가 났다 해도 지나친 말
을 했어요." 리큐가 나의 흉중을 헤아린 듯 어깨를 살짝 늘
어뜨리며 말했다. "요즘에 워낙 안 풀리는 일이 많아서 조
바심이 났던 것 같습니다."

그럴 것이다. 동정의 여지는 충분히 있다. 성실하기 짝
이 없는 이 후배는 실제로 일도 열심히 한다. 내가 실험과
아르바이트로 수차례 자리를 비울 때도 변함없이 병동을
지켜주었다.

"후타쓰기 씨, 정말 집에 못 가게 될까요?"

"그럼 곤란해. 꼭 집에 돌려보내겠다고 약속했어."

"하지만 한동안은 지역연계실뿐 아니라 다른 부서들과
도 연계가 잘 안 될지 모릅니다. 퇴원 절차를 밟으려면 어

떻게 해야 좋을지 가늠조차 되지 않습니다."

"가늠이라면 내가 하고 있었지. 좋은 생각이 있어."

이내 리큐가 놀란 표정으로 이쪽을 보았다.

"네 말대로 우리는 대학 안에서 움직이기 어려울지도 몰라. 하지만 어디까지나 그건 대학이라는 작은 세상의 이야기에 불과해."

담담하게 말하자 역시나 리큐는 당혹스러운 표정을 지었다.

"어떻게 하시려고요?"

"잘될지는 모르겠지만……." 나는 손에 든 캔 커피로 시선을 떨어뜨렸다. "일단, 부탁해보는 거다."

'이누이 진료소.'

마쓰모토 시가지 근교의 도로변에 그런 작은 진료소가 있다.

역 앞에서는 조금 떨어져 있지만 일대에는 비교적 주택들이 빽빽이 들어차 있어서 의료 기관의 필요성이 높은 절묘한 입지라 해도 좋다.

오사카 출신의 풍채 좋은 이누이 원장님은 혼조병원에서는 부원장까지 지낸 이력이 있는 중진으로, 내가 연수를 받던 시절 여러모로 보살펴주신 지도의 중 한 분이다. 거대한 배에 구릿빛 피부, 유유자적하게 걸으며 느닷없이 간사이 사투리로 소리를 지르기도 하는 이 특이한 인물을 나의 은사이신 왕너구리 선생님은 태연하게 '외과의 하마 영감'이라 부르지만, 역시나 나는 그런 말을 입에 올릴 수 없다. 남모르게 마음속으로만 부르고 있다.

그 하마 영감 선생님이, 트레이드 마크인 피스 담배를 입에 물고 기가 찬다는 표정으로 나를 보고 있었다.

"또 대단한 일을 벌였구먼, 구리 짱."

그러곤 푸핫, 하고 하얀 연기를 뿜어내더니 천장으로 올려 보낸다.

때는 콘퍼런스에서 일을 저질렀던 날로부터 이틀이 지난 토요일 낮이었다. 모든 실험을 뒷전으로 밀어놓고 이누이 진료소를 찾은 나는, 후타쓰기 씨에 관한 병력과 그 외 정보를 간결하게 설명했다.

"이누이 선생님, 담배 끊을 거라고 하시지 않았습니까?"

"끊어, 끊어. 곧 끊을 거야." 하지만 이미 다음 개피로 손을 뻗고 있다. "그나저나, 난동을 부려서 이제 대학의 방문 간호사한테는 아쉬운 소리를 못 하니까 여기에 와서 울며 매달리는 거네."

"낯이 두껍지만 그 말씀이 맞습니다."

이누이 진료소는 개원한 지 벌써 10년이 지난, 이 지역의 중추 진료소다.

많은 환자가 오가는데, 외래 진료뿐만 아니라 왕진도 하고 있어서 진료소 옆에는 방문 간호 센터도 병설되어 있다. '이누이 방문 간호 센터'라는, 취향도 뭣도 없는 네이밍은 아무리 봐도 하마 영감 선생님답다.

"그런데 대학 의사가 대학의 방문 간호사와 싸운 끝에 외부 시설에 지원을 요청해도 괜찮은 거야?"

"괜찮은지 안 괜찮은지는 제 관심 밖입니다. 지금 제 최대 관심사는 환자를 무사히 퇴원시키는 것입니다. 이누이의 방문 간호와 선생님의 왕진을 받을 수 있다면 다른 문제는 하나도 중요하지 않습니다."

"구리 짱답네. 대학에 가서 어지간히 점잖게 지내고 있다는 말도 들었는데, 구리하라 스타일은 어디 안 갔구먼."

성장이 없다는 소리로 들려 따지고 싶었지만 지금은 그 부분을 파고들 때가 아니다.

"혼조병원에 부탁하는 것도 생각했는데, 공부해오라고 하셨던 선생님께 이런 일로 폐를 끼치고 싶지 않았습니다."

"그건 옳은 판단이야. 혼조도 대학과 연계해서 움직이고 있어. 의사만이 아니라 여러 부서가 얽힌 이번 같은 경우에는 움직이기도 쉽지 않을 거야."

마침 철커덕하고 원장실 문이 열리며 들어온 스태프에

게, 하마 영감 선생님이 쉰 목소리를 던졌다.

"어쩔 수 없지. 그럼 이번에는 우리가 힘을 빌려줄까, 도무라?"

들어온 이는 훤칠하게 키가 큰 간호사였다. 젊다고 하기는 어렵지만 그렇다고 연배가 있다고 하기에는 신기할 정도로 활력을 띠고 있다.

"좋아 보이네요, 구리하라 선생님."

전에 혼조병원 응급실에서 수간호사로 일했던 도무라 씨다. 인턴이었을 때부터 내게 많은 것을 가르쳐준 베테랑 간호사 중 한 명이다. 작년에 혼조병원을 그만두고 이누이 진료소의 간호부장이 되었다.

도무라 씨는 원장 책상 위에 커피 컵을 두 개 내려놓더니 예전과 다름없는 상쾌한 미소를 반짝였다.

"도무라 씨야말로 잘 지내시는 것 같아서 좋습니다. 이누이 진료소로 옮긴 후로 마음 편히 지내시나 보네요."

"마음이 편하기는커녕 이누이 선생님의 걸걸한 목소리에 압도되어서 완전히 위축됐어요."

정말이지 평온한 목소리로 그런 말을 한다.

"이누이의 방문 간호 센터 책임자는 도무라 씨라고 들었습니다."

"맞아요. 그저 경차를 타고 시골을 빙빙 돌면서 어르신들을 찾아다니는 따분한 일이죠."

"그 따분한 일의 협조가 필요하게 됐습니다."

"협조?"

고개를 갸웃거리는 도무라 씨에게, 하마 영감 선생님이 씨익 웃으며 입을 열었다.

"구리 짱, 대학 방문 간호사랑 대판 싸웠대."

"어머, 멋있어라. 좋아요. 저희가 해줄게요."

별반 흥미도 없다는 표정이던 도무라 씨가 별안간 눈을 반짝거렸다. 이 사람도 예전과 달라진 것이 없다.

"아무런 사전 정보도 없이 그렇게 말씀하셔도 괜찮은 겁니까?"

"환자를 끌어당기는 구리하라가 난처한 일이 있어서 여기까지 찾아올 정도의 케이스잖아요. 받아들일 이유로는 그것만으로도 충분하죠." 도무라 씨는 참으로 개방적인 목소리로 답했다.

의자에 앉은 하마 영감 선생님이 담배를 입에 문 채 응응 하고 고개를 끄덕이며 즐거워했다.

정말이지 이 사람들은 한없이 기분 좋은 공기를 지니고 있다. 이것은, 내가 대학으로 옮긴 이후 오랜 시간 느끼지 못했던 그리운 공기였다. 나는 두 사람을 향해 깊숙이 고개를 숙였다.

그러고 나서 도무라 씨를 보며 물었다. "언제 성이 바뀐 겁니까?"

갑작스러운 질문에 전 응급실 수간호사는 살짝 당황한 기색을 내비치며 가볍게 눈살을 찌푸렸다.

"구리하라 선생님은 여전히 그런 걸 잘 본다니까."

도무라 씨가 보란 듯이 팔짱을 꼈다. 가슴께에 붙은 명찰을 가리려는 것이다. 하지만 나는 이미 새로운 명찰에 적힌 '도무라'가 아닌 '고토'라는 이름을 확인했다.

"축하드립니다, 고토 간호부장님."

"됐어요, 도무라라고 불러요."

"결혼식에 초대받지 못한 게 아쉽습니다만……."

"이 나이에 결혼식 같은 걸 할 리 있나요."

도무라 씨는 흘러나오는 수줍음을 코웃음으로 날려버리더니 "일단 정보제공서를 보내줘요"라고 가볍게 말한 후 원장실을 나갔다. 그 뒷모습을 바라보는데 문득 뒤에서 낮은 목소리가 작게 들려왔다.

"구리 짱, 이러다 좌천되는 거 아닌가 모르겠네."

천천히 돌아보자 하마 영감 선생님이 태연하게 하얀 연기를 내뿜고 있었다. 커다란 가죽 의자에 편안하게 앉아 한쪽 팔꿈치를 괴고 담배를 피우는 모습은 의사라기보다 마피아 보스 같다.

"대학 의국에서 그렇게 요란하게 난동을 부리면 머잖아 시골로 좌천될지도 몰라."

"유감스럽게도 이번만큼은 그 가능성을 부정할 수 없습니다."

어디까지나 담담히 응하는 나를 보며, 하마 영감 선생님의 두꺼운 눈썹이 살짝 꿈틀거렸다.

"하지만 그것도 지금은 사소한 문제입니다. 환자가 무사히 퇴원하게 되면 그 후에 생각하겠습니다."

"그렇군. 여기까지 왔다는 건 각오가 되어 있다는 뜻이겠지." 하마 영감 선생님이 새 담배에 불을 붙이며 씨익 웃었다. "정 갈 곳이 없으면 언제든지 와. 구리 짱이라면 고용할 테니까."

"난폭한 말씀입니다. 선생님은 외과이시고 저는 내과잖습니까."

"바보 같기는." 굵직한 목소리로 웃었다. "외과든 내과든 무슨 상관이야. 아픈 환자가 있으면 치료하는 거지. 어떤 과의 의사든 간에 본질적으로 하는 일은 같아."

부지중에 깜짝 놀랐다. 잊고 있던 무언가를 상기시켜주신 듯하여 잠시 얼떨떨해하다가, 이내 이누이 선생님을 향해 깊숙이 고개를 숙였다.

북알프스의 산등성이 한구석에 낙타의 혹처럼 부드러운 능선을 지닌 산이 보인다. 표고 3,026미터의 겐가미네가 주봉인 노리쿠라다케다.

마쓰모토다이라 쪽에서 보면 상당히 멀찌감치 있어 겹겹이 쌓인 산줄기 사이로 간신히 보이는 정도지만, 죽 늘어앉은 명봉 중에서도 한 발짝 빨리 눈으로 물들기 때문에 고향에 겨울의 도래를 알려주는 산 중 하나로 알려져 있다.

시가지에서는 좀처럼 볼 수 없는 산이지만 헬리포트에 오르면 그 모습이 잘 보인다. 구름만 없으면 탁 트인 조망 저편에서 아름다운 곡선을 볼 수 있는 것이다.

고요한 산맥의 저 먼 안쪽에 누긋하게 자리 잡은 그 명봉은 조넨이나 오쿠호의 거친 능선과는 사뭇 다른 부드러운 모습으로 많은 사람의 마음을 사로잡는다. 아직 눈은 보이지 않지만 아련하게 흐릿한 그 모습은 과거 영봉으로 신성시됐던 역사를 충분히 실감할 수 있을 만큼 아름답다.

"오늘은 산이 예쁘네요."

온화한 목소리는 옆에 선 응급센터의 이마카와 선생님이 낸 것이다. 흰 가운을 낙낙히 소화한 응급센터의 미륵님이 능선을 덧그리듯 하얗고 긴 손가락을 움직였다.

"여름에는 안개가 껴서 멀리 있는 산은 잘 보이지

만 여름이 끝나면 공기가 맑아지죠. 노리쿠라와 야리가타 케도 보이네요."

그 야리가타케의 오두막집에서 대량의 피를 토한 환자 가 곧 닥터헬기로 도착한다. 환자를 끌어당기는 구리하라 는 오늘도 건재한 셈이다.

"구리하라 선생님은 여전히 바쁘시군요."

"그러게 말입니다. 의료의 역신은 제가 어지간히 마음에 드는지, 의국 내 모든 불행이 3팀에 집중된 것 같습니다."

"화는 복 옆에 기대 있고 복은 화 속에 엎드려 있나니."

왠지 고승이 경을 읽는 것처럼 미륵님이 중얼거렸다. 내 가 돌아보자 미륵님이 온화한 미소를 보였다.

"노자의 말이에요. 불운 옆에 행운이 있고, 행운의 그늘 에 불운이 있다. 사람에게 주어진 운과 불운은 평등하다고 합니다. 일상의 노고는 꼭 보답을 받을 거예요. 인생은 앞 뒤가 맞게끔 만들어져 있답니다."

감사한 말이다.

"그럼 앞날을 기대하며 힘내겠습니다. 역신을 향해 원망 을 늘어놓기보다는 환자의 출혈을 멈추는 쪽에 보람을 느 끼는 것도 사실입니다."

미륵님은 자비로 넘치는 미소를 지으며 끄덕였다. "구리 하라 선생은 의사가 되길 잘했다고 생각하나요?"

갑작스러운 물음에 나는 주저했다.

"힘든 일이죠. 보람만 있다고는 할 수 없잖아요?"

"물론 그렇습니다만……." 머뭇거리면서도 씁쓸하게 웃으며 답했다. "하지만 되고 싶어서 된 의사입니다. 『폴베개』를 암송하는 정도밖에 재능이 없던 제가 누군가의 힘이 될 수 있는 것은 의사 면허 덕분입니다. 푸념은 하겠지만 내던지지는 않을 생각입니다."

격에 맞지도 않게 솔직히 대답해버렸다. 미륵님의 후광에 이끌려서일지도 모른다. 미륵님은 한동안 나를 바라보다가 찬찬히 끄덕였다.

"안심했어요." 의아한 표정을 짓는 내게, 진지한 목소리가 이어졌다. "그쪽, 4내과의 의사들이 스태프에게 폭언을 했다는 소문을 들어서요. 너무나도 바쁜 나날에 신경이 날카로워져서 사람이 변해버린 건 아닌지 걱정했습니다. 하지만 아무래도 괜찮은 것 같네요."

퇴원 콘퍼런스에서의 일이 이런 곳에까지 들렸나 보다.

그때 이후로 내 주변의 무언가가 바뀐 것은 아니다. 병동 간호사가 일제히 적으로 돌아선 것도 아니다. 미묘하게 나와 거리를 두는 사람도 있지만 후타쓰기 씨를 아는 사람 중에는 기즈키 씨처럼 조심스럽게 이해심을 드러내주는 사람도 있다. 그러나 방문 간호 센터와 지역연계실에서 의

국에 공식적으로 항의한 것도 사실인지라 제4내과 3팀의
신용이 크게 떨어진 것은 틀림없었다.

"선생님에게까지 걱정을 끼칠 줄은 몰랐습니다. 죄송합니다."

"속사정을 모르는 내가 이렇다 저렇다 참견할 건 아니지만, 그래도 면전에 대고 '등신'은 안 될 말이지요."

겉치레 없는 날것 그대로의 말이 흔들림 없는 미소와 함께 와닿았다. 미륵님이 얼굴을 마주 보고 타이르시니 속세의 중생은 입이 열 개라도 할 말이 없다.

"반성하고 있습니다."

"하지만……." 부드러운 음성이 이어졌다. "그 환자분, 집에 갈 수 있으면 좋겠네요."

그때 "헬기다!" 하는 소리가 뒤에서 들려왔다.

북쪽 하늘에 빨간 점이 어렴풋이 보였다. 헬리포트 곳곳에 서 있던 스태프들이 각자 제자리로 움직이기 시작한다. 주변에서 다들 바지런히 움직여주니 나는 미륵님 옆에 가만히 서 있기만 하면 된다.

나는 점점 커지는 붉은 점을 가만히 응시했다.

무엇이 옳은지 모르겠다. 의료에는 답이 없는 세계가 있다. 난치병 진단, 최첨단 치료, 최고의 항암제 치료, 의료는 그러한 것들에 관해서는 방대한 지식과 수단을 보유하고

있지만 '죽음' 앞에서는 홀연히 침묵한다.

언제 치료를 그만둬야 할지, 어디에서 임종을 해야 할지, 가족의 불안을 어떻게 떠받쳐야 할지, 평소에는 그렇게나 요설(饒舌)을 펼쳤을 기술과 지식과 가이드라인도 '죽음'을 둘러싼 문제에 직면하면 일제히 입을 닫아버린다. 그 숨이 턱턱 막히는 침묵 속에서 의사는 그저 자신이 믿는 길을 걸어가야 하는 것이다. 그런 고독한 길 위에서 만난 미륵님의 따뜻한 말은 확실한 용기를 주었다.

"환자의 활력 징후입니다. 혈압 85에 50!"

헬기에서 무선 연락을 받은 리큐의 목소리가 등 뒤에서 날아왔다. 그와 동시에 헬기 소리가 희미하게 가까워지며 헬리포트 위의 공기가 완만히 흐르기 시작했다.

"구리하라 선생, 시작할까요."

미륵님이 천천히 걸어 나갔다. 나 또한 조용히 발을 내디뎠다.

'이누이 방문 간호 센터'가 일단 움직이기 시작하자 모든 것이 일사천리로 진행되었다. 그 엄청난 행동력은 전적으로 도무라 씨의 민첩한 일 처리 덕분일 것이다.

세 번째 퇴원 콘퍼런스가 엉망인 상태로 끝난 것이 목요일 저녁이었다. 그로부터 이틀 후인 토요일에 이누이 진료소를 방문했는데, 그다음 주인 월요일부터 도무라 씨가 적극적으로 움직였다.

도무라 씨는 익숙하지 않은 대학병원에 몸소 찾아와 후타쓰기 씨 부부와 빈번한 면담을 가졌고, 가까운 시설과 협의하여 빠릿빠릿하게 움직여줄 사람으로 케어매니저를 변경했다. 그리고 의료사회복지사도 자신이 직접 데려와서 방문 간호 일정부터 긴급 시 대응책에 이르기까지 가히 놀라운 속도로 전개시킨 그 실력은, 그야말로 혼조병원의 응급실을 진두지휘하던 때를 방불게 했다. 병동에서 만났을 때 솔직하게 감사와 감탄의 뜻을 전하자 도무라 씨는 초연하게 응수했다.

"별 소리를 다 하네. 저 상태로는 하루의 시간도 귀하고 아깝잖아요. 준비에 일주일이나 걸리는 게 속이 탈 정도예요."

어딘지 모르게 병동에 침체되어 있던 뒤틀린 공기를 단숨에 날려버리고, 대기실 안에 있던 간호사들까지 놀라게 하는 상쾌한 목소리였다. 물론 3팀의 평판과 도무라 씨의 일 처리를 모두가 문제없이 받아들인 건 아니다. 물밑에서는 반발도 저항도 존재했을 것이다. 하지만 불행인지 다행인지 날이 갈수록 눈에 띄게 안색이 나빠지는 후타쓰기 씨의 모습이, 다른 그 무엇보다 현장 스태프들에게 '시간이

없다'는 것을 여실히 드러내주면서 형세는 급속히 바뀌어
갔다.

어떻게든 후타쓰기 씨를 집에 돌려보낸다. 그 뚜렷한 목
표를 향한 나의 의지와 리큐의 끈기와 도무라 씨의 수완이
기류를 움직였고, 마침내 후타쓰기 씨의 퇴원 날짜가 9월
중순의 주말로 정해졌다. 이누이 진료소를 찾아간 지 불과
여드레 후의 일이었다.

문득 정신을 차리고 보니 겨울의 발소리가 어렴풋이 들
려오고 있었다. 그것을 가르쳐준 것도 산이다.

불과 얼마 전까지 한여름의 햇볕이 쨍쨍 내리쬐던 곳에
서 푸릇푸릇한 초록으로 반짝이던 산이, 지금은 서서히 그
색채를 바꾸는 중이다. 활엽수는 빨강과 노랑으로 물들었
고 침엽수의 초록은 더욱 짙어지며 산 전체가 능선에서부
터 산기슭까지 고요히 가을빛을 걸치고 있다. 자연이 그려
내는 오색찬란한 색채의 향연은, 머잖아 찾아올 새하얀 계
절의 예고인 것이다.

마쓰모토역의 알프스 출구 쪽 2층에 있는 광장에서는
그런 북알프스의 변천이 한눈에 내려다보인다. 일요일이
기도 한 터라 역사 안은 사람의 왕래가 잦았고, 통유리로
된 광장 너머로 보이는 산의 모습에 걸음을 멈추는 여행객

도 많았다. 가미코치의 단풍이 절정인 시기여서인지 오가
는 여행객 대부분이 등산복 차림이다.

"빠빠!"

기다려 마지않던 밝은 목소리가 들려오자 나는 몸을 돌
렸다.

특급 아즈사가 도착했다는 뜻이다. 역의 중앙 개찰구에
서 캐리어를 끌고 배낭을 멘 여행객들이 쏟아져 나오는 틈
에 섞여 우리 집의 천사가 뛰어오는 모습이 보였다. 몇 발
짝 뒤에서 남색 배낭을 등에 멘 아내의 모습도 보였다.

"빠빠, 가따 와써?"

"고하루, 이럴 때는 '다녀왔습니다'라고 하는 거야."

"다녀와쯥니다!"

달려드는 고하루를 그대로 번쩍 안아 머리 위로 높이 들
어 올렸다. 말과 움직임 하나하나가 온통 미소를 자아낸
다. 아이란 그런 것이리라. 뒤늦게 다가온 아내가 미소를
지으며 고개를 까딱했다.

"미안해요. 아즈사가 5분 정도 늦었어요."

"아즈사의 지연까지 사과하면 하루는 고개를 들 날이
없어지겠어."

후훗, 하며 웃는 아내와 함께 출구를 향해 발걸음을 내
디뎠다.

때는 일요일. 아내가 사진집의 마무리 작업을 위해 도쿄에 하룻밤 머물렀다 오는 길이었다. 평소처럼 고하루를 데리고 있겠다고 말하는 내게, 아내는 이번에는 데려가겠다고 했었다.

나는 신경 쓸 필요 없다고 했지만 아내의 "그 환자분이 퇴원하는 날이잖아요"라는 말에 아무런 반론도 할 수 없었던 것이다.

걸으면서 아내가, 고개를 살짝 갸웃거리며 물었다. "무사히 퇴원하셨어요?"

"응. 오늘 아침에 병원에서 배웅했어. 이제는 걷지 못하는 상태였지만 밝게 손을 흔들어주시더군."

차분히 그렇게 말하자 아내도 고개를 크게 끄덕였다.

후타쓰기 씨는 약 한 시간 전에 퇴원했다.

밝은 햇살이 들이비치는 병동 복도에서, 후타쓰기 씨는 리큐가 미는 휠체어에 앉아 천천히 엘리베이터 홀로 향하고 있었다. 황달과 빈혈 때문에 빈말로도 안색이 좋다고 하기 어려웠지만 표정은 결코 어둡지 않았다.

곁에는 남편이 함께였다. 작은 가방을 등에 멘 리사가 휠체어 주변을 부지런히 왔다 갔다 하는 것은 기쁨을 주체할 수 없었기 때문이었다. 환자의 퇴원은 병동에서는 일상적인 일이지만, 이번만큼은 상당히 비일상적인 퇴원이다.

29세의 췌장암 환자, 치료를 중단한 채 자택으로 퇴원. 그것만으로도 충분히 긴장을 내포한 데다가 퇴원하기까지 3팀이 일으켰던 일의 소문이 가세하여 뭇사람의 이목을 끌기에 충분했다. 그렇다고 후타쓰기 씨의 퇴원을 굳이 구경하러 오는 촌스러운 의국원은 없지만, 오가는 의사와 대기실 안의 간호사들이 왠지 어수선했던 것도 사실이었다.

"정말 감사했습니다."

휠체어 뒤에서 걸어오던 남편이 엘리베이터 홀 입구에서 걸음을 멈추더니 나를 향해 깊숙이 허리를 굽혔다. 나 역시 멈춰 서서 고개를 숙였다.

"걱정은 하지 마십시오. 왕진해주실 이누이 선생님은 틀림없이 신뢰할 수 있는 의사입니다. 뿐만 아니라 무슨 일이 있으면 반드시 저희가 책임지고 대응하겠습니다."

"구리하라 선생님, 솔직히 말해 불안이 없다고 하면 거짓말입니다." 남편은 미덥지 못한 목소리로 말했다.

순간 바로 옆에 있던 아가씨가 긴장했는지 몸이 경직되는 것을 느꼈지만 나는 모르는 체하며 남편을 바라보았다.

"지금도 미오가 위험한 상황이라는 걸 제가 잘 받아들이지 못하는 것 같아요. 거의 매일 잠도 잘 못 자고, 잠들더라도 악몽을 꿉니다."

나는 가만히 고개를 끄덕였다.

하지만, 하고 중얼거린 남편은 엘리베이터 앞에 있는 휠체어의 아내와 그 주변을 뛰어다니는 딸이 눈부시다는 듯 바라보았다.

"하지만 그래도 이거면 된 것 같아요. 이것밖에 없는 것 같습니다."

나도 후타쓰기 씨 모녀 쪽으로 시선을 돌렸다.

그곳에는 오랜만에 보는 명랑한 미소가 활짝 피어 있다. 무엇보다 리사의, 끓어오르는 기쁨을 억누르지 못하고 아무 의미 없이 왔다 갔다 바삐 움직이는 모습만 봐도 미소가 새어나왔다. 휠체어를 미는 리큐까지 어쩐지 천진난만한 표정으로 웃고 있다.

내 시선을 느낀 후타쓰기 씨가 휠체어에 앉은 채로 천천히 고개를 숙였다. 말은 없다. 말이라면 서로 충분하리만큼 나누어왔다. 이제는 보낼 일만 남았다.

"괜찮습니다." 돌아보는 남편을 향해 덧붙였다. "괜찮지 않은 것도 많겠지만, 그것까지 포함해서 괜찮을 겁니다."

남편이 은은한 미소를 머금더니 머리를 숙였다. "진심으로 감사했습니다."

지금에 이르기까지 수차례 바뀐 복잡한 경위를, 나는 후타쓰기 씨에게도 남편에게도 일절 발설하지 않았다. 말할

필요가 없는 일이다. 하지만 그렇다고 해서 남편이 아무것
도 알아채지 못했을 거라 생각하는 것은 경박한 판단이다.
담당자가 갑자기 변경되는 등 병동의 미묘한 공기를 느꼈
기에 솔직한 말을 던지는 것이리라.

"선생님!" 불현듯 맑은 목소리가 울려 퍼지며 배낭을 멘
리사가 이쪽으로 뛰어왔다. "언제까지 기다려야 돼요? 이
제 갈래요!"

"언제 아저씨에서 선생님으로 격상됐지?"

"엄마가 선생님이라고 제대로 부르래요."

쾌활하게 말하는 리사 앞에, 나는 무릎을 꿇고 앉아 눈
높이를 맞췄다.

"약속대로, 나는 지금까지 최선을 다했어. 걱정되는 일
이야 당연히 있지만 그래도 전력을 쏟았단다."

무언가 조금은 진지한 기운을 느꼈는지, 리사가 표정을
고쳤다. 실로 심성이 착한 소녀다.

"이번에는 네가 나와 약속할 차례야."

"약속?"

"그 어떤 힘든 일이 있더라도, 엄마 앞에서는 최대한 웃
는 모습을 보여야 해."

순간, 작은 공백이 생겨났다.

리사의 눈이 아주 조금 점잖아진 빛을 띠었다. 아직 일

곱 살이라고는 해도 지금까지의 경과를 봤으니 사태가 좋
지 않다는 것 정도는 인지했을 것이다. 아니, 엄마의 안색
과 야위어가는 몸을 보며 더 많은 것을 깨달았을지도 모
른다. 그 불안정한 공기를 미소로 물들이며 후타쓰기 씨의
빛이 되어주고 있다. 리사는 그런 소녀인 것이다.

잠깐의 침묵 후, 리사는 천천히 끄덕였다.

"약속할게요."

"좋아."

내가 주먹을 앞으로 내밀자 리사도 자그마한 주먹을 부
딪치며 호응했다.

"정말 고생 많았어요."

아내의 목소리에 나는 크게 끄덕여 보였다.

끄덕거리며 역사에서 밖으로 나가자 몹시도 쾌청한 가
을 하늘이 펼쳐져 있다.

한여름의 열기는 어느덧 사라지고 불어오는 바람에서
서늘함이 느껴졌다. 이 마을에는 더없이 귀중한 가을이 빠
르게 지나간다. 지금쯤 이 하늘 아래에서 후타쓰기 씨 가
족은 아즈미노의 자택으로 돌아가고 있을 것이다.

"불안……해요?"

가만히 중얼거린 아내의 말에 나는 쓸쓸히 웃었다.

"불안도 불안인데, 솔직히 뭐가 불안한지도 분명하지 않을 만큼 문제가 많아."

후타쓰기 씨의 남은 시간이 어떻게 흘러갈지, 모든 것을 내다보고 있는 상황이 아니다. 일주일 후에 외래 진료가 잡혀 있지만 언제 무슨 일이 일어날지는 알 수 없는 상태다.

한편 지난번 폭언 사건도 전혀 수습되지 않았다. 리큐 자신의 책임은 물론, 동석한 상사도 모범적으로 대처했다고 할 수 없으니 그리 원만하게 마무리될 것 같지는 않다.

팀장인 호조 선생님이 진화 작업을 하느라 여기저기 뛰어다니고 있다는 소문은 들었으나 서로 여유롭게 이야기할 기회를 좀처럼 갖지 못한 것이 현실이다. 그런 오리무중 속에서 오늘 아침, 사태를 더욱 뒤흔들듯 우두머리가 한 통의 메일을 보내왔다.

"하루, 한 가지 해둘 이야기가 있어."

역 앞의 광장 한복판에서 걸음을 멈추고, 나는 안고 있던 고하루를 가만히 땅에 내려놓았다.

아내는 침착한 미소로 나를 지켜보았다.

"월요일에 우사미 선생님이 준교수실로 오라고 하시더군."

아내가 아주 조금 미소를 거뒀다. 발치에서는 고하루가,

납작한 돌바닥 위에서 폴짝폴짝 뛰고 있다.

"용건은 적혀 있지 않았지만 아마 이번 일 때문이겠지. 의국에 여러 건의 클레임이 접수됐다는 걸 생각하면 우두머리가 신나게 잡담이나 하자고 부르신 건 아닌 게 분명해."

와아 하고 갑작스러운 웃음소리가 들린 건 고교생으로 보이는 학생 무리가 역 앞 광장에 모였기 때문이었다. 주말인데 교복 차림인 걸 보니 수학여행일지도 모르겠다.

"뭔가 큰 문제가 되는 걸까요?"

"아직은 몰라. 하지만 내년도 인사에 영향을 주는 이야기일 수도 있어."

3팀의 책임자이기는 하지만 조교라는 지위의 호조 선생님이 뜬금없이 외부로 파견 나갈 일은 없다. 한편 리큐는 이미 내년도에 이야마 고원병원으로 가는 것이 거의 확정된 상태다.

문제는 나의 앞날이다. 구체적으로는 아무것도 보이지 않지만 우두머리의 블랙리스트에 오른 것만은 틀림없다. 그렇다면……

"마쓰모토를 떠나야 할지도 몰라."

조용히 내뱉은 말에, 아내는 그저 침묵을 지켰다.

나는 가을 하늘을 올려다보며 말을 이었다. "아직 학위도 받지 못한 대학원생이지만, 대학을 나가서 어디 다른 먼 곳으로 가야만 할 수도 있어."

"먼 병원으로 간다는 건 안 좋은 거예요?"

"나는 상관없어. 의사인 이상 어느 병원을 가든 할 일은 같으니까. 대학원 연구도 올해 안에 실험을 끝내면, 남은 건 데이터 분석과 문헌 정리라서 한 달에 한 번 정도만 대학에 나가면 어떻게든 마무리할 수 있어. 하지만 그게 문제가 아니라."

나는 말하다 말고 작게 한숨을 내쉬었다.

"나를 따라올 하루가 힘들 거야. 나가노현은 넓어. 철도나 고속도로가 없는 지역도 있지. 살기에 무척 불편한 곳도 있고. 만약 아주 멀리 가게 되면 어린이 병원에 같이 가기도 녹록지 않을 거야."

다시 침묵으로 떨어진 가운데, 가만히 아내에게로 시선을 돌리자 의외일 정도로 차분한 미소가 기다리고 있었다. 나는 당황할 수밖에 없었다.

"그런 거라면 걱정 안 해도 돼요."

밝은 대답이었다. 주저하는 나와 대조적으로, 침착한 아내의 목소리가 말했다.

"물론 힘든 일은 있겠죠. 어린이 병원의 통원도 조금은 걱정돼요. 하지만 힘들고 걱정스러운 일이라면 지금까지도 산처럼 많았어요. 그래도 전부 다 이치 씨와 함께 극복할 수 있었죠." 가볍게 눈을 내리깐 아내는 나지막한 목소리를 이어갔다. "그러니 괜찮지 않은 것까지 다 포함해서, 분명 괜찮을 거예요."

신기한 말이었다. 신기하게도, 그 말은 불과 몇 시간 전에 내가 후타쓰기 씨의 남편에게 했던 말이기도 했다.

마음이란 돌고 도는 것이다. 사람이 사람을 생각하는 마음은 돌고 돌아 다시 온다. 그렇게 힘을 얻은 사람은 또다시 다른 사람에게 힘을 주는 따뜻한 말을 건넬 수 있다. 가혹한 의료 현장에서 내가 환자와 그 가족을 헤아릴 수 있다면, 그것은 두말할 나위 없이 이 총명한 아내가 나를 지탱해주기 때문이리라.

"온타케소 이웃분들한테는 말했어요?"

아내의 갑작스러운 물음에 나는 당황하며 고개를 저었다.

"아니, 아직 결정된 사항은 아니라서 아무에게도 말 안 했어."

"만약 온타케소를 떠나게 된다면 허전해하실지도 모르겠네요. 하지만 그렇다고 해서 영영 못 만나는 건 아니죠. 분명 학사님도 남작님도, 산속이든 골짜기든 놀러 와주실 거예요."

청아한 목소리가 역 앞의 소란 속으로 녹아들었다. 가슴 속에 울적하게 침체되어 있던 무거운 무언가가, 서서히 안개가 걷히듯 밀려나갔다. 어느새 나는 아무 말도 떠오르지 않았다.

헬리포트에서 미륵님이 하셨던 말씀대로다. 인생이란 앞뒤가 맞게끔 만들어져 있다. 의료 현장에서는 역신의 불운에 붙들린 내가, 밖으로 한 발짝만 나오면 천하제일의 행운아다. 눈앞에 이렇게나 큰 행운이 있다.

납작한 돌이 깔린 바닥 앞쪽에서는 검은 블록 위로만 깡충깡충 뛰어다니던 고하루가, 이번에는 하얀 블록만 골라서 뛰고 있었다. 그대로 고개를 들어 위를 보니 구름이 바람을 타고 푸른 가을 하늘을 헤엄치며 나의 사사로운 고민까지 모두 옮겨주는 듯했다.

나는 올려다본 자세 그대로, 천천히 이마에 손을 얹었다. 별안간 종종거리며 발치로 뛰어온 고하루가 무슨 생각을 했는지 내 옆에 나란히 서서 나처럼 이마에 동그란 손을 얹고 하늘을 올려다보았다.

"고하루, 뭔가 보이니?"

"응." 밝은 목소리가 들린다. "빠빠가 보여!"

무심코 웃음을 터뜨린 내 옆에서, 아내도 눈부신 듯 가을 하늘을 올려다보았다.

월요일 저녁 8시.

준교수님이 정한, 나를 호출한 시간이다.

아침부터 평소와 다름없이 외래를 소화하고, 오후에는 내시경 검사를 하고, 저녁에는 리큐와 아가씨를 데리고 병동을 회진했다. 대략적인 업무를 마친 후 한 시간 정도 실험 데이터를 정리하고 나니 그 시간이 되었다.

의국의 8시는 결코 사람이 없는 시간이 아니다. 학회 준비를 위해 필사적으로 자료를 만드는 사람, 묵묵히 영어 논문을 탐독하는 사람, 당직이 끝났는지 책상 위에 다리를 올린 채 코를 고는 사람도 있고 여럿이서 모니터를 둘러싸고 무언가 논의 중인 의사들도 있다.

복도를 걸으면 좌우로 열린 문 너머로 그렇게 희비가 얽힌 경치가 보인다. 그 모습을 보며 어두컴컴한 복도를 걷다 보면 제일 끝에 있는 준교수실에 다다른다. 그 목적지 바로 앞에서 벽에 기대선 사람의 그림자를 발견하고 걸음을 멈췄다.

"선생님, 이런 데서 뭐하시는 겁니까?"

내 질문에 팀장인 호조 선생님이 빙긋 웃으며 몸을 일으켰다.

"이야, 웬일이야. 우연히 지나가던 참이었어."

터무니없는 대답이다. 준교수실 앞에는 교수실밖에 없

어서 누군가가 우연히 지나갈 만한 장소는 아니다.

"우사미 선생님 호출이지?"

"개인 메일에 기재되어 있던 내용을 선생님이 어떻게 아십니까?"

"어쩌다 보니, 하늘의 계시라고 할까."

"그렇다면 의국 내에는 하늘의 계시가 넘쳐나나 봅니다. 가키자키 선생님과 야스다 선생님도 의미심장한 말씀을 하셔서요."

나는 오늘 호출에 관한 이야기를 아무에게도 하지 않았다. 팀장인 호조 선생님은 물론 리큐와 아가씨에게도 말하지 않았다. 그런데도 저녁에 내시경실에서 나올 때는 가키자키 선생님이 여느 때와 같은 그늘 없는 미소로 "힘내" 하며 손을 흔들지 않나, 투석실 앞을 지날 때는 야스다 선생님이 마치 출진하는 무사를 배웅하듯 "건투를 빌어"라고 인사해주었다.

"의국 내의 정보가 물 새듯이 새고 있습니다."

"다들 구리 짱을 걱정해서 그래. 행여나 구리 짱이 준교수한테 '등신'이라고 해버리면 어쩌나 싶어서 나도 애가 타거든."

아픈 구석을 찔렀다. 리큐의 치기는 그렇다 쳐도 나의 경솔함은 해명할 여지가 없다.

"선생님께도 불똥이 튀었을 텐데 송구스럽습니다. 심지어 여기저기 다니며 진화까지 해주셨다는 소문도 들었습니다. 뭐라 드릴 말씀이 없습니다."

"사과할 필요는 없어. 이것도 팀장 업무 중 하나야. 대신 진짜로 고맙다면 내 부탁 하나 들어줄 수 있어?"

"부탁요?"

"빵집을 상대로는 싸우지 말 것."

뜻밖의 말에 나는 입을 다물었다.

아랑곳 않고 호조 선생님이 덧붙였다. "빵집은 여러 소리를 할 거야. 구리 짱은 하고 싶은 말이 엄청 많겠지. 하지만 일단은 원만하게 끝내는 게 구리 짱이 오늘 해야 할 일이야. 내 부탁이기도 하고."

"저도 그럴 생각입니다. 괜히 일을 더 크게 벌여서 쫓겨나는 것은 제가 원하는 바가 아닙니다."

"알면 됐어. 그걸로 충분해."

만족스럽게 끄덕이는 호조 선생님에게, 이번에는 내가 물었다.

"그 말씀을 하려고 오셨습니까?"

"응."

시원하게 말한다. 하지만 대답을 들어도 어딘가 석연치 않은 점이 있다. 원래 호조 선생님의 의도라는 것은 어느

언저리에 있는지 알아채기가 어렵다. 다루기 까다로운 부팀장 때문에 스트레스가 있을 것이고 실제로 부딪친 적도 있지만 돌이켜보면 이 팀장님에게 상당한 도움을 받았다. 자비나 정으로 움직이는 인물인 것 같지도 않다.

오니키리의 속셈이 어디쯤에 있는지 묻는 시선을 보내자 마치 의도를 파악했다는 듯 호조 선생님은 자리를 뜨려다 말고 나를 쳐다보았다.

잠깐의 침묵이 흐른 후, 또렷하게 말했다. "난 더 힘을 키우고 높은 자리에 올라서 반드시 대학 의국을 바꿀 거야."

"준교수실 바로 옆입니다, 선생님."

최대한 조심스럽게 충고했지만 오니키리는 개의치 않았다.

"나의 차고 넘치는 재능과 실력을 활용한다면 가능해. 그렇게 생각하지 않나?"

의국의 명검이 갑자기 번쩍하며 괴상한 빛을 번뜩였다.

이 사람은 아수라장을 겪어온 사람이다. 가벼운 겉모습과는 반대로 지역 의료의 밑바닥에서 온갖 고초를 겪었고, 의료의 정점에 있는 대학 의국의 모순과 부조리를 빠삭하게 꿰뚫고 있기도 하다. 그러면서도 천박한 의국 비판에 빠지지 않은 채 이상과 희망을 버리지 않고 지금의 결론에 다다른 통찰과 담력은 범상한 것이 아니다.

대학 의국이라는 하얀 거탑은 시대착오적인 유물이 아니다. 지역 의료를 지탱하는 중핵이다. 아무리 곳곳이 뒤틀려 있다 해도 그것은 어쨌거나 틀림없는 사실이다. 그렇기에 호조 선생님은 무시무시하게 날카로운 명검을 해학과 도회(韜晦)라는 칼집에 넣은 채 몸을 낮추고 때를 기다리는 것이다.

"선생님이라면 가능하시리라 생각합니다. 빈말이 아닙니다."

오니키리는 고개를 느릿느릿 끄덕이더니 다소 부드러워진 미소를 지으며 말했다. "그런데 말이야, 나 혼자서 다 하려면 죽어날 거야. 그럴 때 구리 짱 같은 의사가 있어준다면 든든할 것 같거든."

의외의 말에 눈이 살짝 커졌다.

"그런 표정 짓지 마. 원래 나는 구리 짱을 높이 평가한다고. 그래서 구리 짱이 대학에서 쫓겨나지 않도록 보살피고 있잖아."

"송구할 따름입니다. 하지만 저는 아직 한없이 부족합니다만……."

"알아. 지식과 기술은 갓키보다 훨씬 못하고, 그 외에는 전부 다 내 발끝에도 못 미치잖아. 퇴원 콘퍼런스 같은 자리에서 실언할 정도면 말 다했지."

개운하게 가차 없는 논평이 돌아왔다. 실제로 오니키리의 혀는 일본도보다 날카롭다.

"하지만 구리 짱은 보기 드물 정도로 진지한 의사야. 지금 대학에는 그 진지함이 필요해."

또다시 의외의 말이다.

"진지, 말입니까……."

"물론 여기에서 '진지'란 룰이나 가이드라인을 열심히 지키는 걸 말하는 게 아냐." 오니키리가 씨익 웃으며 덧붙였다. "진검승부라는 뜻이지."

기가 막힌 타이밍에 가져다 쓴다.

한숨 고른 후 희미하게 웃는 나를 향해, 오니키리는 "수고해" 하며 손을 들었다.

그 뒷모습이 멀어진 후 PHS를 보자 때마침 8시였다.

우두머리는 책상 위에서 팔짱을 낀 채 무미건조한 목소리로 나를 맞았다.

"왜 불려왔는지 알고 있나?"

예전에 여기에 왔을 때와 토씨 하나 빠뜨리지 않고 똑같은 대사다.

우두머리에게는 의외로 안녕한가 정도의 의미일지도 모르겠다. 그러므로 나는 아무런 대답도 하지 않았다. 우두

머리는 그럴 줄 알았다는 듯 책상 위에 올려둔 여러 장의
서류를 가리켰다.

"지난 일주일 동안 내게 온 문서다." 서류를, 오른손에
든 펜으로 탁탁 때리며 말을 이었다. "읽어보겠나?"

"괜찮습니다. 어떤 내용일지 대강 짐작이 됩니다."

"혹시나 해서 말해두지만 환자에 대한 자네들의 열의를
칭송하는 내용은 한 줄도 없네."

낮은 목소리가 조용한 위압감을 거느리고 울려 퍼졌다.

방문 간호 센터와 지역연계실에서 공식으로 항의했다는
말은 이미 들어서 알고 있다. 틀림없이 혹독한 문장이 나
열되어 있을 것이다.

"팀을 총괄해야 할 의사가 스태프에게 폭언을 뱉은 점,
팀 의료를 무시하는 독단적 행위, 임상의로서도 부적합하
다는 지적 등 의국으로서는 그냥 넘어갈 수 없는 내용이
야. 물론 당사자인 시바타 선생에게 사죄문을 제출하게 할
생각이지만, 그의 지도의이자 그가 실언할 때 동석했던 자
네의 책임 또한 간과할 수 없어."

"뭐라 드릴 말씀이 없습니다."

다시 한 번 깊이 고개를 숙였다.

사죄라는 한 수다. 기본 방침에 변경은 없다.

"여기는 대학병원이야. 직종, 능력, 인격, 실로 다양한 사

람들이 몸담고 있지. 그런 사람들과 건설적인 대화의 장을 열어 좀 더 좋은 결론을 도출하는 것도 의사에게 필요한 역할인데, 자네나 자네의 팀원은 그 점이 부족하다 할 수밖에 없군."

우두머리 말은 도리에 맞는지라 반론의 여지가 없다. 항의문은 정당한 대응이고, 스태프를 향해 등신이라 소리 지른 의사에게 아무런 압력도 없는 직장보다는 훨씬 건실한 환경이다.

우두머리의 냉정한 연설이 이어졌다. "열심이기만 하면 되는 것은 학부생 때까지야. 자네들은 환자를 진료할 뿐 아니라 조직의 룰을 인지하고, 다른 직종을 대할 때도 양식에 따른 행동을 해야 한다는 말일세."

거기에다 후배를 지도하고, 실험하고, 논문을 작성하고, 아르바이트도 해야 한다. 박봉으로 톡톡하게도 부려 먹는다.

"스태프와 의견이 일치하지 않을 때는 침착하고 차분하게 대응해야지. 의사가 양질의 주도권을 발휘하면 대화의 질은 높아지고 좀 더 좋은 해결책에 도달할 수 있게 돼."

그렇게 침착하고 차분하게 시간을 들이는 사이에 후타쓰기 씨의 남은 시간은 분명하게 깎여나간다. 그러다가 퇴원은커녕 다른 병원으로 옮긴다는, 뭐가 뭔지 모를 결론까지 제시된다. 말 같지도 않은 소리다.

"빵 이야기는 자네에게도 했을 텐데. 모든 환자에게 전력을 다 쏟으려는 건 나쁜 게 아니야. 하지만 대학병원은 부족한 빵이야. 모든 환자에게 줄 수 있을 만큼 빵을 넉넉하게 갖고 있는 게 아니라고. 줄 수 있는 환자 수는 정해져 있다. 그 한정된 선택을 좀 더 효율적으로 하기 위해 룰을 준수하고 팀워크를 원활하게……."

"그 말씀은 이제 됐습니다, 선생님."

나도 모르게 말이 새어나가버렸다.

각별히 깊게 생각해서 내뱉은 발언이 아니다. 그저 자연스레 입 밖으로 튀어나간 말이었다. 말이 잘린 우두머리가 눈살을 살짝 찌푸리며 나를 올려다보았다.

마주 보는 나의 가슴속에는 무언가 조용한 바람이 일고 있었다. 그 바람을 타고 양식이며 상식이며 원만이라는 단어들이 훌훌 날아간다. 공들여 마음속 깊숙한 곳에 동여맸던 소중한 단어들이 그야말로 가뿐하게 날아올랐다. 바람을 탄 괴짜 구리하라는 딱히 초조해하지도 않고 그저 초연히 그것들을 올려다보며 서 있다. 아니, 어려운 표현은 관두자. 슬슬 인내심이 한계에 달했다.

"정말 죄송합니다."

나는, 어깨 힘을 빼고 쓴웃음을 지은 뒤 고개를 숙였다.

"룰도 규칙도 잘 압니다. 선생님 말씀은 이해합니다. 하지만 빵 수가 부족하다니, 그건 거짓말입니다." 이번에는 또렷한 목소리로 응했다. "2년 반 동안 대학에서 일하며 잘 알게 되었습니다. 대학은 귀중한 빵을 제한된 환자에게만 나눠주는 잔인한 조직이 아닙니다. 여기에는 빵이 산더미처럼 쌓여 있습니다."

기껏해야 9년차인 내과의의 당돌한 발언이었지만 준교수는 역시 거물의 관록을 보이며 꿈쩍도 하지 않았다. 나또한 훨씬 높은 선생님을 상대로 상당히 난폭한 태도를 취하고 있다는 자각은 하고 있다. 긴장도 된다. 그러면서도 막상 한 발짝 들여놓고 나니 의외로 발걸음이 무겁지 않았다.

"무례한 애송이의 폭언이라 생각하셔도 상관없습니다. 하지만 이대로 몇 시간을 서 있어도 결론이 나지 않을 것 같으니 제 의견을 말하게 해주십시오. 대학에는 침상도, 의사도, 스태프도, 설비도 제대로 갖춰져 있습니다. 넘쳐난다고는 하지 않겠습니다. 하지만 있어야 할 장소에는 많은 빵이 확보되어 있습니다. 그 많은 빵을 환자에게 나눠주지 않고 후사를 위해 창고에 숨겨두고 있는 게 대학이라는 곳입니다. 빵을 분배하는 규칙과 룰을 잔뜩 만들어둔 바람에 도리어 모두가 거기에 얽매여서 꿈쩍도 하지 못합니다. 그 소중한 빵은 창고 안에서 곰팡이가 피어 썩고 있지 않습니까?"

우두머리는 여전히 움직임이 없다.

얼어붙는 듯한 침묵 속에서, 나는 조용히 방 안을 둘러보았다. 언제 와도 훌륭할 정도로 정리 정돈이 잘된 딱딱한 준교수실 곳곳에, 실은 빵들이 아무렇게나 쌓여 있다. 빵이 필요한 환자의 곁으로 옮겨지는 일도 없이, 그저 막연하게 쌓인 귀중한 빵의 산이 내 눈에는 보이는 듯했다. 나는 한 바퀴 돌린 시선을 천천히 우두머리에게 고정했다.

"선생님의 말씀대로 이곳은 특별한 병원입니다. 의사가 태산같이 많고, 최신 설비도 갖춰져 있죠. 의사뿐만이 아닙니다. 온갖 직종의 전문가가 모여 특별한 치료를 할 수 있는 특별한 곳입니다."

그 점은 내가 시내 병원에서 왔기 때문에 더욱 분명하게 알고 있다. 여기는 보통 병원이 아니다. 아무도 몰랐던 질환을 한번에 감별해내는 의사가 있다. 세계적인 저널에 보란 듯이 논문이 실리는 의사가 있고, 태평양 너머에서 열리는 학회에서 당연한 듯 발표하는 의사도 있다. 그런 곳이기에 오카 씨처럼 희귀한 케이스도 치료해낼 수 있다. 지식도 기술도, 그리고 사람도, 이곳에서는 비범한 밀도를 가지고 특별한 체제를 유지해나간다.

"그런데……." 나는 조용히 말을 이었다. "이렇게나 많은 사람이 모여 있으면서 췌장암 환자 한 명을 퇴원시키는 일조차 쉽지 않습니다. 뭔가 이상하지 않습니까?"

미동조차 하지 않던 우두머리가 희미하게 실눈을 떴다.

"대학 의료가 귀중한 빵이라는 말씀은 잘 알겠습니다. 그러니 룰과 규칙도 필요하겠죠. 하지만 룰과 규칙만이 우르르 밀어닥쳐서 언제부턴가 빵을 나눠주는 것 자체는 잊혀버린 것 같습니다."

가슴속에는 후타쓰기 씨의 미소가 떠올랐다. 딸의 캐치볼을 사랑스럽게 바라보던 옆얼굴. 휠체어를 타고 산책을 나갔을 때의 차분한 미소. 그리고 엘리베이터에서 찬찬히 고개를 숙이던 때의 온화한 표정. 신기하게도, 그렇게나 고통스러운 경과였는데도 떠오르는 것은 미소뿐이다.

"가이드라인은 중요합니다. 하지만 삶의 마지막을 집에서 보내고 싶다고 애원하는 젊은 엄마에게 병원을 옮기라고 강요하는 가이드라인이라면, 그런 건 찢어서 버려야 합니다. 콘퍼런스가 필요 없다고는 하지 않겠습니다. 하지만 느긋하게 논의할 시간이 없는 환자도 있습니다. 그런데도 꼼꼼하고 침착하게 논의한 끝에 환자가 냉정해질 때까지 기다리자는 결론이 나온다면 저급한 폭언이 난무할 때가 있을지 모르죠. 폭언이 정당한 행위라고는 생각하지 않지만 언성을 높일 수밖에 없었던 4년차 의사의 마음을 조금 이라도 헤아려주실 수 있는 것 아닙니까?"

거침없는 장광설은 내가 생각해도 격에 맞지 않는다는 것을 알고 있다. 그럼에도 말이 멈추지 않았던 이유는 기억이 기억을 자꾸만 끄집어내어 마음을 억누를 수 없었기 때문이었다.

"뭐가 이상한지, 어떻게 하면 좋을지, 지금은 저도 모르겠습니다. 하지만 알고 있는 사실이 하나 있습니다. 이것은 귀중한 빵과 복잡한 룰의 이야기를 아무리 반복해도 절대 해결되지 않을 문제라는 겁니다. 저는 빵 이야기를 하는 게 아닙니다. 저는……." 말을 끊고 잠시 숨을 돌린 뒤 또렷하게 뒷말을 이어갔다. "저는 환자의 이야기를 하고 있는 겁니다."

말이 끊김과 동시에 이번에야말로 정적이 내려앉았다.

책상에 팔꿈치를 괴고 있던 준교수가 나를 가만히 올려다보고 있다. 무슨 타이밍인지 서류 한 장이 팔랑거리며 바닥으로 떨어졌지만 손가락 하나 꼼짝하지 않았다.

그랬다. 뭔가 이상하다 싶었다. 그렇게나 많은 사람과 복잡기괴한 논의를 하는 동안 무언가 위화감을 느꼈다. 그것은 그 자리에 가장 중요한 것이 빠져 있어서였다.

나도, 그리고 등신이냐고 절규했던 리큐도, 복잡한 말은 입에 올리지 않았다. 그저 줄곧 환자의 이야기를 했을 뿐이다.

책상 너머로 시선을 돌리자 감정을 읽을 수 없는 투철한 눈이 나를 올려다보고 있었다. 한동안의 침묵이 더 흐른 뒤, 이윽고 그 창백한 얇은 입술이 움직였다.

"하고 싶은 말은 다 했나?"

"그런 것 같습니다. 감사합니다."

나는 다시 고개를 깊이 숙였다. 그 머리 위로 억양 없는 목소리가 떨어졌다.

"자네 말은 유념해두지."

고개를 들자 이내 우두머리가 말을 이었다.

"하지만 의국이란 자네 생각대로 돌아가지 않는 곳이야."

그 목소리에는 어떤 선고와도 같은 울림이 있었다.

"자네는 의국과는 융화되지 않는 사람이로군."

그 말대로다. 마침내 우두머리와 의견이 일치했다.

앞쪽에는 조금의 표정 변화도 없는 우두머리가 앉아 있다. 이윽고 우두머리는 고개를 가볍게 가로젓더니 바닥으로 떨어진 서류를 천천히 주워들고는 나를 쳐다보았다.

"퇴실하시게."

면담은 종료됐다는 뜻이다.

나로서도 할 말은 다 했고, 이제는 덧붙일 말도 없다. 그러니 꾸벅 인사한 후 바로 몸을 돌렸다.

　복도로 나서자 시곗바늘은 8시 30분을 가리키고 있었다. 상당히 긴 시간이 흘렀다고 생각했는데 짧은 대치였던 것이다.

　조용한 복도를 걷기 시작하며 양옆의 방으로 시선을 던지니 여전히 자료를 만들거나 논문을 읽는 의사들이 보였다. 늦은 시간이다. 피로하기도 할 것이며 가족도 기다리고 있을 것이다. 하지만 적지 않은 의사들이 남아 연구에 매진하고 있었다.

　아무리 많은 모순과 부조리를 안고 있다 해도, 여기에는 환자와 마주 보는 사람들의 '의료의 원점'이라고도 할 수 있는 경치가 확실하게 있다. 많은 사람이 규칙과 잡무에 내쫓기는 낮과는 사뭇 다른 풍경이다.

　나는 구석에 있는 계단까지 걸어왔을 때 몸을 돌렸다. 그리고 복도를 사이에 두고 마주 본, 불이 켜진 여러 개의 문을 향해 조용히 고개를 숙였다.

　술을 빚는 데 쓰는 오마치라는 쌀이 있다.

　일반적으로 주조를 할 때는 야마다니시키라는 품종을 쓰는데, 이 품종과는 다른 풍부한 향기와 농후한 단맛이 특징적이다. 이렇게 말하면 뭔가 강렬하고 독특한 술일 것 같지만 그 깊은 맛은 보통이 아닌지라 한 번 그 세례를 받으면 금세 다시 오마치를 마시고 싶어진다.

쌀의 가격만 보아도 상당히 고가인 데다 술 한 잔의 가격을 알면 펄쩍 뛰게 되지만, 나의 오마치 사랑을 아는 규베에의 마스터는 새로운 술이 들어오면 꼭 말을 건네준다.

"오마치로 만든 '지콘'입니다."

그렇게 한 잔이 나왔지만 나는 그저 말없이 바라만 보았다. 한 방울도 마시지 않고 그저 가만히 쳐다만 보고 있었다.

준교수실에서 한바탕 난리를 친 후로 며칠이 흘렀다.

의국의 우두머리에게 반기를 들었다는 이유로 해고를 당하거나 일을 빼앗긴 바람에 한가로이 자택 근신 생활을 하고 있는 것은 아니다. 차라리 그랬으면 좋으련만 전혀 그렇지 않았다.

외래, 병동에 내시경. 외근, 실험에 인턴 지도.

주말 아르바이트도 시작해서 다시 바쁜 일상으로 돌아왔다.

실험실에서는 후타바가, 논문이 리젝트된 충격과 만취 상태의 폭탄 발언 모두 없었던 일이라는 듯 담담하게 피펫을 움직이며 원심기를 돌렸고 때때로 나를 도와주기도 했다. 병동에서는 아가씨가 3팀을 떠났고 또 새로운 인턴이 들어와 리큐가 성실하게 지도하고 있다.

그렇게 하루하루를 보내는 동안 이누이 선생님이 한 번, 도무라 씨가 두 번, 전화로 후타쓰기 씨에 관한 소식을 들려주었다. 이따금 나타나는 고열. 식사는 거의 하지 못하는 상태로 누워서 메밀밭을 바라보는 날들. 나날이, 아니 하루 동안에도 눈에 띄게 악화되는 시간 속에서 후타쓰기 씨는 그럼에도 매일 아침 리사와 실뜨기를 하고, 저녁에는 휠체어에 탄 채로 식탁 앞에 앉고, 자기 전에는 화투를 가르치며 즐겁게 보내고 있다고 한다.

"이제는 앉아 있는 것도 힘겨운가 봐요."

어제 수화기 너머로 말하던 도무라 씨 목소리에도 적잖은 피로의 기색이 묻어났다. 힘든 상태의 환자 곁을 지키는 간호사도 힘들다.

환자의 연령이나 가정을 생각하면 그 중압은 여간한 것이 아니다. 새삼스러운 말 같지만 대학의 방문 간호사가 퇴원을 반대한 심정도 이해는 된다. 그러나 도무라 씨는 약한 소리를 한 번도 하지 않고 담담히 맡은 일을 해주고 있었다. 이제 와서 감사 인사를 하는 것도 왠지 멋이 없다. 그저 이누이 진료소에 부탁하길 정말 잘했다고 말하자 "괜한 소리" 하며 쓴웃음 섞인 답변이 돌아올 뿐이었다.

그리하여 오늘 저녁, 세 번째 연락이 왔다. 병동에서 회진을 막 끝내고 6시가 지났을 무렵이었다.

"혈압이 떨어졌어요."

전에 없이 긴박감을 드러내던 도무라 씨의 목소리는 특별한 사태가 닥치고 있다는 걸 알려주고 있었다. 무어라 말하려던 내 기선을 제압하듯 도무라 씨는 말을 계속했다.

"오늘은 이누이 선생님도 시간 있으니까 아무 걱정 말아요."

달려가겠다는 바보 같은 소리는 하지 말라는 뜻이다. 대학에서의 소동에 관해서는 도무라 씨도 알고 있다. 설사 달려간다 해도 할 수 있는 일이 아무것도 없다는 것까지는 말할 필요도 없다.

"가족들과 대화는 아직 나눌 수 있는 상태입니까?"

"대화는 무리지만 무슨 말을 하려고 하는지는 알 수 있어요. 혈압은 80 밑으로 떨어졌는데, 간병 침대를 일으켜서 리사의 실뜨기를 지켜보는 중이에요."

"내일모레가, 제가 외래 진료를 보는 날입니다."

"알아요……." 한 박자 쉬고 이어졌다. "그런데 아마 아침까지는 못 버틸 거예요. 이대로 임종하실 것 같아요."

가만히 침묵을 지키는 내 심정을 헤아린 듯, 도무라 씨는 다시 입을 열었다.

"달려오고 싶은 마음은 알지만 지금 선생님이 오면 소

중한 마지막 시간을 방해할 뿐이에요. 가족들끼리 보낼 수 있는 마지막 시간요."

"알고 있습니다."

"안다면……." 도무라 씨는 잠깐 입을 다물었다가 다시 말을 이었다. "술이라도 한잔하고 오늘은 자요. 이제 남은 건 우리 일이에요."

나는 짧게 감사의 뜻을 전하고 휴대폰을 내려놓은 후 규베에에 온 것이었다.

카운터에 앉자 마스터가 오마치를 가지고 와주었다. 눈앞에 지콘 한 잔이 나온 뒤로 상당한 시간이 흘렀다. 하지만 손이 나가지 않는다.

선술집 카운터에서 말짱한 얼굴로 눈앞의 잔을 가만히 노려보는 손님만큼 기분 나쁜 것도 없을 것이다. 그러나 마스터는 아무 말도 하지 않았다.

문득 눈에 들어온 벽시계를 보니 10시가 넘었다. 두 시간이 넘도록 앉아 있었다는 소리인데 말을 걸어오지도 않는다. 무척이나 고마운 정적 속에서, 또다시 얼마만큼의 시간이 흘렀을까.

손님도 없어진 조용한 가게 안에 희미한 알림 소리가 한 번 울리며 휴대폰에 문자가 도착했다는 것을 알려주었다. 확인하니 짤막한 메시지가 와 있다.

'23시 55분, 그동안 고생하셨어요.'

도무라 씨다운 간결한 문장이었다.

즉, 그것은 후타쓰기 씨가 떠난 시간이었다.

조용했다.

머릿속에는 아무것도 없었다. 그 아무것도 없는 머릿속에, 하나하나 기억을 불러일으켰다. 처음으로 외래에 왔을 때 보았던 후타쓰기 씨의 딱딱한 표정이 떠올랐다.

"막무가내로 부탁드렸는데 받아주셔서 감사합니다."

그렇게 말한 것이 불과 3개월 전이었다.

항암제 설명을 했을 때 남편이 곤혹스러워하던 얼굴. 실험실에서 후타바와 리사와 셋이서 초코칩 쿠키를 먹던 한때. 오래된 일본 가옥 안쪽에는 부친의 위패가 있었고, 툇마루에는 꿈결처럼 반짝이던 은빛의 황홀경이 펼쳐졌더랬다.

한 페이지씩, 작고 낡은 책을 넘기듯 흘러가는 풍경은 그대로 큰 원을 그리며 중천으로 사라져간다. 사람의 죽음이 슬픈 이유는 그것이 일상을 뒤흔드는 큰 사건이라서가 아니다. 허무하리만치 쉽게 생명이 스러져가기에 슬픈 것이다.

드라마도 기적도 그곳에는 없다.

죽음은, 스쳐가는 경치에 지나지 않는다.

그 오래된 민가의 툇마루에서 후타쓰기 씨와 화투를 치는 것도, 남편이 수확한 세상에서 제일 맛있는 소바를 맛보는 것도, 어차피 이룰 수 없는 환상이었다.

처음부터 알고 있었다. 너무나도 잘 알고 있던 그 사실이 한 통의 메시지로 확정되고, 확정된 사실이 마치 아무 일도 아니라는 듯 눈앞을 지나쳐간다. 마음속은 우스울 만큼 고요하여 잔잔한 수면처럼 동요가 없었다.

나는 한동안 가만히 휴대폰을 쥐고 있다가, 이윽고 천천히 테이블에 손을 뻗어 잔을 기울였다. 오마치로 빚어낸 명품이 물처럼 흘러들었다.

눈물은 흐르지 않았다. 환자의 죽음에 눈물을 흘리기에는 나이와 경험을 어느 정도 쌓은 상태다. 그저 고요만이 있을 뿐, 소리도 빛도 바람도 없다.

나는 술잔을 내려둔 채 한동안 움직이지 않았다.

움직일 수가 없었다.

시나노대학의 캠퍼스가 노란빛 일색으로 물들었다.

교내 곳곳에 있는 은행나무가 죄다 멋들어진 노랑으로 젖어들어 머리 위를 가득 채운 것도 모자라 땅에 춤추듯이 내려앉은 잎이 발밑까지도 채색하고 있다. 이렇게 펼쳐진 가을빛 속에서 나는 정문을 빠져나가 의국동으로 향하는 길을 걷고 있었다.

때는 10월.

후타쓰기 씨가 세상을 떠난 지 한 달이 지나고, 북알프스의 산등성이가 서서히 눈으로 물들기 시작하며 겨울의 발소리가 바로 옆에서 들려오는 계절이다.

우두머리에게 불려간 후에도 일상 업무에 각별한 변화도 없이 외래, 병동, 내시경 검사에, 외근, 실험까지 그야말로 화려한 메뉴가 줄줄이 늘어서 있다.

괴짜 구리하라는 여전히 괴짜이고, 환자를 끌어당기는 구리하라도 흔들림 없이 계속 끌어당기는 중이다. 그 후 방문 간호 센터나 지역연계실과 해야 하는 업무가 전혀 없었던 것은 아니지만 역시 상대측도 프로라 그런지 업무에 별다른 영향은 느끼지 못했다. 조만간 구리하라가 좌천될 날을 기쁜 마음으로 기다리고 있을는지도 모르겠지만, 왠지 환자의 퇴원이 예전보다 빨라졌다는 느낌이 드는 것은 기분 탓일까.

그런 조용한 가을의 끝자락에서 어느 토요일 아침, 나는 올 들어 세 번째로 우두머리의 호출을 받았다. 토요일은 물론 휴일이지만 근면한 우두머리에게 휴식은 없다. 애초에 주말에도 환자가 입원하니, 엄밀히 말해 병상을 관리하는 우두머리에게는 휴일이 없는 셈이다. 그러므로 토요일 호출이 딱히 놀랄 일은 아니었지만 내가 어리둥절했던 이유는 호출 장소가 준교수실이 아니라 교수실이기 때문이었다.

미즈시마 교수는 제4내과의 책임자라고는 하나 일개 대학원생과는 엮일 일이 거의 없는 인물이다. 언제나 만면에 미소를 띠고 한가로이 복도를 거닐어 재물신이라는 별명으로 통하지만 대학 내에서의 힘은 보통이 아니라고 한다. 4내과뿐만 아니라 대학병원 전체에도 은연한 영향력을 지닌 인물이라는 소문이 자자하다. 그런 교수실에 불려간다는 것은, 우두머리의 목적이 단순히 나를 괴롭히거나 비꼬기 위함이 아니라는 건 확실하다.

"왜 불려왔는지 알고 있나?"

이번에도 역시나 우두머리의 전형적이고도 싸늘한 대사가 나를 맞이했다.

지금까지와 다른 점은 보이는 경치가 널찍한 교수실이라는 것과, 책상 너머로 만면에 미소를 띤 재물신이 앉아 있다는 것이었다. 우두머리는 그 옆에서 냉담하게 서 있었다.

재물신과 우두머리. 너무나도 대조적인 인상이지만 이 두 사람은 의외로 합이 좋다고 한다. 톱니바퀴의 요철이 보기 좋게 맞물려 4내과라는 큰 조직을 막힘없이 운전하고 있는 것이다.

"내년도 인사 건으로 불렀네." 우두머리가 단도직입적으로 용건을 명시했다.

평소처럼 빙 둘러서 말하지 않는 이유는 교수님을 의식했기 때문일지도 모른다. 교수님 쪽은 그저 싱글벙글 미소를 지은 채 고개를 작게 끄덕이고 있었다. 딱히 무어라 하는 말도 없이 온화하게 맞장구칠 뿐이다. 그 철저하게 속을 알 수 없다는 점에서 4내과 교수의 노련미를 느낄 수 있다. 일단은 신묘한 표정을 짓는 나에게, 백발의 장신인 준교수가 말을 이었다.

"인사에 변동이 있을 경우에는 가능한 한 교수님과 함께 사전에 본인에게 직접 전달하자는 게 방침이야. 그래서 불렀네."

새삼스레 설명을 들을 것도 없다. 메일을 확인한 시점에서 대충 예상하고 있었다.

마침내 왔구나, 하는 느낌이었다.

최근 반년 동안 난동을 부렸다는 걸 자각하는 이상 이제와서 발버둥 쳐도 때는 이미 늦었다. 리큐의 이야마행은 아직 공식 발표가 나지 않았지만 공공연한 비밀이 되었다. 당사자인 리큐 본인은 의료의 최전선에 갈 수 있다는 사실을 의외로 기대하고 있기까지 하다. 나로서도 이렇게 되면 기소의 골짜기든 아난의 산속이든 가라는 곳에 가서 나의 길을 닦아나가면 된다.

눈앞에서는 빵집이 괜스레 느릿느릿 손에 든 서류를 펼치고 있었다. 서류를 볼 것도 없이 명확한데 구태여 이렇게 위압감을 연출하는 것은 저 인물이 늘 쓰는 수법이다. 이윽고 우두머리가 천천히 고개를 들었다.

"구리하라 선생, 내년도에 자네를 진료팀 1팀의 팀장으로 임명한다."

냉정한 목소리가 울리더니 흩어져갔다.

무언가 예상했던 것과는 다른 내용에 나는 한동안 가만히 있다가, 바닥을 내려다보고, 천장을 올려다보고, 우두머리에게로 시선을 돌렸다. 요령부득한 표정인 내게, 우두머리는 담담한 어조로 말을 이어갔다.

"현재 팀장인 가키자키 선생은 내년에 확충될 내시경 센터의 센터장으로 가게 됐네. 지위로서는 준교수와 동등하지. 그에 동반한 인사이동이라고 생각하면 돼."

"네?"

얼빠진 소리를 내뱉는 나를 향해 우두머리가 싸늘한 시선을 보냈다.

"내년도는 예년보다 입국자 수가 더 늘어날 예정이야. 4내과의 규모가 조금씩 커지고 있다. 자네가 지도한 아유

카와 선생도 4내과 입국을 지원했어. 이 점에 대해서는 나
도 교수님도 자네의 업적을 높이 평가하네."

준교수님답지 않은 치하의 목소리가 공허하게 울렸다.

"구리하라 선생, 듣고 있나?"

여전히 멍한 상태인 내게, 우두머리의 쌀쌀한 목소리가
닿았다. 황급히 머리 숙여 인사했지만 역시나 고개를 갸웃
거리며 우두머리를 쳐다보게 된다.

"할 말 있나?"

"아뇨, 딱히 그런 것은 아닙니다만……."

"그럼 용건은 끝났어. 퇴실하시게."

퇴실이라는 말을 듣고 담백하게 나가기에는 너무나도
충격적인 내용이었다.

나는 다급히 입을 열었다. "제가 1팀의 팀장입니까?"

"그래."

"즉 내년에도 대학에 남는다는 뜻입니까?"

"그래."

싸늘한 선고였지만 여전히 이해가 되지 않았다.

"각 부서에서 클레임이 있었던 것은 괜찮습니까?"

"괜찮지는 않아." 우두머리가 날카롭게 자르며 말했다.
"괜찮지는 않지만 그 건과 인사는 별개야. 의국의 인사를
정하는 건 타 부서의 평판이 아니라 미즈시마 교수님이시

다. 혼동하지 말게."

반론을 봉쇄하듯 엄한 말투였다.

놀라운 전개다. 나는 불과 지난달에 의국과 융화되지 않는 사람이라는 말을 들었다. 일련의 경과 때문에 대학에서 쫓겨나는 처사에 반론하고 싶은 마음은 굴뚝같았지만 그것도 어쩔 수 없다며 각오를 한 몸이었다. 그런데 느닷없이 1팀 팀장이라니.

"구리하라 선생." 돌연 부드러운 목소리가 들려왔다.

귀에 익은 차가운 목소리가 아니라 그다지 들을 일이 없는 깊은 목소리다.

시선을 돌리자 책상 너머에 앉아 있는 4내과의 수장이 눈웃음을 지으며 나를 보고 있었다.

"의외인가?"

그야, 하고 무언가 말하려 했지만 말이 이어지지 않는다. 말을 잇지 못할 줄 알았다는 듯, 재물신이 입을 열었다.

"이곳에는 다양한 사고를 하는 의사들이 모여 있어. 개개인의 성격부터 윤리관, 신념, 능력, 야심…… 실로 다채로운 사람들이 모인 집단이지. 바꿔 말하면 좀처럼 뭉치기 힘든 집단이야."

온화한 목소리로 종잡을 수 없는 말을 흘려보낸다.

확실히, 빵집인 우두머리를 필두로 오니키리 호조나 췌

장의 가키자키 선생님 등 중진들의 이름만 나열해보아도 보통내기가 아닌 사람들의 집합체이다.

"하지만 나는 하나의 철학으로 한 덩어리가 되는 의국보다, 다양한 의사가 있는 울퉁불퉁한 집단 쪽이 더 훌륭한 의료를 제공할 수 있다고 믿네. 다채로운 의사들에 의한 너그러운 팀워크. 그것이야말로 4내과의 가장 큰 무기야."

신기한 말이었다.

"그러니 나는 자네를 환영하네." 놀라서 쳐다보자 교수님은 더욱 깊은 미소를 지으며 덧붙였다. "앞으로도 '환자의 이야기'를 하는 의사로 있어주게."

재물신의 흔들림 없는 미소가 주저하는 나를 바라보았다. 그대로 우두머리 쪽으로 눈길을 돌렸지만 여전히 예리한 시선에 부딪힐 뿐이다. 속내를 도저히 읽을 수 없다. 쉽게 읽힐 정도의 인물이라면 애초에 이런 곳에 서 있지도 않을 것이다.

나는 얼마간 우두커니 서 있다가 침사(沈思)하고, 묵고하고, 숙고한다.

그런 나를 재물신은 만면의 미소로 바라보았다. 조금 전에는 퇴실하라고 했던 우두머리조차도 아무 말 없이 잠잠히 지켜봤다.

……그래, 괜찮겠지.

이윽고 나는 속으로 끄덕였다.

가라고 한다면 어디로든 갈 각오로 왔다.

남으라고 한다면 그 또한 좋다.

제4내과의 매력이 어떻든 간에 나는 이미 나의 철학을 뱉어냈다. 퍽이나 무례한 고집이었지만 어쨌거나 최대한 드러냈다. 그런 내게 남으라고 한다면 바람대로 눌러앉아 물러서지 않고 꾸준히 나의 길을 가면 된다.

"알겠습니다."

나는 짧게 말하고 허리를 숙였다. 고개를 들자 한 발짝 앞으로 나온 우두머리가 오른손으로 작은 엽서를 내밀었다.

"어제 의국에 도착했네. 아무래도 자네에게 전달하는 게 타당하겠지."

엽서를 받아든 후, 나의 눈이 커졌다. 후타쓰기 씨의 남편이 보낸 엽서였던 것이다.

교수님의 부드러운 목소리가 침묵을 덮어씌우듯 말했다. "이번 진료에 대한 감사 인사가 적혀 있네. 제4내과의, 특히 3팀의 선생들에게 감사한다는 내용이야. 일을 훌륭히 잘해준 것 같더군."

교수님 말대로, 엽서의 짧은 지면 안에 감사의 말이 빼곡하다. 그리고 많은 도움을 받았는데 직접 인사하러 오지 못해 미안하다는 말까지 있다. 젊은 부인을 먼저 보내고 많이 힘들 텐데, 마음이 너무나도 따뜻한 남편인 것이다.

나는 엽서를 천천히 읽다가 마지막에 적힌 발신인 쪽에, 남편의 이름과 나란히 적힌 또 하나의 이름을 발견했다. 남편의 꼼꼼한 필체와는 다른 삐뚤빼뚤한 필적으로 '리사'라는 두 글자가 적혀 있었다.

두 글자.

약간 기울어진 그 두 글자가 눈에 들어온 순간, 가슴속 깊은 곳에 가둬두었던 무언가가 천천히 흘러나오는 듯했다. 내 행동이 옳았다는 확신 따위는 어디에도 없다. 생과 사의 갈림길을 바라보며 가슴속에는 항상 불안과 초조만 가득하다.

하지만 지금은 아주 조금, 생각할 수 있다.

이거면 됐다고.

엽서를 바라본 채 희미하게 숨을 내쉬자 문득 아름다운 경치가 뇌리를 스쳤다.

흐르는 늦여름의 바람과, 산들거리는 메밀꽃.

그날, 툇마루 끝에서 보았던 한없이 눈부신 은빛 단장.

귓속 깊은 곳에서 아련하게 바람 소리가 들려왔다. 그런 기분이 든 순간, 갑자기 엽서 위에 적힌 '리사'라는 두 글자가 엷게 번지며 흔들렸다.

놀랐다. 이런 타이밍에 올 줄이야.

잠시 동안 말없이 있다가, 나는 눈가에 가만히 손을 갖다 댔다.

후타쓰기 씨가 숨을 거둔 그날 밤, 나는 눈물 한 방울 흘리지 않았다. 텅 빈 마음으로 조용히 술을 마시기만 했다. 연륜인지, 익숙해져서인지, 내가 박정한 것인지, 어느 쪽이 됐건 지나치게 고요한 장송(葬送)이었다. 그것이 지금에야, 너무도 느지막이 찾아온 것이다.

나는 애써 두 번 정도 헛기침을 하며, 어디까지나 겉으로는 담담하게, 가운 주머니 안에 엽서를 넣었다. 그리고 "감사합니다" 하고 인사한 후 교수님과 준교수님에게서 등을 돌렸다.

그 순간.

"수고했네."

짧은 한마디가 들려왔다.

교수님의 목소리가 아니었다. 귀에 못이 박히도록 들은 차가운 목소리였다. 낯선 느낌에 돌아보자 여전히 살짝 번져 있는 시야 끝에 우두머리가 초연하게 서 있었다.

"수고했어."

재차 들려오는 그 말에, 나는 자세를 바로잡고 한 번 더 허리를 굽혔다.

의국동을 나서자 환한 햇살이 쏟아지고 있었다.

선명한 노랑으로 물든 은행나무 가로수 아래를 학생들이 분주히 오간다.

토요일인데도 사람이 많고 어디에선가 재즈 연주까지 들려오는 것은 오늘이 시나노대학의 축제일이기 때문이다. 10월 말에 열리는 은령제라는 이름의 축제가 마침 오늘, 대학 캠퍼스에서 열린 것이다.

의국동을 나와서 기초연구동 사이를 지나 의학부 강의동을 곁눈질하며 좁은 길을 따라 북쪽으로 향했다. 그러자 갑작스레 활기가 넘치더니 소란에 휩싸였다. 오가는 사람들은 학생, 지역 주민, 그 밖에 여럿, 남녀노소 각양각색이다. 교양학부 앞 광장으로 가니 널찍한 은행나무 가로수 길 양쪽에 노점이 줄지어 있고 손님을 끌어들이려는 목소리로 떠들썩하다. 생협 앞의 무대에서는 재즈 밴드가 운치 있는 색소폰 소리를 울리며 사람들의 시선을 끌고 있다. 점심시간 전인데도 이미 취한 상태로 잔디밭에 드러누운 학생도 있는가 하면 지팡이를 짚고 즐거운 듯 은행나무를 올려다보는 노인도 있다. 그런 축제의 한복판을 가로질러 대학 정문으로 이어지는 넓은 길 끝까지 왔을 때, 나는 반가운 사람을 발견하고 손을 번쩍 들었다.

정문 옆에 서 있는 유독 커다란 은행나무 아래에 아내와 딸아이의 모습이 보였다.

오늘 교수실에서는 그다지 오랜 시간이 걸리지 않을 것이라 생각해 대학 정문 근처에서 만나기로 한 것이다.

"빠빠!"

기분 좋은 목소리가 들리자 나는 걸음을 멈췄다.

종종거리며 달려오는 우리 집 천사의 달리기 실력이 많이 늘었다. 또래 아이들에 비하면 아직 서툴지만 그런 것은 문제되지 않는다. 아무튼 고하루는 고하루가 할 수 있는 범위에서 오늘도 씩씩하게 달린다. 그렇게 달려오는 우리 아이를 끌어안자 가을바람이 불어오고 나무들이 수런거리더니 낙엽이 풍성하게 날아올랐다. 그 뒤로 다가온 아내가 은행빛 바람 너머에서 맑은 목소리를 울렸다.

"고생 많았어요."

"오래 기다렸어?"

"방금 전에 도착했어요."

생긋 웃던 아내는 그대로 하얀 오른손을 뻗어 길 끝에 있는 노점을 가리켰다.

"고하루가 사과 사탕을 먹고 싶대요."

"벌써?"

쓴웃음이 새어나왔다.

"사과 사탕 다음에는 오코노미야키를 먹겠다는데요."

"오꼬노미야끼랑 야끼소바!"

먹는 일에는 언제나 진검승부를 펼치는 고하루다.

그대로 천천히 발걸음을 내딛자 흔들리는 가지와 이파리 사이로 기분 좋은 햇살이 반짝반짝 떨어졌다. 밝은 햇빛 아래에서 나란히 걷는 아내는 아무것도 묻지 않았다.

"아무것도 안 물어봐?"

오늘 호출이 내년도 의국 인사에 관련된 내용일 거라는 이야기는 이미 아내에게 해둔 상태였다. 그 결과가 최대의 관심사라고 생각했는데 옆에서 걷는 아내는 딱히 물으려 하지도 않았다.

"물어봐도 되지만, 급하게 서둘러서 물어볼 만큼의 일은 아니에요."

"어디로 갈지 걱정되지 않아?"

"흥미는 있지만 걱정은 없어요."

길 건너편에서 어떤 학생이 무언가 공연을 하고 있는지 불쑥 함성이 들려왔다. 군중의 머리 위에서 저글링용 곤봉이 경쾌하게 춤을 춘다. 떠들썩한 군중의 목소리에 휩쓸릴 듯 말 듯, 아내의 밝은 목소리가 들려왔다.

"지금처럼 우리 가족이 함께라면 어디든 갈 수 있어요."

다시 함성이 울리며 아내의 다정한 목소리를 삼켰다.

품속에서 몸부림치는 고하루를 땅에 내려주자 무턱대고

달리기 시작했고 그 뒤를 아내가 황급히 쫓아갔다. 그야말로 기분 좋은 가족의 모습을 바라보며, 나는 무심코 가만히 눈을 감았다.

노점에서 손님을 부르는 목소리가 들렸다. 노랫소리가 있다. 희미하게 북소리가 들리는 걸 보니 어딘가에서 공연이라도 하는 모양이다. 둥둥, 대기를 흔드는 두툼한 소리가 울려 퍼진다. 그런 소란을 아랑곳하지 않고 고하루의 명랑한 목소리가 뛰어 넘어왔다.

이끌리듯 눈을 떴다.

땅은 노랑으로 물들었고 하늘은 한없이 푸르르다.

눈에 들어오는 모든 정경이, 하늘도 땅도, 가을이었다.

에필로그

　겨울이다.

　이는 신슈에서 가장 혹독한 계절의 이름이자 유독 아름
다운 경치가 도래한다는 걸 의미한다.

　영롱한 대기 속에서 눈으로 아름답게 덮인 북알프스의
웅대한 산령은 날개를 펼치듯 느긋하게 좌우로 이어져 신
성하기까지 한 공기를 두른 채 가로누워 있다.

　그중에서도 조넨다케는 특별하다.

　봄에는 묘연한 안개를 걸치고 여름에는 눈부신 신록에
싸이며 가을에는 고담한 꼭두서니색으로 물드는 이 시기
의 산은 그 정연하게 서 있는 삼각뿔로 사계절 내내 남다
른 존재감을 드러내지만, 겨울의 아름다움은 능히 파격적

이라 할 만하다.

맑게 갠 겨울 하늘 아래, 하늘을 떠받치듯 우뚝 솟은 하얀 명봉은 발아래의 아즈미노를 유유히 흘겨보며 초연한 품격마저 내풍긴다. 나무도 골짜기도, 바람도 구름도, 모두가 이 산의 위엄에 짓눌린 듯 고요하고, 올려다보는 사람 또한 자신이 웅대한 자연의 한 조각에 지나지 않음을 깨닫는 것이다. 자연의 영위 속에서 혹독함과 아름다움은 표리일체일지도 모른다.

그런 초겨울의 주말에 나는 마쓰모토역에서 그리 멀지 않은 호텔 입구에 서 있었다.

기이하게도 스페인어로 '아름다운 경치'라는 뜻의 이름을 가진 그 호텔은 연구회에서 종종 빌린 적이 있는 터라 나도 몇 차례 와봤다. 그러나 오늘 목적은 췌장암 연구회도 아니거니와 헬리코박터파이로리 스터디도 아니다.

나는 목에 맨 하얀 넥타이를 조이며 널찍한 입구 한쪽에 놓인 커다란 세로 간판에 시선을 던졌다.

'스나야마 군, 미즈나시 양, 결혼식장.'

몇 번이고 다시 읽어보아도 그런 글자가 춤추고 있다.

"이런 날이 올 줄은 몰랐는데. 천재지변의 전조 현상인 건가."

"그런 말은 하면 못써요. 경사스러운 날이잖아요, 이치 씨." 옆에서 아내가 은은하게 웃으며 말했다.

어울리지도 않는 검정 양복 차림의 내 옆에는 화사한 마쓰모토 명주의 기모노로 몸을 감싼 아내가 전통 인형처럼 초초히 서 있었다. 발밑에서 이리저리 갈팡질팡 돌아다니는 작고 빨간 원피스는, 말할 것도 없이 우리 집 공주다.

"곧 시작해요."

아내 목소리를 따라 입구 안쪽으로 걸어갔다.

길일인 주말이다. 여기 말고도 결혼식이 있는지 검정 양복 차림의 남성과 화려한 의상의 여성이 유쾌하게 웃으며 오가고 있다.

"오늘 피로연은 100명 규모라더군."

사전에 지로에게 들은 말이다.

식에는 아주 가까운 사람들만 초대했지만 그 후에 있을 피로연은 호텔에서 가장 넓은 홀을 빌려 상당한 규모로 진행하는 모양이었다.

"지로 씨는 신기한 매력이 있으니까요. 분명 많은 분들이 오실 거예요."

"대학에서는 사이보그 마미야를 필두로 사이보그 군단이 줄지어 올 모양이야. 경사스러운 자리 한복판에서 사이보그들이 말없이 술을 마시는 모습은 공포에 가깝겠어."

"혼조병원 선생님들도 오시는 거죠?" 아내는 나의 독설을 살포시 밀어냈다.

"외과의 아마리 선생님은 물론 우리 내과의 이타가키 선생님도 초대했다더군. 미즈나시 씨가 병동의 간호사들까지 불러 모으면 엄청난 수의 의료진이 한자리에 모이는 셈이야."

"대단하네요."

"대단한 건 좋지만 오늘 상태가 나빠진 환자에게는 재앙이겠지. 마쓰모토의 모든 의사가 여기에 모였으니 병원에 가는 것보다 호텔로 오는 게 처치가 빠를 거야."

"구급차가 오면 신랑이 직접 식을 중단하고 뛰쳐나갈 것 같아요."

아내의 지적은 그야말로 지로의 본질을 정확히 알아맞힌 것이었다. 녀석은 틀림없이 그런 행동을 할 사내이다.

방명록을 작성한 뒤 길고 좁다란 복도를 지나 서쪽에 있는 유리문을 통해 밖으로 나가자 밝은 햇살 아래 청초한 교회가 서 있는 것이 보였다.

삼삼오오 모인 사람들 대부분은 양가 친척일 것이다.

예정된 대규모 피로연과는 대조적으로, 결혼식 쪽은 정말 아담하게 거행하는 듯하다.

잔디밭 위로 나온 우리를 보고 신랑 신부의 부모님으로 보이는 연배의 분들이 다가와서 인사말을 건네주었다. 물론 면식이 있는 사람은 한 명도 없다. 없지만, 언뜻 보기만 해도 신랑 신부 중 어느 쪽 친척인지 알 수 있는 이유는 한쪽 사람들이 하나같이 지로처럼 눈에 띄는 장신이기 때문이었다. 무엇보다도 그 거한의 외과의와 닮은 점은 어디까지나 키뿐이고, 행동거지는 겸허하고 온화하며 절도와 예의까지 갖추고 있어 막돼먹은 외과의와는 정반대였다.

요컨대 "느낌이 좋은 분들이시네요"라는 아내의 말이 모든 것을 설명해준다.

초겨울의 맑은 바람이 불자 교회 입구에서 붉은 색채가 흔들리는 것이 보였다. 잘 가꿔진 포인세티아 화분이 하얀 돌층계의 양쪽을 곱게 채색하고 있다. 색채가 적은 이 계절에 눈을 즐겁게 해주는, 겨울을 대표하는 화초이다.

그런 선명한 포인세티아에는 눈길도 주지 않은 채 고하루가 별안간 "언니!" 하고 외치며 뛰어갔다. 신도 가문의 딸, 나쓰나의 모습이 보여서였다. 고하루에게 문경지교인 소녀는 하얀 드레스를 맵시 있게 차려입고 하객들의 이목을 한껏 모으고 있었다. "고하루!" 하고 외치며 양손을 흔들어주는 사근사근한 모습을 보니 독설만 내뱉는 스스로를 반성하게 될 정도로 흐뭇했다.

나는 나쓰나와 함께 모습을 드러낸 오랜 벗을 보고 한손을 들며 가까이 가려다가 흠칫 발을 멈췄다.

팔을 갑자기 움직이다 어깨를 삐끗한 것도 아니고, 도라에몽이 그려진 넥타이를 맨 다쓰야의 고약한 취향에 마음이 착잡해져서도 아니었다. 부녀가 나란히 선 익숙한 경치에 또 한 명, 낯선 사람이 함께인 것을 알아챘기 때문이었다. 사서 고생하는 혈액내과의의 바로 뒤를 따라 호리호리한 체형의 여성이 모습을 드러냈다.

결혼식 하객치고 다소 수수하게 차려입은 여성은 고하루를 따라간 아내에게 정중히 고개를 숙이며 두세 마디 인사를 하더니, 그대로 다쓰야의 옆을 떠나 이쪽으로 걸어왔다. 마치 남 일 보듯 쳐다보던 내게 다가온 여성은, 눈앞까지 와서 느닷없이 깊숙이 허리를 숙였다.

"구리하라 선배, 오랜만이에요." 잠잠히 서 있는 나를 향해 여성은 조심스럽게 말을 이어갔다. "걱정 끼쳐서 죄송했습니다."

"사과할 상대를 착각한 것 같군." 나는 애써 초연하게 응했다.

또다시 바람이 불어오자 물푸레나무 향이 흘렀다. 싫지는 않지만 꽤 향이 강한 꽃이다.

"딱히 인연도 연고도 없는 장기부 선배에게 고개 숙일 여유가 있다면, 서투르지만 열심히 나쓰나를 보살피는 남편에게 먼저 사과해야지."

내 말에 신도 다쓰야의 아내, 신도 치나쓰는 희미하게 눈썹을 올렸다. 그리고 긴장감이 깃든 볼에, 안도했다는 듯 씁쓸한 미소를 머금으며 말했다.

"벌써 엄청나게 사과했어요."

나는 말없이 끄덕였다.

과거 학부생 시절, 테니스부에서 활약하며 햇볕에 새까 맣게 그을렸던 에이스는 지금은 어느덧 저택 깊숙한 곳에 몇 년이나 박혀 있던 규중처자처럼 허예졌다. 어지간히 고생을 했는지 볼이 핼쑥하고 많이 말랐지만 눈가에는 아직 그 시절 밝은 빛의 단편이 보였다.

"언제 왔어?"

"어제, 도쿄에서요. 요즘엔 격주로 주말에 오고 있어요."

그렇군, 하고 중얼거리며 다쓰야 쪽을 보자 딱히 이쪽을 신경 쓰는 기색도 없이 하루와 화목하게 대화를 나누고 있다. 정말이지 대단한 남편이다.

"기사라기."

이렇게 부른 이유는 결국 지금도, 내게는 그녀가 장기부의 후배인 기사라기 치나쓰이기 때문일 것이다.

"만약을 위해 말해두는데, 다쓰야가 고생을 많이 했어."

"알고 있어요. 정말 고마웠습니다."

"고맙다고?"

의아한 표정을 짓는 내게, 기사라기는 조심스러운 시선을 건네며 말했다.

"남편이 말해줬어요. 마쓰모토로 돌아와서, 구리하라 이치토 덕분에 살았다고요."

"뭔가 착각하는군. 신나게 괴롭혀줬지 조력을 한 기억은 티끌만큼도 없어."

"그래도 남편은 그렇게 말했어요. 선배와 하루나 씨께 많은 도움을 받았다고요. 선배가 없었다면 지금의 자신은 없었을 거래요."

"말만으로는 와닿지가 않네. 다음에는 꼭 태도로 보여달라고 전해줘."

장난스레 언짢은 표정으로 말하자 기사라기는 살며시 미소 지었다.

"여전하시네요, 선배는."

짤막한 말에 온갖 감회가 담겨 있었다.

가볍게 흘려듣기에는 무게, 심연, 고통, 그러한 것들을 끌어안은 채 기사라기는 필사적으로 서 있었다.

시선 너머에는 고하루와 나쓰나가 잔디 위를 뛰어다니고, 그 모습을 다쓰야와 하루가 자상하게 지켜보고 있다. 그런 남편의 모습을 보며 기사라기는 담담히 말했다.

내년 3월에 도쿄의 병원을 그만둔다는 이야기, 그 후에는 다쓰야가 있는 마쓰모토로 돌아올 것이란 이야기, 다쓰야가 그 말을 듣고 진심으로 기뻐했다는 이야기.

말을 하는 동안 목소리에 점점 힘이 실린다. 그것은 그 누구도 아닌 자기 자신을 향한 말이었을 것이다.

나는 목소리가 끊길 때쯤 입을 열었다.

"내가 아무리 괴짜 구리하라여도, 남의 집안일에 아무렇지 않게 관여할 정도로 멍청하지는 않아." 한 번 말을 끊은 후 이어갔다. "하지만 다쓰야는 내게 귀중한 친구다. 너무 힘들게 하지 마."

그러자 기사라기는 갑자기 눈언저리에 손을 얹더니 말이 없다가, 얼마 후 고개를 들고 크게 숨을 내쉬었다.

"이제, 괜찮을 거예요."

크지는 않았지만 심지가 있는 목소리였다. 나로서는 그것으로 충분했다.

그저 조용히 끄덕이자 기사라기는 고개를 살짝 숙여 인사하고는 그대로 다쓰야 곁으로 돌아갔다. "엄마!"하고 부르는 나쓰나의 목소리가 신기할 만큼 밝게 들려서 무심코 미소가 새어나왔다. 잔디밭 끝에 보이는 광경은 작은 가족이 천천히 다시 일어서려는 모습이었다.

저마다의 가족에게는 저마다의 이야기가 있다.

다쓰야 일가는 가정이 무너질 위기에 처했지만 서서히

원점으로 돌아오고 있다.

우리 집은 우리 집대로, 고하루의 통원에 일희일비하면서도 서로만을 의지하며 어찌어찌 하루하루를 쌓아가고 있다.

부조리한 병의 공격에도 마지막까지 싸웠던 후타쓰기 씨 가족 같은 사람들도 있다.

확실한 건, 혼자 걷기에는 가혹한 길도 누군가와 함께 손을 잡으면 나아갈 수 있다는 것이리라.

그 앞에 놓인 것이 희망인지 절망인지는 분명하지 않다. 유쾌인지 고뇌인지도 알 수 없다. 알 수 없으니 내팽개친다는 것은 얄팍한 생각이고, 알지 못하더라도 최선을 다해 앞으로 나아가는 게 '삶'이라는 것이다. 그렇다면 손잡을 사람을 만났다는 것만으로도 인생은 참으로 풍족해진다고 할 수 있지 않을까.

불현듯 높은 종소리가 울려 퍼지자 나는 고개를 들었다. 교회 탑의 커다란 종이 느릿느릿 흔들리고 있었다.

그러고 보니 여기에도 또 하나, 새로운 가족이 탄생하려 한다.

수수께끼와 불가사의로 가득한 두 사람이지만 축복하는 마음에 이의는 없다.

어디에선가 식의 시작을 알리는 안내 방송이 들려오자

사람들이 천천히 움직이기 시작했다.

나는 사람들의 흐름을 바라보고, 그 끝에 있는 교회를 보며 미소 짓고, 마지막으로 이마에 손을 얹고 머리 위를 올려다보았다. 두 사람의 새 출발에 잘 어울리는, 구름 한 점 없는 창공이 펼쳐져 있었다.

기모노 차림의 아내가 가만히 옆에 섰다. 고하루는 나쓰나의 뒤를 쫓아간다.

미래는 알 수 없다. 하지만 적어도 지금은, 눈앞에 가야 할 길이 있다.

"갈까?"

내 말에 아내가 싱긋 웃었다.

그렇게 둘이서, 겨울의 맑은 빛 속으로 천천히 걸어 나갔다.

옮긴이 김수지

전남대학교 일어일문학과를 졸업하고 이화여자대학교 통역번역대학원에서 통역학 석사 학위를 받았다. 현재 전문 번역가 겸 프리랜서 통역사로 활동 중이다. 옮긴 책으로는 『신의 카르테 2 : 다시 만난 친구』, 『가끔 너를 생각해』, 『오늘 밤, 로맨스 극장에서』, 『벚꽃 같은 나의 연인』, 『도시의 세계사』 등이 있다.

신의 카르테 4 : 의사의 길

1판 1쇄 발행 2021년 4월 21일
2판 1쇄 발행 2022년 12월 1일

지은이 나쓰카와 소스케 **옮긴이** 김수지
펴낸이 김영곤 **펴낸곳** (주)북이십일 아르테
아르테출판사업본부 문학팀 김지연 임정우 원보람
일러스트 제딧 **디자인** soo_design
해외기획실 최연순 이윤경
출판마케팅영업본부 본부장 민안기
마케팅2팀 나은경 정유진 박보미 백다희
출판영업팀 최명열
제작팀 이영민 권경민

출판등록 2000년 5월 6일 제406-2003-061호
주소 (우 10881) 경기도 파주시 회동길 201(문발동)
대표전화 031-955-2100 **팩스** 031-955-2151

아르테는 (주)북이십일의 문학 브랜드입니다.

ISBN 978-89-509-9402-0 (04830)
      978-89-509-7431-2 (세트)

책값은 뒤표지에 있습니다.
이 책 내용의 일부 또는 전부를 재사용하려면 반드시 (주)북이십일의 동의를 얻어야 합니다.
잘못 만들어진 책은 구입하신 서점에서 교환해드립니다.